Carolin Wahl

Vielleicht irgendwann

Bisher bei Loewe Intense erschienen:

Vielleicht jetzt
Vielleicht nie
Vielleicht irgendwann

Viel

CAROLIN WAHL

IRGEND
WANN

leicht

Loewe
INTENSE

FSC
www.fsc.org
MIX
Papier aus verantwortungsvollen Quellen
FSC® C014496

ISBN 978-3-7432-1097-4
2. Auflage 2022

Umschlaggestaltung: Andrea Janas
Printed in the EU

www.loewe-intense.de

Для бабушки – я тебя очень люблю,
спасибо за все сказки.

Und für alle, die bei einer Einführungsrunde Herzrasen bekommen.

Playlist

Astrid S – Hurts So Good

BLANCO – Blu Celeste

BLANCO & Sfera Ebbasta – MI FAI IMPAZZIRE

Cannons – Fire For You

Destiny's Child – Bills, Bills, Bills

Ed Sheeran – Shivers

Holly Humberstone – The Walls Are Way Too Thin

JAWNY – Honeypie

Jaz Karis – Mistake

Jaz Karis & Big Tobz – What You Need

Jocelyn B. Smith, Ute Becker, Sabine Hettlich, Jasmin Tabatabai & Gundula Ulbrich & Tina Schitto – Ich will keinen Mann

Katy Perry – Harleys in Hawaii

Lennon Stella – Like Everybody Else

Lianne La Havas – What You Don't Do

Liv Dawson – Trust Issues

MACE, BLANCO & Salmo – LA CANZONE NOSTRA

Måneskin – Zitti E Buoni

Nightly feat. Charli Adams – the movies

NIKI – lowkey

Olivia Rodrigo – drivers license

Sam Hunt – Take Your Time

SAYGRACE – You Don't Own Me (feat. G-Eazy)

Surf Mesa (feat. Alexa Danielle) – Taken Away

Tori Kelly – Should've Been Us

The Weeknd – In Your Eyes

Wincent Weiss – Vielleicht Irgendwann

Kapitel 1

Das Schicksal war ein gewaltiges Miststück, und wenn es sich zeigte, dann am liebsten von seiner nackten Kehrseite. Und die war gigantisch.

Mit zusammengezogenen Augenbrauen starrte ich auf die leuchtenden Worte, die wie ein Fleischmesser in meinen Eingeweiden herumstocherten. Einmal ringsherum.

Zahlung abgebrochen. Bezahlvorgang nicht möglich.

»Tut mir leid, aber die Karte funktioniert leider nicht«, säuselte die Verkäuferin mit dem auftoupierten Haarknoten in einem Tonfall, der keinen Zweifel daran ließ, was sie eigentlich dachte – oder sagen wollte. Wahrscheinlich lag es daran, dass sie täglich mit diesen Fällen zu tun hatte und es einfach leid war. Verständlicherweise.

Frustriert presste ich die Lippen aufeinander und dachte krampfhaft darüber nach, wie viel Geld sich noch auf meinem Konto befand. Wenn mich nicht alles täuschte, hätte es reichen müssen. Für den Einkauf auf jeden Fall, schließlich war auch noch die Miete fällig.

Oder war sie schon abgebucht worden?

Mist! Ich war mir nicht sicher.

Prompt bekam ich einen Schweißausbruch, der sich anfühlte, als hätte ich mich in einem Winteranzug in die Sauna gezwängt. Mein Blick sprang zu der vollen Schlange hinter mir: eine ältere Dame, die mich mit einem mitleidigen Lächeln betrachtete, eine gestresste Zweifach-Mami, die genervt in meine Richtung schaute, und ein Mann mit Filzhut, den gar nichts aus der Ruhe zu bringen schien, so stoisch war seine Miene. Dann sah ich auf den bereits gepackten Beutel vor mir. Na toll. Meine Ohren glühten wie zwei Lavastückchen.

»Könnten Sie das Toilettenpapier wieder ins Regal stellen?«, raunte ich halblaut und ärgerte mich über meine piepsige Stimme, während sich meine Gedanken überschlugen.

Meine Stimme war alles, nur nicht piepsig. Manchmal etwas zu schrill, etwas zu laut, energisch, aber ganz sicher nicht piepsig. Denn ich war nicht unsicher. Oder ließ mich schnell einschüchtern.

Normalerweise nahm ich jede Situation so, wie sie sich mir stellte, und fühlte mich dabei wie ein weiblicher Ritter auf Drachenjagd. Unbezwingbar.

Keine Kontrolle über die Situation zu haben, gab mir das Gefühl, ein Niemand zu sein, und das irritierte mich gewaltig. Dabei war ich es gewohnt, im Chaos zu schwimmen. Das war mein Element, ich das personifizierte Chaos, aber das hier war etwas ganz anderes. Als würde ich mich in einem gewaltigen Kuhfladen wälzen. Buchstäblich.

Ich räusperte mich und drückte den Rücken durch, um meinen wandelnden Meter in Kampfposition zu bringen.

»Sind Sie sich sicher?« Schmale Lippen, irritierter Blick. *Und das wird reichen?*

»Ja«, knurrte ich.

Vielsagend schaute die Kassiererin auf die wartenden

Menschen, was mich noch eine Spur unruhiger werden ließ, denn ich fühlte mich auf der Stelle in meine Schulzeit zurückversetzt. Als Herr Klingenberg, einer der letzten echten Urgestein-Lehrer, mich vor der versammelten Klasse nach vorn zitiert hatte, damit ich am Whiteboard eine binomische Formel löse.

Oder auch nicht.

Bevor ich es mir anders überlegen konnte, holte ich aus dem Jutebeutel noch die Rumflasche heraus. Die Kassiererin griff mit verkniffenem Mund zum Mikrofon. »Storno Kasse zwei, Storno Kasse zwei«, tönte ihre Stimme dröhnend durch den Markt, sodass selbst ein schwerhöriger Opa sie verstanden hätte.

Keine zwei Minuten später – mir kam es vor wie eine halbe Ewigkeit – erschien ein Typ mit einem magischen Schlüssel, maß mich mit einem knappen Blick und brachte den gestockten Kassenvorgang wieder ins Rollen. In der Zwischenzeit kramte ich in meinem Geldbeutel den passenden Betrag zusammen.

Fluchend und hocherhobenen Hauptes stampfte ich kurz darauf in die Tiefgarage, wo ich meinen heiß geliebten VW Golf abgestellt hatte, der schon viel zu viele Kilometer auf dem Buckel hatte. Sofort verspürte ich wieder einen Hauch von Besorgnis in mir aufkeimen, während ich den Einkaufsbeutel im Kofferraum verstaute und Mary Poppins einen flüchtigen Blick zuwarf. Die Dachbox hatte mir auch schon grandiose Dienste geleistet, aber so langsam beschlich mich das Gefühl, dass sich unsere gemeinsame Zeit dem Ende zuneigte.

Bevor ich losfuhr, tippte ich eine Nachricht an Anabelle, die Personalleiterin der Cateringfirma *Leckerste*, für die ich gelegentlich jobbte, um mir mein Studium in München leisten zu können.

Ist demnächst zufällig noch etwas zu vergeben?

Ihre Antwort erfolgte innerhalb weniger Sekunden.

Du hast Glück, Oxana ist heute abgesprungen, ich suche gerade Ersatz.

Wann? Wo?

Beginn 19:00 Uhr. Ich schick dir die Informationen per E-Mail. Du kannst sie aber auch online im Portal einsehen.

Super! Danke.

Zufrieden stöpselte ich das Ladekabel ins Handy und ließ mich von der zufälligen Wiedergabe irgendeiner Playlist berieseln. *Drivers license* von Olivia Rodrigo plärrte aus den Lautsprechern, während ich mich mühelos in den Nachmittagsverkehr von München einfädelte, bis es sich an der Prinzregenten wie üblich staute. Der Motor unter mir surrte nicht mehr ganz so frisch, wirkte abgekämpft, als ob ihn etwas beschäftigte. Ich runzelte die Stirn. Spätestens morgen würde ich mal einen Blick unter die Haube werfen müssen.

Im Gegensatz zu vielen meiner Kommilitonen bekam ich nicht am Anfang des Monats einen Betrag von meinen Eltern aufs Konto überwiesen, damit ich mich aufs Lernen und Feiern konzentrieren konnte. Das sollte nicht heißen, dass ich ihnen ihre Freiheiten nicht gönnte, schließlich konnte niemand etwas für seine familiäre Situation. Für BAföG waren auch wir ein bisschen zu wohlhabend, deswegen jobbte ich regelmäßig, um mir meinen Unterhalt und ein kleines bisschen Lebensstandard zu sichern. Aber selbst das reichte in einer Stadt wie München kaum aus, zumindest nicht, wenn man sich ab und zu ein kleines bisschen Luxus leisten wollte. Auswärts essen. Feiern. *Lebensgefühl trinken*, wie Brie, meine brasilianische Mitbewohnerin und Freundin, mir neulich vermittelt hatte.

Bei dem Gedanken an sie bewegten sich meine Mundwinkel wie von Schnüren gezogen nach oben. Das war meistens so, wenn mir Brie in den Sinn kam. Gemeinsam mit meiner besten Freundin Joana bewohnten wir eine Dachgeschosswohnung in der Kaiserstraße im Herzen Schwabings.

Die Sonne stand tief und ich öffnete ein wenig das Fenster, ließ die frische Frühlingsluft um meine Nase wirbeln. Für Anfang März war es erstaunlich warm, allein in der letzten Woche hatte ich morgens an drei Tagen Saharastaub von der Windschutzscheibe wischen müssen.

Als ich wenig später den mageren Einkauf in unsere WG schleppte, empfing mich im Flur bereits das lautstarke Geplänkel von Kilian und Anton, die sich über Kultfilme der Achtziger- und Neunzigerjahre stritten. Genau genommen hatten sie damit schon am Samstag angefangen, als wir Jojos Geburtstag im kleinen Kreis nachgefeiert hatten. Ihre Diskussion ließ mich das Erlebnis im Einkaufszentrum vergessen, auch wenn ich spürte, wie das unangenehme Gefühl des Versagens am Rand meines Bewusstseins schabte.

»Sie werden sich in diesem Leben nicht mehr einigen, oder?«, fragte ich Jojo, die in diesem Moment aus dem Bad kam und kopfschüttelnd die Lippen schürzte.

Für einen kurzen Moment gestattete ich mir, sie zu mustern. Inzwischen trug sie ihr blondes Haar schulterlang und hatte sich heute hübsche Locken gestylt, während ihre Augen auf diese ganz bestimmte Weise leuchteten, wie es nur bei Frischverliebten der Fall war. Normalerweise hätte mich das nur ein müdes Lächeln gekostet, denn mit Frischverliebten konnte ich genauso viel anfangen wie mit dem Thema Hochzeit und Kinder. Aber es war Jojo. Und Jojo hatte jede noch so kleine Freude der Welt verdient, nachdem sie sich jahrelang selbst gegeißelt hatte.

Seit sie es vor ein paar Wochen geschafft hatte, über ihren eigenen Schatten zu springen und sich den Dämonen ihrer Vergangenheit zu stellen, war sie wie ausgewechselt. Auch wenn die neue Beziehung zwischen ihr und meinem Bruder einer der Hauptgründe für die Veränderung war und ich mich einfach noch daran gewöhnen musste, freute ich mich abgöttisch für sie.

Wie so oft war sie perfekt geschminkt, aber immer häufiger ließ sie auch mal ihre Sommersprossen durchblitzen, was ihr eine süße Ausstrahlung verlieh.

»Aktuell sind sie bei *Lethal Weapon* und *Beverly Hills Cop* angekommen.«

»Ach du Schande. Wer ist wofür?«

»Toni schwört auf Eddie Murphy und Kilian würde sich den Arm für Mel Gibson ausreißen.«

Ausnahmsweise fiel mir darauf kein passender Spruch ein, was ich auf die Nachwirkungen des kleinen Zwischenfalls im Supermarkt schob. Allein bei dem Gedanken daran verknotete sich mein Magen. Großartig. Ich zwang mich, eine gleichgültige Miene aufzusetzen, und zum Glück bemerkte Jojo nicht, dass mich etwas beschäftigte.

Die tiefen Stimmen im Wohnzimmer wurden lauter und energischer. Das klang mittlerweile hitzig.

»Gleich holen sie das Kriegsbeil heraus«, kommentierte ich trocken.

»Ich habe vorsichtshalber die Spülmaschine alleine ausgeräumt. Dann war ich im Bad. Die Diskussion geht schon eine halbe Ewigkeit.«

Ich lachte, was selbst in meinen Ohren ein wenig künstlich klang, und zog mir die Vans von den Füßen, um sie in die Schuhablage zu stellen.

Jojo quittierte meinen kleinen Aufräumeinsatz mit einer hochgezogenen Augenbraue. »Es geschehen noch Zeichen und Wunder.«

»Apropos Wunder: Es grenzt an eines, dass sie sich nicht gegenseitig vor den Fernseher zerren und einen Filmmarathon einlegen, um zu beweisen, dass der jeweils andere im Unrecht ist.«

»Nicht so laut«, murmelte Jojo eindringlich und zupfte an ihrer azurblauen Bluse, die ihre sportliche Figur betonte und an den Ärmeln etwas weiter ausfiel. »Sonst bekomme ich Kilian die nächsten Tage nicht mehr aus der Wohnung, weil er sich irgendetwas beweisen muss. Dabei wollten wir morgen unseren Urlaub buchen.«

Stimmt. Die erste gemeinsame Reise in trauter Zweisamkeit. »Willst du dann eigentlich deinen Gutschein mit dem Fallschirmsprung einlösen? Ihr wollt doch an die Adria, oder?«

Jojo wurde erstaunlich blass um die Nase, reckte jedoch tapfer das Kinn und erinnerte mich damit plötzlich an eine Kriegerprinzessin. »Ich will es zumindest versuchen. Kilian hat mir versprochen, das Base-Jumping eine Zeit lang zurückzustellen. Mal schauen, vielleicht findet er etwas anderes, das nicht ganz so …«, sie schluckte, weil es ihr noch immer sichtlich schwerfiel, es auszusprechen, »halsbrecherisch ist.«

Auch mich ließ die Tatsache nicht kalt, dass mein Bruder

einen tödlichen Extremsport zu seinem Lieblingshobby erklärt hatte. Ich nickte. »Wann wollt ihr denn fahren?«

»In zwei Wochen, damit wir rechtzeitig vor Semesterbeginn zurück sind.« Ein seliges Lächeln legte sich um ihren vollen Mund. »Also bitte bring ihn lieber nicht dazu, mit Toni irgendwelche Filme anzuschauen.«

»Ich gebe mein Bestes. Aber du weißt, wie die beiden Sturköpfe sind.«

Jojos veilchenblaue Augen glitzerten spöttisch. »Sagst ausgerechnet du? Liegt wohl auch ein wenig in der Familie, was?«

»Schuldig im Sinne der Anklage.« In einer abwehrenden Geste hob ich die Hände und griff anschließend nach dem Einkaufsbeutel, den ich achtlos auf dem Parkettboden abgestellt hatte.

»Sturköpfe?«, fragte in diesem Augenblick eine helle Stimme vom Ende des Flurs. Brie kam um die Ecke, in Jogginghose und einem weißen Tanktop. Sie trug ihr lockiges Haar offen und ihre goldenen Creolen bewegten sich wie ein Windspiel bei jedem ihrer Schritte. Ein verwirrter Ausdruck lag auf ihren hübschen Zügen.

»Oder *Dickschädel*«, fügte ich erklärend hinzu, doch sie sah immer noch so aus, als wollte ich ihr den Weg zum Mond erklären. »Beide beharren auf ihrer Meinung und fühlen sich im Recht. Keiner möchte nachgeben.«

»Ah«, machte Brie und grinste. »Dann trifft es *Sturköpfe* sehr gut.« Sie sah zwischen uns hin und her. »Das gilt übrigens für euch alle.«

Ich lächelte und wir wechselten noch ein paar Sätze miteinander. Wenig später stellte ich in der Küche die Einkaufstüte auf den Tresen und begrüßte die beiden Jungs, die auf dem Sofa hockten und kaum Notiz von mir nahmen. In Antons Anwesenheit wirkte alles ein bisschen enger und kleiner, aber das brachte seine Größe mit sich, während mein Bruder den Raum mit seiner unverwechselbaren Präsenz einnahm. Der Dreitagebart verlieh ihm eine draufgängerische Ausstrahlung und ließ ihn gleichzeitig erwachsener wirken, als er es womöglich im Herzen war. Wobei Jojos Einfluss in den letzten Wochen deutlich dazu beigetragen hatte, Kilian ein bisschen zu erden.

Kurz huschte mein Blick durch den aufgeräumten Wohn-Essbereich, dessen Sauberkeit größtenteils ebenfalls Jojo zu verdanken war. Ich liebte unsere Wohnung mit den Dachschrägen, den gemütlichen Ecken und Nischen, die Jojo mit unzähligen Zimmerpflanzen in verschiedenen Töpfen zugestellt hatte und die der kompletten Bude einen heimeligen Charakter verliehen. Es war mein ganz persönlicher Dschungel. Auch wenn ich mich davor drückte, mich um die Pflanzen zu kümmern, denn andernfalls würden sie mit größter Wahrscheinlichkeit wie Helmut enden, jener verwelkten Palme, die wir meinem Bruder vor ein paar Monaten zur Einweihung geschenkt hatten.

»Karla, wir brauchen dein neutrales Urteil«, tönte Kilian vom Sofa, während ich die letzten Kühlsachen verstaute. Als ich zu den Hitzköpfen hinübersah, bemerkte ich ein unterschwelliges Brodeln in der Luft.

Mein Bruder sah aus, als würde er sich im nächsten Moment auf Toni stürzen, dessen Miene so undurchdringlich war, dass er wie eine Statue wirkte. Lediglich ein Muskel an seinem markanten Kiefer zuckte verdächtig. Inzwischen kannte ich ihn aber gut genug, um zu wissen, dass es unter der kühlen Oberfläche gewaltig schwelte.

Seufzend schloss ich den Kühlschrank und schlenderte mit verschränkten Armen zu den beiden, um mich auf den leeren Couchtisch zwischen ihnen zu setzen, der mein Fliegengewicht mühelos hielt.

»*Lethal Weapon* oder *Beverly Hills Cop*? Welche Filmreihe ist deiner Meinung nach besser?«

Sofort hob ich einen Finger. »*Lethal Weapon* ist nur wegen der Freundschaft zu Murtaugh so genial, das Zusammenspiel der Figuren passt einfach.« Ein zweiter Finger. »Im Gegensatz zu *Beverly Hills Cop* sind allerdings alle drei Teile wirklich gelungen.« Noch ein Finger. »Eddie Murphy trägt die kompletten Dialoge und die Story, tut mir leid, aber da ist mein Urteil eindeutig: Mein Herz schlägt für Riggs, auch wenn Foley absolut großartig ist.«

»Ich habe nur die Hälfte verstanden«, hörte ich Brie sagen, und als ich flüchtig in Richtung Tür blickte, sah ich meine beiden Freundinnen dort stehen.

»Und ich gar nichts«, erwiderte Jojo, um anschließend stirnrunzelnd auf den halb ausgeräumten Beutel zu schielen. »Sag mal, hast du das Toilettenpapier mitgebracht?«

Sofort schlug meine Stimmung wieder um, denn insgeheim hatte ich gehofft, um dieses Gespräch herumzukommen.

»Oh, hab ich vergessen«, log ich mit Unschuldsmiene.

»Ach, Karla«, seufzte Jojo, als wäre ich ein kleines Kind, das von seiner Mutter getadelt wurde. »Ich hab dich dreimal daran erinnert und dir extra eine Nachricht geschickt.«

Hatte sie in der Tat. Prompt meldete sich das schlechte Gewissen. Ich wurde unruhig, aber ich konnte und wollte ihnen nicht die Wahrheit sagen. Die XXL-Toilettenpapierpackung und der Rum waren am teuersten gewesen und ja, wahrscheinlich hätte ich auf ein kleines Viererpack umschwenken können, aber dafür hatten mir am Ende schlicht die Nerven gefehlt. Denn das Bedürfnis, den Laden schnellstmöglich hinter mir zu lassen, war so präsent gewesen, dass ich mich nicht hatte dagegen wehren können.

»Das kann doch wirklich jedem passieren. Sorry.« Mühsam rang ich mir einen möglichst lockeren Tonfall ab und zwang meine Mundwinkel, in der erhobenen Position zu verharren.

»Ja, aber dir passiert das dauernd. Immer vergisst du etwas, worum ich dich bitte. Letzte Woche war es das Brot. Davor das Müsli. Man kann sich einfach nicht auf dich verlassen, wenn es um so etwas geht.« Es fehlte nicht viel und sie hätte die Lefzen gehoben und nach mir geschnappt.

»Alles, was ich sage, klingt wie eine kaputte Schallplatte. Aber es ist die Wahrheit. Keine Absicht, entschuldige.«

»Du könntest dich wenigstens einmal ins Zeug legen. Man hat den Eindruck, dir ist das einfach egal.«

Wow, okay.

Normalerweise hielt sich Jojo mit dieser Art von Diskussion im Beisein anderer zurück, aber anscheinend hatten wir einen Punkt erreicht, der das Fass zum Überlaufen gebracht hatte. Und ich konnte sie durchaus verstehen. Ja, ich war ein Schussel. Ich hinterließ Chaos, wo ich nur hinkam. Auf der anderen Seite würde ich mich für sie vor ein Auto werfen, wenn es sein musste.

Letztendlich spielte es aber keine Rolle. Sie hatte mich mehrfach um etwas gebeten und ich hatte es nicht erledigt, sondern einfach vergeigt. Aus welchen Gründen auch immer.

»Ehrlicherweise hätten wir das Toilettenpapier gut gebrauchen können«, mischte sich Kilian mit einem Schulterzucken ein.

Großartig, fiel der Kerl mir jetzt auch in den Rücken!

Toni räusperte sich. »Ich will ja nichts sagen, aber das wäre durchaus notwendig gewesen.«

»Ich hab's kapiert. Ihr braucht alle Toilettenpapier. Es tut mir leid, okay? Das war keine verdammte Absicht.« Entnervt riss ich die Arme in die Luft. »Was macht ihr Kerle eigentlich so lange auf dem Klo? Ihr verschwindet jedes Mal für eine geschlagene halbe Stunde. Das ist wie so ein Paarungsritual, nur dass ihr der Kloschüssel den Hof macht.«

Brie, die gerade einen Schluck von ihrem frisch eingegossenen Kaffee genommen hatte, hielt sich hektisch die Hand vor den Mund und kämpfte dagegen an, das Getränk wieder auszuprusten. Auch Toni und Kilian wirkten etwas entspannter. Einzig Jojo verzog keine Miene, sie schien noch immer sauer zu sein.

Das war ihr gutes Recht.

»Was macht ihr eigentlich alle hier?«, fragte ich, um das Thema zu wechseln.

Jojo blickte mich verständnislos an und auch die anderen wirkten etwas verwundert, als wäre meine Frage völlig aus der Luft gegriffen. Dann fiel es mir siedend heiß ein und mein Mund wurde trocken.

Marvel-Filmnacht im Mathäser. Vier Filme am Stück.

Tatsächlich hatte ich es total vergessen.

Bockmist.

»Sag nicht …«, begann Jojo mit einer hochgezogenen Braue, doch ich fiel ihr schnell ins Wort: »Anabelle hat mich gefragt, ob ich heute Abend für Oxana einspringen kann. Ist ein absoluter Notfall.«

Jojo wirkte irritiert und kräuselte verärgert die Lippen. »Aber wir haben seit Wochen die Tickets vorbestellt.«

»Notfall, wie gesagt«, erwiderte ich achselzuckend, meine Zunge fühlte sich wie verknotet an. Lügen war einfach nicht mein Ding, gleichzeitig nahm ich aus dem Augenwinkel wahr, dass Kilian mich nachdenklich betrachtete. Es war derselbe Blick, den er mir immer zugeworfen hatte, wenn ich unsere Eltern angeflunkert hatte. Die Art von Kommunikation unter Geschwistern, die keiner Worte bedurfte.

»Da findet sich bestimmt jemand anderes«, versuchte es Jojo erneut.

»Wenn sie muss, dann muss sie«, sprang mir Kilian zu meiner Überraschung bei und warf mir einen wissenden Blick zu, aus dem ich Verständnis herauslas.

Doppelter Bockmist.

Mein Bruder ließ mir meine Notlüge, damit ich das Gesicht wahrte, weil er mich viel zu gut kannte. Auch Jojo hätte das normalerweise durchschaut, wenn sie nicht gerade mit ihrem eigenen Leben beschäftigt wäre. Natürlich würde ich auch bei den anderen auf Verständnis stoßen, wenn ich mit der Sprache herausrücken würde, aber das wollte ich nicht. Ich wollte kein Verständnis, kein *Wir halten zusammen, ist doch keine große Sache.*

Denn für mich war es das. Für mich war es ein Eingeständnis von Schwäche, ich fühlte mich dann wie eine Versagerin, auch wenn ein rationaler Teil von mir ganz genau wusste, wie albern das eigentlich war.

Also dehnte ich die Wahrheit ein bisschen. »Anabelle klang etwas verzweifelt. Sonst hätte ich die Anfrage natürlich ausgeschlagen.«

»Keiner zwingt dich«, murmelte Jojo. Pure Resignation lag in ihrer Stimme und auch ihre Miene war ausnahmsweise ein offenes Buch, denn die Enttäuschung stand ihr auf die Stirn geschrieben, weil ich die Arbeit einem Abend mit der Clique vorzog.

»Gut.« Ich straffte die Schultern.

»Gut«, sagte sie in demselben Tonfall.

Zu meinem Glück begann mein Bruder wieder eine Unterhaltung mit Toni, während er mich noch einmal kurz musterte und in seinen Augen Mitleid schwamm. Anscheinend hatte er nonverbal kapiert, worum es mir eigentlich ging. In der Hinsicht kannte er meine Pinocchio-Nase etwas zu gut, was wahrscheinlich daran lag, dass ich vor Jojo viel zu selten davon Gebrauch machte.

Fantastisch. Dieser Dackelblick würde mich jetzt den ganzen Abend und anschließend in meinen Albträumen verfolgen.

Wortlos und mit gestrafften Schultern verstaute ich die restlichen Einkäufe, die Stimmung war ohnehin im Eimer. Da nutzte es auch nichts, dass Brie versuchte, alles zu retten, indem sie von ihrer kleinen Schwester und den süßen Fortschritten erzählte, was selbst mein unromantisches Herz schneller schlagen ließ.

Wenig später murmelte ich eine halblaute Verabschiedung und wünschte allen viel Spaß im Kino, ehe ich mich in mein Zimmer zurückzog. Bevor ich die Tür hinter mir schloss, nahm ich aus dem Augenwinkel wahr, wie mein Bruder einen Arm um Jojos Schultern schlang und ihr etwas ins Ohr flüsterte. Ich wandte mich ihnen noch einmal flüchtig zu. Jojos Miene wirkte verdrießlich, wurde aber weicher, beinahe zärtlich, als er mit dem Zeigefinger an ihre Nasenspitze tippte, einen Mundwinkel schief verzog und sie dann küsste.

Wenigstens wusste ich, dass meine beste Freundin in den besten Händen war. Und Kilian genauso.

Nur irgendwie hatte ich mir den Tag wirklich anders vorgestellt.

Kapitel 2

Kurze Zeit später stieg ich etwas atemlos und noch immer innerlich brodelnd in mein Auto. Ich schmiss den Rucksack achtlos auf den Beifahrersitz, drehte den Schlüssel im Zündschloss – und erstarrte.

Ratsch. Ratsch. Ratsch.

Das quietschende Geräusch, das mir anstelle eines aufheulenden Motors entgegenschlug, ließ meinen Magen in die Kniekehlen sacken. Ach, Kacke. Nicht auch das noch. Aber bei meinem heutigen Glück war das bestimmt erst die Spitze des Eisbergs.

Zögerlich versuchte ich es ein weiteres Mal – und er sprang ohne Probleme an. Erleichterung durchflutete mich. Wahrscheinlich sollte ich bald mal wieder zur Kontrolle.

Dann stutzte ich, als ich die leichte Schräglage registrierte. Das Auto stand nicht nur schief, es fühlte sich an, als würde ich mit der hinteren rechten Hälfte den Bordstein küssen. Nein. Ich ahnte, was das bedeutete, wagte aber nicht, direkt auszusteigen und nachzusehen.

Ausgerechnet jetzt. Ausgerechnet heute.

Fluchend ließ ich meine Stirn gegen das kühle Lenkrad sinken, umklammerte es fest mit beiden Händen und atmete mehrfach tief durch. Mit einem schnellen Blick aufs Handy vergewisserte ich mich, dass ich ohnehin zu spät dran war.

Wie war das mit der Kehrseite des Schicksals? Inzwischen war ich davon überzeugt, dass ich mir irgendeinen Karma-Mist eingefangen hatte. Das konnte ja nur ein schlechter Witz auf meine Kosten sein!

Draußen checkte ich den Hinterreifen, der so platt wie ein Pfannkuchen auf dem Asphalt klebte. Natürlich. Frustriert schnappte ich mir meine Sachen, schloss den alten VW ab und stampfte in Richtung U-Bahn, vorbei am *Chochinchina* – eines meiner liebsten vietnamesischen Restaurants der Stadt, aber leider auch eines der teuersten –, wo gerade das abendliche Schaulaufen begonnen hatte. Auf der Anzeige an der Münchner Freiheit stand eine Minute, bis die U6 in Richtung Großhadern einfuhr. Also sprintete ich die Stufen zur Haltestelle hinunter, vorbei an Feierwütigen, Feierabendpendlern und Großfamilien, und erwischte in allerletzter Sekunde die Bahn, bevor sich die Türen schlossen. Außer Atem suchte ich mir einen freien Platz, lehnte den Kopf gegen die Stütze und schloss für einen kurzen Moment die Augen.

Die kleine Diskussion mit Joana hing mir noch ein wenig in den Knochen. Wie ein leises Bergecho, das nach und nach verklang. Ich hasste es, mich mit meiner besten Freundin in die Haare zu kriegen. Dabei war es eigentlich keine große Sache, zumindest rein objektiv betrachtet. Allerdings würde mir Tante Francesca wahrscheinlich widersprechen. Von wegen *la caduta costante logora la pietra* – der stete Tropfen höhlt den Stein.

»Fahrausweise bitte.«

Die tiefe Stimme riss mich aus meinen Gedanken. Plötzliche Hitze überfiel mich vom Scheitel bis in die Zehenspitzen, begleitet von einem kurzen, heftigen Stich ins Herz. Als ich mich blinzelnd umschaute, marschierten drei Kontrolleure in Zivil durch die Gänge, mit so zufriedenen Gesichtern, als hätten sie Gerds Soufflé-Schälchen ausgeleckt.

Dreifacher Bockmist.

Meine Finger verselbstständigten sich, machten sich auf die Suche nach meinem Geldbeutel, auch wenn ich wusste, dass es ohnehin zwecklos war. Ich hatte in der Hektik vergessen, eine Fahrkarte zu kaufen, weil ich meistens ohnehin mit dem Auto unterwegs war. Und mein Semesterticket hatte ich im letzten Halbjahr nicht verlängert, da ich die öffentlichen Verkehrsmittel so selten nutzte.

Als die dunkelhaarige Frau mit der Jeansjacke – warum waren es eigentlich immer Jeansjacken? – bei mir ankam, hatte ich meinen Versuch bereits aufgegeben. Resignation erfüllte mich, während ich meinen Namen und die Adresse herunterrasselte und ihr meinen Personalausweis unter die Nase hielt.

An der nächsten Station stieg ich aus, aber ein kleines bisschen Glück hatte ich trotzdem, denn es war meine Haltestelle.

Die Location befand sich an der Donnersbergerbrücke, ein typisches Industriegebäude: dunkel, voll verglast, unzählige Stockwerke. Ich checkte Google Maps und eilte von der U-Bahn-Haltestelle zum Eingang, wo ich einen weißen Kastenwagen mit dem *Leckerste*-Logo parken sah. Als ich schließlich völlig verschwitzt am Eingang ankam, erwartete mich bereits Anabelle. Sie steckte in einem hübschen marineblauen Kostüm, hatte ihr dunkelblondes Haar ordentlich bis auf die Schultern frisiert und studierte einige Unterlagen, die an ein Klemmbrett gepinnt waren. Sie schien meine Ankunft zu spüren, denn sie hob den Kopf. In ihrem Blick lag eine Mischung aus Erleichterung und Verärgerung, was höchstwahrscheinlich auf meine Verspätung zurückzuführen war.

»'tschuldigung«, murmelte ich außer Puste, sobald ich vor ihr zum Stehen gekommen war, und verfluchte meine nicht vorhandene Ausdauer, weil sich nach einer Strecke von fünfhundert Metern bereits der Schweiß in meinem Nacken sammelte.

»Ich dachte schon, du tauchst gar nicht mehr auf.« Ein leiser Vorwurf schwang in ihren Worten mit und ich zog ertappt die Schultern hoch.

»War keine Absicht.«

»Ich hatte dir gerade schon geschrieben.«

Mist. Das war mir wohl entgangen.

»Mein Auto hat einen Platten und ich musste auf die Öffentlichen umsatteln, deswegen …«

In diesem Augenblick wurde mir bewusst, wie sehr sich meine Ausrede nach *mein Hund hat die Hausaufgaben gefressen* anhörte, also klappte ich den Mund wieder zu und ließ den Satz unbeendet.

Anabelles Augenbrauen blieben zusammengezogen und ich versuchte, mich daran zu erinnern, wann ich sie jemals so gesehen hatte. Noch nie? Yep. Heute war eindeutig nicht mein Tag.

»Wie dem auch sei«, sagte sie seufzend. »Die Küche findest du hinter der Garderobe, erste Tür links. Dahinter ist eine Kammer mit Stauraum, da kannst du deine Sachen ablegen und dich umziehen. Elyas hat heute die Teamleitung, Einweisung war schon. Aber du kannst dir alle Infos von ihm abholen.«

Bei der Erwähnung von Elyas schlug mein Herz automatisch schneller, als hätte sich der Beat eines Songs erhöht.

Schon viele hatten es bei ihm versucht und alle waren gescheitert. Und da zählte ich einen sehr betrunkenen Abend nach der Messe in Barcelona letztes Jahr nicht dazu. Oder vielleicht doch. Sein distanziertes Lächeln und das freundschaftliche Schulterklopfen ließen mich immer noch vor Fremdscham zusammenzucken, was mindestens ein Meme wert gewesen wäre.

Vermutlich genoss Elyas die weibliche – und manchmal auch männliche – Aufmerksamkeit, die ihm zuteilwurde; aber im Gegensatz zu den meisten meiner Kolleginnen malte ich mir nicht sabbernd das Traumhaus im Grünen irgendwo im Münchner Umland mit ihm aus, sondern Dinge, für die sich *nonna* mindestens dreimal bekreuzigt hätte.

Also nickte ich brav. »Verstanden.«

Endlich kehrte ein schmales Lächeln auf Anabelles Lippen zurück, das jedoch angestrengt wirkte. Irgendwie konnte ich das Gefühl nicht abschütteln, heute alle zu enttäuschen. »Viel Spaß trotzdem. Und wenn was ist, du findest mich bis zweiundzwanzig Uhr irgendwo auf dem Gelände.«

»Danke dir.«

Wie angekündigt, befand sich eine kleine Abstellkammer unmittelbar neben der Küche, wo Till und einer der anderen Köche gerade mit dem Anrichten der warmen Gläschen beschäftigt waren. Die würzige Duftnote mit dem Geruch von gebratenen Zwiebeln und Knoblauch ließ mir das Wasser im Mund zusammenlaufen. Ich traf auch ein paar Logistiker und Servicekräfte, nur Elyas konnte ich nirgends ausmachen. Dafür entdeckte ich zwei Bars, die jeweils an den Kopfseiten des großen Hauptsaals aufgebaut worden waren. In den verwinkelten Sitznischen dazwischen hatten sich bereits die ersten Gäste niedergelassen. Eine Coverband spielte ruhige Musik.

Verstohlen blickte ich mich im Foyer um. Die Lichter waren gedimmt, sodass bereits eine abendliche Atmosphäre herrschte. Die indirekte Beleuchtung in einem kühlen Blauton fiel auf Wände, meterhohe Pflanzen und mit Hussen bestückte Stehtische. Ein paar der anderen Angestellten von *Leckerste* wuselten bereits in grauen Hemden, schwarzen Schürzen und mit voll beladenen Tabletts durch den Raum, um Aperitifs oder von Till gezauberte Kanapees zu verteilen, die himmlisch rochen. Ich erkannte Pete an der vorderen Bar, Ulla und auch Thao, die erst das dritte Mal mit von der Partie war. Von Elyas fehlte weiterhin jede Spur.

»Suchst du jemand Bestimmtes?«, fragte mich Pete, als ich bei ihm ankam und mich gegen den Tresen lehnte, an dem es noch relativ ruhig war. Wahrscheinlich, weil alle auf eine offizielle Ansprache warteten, bevor die Party richtig losging.

»Elyas. Ich wollte ihn nach dem Ablauf fragen. Also, was ist das heute? Parfüm-Launch? Firmenfeier?«

Jetzt wirkte Pete ehrlich überrascht. Mit einer beiläufigen Geste strich er sich das dunkelblonde Haar aus der Stirn, was meine Aufmerksamkeit auf seine hellen Augen lenkte. »Wie? Das weißt du nicht?«

»Nein, sollte ich denn?«

»Gerade du.«

»Gerade ich?«, echote ich.

»Der Peter-Hartl-Skandal?« Ich musste wohl ziemlich bedröppelt aus der Wäsche schauen, denn Pete fügte mit einem Schmunzeln hinzu, während er sich beinahe liebevoll um das Reinigen der Kaffeemaschine kümmerte: »Seine Cateringfirma muss sich wegen Steuerhinterziehung verantworten und wird deswegen das Catering für diesen einen deutschen Rennstall nicht mehr übernehmen.«

Oh. *Der* Peter Hartl. Dann erkannte ich den Zusammenhang, den Pete zu mir herstellen wollte. Mein Herz schlug plötzlich sehr schnell und heftig in meiner Brust – Trommelschläge, nur dass sie sich tonnenschwer anfühlten. Dann spürte ich ein ahnungsvolles Ziehen in meinem Bauch und meine Mundhöhle verwandelte sich in eine Staubwüste. War das etwa … ein schmaler Lichtstreifen am Horizont? Ich wagte es nicht zu hoffen.

»Moment. Sagst du mir damit gerade, was ich denke, das du mir sagst?«

»Was denkst du denn?«, fragte Pete augenzwinkernd, die Sängerin wechselte das Lied und die sanften Klänge drangen wie entrückt an mein Ohr.

»Ist das heute so etwas wie ein Probelauf? Bewirbt sich *Leckerste* anstelle von Hartl-Catering?«

Er neigte den Kopf und schenkte mir ein schiefes Grinsen. »Selbst wenn ich wollte, dürfte ich nicht darüber reden. Du kannst dir aber deinen Teil zusammenreimen.«

»Ach, komm schon«, sagte ich fast schon panisch. Ich brauchte das heute. Den kleinen Hoffnungsschimmer, der aus einem beschissenen Tag einen guten machte. Wie das Frosting eines missglückten Naked Cakes, den man mit viel Mühe noch irgendwie retten konnte.

»Du kannst mich doch nicht beiläufig mit so einer Information füttern und dann hängen lassen!«

»Du weißt …«, begann er, schloss den Mund aber wieder, während sein Blick zu einer Person schräg hinter mir sprang.

»Da bist du.«

Wie aus dem Nichts tauchte Elyas neben mir auf und ich biss mir vor Enttäuschung auf die Zunge, denn jetzt war Petes Gossipstunde endgültig vorbei. Als ich mich nach links wandte, fiel mir auf, wie abgekämpft und müde Elyas wirkte – dunkle Augenringe, ein harter Zug um den Mund –, obwohl er trotzdem einen höchst professionellen Eindruck machte. Wie immer.

Keine Ahnung, woran das lag, aber ich hatte ein Faible für gut gekleidete Männer. Er trug graue Chinos und ein weißes Hemd, das an den Ärmeln hochgekrempelt war und seine natürlich gebräunte Haut betonte. Sein Gesicht war länglich und schmal, aber trotzdem unverwechselbar attraktiv. Allerdings war es vielmehr diese Ernsthaftigkeit, die Art, wie er seine Arbeit priorisierte, was mich irgendwie anmachte. Ich mochte es einfach, wenn Typen wussten, was sie wollten.

»Hey«, erwiderte ich betont locker.

»Du bist etwas spät dran.« Ein schmaler Schatten huschte über seine Züge. »Aber danke … dass du für Oxana einspringst.«

Täuschte ich mich oder wurde Elyas rot?

»Kein Thema, das mache ich gern. Also, was genau steht an, Chef?«

»Hauptsächlich ein *Flying Buffet,* das zwei Stunden nach dem Willkommensdrink abgeräumt wird. Wir starten damit in fünfzehn Minuten. Ich habe einen Lageplan an den Kücheneingang gehängt, bis einundzwanzig Uhr gibt es auch warme Speisen. Danach freie Getränkewahl und ein

Mitternachtsbüfett, das ihr eine Viertelstunde vor zwölf anrichten werdet.«

»Verstanden.«

»Gut. Viel Erfolg heute. Ich bin bis zum Abbau da, falls etwas ist.« Mit diesen Worten nickte er mir knapp zu und rauschte davon, wobei mir bei jeder seiner Bewegungen die Abgeschlagenheit auffiel. Schwerfällige Schritte, hängende Schultern. Als ob ihn etwas schwer beschäftigte.

Seufzend drehte ich mich zu Pete um, der in eine rege Unterhaltung mit einer hübschen Brünetten in einem schwarzen Cocktailkleid mit Tausenden Pailletten vertieft war. Also überließ ich ihn seinem Glück und steuerte die Küche an, um mich dort nützlich zu machen. Die meisten Gerichte waren längst vorbereitet worden und es duftete köstlich nach italienischen Gewürzen und angebratenem Gemüse, sodass mir das Wasser im Mund zusammenlief. In einem Backofen roch es viel zu verdächtig nach *pão de queijo* – wahrscheinlich nach Bries angepasstem Rezept –, jenen brasilianischen Käsebällchen, die mich wahrscheinlich im Schlaf um den Verstand bringen würden. Vielleicht hatte ich Glück und für mich sprang ein Bällchen ab.

Insgesamt herrschte reger Betrieb, mehrere neue Mädels in *Leckerste*-Uniform schwirrten umher, denn ich kannte keine von ihnen. Lächelnd stellte ich mich vor, auch wenn ich nicht wirklich bei der Sache war.

»Guten Abend«, sagte ich zu Till, der kurze Zeit später mit dem Hintern die Tür aufschob, in beiden Händen eine schwarze, verschlossene Transportkiste schleppte und mich ansah, als wären mir plötzlich zehn Köpfe gewachsen. Doch dann erhellte sich seine Miene, während er alles auf die Edelstahlarbeitsplatte neben drei weiteren Kisten abstellte.

Wenigstens einer, der sich freute, mich zu sehen.

»Ah, Karla. Sag mal, sprichst du heute noch mit Gabriella?«

Okay, das erklärte seine freundliche Miene. Fast alle liebten Brie und selbst Tills kurze Zündschnur war in ihrer Gegenwart um einiges länger geworden. Kurz verspürte ich so etwas wie einen kleinen Stich, den ich jedoch wohlweislich ignorierte. »Eventuell. Vielleicht auch nicht, sie ist bis morgen früh im Kino.«

»Bis morgen früh?«, fragte er irritiert.

»Lange Filmnacht.«

»Ach so, verstehe.« Till rieb sich über die Glatze und wirkte auf einmal wieder genauso mürrisch und grüblerisch wie sonst auch.

»Soll ich ihr was ausrichten?«, hakte ich nach.

»Nein, nein, dann schreibe ich ihr einfach.« Mit diesen Worten wandte er sich ab und plötzlich fühlte ich mich in einem Raum voller Menschen, die alle eine Beschäftigung zu haben schienen, seltsam verloren. Als hätte man mich unsichtbar gemacht.

Also tat ich das, was ich am besten konnte, wenn es mir nicht gut ging: Ich lenkte mich ab. Was für Joana die Joggingrunden und für Brie die Kochextasen waren, war für mich körperliche oder geistige Arbeit, um mich auf andere Gedanken zu bringen: an einem Sonntag um acht Uhr im Historicum einen der heiß begehrten Plätze sichern, weil es sich dort am besten lernte; bis in die frühen Morgenstunden Gesetzestexte pauken; frische Pasta machen oder unsere WG-Küche in ein Backschlachtfeld verwandeln. Früher, als Jugendliche, war es die Werkstatt von Papa gewesen. Der Geruch von Motoröl, heruntergefahrenem Gummi, den kratzigen Overall auf der Haut, den kühlen Griff des Drehmomentschlüssels zwischen den Fingern. Ganz egal, nur Stillstand war eine Katastrophe für mich.

In den nächsten zwei Stunden war ich also damit beschäftigt, Häppchen herumzutragen und leere Minigläschen von den Tischen einzusammeln. Aus den Boxen drang die Musik der Coverband, die genau in der Mitte des großen Saals spielte, und der Beat vibrierte in meinen Fingerspitzen. Wortfetzen drangen an mein Ohr, immer wieder schaute ich mich suchend um, in der Hoffnung, womöglich jemanden aus der Motorsport-Welt zu entdecken, was meine Vermutung für den heutigen Cateringeinsatz nach Petes Bemerkung bestätigen würde. Doch ich hatte Pech. Mir fiel kein bekanntes Gesicht auf, niemand, den ich schon mal über einen Bildschirm hatte flimmern sehen. Aber durch die Arbeit meines Papas wusste ich, dass die meisten Strippenzieher nicht die Personen waren, die man kannte.

Wahrscheinlich wäre es auch zu einfach gewesen.

Als ich schließlich eine kurze Pause machte, spürte ich bereits die ersten Erschöpfungserscheinungen meiner Muskeln, die vorzeitig protestierten.

Mit einem Blick auf meine abgetragenen, schlichten Schuhe wurde mir auch klar, weshalb. Gedanklich machte ich mir eine Notiz, denn ich würde mir spätestens mit der neuen Gehaltsüberweisung dringend neue Arbeitsschuhe besorgen müssen. Ich wollte mir gar nicht ausmalen, wie geschwollen sich meine Fußballen anfühlen würden, sobald ich sie aus ihrem Gefängnis entließ. Dann fiel mir ein, dass das vielleicht noch einen weiteren Monat warten musste, schließlich hatte ich keine Ahnung, wie teuer der neue Reifen werden würde.

Meine Hände wurden plötzlich taub, in meinen Ohren dröhnte es. *Nicht nachdenken*, mahnte ich mich. *Das wird schon.*

Seufzend griff ich nach der Sprudelflasche, die ich in einem der Abstellregale deponiert und mit meinem Namen versehen hatte.

»So kenne ich dich gar nicht«, erklang Petes Stimme von der Seite, der mit einer großen Kiste voller frisch gespülter Gläser neben mir stehen geblieben war. Eine Falte grub sich in seine Stirn.

»Was meinst du?«

»Du bist so still heute.«

Mit dem Kinn deutete ich auf die Kiste in seinen Händen. »Und du machst neuerdings doppelte Arbeit?«, wechselte ich abrupt das Thema.

»Einer der Logistiker ist krank und wir brauchen dringend Nachschub. Die Stimmung ist viel zu gut. Aber netter Versuch.«

»Mhmm …«, murmelte ich, sagte dann aber nichts mehr, sondern schraubte die Flasche zu, um sie zurückzustellen.

Petes Augenbrauen schossen in die Höhe, Interesse blitzte in seinen dunkelblauen Augen auf, dann bog er seinen schlaksigen Körper zu mir, sodass mich sein maskuliner Duft umfing. »Bist du krank? Hast du Fieber?«

»Heute ist einfach nicht mein Tag.«

»Womit kann ich dich aufmuntern?«, fragte er augenzwinkernd.

»Versorg mich mit ein paar interessanten Infos«, stieg ich auf seinen Tonfall ein, in der Hoffnung, ihm die nötigen Hinweise auf eine mögliche Kooperation mit einem Rennstall zu entlocken. Einen Versuch war es wert.

»Oxana ist schwanger.«

Vor Verblüffung blieb mir der Mund offen stehen, während Pete das Gewicht verlagerte und mir sein jungenhaftes Grinsen schenkte. Das war nicht die Neuigkeit, die ich mir eigentlich erhofft hatte.

»Wie, das weißt du nicht? Du bist doch sonst unsere Gossip-Queen.«

»Oxana ist schwanger?«, wiederholte ich perplex.

»Jupp. Und wie es aussieht, ist wohl niemand Geringeres als Elyas der Vater.«

Eine Welle der Überraschung erfasste mich ohne Vorwarnung. Heftig und unvermittelt.

»Im Ernst?« In meinem Kopf beschwor ich vergangene Bilder und Szenen herauf und versuchte, mich an jede Geste, jeden Blick zwischen den beiden zu erinnern. Dabei fiel mir auch das Meme-würdige Schulterklopfen ein, das Elyas mir letztes Jahr geschenkt hatte.

»Wow.« Im Moment war ich außerstande, etwas Geistreiches hervorzubringen.

»Genug abgelenkt?«

Angestrengt rang ich mir ein Lächeln ab und straffte die Schultern. »Klar. Danke.«

»Dann auf in die Schlacht«, sagte Pete.

Keine zwei Sekunden später war er verschwunden – und ich mit meinen Gedanken und einem absolut bescheuerten Gefühl in der Brust allein. Mein Herz pochte auf einmal viel zu schnell, aber weil ich nicht der Typ war, der alles bis ins kleinste Detail sezierte und auseinandernahm, machte ich mich einfach erneut an die Arbeit.

Schon bald war ich wieder abgelenkt, versank zwischen perfekt sitzenden Anzügen, tief ausgeschnittenen Abendroben und Unterhaltungen, die in halben Sätzen endeten, weil ich bereits zum nächsten Tisch gelaufen war. Die Sängerin der Coverband gab einen Song von Adele zum Besten, den ich wahrscheinlich nicht einmal betrunken an einem Karoke-Abend im *Molly Malone's* angestimmt hätte.

»Karla?«

Als ich mich umdrehte, kam Elyas mit langen Schritten näher. Er hatte eine geschäftsmäßige Miene aufgesetzt, doch mein einziger Gedanke war: *Du wirst bald Papa?*

Der Satz echote so lange in meinem Kopf, bis die Bedeutung zu mir durchsickerte. Das war so kilometerweit von meiner Lebenswirklichkeit entfernt, dass mir ernsthaft die Worte fehlten.

»In zwanzig Minuten soll eine Rede gehalten werden. Würdest du mit ein paar vollen Tabletts herumgehen, damit im Anschluss darauf angestoßen werden kann? Ich habe auch der Bar und den anderen Servicekräften Bescheid gegeben, dann sollte das so weit passen.«

Meine Antwort war ein abgehacktes Nicken, was jedoch nicht weiter auffiel, denn Elyas war bereits wieder um die nächste Ecke gebogen. Also ging ich zur Bar und ließ mir von Pete hübsche halb volle Sektgläser geben, um anschließend meine Runden zu drehen.

Es war eine Kunst für sich, die Balance des fehlenden Gewichts auszugleichen, vor allem, wenn es eine unvermittelte Attacke war. An der Art, wie jemand ein Sektglas vom Tablett nahm, konnte ich meistens erkennen, ob die Person schon mal in meinen Schuhen gesteckt hatte oder ich einfach weiterhin unsichtbar blieb. Die Uniform machte mich meistens unsichtbar.

Normalerweise hatte ich keine Probleme damit, wenn jemand von hinten oder aus dem Augenwinkel zugriff und mir eines der Gläser vom Tablett riss. Doch heute war es anders. Heute war alles anders.

»Danke schön«, zwitscherte eine weibliche Stimme direkt an meinem Ohr, und wie in einem dieser dämlichen Zeitlupenmomente sah ich dabei zu, wie sich zwei Hände nach den Sektgläsern ganz links ausstreckten. Eine einzige, schnelle Bewegung. Genauso ruckartig wie das Abziehen eines Warmwachsstreifens.

Und für mich genauso schmerzhaft.

Ich geriet ins Straucheln, das ganze Tablett wackelte. Panisch versuchte ich, den Unfall zu verhindern, doch es war zu spät. Der Schwung war zu groß, auch als ich die zweite Hand zu Hilfe nahm. Die ersten Gläser kippten.

Platsch. Platsch. Platsch.

Der entsetzte Aufschrei der Frau neben mir klingelte in meinen Ohren, während sie einen Satz nach hinten machte. Wie Dominosteine fielen die Gläser auf den Betonboden, zersprangen wie geplatzte Träume. Ein Scherbenregen – und ich stand wie gelähmt mittendrin.

Das ist nicht real. Das ist ein Traum. Das muss *ein Traum sein.*

Aber das war es selbstverständlich nicht.

Ernüchtert biss ich mir auf die Unterlippe, den Blick auf das heillose Chaos gesenkt, das ich angerichtet hatte. Dann ging ich zitternd in die Knie. Alles zitterte. Meine Hände. Mein Herz.

Als ich nach den nassen Scherben griff, spürte ich einen stechenden Schmerz durch meine Fingerkuppen zucken und riss die Hand zurück. Blut tropfte aus frischen Wunden an Zeige- und Mittelfinger, die sich beide an der Kante geschnitten hatten. Natürlich.

Stöhnend presste ich sie zusammen, um die Blutung zu stoppen, und sah mich nach einer Serviette auf den Stehtischen um.

»Halb so wild. Kann jedem passieren«, hörte ich Anabelle sagen. Schon war sie neben mir in die Hocke gegangen und begann, die großen Scherben einzusammeln. »Ich mach das. Versorg du lieber die Wunden.«

»Halb so wild?« Hysterie kitzelte in meiner Kehle, wollte hinaus, sich breitmachen, und ich konnte hören, wie schrill meine Stimme klang. »Halb so wild? Ich bin heute eine wandelnde Katastrophe!«

Anabelle warf mir einen mitfühlenden Blick zu und klappte den Mund auf, wahrscheinlich um mir zu widersprechen, aber ich schnitt ihr einfach das Wort ab: »Mehr als sonst! Eine wandelnde Vollkatastrophe. Heute geht alles, absolut alles schief und das Schlimmste ist, dass ich noch dazu mein Mojo verloren habe. Wenn selbst die Arbeit mich nicht mehr vor dem Chaos retten kann …«

Normalerweise nahm ich solche Situationen mit Humor, aber irgendetwas in mir war in Schieflage geraten. Meine Kehle schnürte sich zu, ich fühlte einen gewaltigen Kloß im Hals und presste schockiert die Lippen aufeinander. Die Tränen konnte ich trotzdem nicht zurückhalten.

Zehnfacher Bockmist!

Ich war doch sonst nicht so leicht aus der Fassung zu bringen, aber anscheinend hatte jeder einen Siedepunkt und bei mir war es nun so weit.

»Geh. Wir machen das.« Hinter Anabelle war die *Leckerste*-Armee aufgetaucht und ihre Mienen waren alle voller Mitleid.

Argh!

»Ich brauche eine Pause«, würgte ich hervor. Dann stolperte ich in Richtung Küche, machte mir zwei Pflaster um die Finger und ignorierte jeden Blick.

Eine Pause. Wahrscheinlich das einzig Vernünftige, was mir jetzt noch helfen konnte.

Kapitel 3

Mit einem tiefen Atemzug trank ich die kühle Luft des Märzabends, spürte, wie ein Frösteln meine Arme überzog, und seufzte leise. Mein Schädel brummte von all den lauten Gesprächsfetzen, dem losen Stimmengewirr und der Hitze, die sich in der Haupthalle gesammelt hatte. Auch meine Augen brannten, lechzten nach einer Pause von den Kontaktlinsen. Inzwischen fühlten sich meine Fußsohlen an, als hätte man sie mit einem Presslufthammer bearbeitet, meine Nackenmuskulatur spannte, genau wie meine Mundwinkel, die sich bis vor ein paar Minuten in einem Dauerlächeln verkeilt hatten. Ich ließ meinen Kopf kreisen, dehnte den Hals von der einen auf die andere Seite und stieß abermals stöhnend die Luft aus.

Nach und nach klang die Aufregung in mir ab, das Adrenalin verließ langsam meinen Körper. Auch die Tränen waren längst versiegt, nur die Schnitte pochten noch ein wenig, aber selbst das ließ allmählich nach. Ich hasste es so sehr, Schwäche zu zeigen, bemitleidet zu werden. Mein ganz persönliches rotes Tuch. Und genau davon hatte ich gerade eine volle Ladung abbekommen, was mich jetzt noch einmal wütend schnauben ließ.

»Scheißabend?«

Eine Stimme wie rauer Sand rieselte in mein Ohr, und als ich nach rechts sah, machte ich die dunkle Silhouette eines jungen Mannes aus, der im Schatten des Gebäudes lehnte. Zumindest hörte er sich jung an. Allerdings blieb sein Gesicht in der Dunkelheit verborgen, denn die Laterne war an der Stelle ausgefallen, doch seine Stimme … seine Stimme war wie das Brechen von Wellen an einem verregneten Herbsttag.

»Wie kommst du darauf?« Ich war erstaunt, wie selbstsicher ich klang, obwohl mein Selbstbewusstsein einen gehörigen Knacks abbekommen hatte.

»Weil du ständig vor dich hin knurrst«, erwiderte der Fremde, ich konnte das Lächeln in seiner Antwort hören. »Und leise fluchst. Oder wahlweise sehr genervt seufzt.«

»Ja, der Abend war das beschissene i-Tüpfelchen am Ende des perfekten Scheißtages.«

Er lachte dröhnend auf und das Geräusch fuhr mir direkt in die Magengrube.

Hoppla.

Interessiert wandte ich mich ganz dem Typen zu, der so unvermittelt aufgetaucht war. Vermutlich stand er auch schon die ganze Zeit hier draußen und ich hatte ihn nur nicht bemerkt, weil ich so sehr mit meinen eigenen Gedanken beschäftigt gewesen war. Ich war nur einige Meter von ihm entfernt, sodass auch er mich nicht richtig erkennen konnte. Oder vielleicht doch? Ich war mir nicht sicher.

Obwohl ich sein Gesicht nicht sah, spürte ich dennoch seine Musterung, seinen Blick auf meiner Haut. Wie er mich betrachtete, meine Erscheinung unter die Lupe nahm, während ich für einen Moment vergaß zu atmen, weil sich das auf einmal sehr intim anfühlte. Wie eine zufällige Berührung, wenn alle Sinne sich nur darauf fokussierten.

»Und was ist mit dir?«, fragte ich, als ich meine Worte wiedergefunden hatte. »Keine Lust auf die Party?«

Er zögerte kurz. »Ehrlich gesagt, nein. Ist nicht meine Welt. Nicht wirklich zumindest.«

»Gutes Essen und freier Alkohol? Stimmt, das wäre auch nicht meine Welt. Nicht wirklich zumindest.« Ich sagte es nicht bissig, sondern mit einem Hauch von Belustigung.

Trotz der Dunkelheit nahm ich schemenhaft wahr, wie er mit den Schultern zuckte. »Nicht, wenn es ein verpflichtender Abend ist und man eigentlich lieber etwas anderes machen würde«, antwortete er kryptisch. »Und du? Was treibt dich nach draußen?«

»Ich muss einfach den Kopf frei kriegen. Wie schon gesagt, heute war nicht mein Tag. Aber manchmal hilft frische Luft, Krönchen richten und weiter geht's.«

Da war wieder dieses tiefe, heisere Lachen und ich ertappte mich dabei, wie ich mich dem Geräusch entgegenlehnte. Als könnte sich auch meine Laune verbessern, wenn ich ihm nur nah genug war. Ein Heizstrahler aus positiver Energie.

Gleichzeitig wurde mir bewusst, wie erstaunlich leicht es mir fiel, mich dem Fremden gegenüber zu öffnen. Wahrscheinlich lag es daran, dass wir uns nicht direkt sahen, sondern er einfach nur eine Stimme neben mir war, gesichtslos und ohne Identität. Das machte es irgendwie … einfacher. Als ob wir uns in einem virtuellen Chat befänden.

»Was war denn das perfekte Scheiß-I, wenn der Abend dein beschissenes i-Tüpfelchen war?«, wollte er nun von mir wissen.

Meine Mundwinkel zuckten nach oben. Ich mochte es, wenn jemand Humor besaß. Und das war bei ihm offensichtlich der Fall.

»Wieso fragst du?«

»Weil ich meinen Hintern darauf verwetten würde, dass mein heutiges I um einiges eindrucksvoller ist.«

»Niemals.« Jetzt war ich diejenige, die auflachte.

»Wollen wir wetten?«

Verwundert hob ich die Brauen und kreuzte die Arme. »Was ist dein Einsatz?«

»Hast du einen Wunsch?«

»Einen neuen Hinterreifen«, rutschte es mir prompt mit einem Seufzen heraus, bevor ich auch nur einen Moment darüber nachdenken konnte.

Mein Gegenüber schwieg für einige Sekunden, als würde er ernsthaft überlegen. »Deal«, sagte er dann.

Mein Herz wummerte auf einmal lautstark in meiner Brust. Deal? Einfach so?

»Das war bloß ein Scherz«, presste ich hervor.

»Es wäre kein Problem.«

Noch schlimmer! Unter keinen Umständen würde ich mir von einem fremden Kerl einen neuen Reifen bezahlen lassen, eher würde ich in der Hölle schmoren, als meinen Stolz dermaßen über Bord zu werfen.

Doch bevor ich protestieren konnte, fügte er schmunzelnd hinzu: »Jetzt warte erst einmal ab, vielleicht war mein Tag ja auch eine größere Katastrophe.«

»Also wenn ich gewinne, bekomme ich meinen Reifen. Und was ist dein Preis, falls dein Tag tatsächlich schlimmer war?«

»Dass du mit mir ausgehst.«

Ich erstarrte. »Woher willst du wissen, dass ich das nicht auch so tun würde?«

»Irgendetwas sagt mir, dass du dich normalerweise nicht darauf einlassen würdest.«

Bei seinem neckischen Unterton und dem singenden Klang seiner tiefen Stimme breitete sich ein Kribbeln von meinen Haarwurzeln bis in die Zehenspitzen aus. Plötzlich verspürte ich den dringenden Wunsch, ihn doch sehen zu können, um herauszufinden, ob das Gesicht in meiner Vorstellung zu ihm passte. Zu der Art, wie er sprach, wie er mit Worten jonglierte.

»Okay.« Ich schluckte. »Dann leg die Karten mal auf den Tisch.«

»Du zuerst«, forderte er sanft.

»Du verlierst sowieso.«

»Das werden wir gleich sehen«, antwortete er.

Ich holte tief Luft, weil mich das Eingeständnis so viel kostete.

Alles. Es kostete mich alles.

Verdammt, wie ich es hasste, meine Achillesferse zu offenbaren. Ich hasste nichts mehr als das. Aber hier waren wir, auf dem Hinterhof des Industriegebäudes kurz nach Mitternacht, eingehüllt in die kühle Märznacht, und entblößten uns bis auf die Knochen voreinander.

»Ich bin pleite.« Es war raus. Der erste Satz. »Komplett. So sehr, dass ich heute nicht einmal den Einkauf zahlen konnte, weil mein Konto blank war. Also habe ich das Toilettenpapier und den Alkohol zurückgegeben, aber auf das Toilettenpapier hat meine beste Freundin gewartet.« Die Worte sprudelten nur so aus mir heraus, eine sengende Glut sammelte sich wie ein gewaltiger Ballon in meiner Magengrube, aber ich machte einfach weiter. Was hatte ich schon zu verlieren? Sehr wahrscheinlich würden wir uns sowieso nie wiedersehen.

»Und dann?«, fragte er.

»Ich hatte ihr versprochen, es mitzubringen, also habe ich sie angelogen. Jetzt denkt sie, dass ich total unzuverlässig bin. Normalerweise bin ich das nicht. Bloß im Moment muss ich ihr da leider zustimmen. Das klingt vielleicht nicht weiter tragisch, aber sie hat es mir wirklich zum Vorwurf gemacht. Und dann war die ganze Stimmung dahin, weil ich auch noch unseren Kinoabend abgesagt habe, um den Job hier anzunehmen und ein bisschen Geld zusammenzukratzen«, rasselte ich herunter und schwieg kurz.

»Ich nehme an, das war noch nicht alles?«

»Nein.« Ich schüttelte den Kopf, ein paar Strähnen meines dunkelbraunen Haares hatten sich aus dem strengen Dutt gelöst, den ich mir manchmal für die Arbeit machte. »Als ich mich ins Auto gesetzt habe, kam der platte Reifen dazu. Für einen neuen Reifen fehlt mir das Geld, und den Wagen zu meinem Vater bringen zu lassen, würde wahrscheinlich auch zu viel kosten. Keine Ahnung.« Hilflos riss ich die Arme in die Luft, fühlte aber gleichzeitig, wie der Stein auf meinem Herzen kleiner wurde, mit jedem Wort ein bisschen zu schrumpfen schien.

Ich machte abermals eine Pause und wartete auf eine Reaktion des Fremden, aber er sagte nichts, schien zu ahnen, dass ich noch nicht fertig war. Also redete ich einfach weiter: »In der U-Bahn waren Kontrolleure. Ich hatte natürlich vergessen, mir eine Fahrkarte zu kaufen. Und ein Semesterticket hatte ich mir auch nicht zugelegt. Das macht sechzig Euro, die ich absolut nicht habe. Ach ja, und mein Chef, von dem ich dachte, dass er nichts mit Angestellten anfängt und der mich deswegen vor einem Jahr gekorbt hat, bekommt mit – rate mal – einer Angestellten ein Kind.« Ich lachte. »Und dann ist mir ein komplettes Tablett mit Sektgläsern aus der Hand gerutscht, ich habe mich an den Scherben geschnitten und bin dann auch noch in Tränen ausgebrochen. Ich habe vor versammelter Mannschaft geweint. So, und jetzt sag mir, dass du immer noch mit mir ausgehen willst«, schloss ich und drückte den Rücken durch, weil ich mich so klein fühlte.

Gott, wie erbärmlich. Wie absolut erbärmlich sich das alles anhörte!

Am liebsten wäre ich im Boden versunken, aber selbst dafür war es vermutlich zu spät. Mein Seelenstriptease war vollbracht. Es gab nichts mehr, was ich noch hätte offenlegen können.

Noch immer sagte der Fremde kein Wort, aber ich spürte seinen Blick, der sich in meinen brannte. Keinen Atemzug später setzte er sich in Bewegung und ich hörte das Klacken von Anzugschuhen auf dem Asphalt. *Klack, klack, klack.*

»Das tut mir leid«, murmelte er rau, während er näher kam. »Aber eigentlich würde ich trotzdem gern mit dir ausgehen, auch wenn ich mir nicht mehr sicher bin, ob mein I tatsächlich größer ist als deins.«

Uns trennten nur noch wenige Meter. Unwillkürlich hielt ich den Atem an, während meine Gedanken rasten und gleichzeitig still verharrten.

Schließlich trat er ins Licht und machte noch ein paar Schritte, bis er unmittelbar vor mir anhielt, die Hände in den Anzughosentaschen vergraben. Er strahlte eine Ruhe und Selbstsicherheit aus, die mich kurz aus der Fassung brachten. Nicht lange, aber lange genug, sodass ich einige Sekunden brauchte, um zu realisieren, wer da vor mir stand.

Meine Augen weiteten sich, als ich ihn erkannte.

Henning Kiefer.

Ein deutscher Formel-2-Fahrer für *Natura Racing*, einen italienischen Rennstall.

Das letzte und einzige Mal live und in Farbe hatte ich ihn ausgerechnet an meinem Geburtstag Ende November gesehen, als er unverhofft auf der Kartbahn gewesen war und sich mit Toni unterhalten hatte. Natürlich kannten die beiden sich, wie es in den typischen Kreisen immer der Fall war. München war ein einziges großes Dorf, das nahezu jedes Klischee erfüllte.

Nun musste ich jedoch den Kopf heben, um Henning ins Gesicht blicken zu können, und nahm dabei jedes Detail auf, als hätte ich ihn nicht schon unzählige Male auf Social Media oder auf *Motorsport.de* gesehen.

Mein Blick huschte über seinen athletischen Körper, der in einem perfekt sitzenden marineblauen Anzug mit passendem weißem Hemd steckte, und über sein dunkelbraunes Haar, das an den Seiten kurz geschoren war, während sich Locken auf seinem Kopf türmten, ganz anders als bei unserer letzten Begegnung vor ein paar Monaten. Dann waren da noch die großen dunkelbraunen Augen mit den unverschämt langen Wimpern, die gemeißelte Kieferpartie und die viel zu geschwungenen Lippen, die sich jetzt zu einem freundlichen, aber nicht mitfühlenden Lächeln verzogen. Er war ein Stück größer als ich, was aber nicht weiter schwer war, schließlich schlugen im Gegensatz zu Kilian bei mir die sizilianischen Gene durch.

Henning Kiefer.

Für einen Sekundenbruchteil war ich absolut sprachlos, dann setzte mein Herzschlag wieder ein und trommelte in einem mörderischen Takt. Ich starrte ihn an, unfähig, auch nur eine Silbe hervorzubringen.

Der Name in meinem Kopf wurde von Bildern abgelöst, die über meinen Bildschirm geflimmert waren. Die Dokumentation über Formel-2-Fahrer, die ich erst vor ein paar Wochen gesehen hatte. Ausgerechnet Henning Kiefer, dieser aufgeblasene Lackaffe, dessen Ruf selbst für meine Verhältnisse etwas zu wild war. Aber – und das war vermutlich die größte Überraschung von allen – in den letzten Minuten hatte er einen völlig anderen Eindruck vermittelt. Aufmerksam und nett. Schlagfertig und witzig.

Wahrscheinlich bemerkte er das Erkennen, das mir deutlich anzusehen war. Denn während sich der Augenblick des Schweigens weiter peinlich in die Länge zog, veränderte sich Hennings Gesichtsausdruck von einer auf die andere Sekunde. Ganz so, als würde er sich eine Maske überstülpen.

Das Lächeln wirkte einnehmender, einstudierter, durch jahrelange Übung perfektioniert. Seine dunklen Augen blitzten jetzt eindeutig spöttisch und er verlagerte das Gewicht von einem Bein auf das andere, während er mich weiter von oben bis unten musterte.

»Hi«, sagte er schließlich und selbst seine Stimme wurde träge, beinahe zähflüssig, als wäre ich eine Fliege, die ihm auf den Leim gehen sollte.

Da war er. Der Bad Boy des Motorsports.

Mir wurde schlagartig eiskalt, wie bei einem Sprung in die Fluten der Isar. Ich hatte nicht vor einem wildfremden Typen einen Seelenstriptease veranstaltet, sondern ausgerechnet vor Henning Kiefer. Anscheinend hatte ich meinen heutigen Tiefpunkt doch noch nicht erreicht.

Ich blinzelte und fühlte mich, als würde ich aus einem Traum erwachen. Oder tiefer in einen Albtraum fallen. Je nachdem, von welcher Seite man es betrachtete.

»Du hast mich erkannt«, stellte er fest. »Das passiert mir tatsächlich eher selten.«

»Ja«, erwiderte ich, weil leugnen zwecklos war.

»Gut, wenn du meinen Namen kennst, kannst du mir ja auch deinen verraten?« Seine Lippen verzogen sich eindeutig wölfisch. Glaubte er etwa, auf der Jagd zu sein?

»Ich muss rein«, hörte ich mich atemlos sagen, fast wie nach einem Sprint. Mein Gesicht brannte, vermutlich aus Scham. Und das, obwohl mich sonst so gut wie nichts aus der Fassung bringen konnte.

Kaum hatte ich mich in Bewegung gesetzt, schlossen sich Hennings Finger wie glühende Kohlen um mein Handgelenk.

»Warte.« Nur ein Wort und doch schwang so viel mehr mit: eine Bitte, eine Frage, eine Offenbarung. Die unerwartete Berührung jagte wie ein Stromstoß durch meinen Körper und sandte einen warmen Schauer meinen Rücken hinab.

Erschrocken sah ich ihm ins Gesicht. Auch Henning wirkte verblüfft, denn seine vollen Lippen öffneten sich leicht, während er mich wieder losließ. Hastig und abrupt, als hätte er sich an mir verbrannt. Plötzlich war die Luft aufgeheizt, leuchtete, als würden Tausende Glühwürmchen um uns herumtanzen.

»Weshalb willst du gehen?« Er legte den Kopf schief, als wäre er ernsthaft an einer Antwort interessiert. Sein dunkler Blick durchdrang jeden Winkel meiner Seele. Verdammt. Warum hatte ich mich auch so geöffnet?

Ich schnitt eine Grimasse. »Ehrlich gesagt dachte ich, dass der Abend nicht noch schlimmer werden kann. Aber da habe ich mich augenscheinlich getäuscht«, antwortete ich wahrheitsgemäß.

»Ist es dir peinlich? Dass du mir alles erzählt hast? Ganz ehrlich, das muss es nicht.«

»Schön, dass du für mich entscheidest, was mir peinlich ist oder nicht.«

Abwehrend hob Henning die Hände und grinste. »Du kannst die Krallen wieder einfahren, ich will dir keine Vorschriften machen. Außerdem bin ich dir noch eine Antwort schuldig.«

Sein Lächeln traf mich völlig unvermittelt. Dieses machohafte Selbstbewusstsein, die Art, wie er mich anschaute. Wieso hatte ich eine Schwäche dafür?

»Hier bist du«, dröhnte in diesem Moment eine angenehme Männerstimme unmittelbar hinter uns. Henning machte ertappt einen Schritt von mir weg und fuhr sich mit einer Hand durchs Haar, eine so unschuldige Geste, dass ich kurz stutzte.

Der Mann, der durch die Hintertür getreten war, blieb neben Henning stehen und schenkte mir keine Beachtung. Warum auch, wahrscheinlich war es normal, dass Henning Frauen aufriss. Er war dunkelblond, vermutlich Ende dreißig und trug ebenfalls einen Anzug. Er wirkte darin nicht ganz so athletisch wie Henning, dafür aber genauso selbstsicher. Er hatte diese ganz bestimmte Ausstrahlung, die zeigte, dass er völlig mit sich im Reinen war.

»Ich habe dich schon überall gesucht. Hey«, sagte er dann

in meine Richtung, nicht unfreundlich, aber auch nicht sonderlich interessiert. »Störe ich euch?«

»Nein, wir haben uns nur unterhalten«, antwortete Henning.

»Du wirst drinnen erwartet.«

Ein Schatten huschte über Hennings markante Züge, so flüchtig, dass ich glaubte, mich getäuscht zu haben. »Natürlich«, sagte er gepresst. Sein Körper versteifte sich.

Jetzt war ich doch neugierig. Wieso war sein Tag beschissen gewesen? Warum hatte er sich auf die Wette eingelassen? Innerlich schüttelte ich über mich selbst den Kopf, denn dass ich mich vor ihm zum Clown gemacht hatte, würde er ohnehin nicht toppen können.

Ungeduldig trat der Neuankömmling von einem Fuß auf den anderen, aber Henning machte keine Anstalten, sich zu bewegen. »Gib mir zwei Minuten, okay?«

»Ich muss sowieso wieder rein«, kam ich Henning zuvor und zwang meine Mundwinkel dazu, nach oben zu wandern, was er mit einem irritierten Stirnrunzeln zur Kenntnis nahm, als würde er meinen unechten Versuch durchschauen. Auch wenn das unmöglich war.

Niemand durchschaute mich.

»Mach's gut, Henning«, sagte ich und meinte damit eine Verabschiedung für immer.

Dann drehte ich mich mit wild klopfendem Herzen um und ging rasch zurück, während ich seinen sengenden Blick bei jedem Schritt in meinem Rücken spürte. Aber ich ging weiter, ohne mich umzublicken, schließlich gab es nichts mehr zu sagen.

Ich würde in mein Leben zurückkehren und er in seins. Ohne eine Schnittstelle.

Zumindest glaubte ich das. Ich war sogar felsenfest davon überzeugt – und redete mir das geschlagene zwei Stunden lang ein.

Doch Petes Afterwork-Cocktails, meine schlechte Laune und Hennings glühender Blick, den ich den ganzen Abend auf mir spürte, machten mir einen Strich durch die Rechnung. Einen ziemlich gewaltigen Strich …

Kapitel 4

Das Erste, was ich bemerkte, war etwas Haariges. Etwas sehr Haariges. Ich spürte die Wärme, die sich gegen meine Körpermitte drückte und mir ein Gefühl von Geborgenheit vermittelte, als wäre ich in einen flauschigen Wattesack gepackt worden.

Nur mit Verzögerung setzte mein Verstand ein und ich versuchte, mich zu orientieren. Meine Mundhöhle fühlte sich an, als hätte ich viel zu viel Pizza gegessen, denn meine Zunge war pelzig und belegt. Gleichzeitig durchfuhr mich ein stechender Kopfschmerz, der meinen kompletten Schädel in eine Kugel voller Blitze verwandelte.

Nur vage erinnerte ich mich an Petes aufmunternde Worte, die Cocktails, die ich nach Ende der Schicht mit einigen bösen Tequilla-Shots kombiniert hatte.

Und dann … nichts mehr.

Filmriss. Ich hatte eine absolute Leerstelle in meinem Hirn, als hätte jemand ein perfektes Vakuum geschaffen.

In meiner Nähe seufzte jemand leise, und als ich blinzelnd ein Auge öffnete, waren da volle Lippen, angespannte Gesichtszüge und ein brauner Wuschelkopf, der dank des Sonnenlichts, das durch ein großes Seitenfenster drang, in Karamellnuancen funkelte. Der Kerl stand mitten in dem karg wirkenden Raum – ein Schlafzimmer? –, beinahe wie Gott ihn geschaffen hatte, und für den Bruchteil eines Augenblicks registrierte ich jeden definierten Muskel – das perfekte Modell für einen Kurs in Anatomie.

Dann schlug der Schock zu.

Mein Herz blieb stehen und der Schreck fuhr mir in die Glieder, als ich die Person erkannte, die sich in diesem Moment ein nadelgrünes Shirt über den Kopf zog und dabei versuchte, keine Geräusche zu machen.

Henning Kiefer.

Und ich lag in Henning Kiefers Bett?

Fast zeitgleich prasselten Bilder auf mich ein, mischten sich mit den Blitzen in meinem Kopf und ich wusste nicht, ob es Erinnerungen waren oder ich nur eine sehr lebhafte Fantasie hatte. Lippen auf Lippen, Keuchen, Atemlosigkeit. Tastende Finger, glühende Hitze überall. Dunkelheit.

Mir wurde heiß.

Hatten wir … oder hatten wir nicht? Es musste schnell gegangen sein, wenn ich mich kaum an etwas erinnerte. Aber das wäre … und dann … nichts.

Ich kniff die Augen zusammen, versuchte, mich klein zu machen, während ich die Decke ein wenig höher schob und mich in dem großen Doppelbett verbarrikadierte. Doch aus irgendeinem Grund verschwand ich nicht einfach wie in meiner Vorstellung.

Etwas Nasses glitt über meinen nackten Oberschenkel und ich quiekte laut auf, machte einen Satz zur Seite und purzelte von der Matratze. Ich schloss in Erwartung des nahenden Aufpralls die Augen, aber nichts geschah. Stattdessen umschlossen zwei kräftige Hände meine Oberarme und ich starrte von unten zu Henning hinauf, dessen schwarze Brauen sich nachdrücklich über den dunklen Augen zusammenzogen.

»Hi«, krächzte ich und meine Kehle fühlte sich an, als würden sich Glasscherben an meinen Stimmbändern reiben.

Henning verzog die vollen Lippen zu einem schiefen Lächeln und auf einmal waren da diese länglichen Grübchen in seinen Wangen, die mir gestern Abend nicht aufgefallen waren.

Heilige Scheiße.

»Guten Morgen.«

»Wuff.«

Plötzlich war da ganz viel Sabber. Und Speichel. Und ein heißer, nach Fleisch stinkender Atem, der mir über die Lippen strich, während ich die Augenlider fest zusammenpresste und hoffte, dass das alles nur Teil eines noch viel schlimmeren Albtraums war. Es musste ein viel schlimmerer Albtraum sein, anders konnte ich mir die Situation nicht erklären.

»Ari, ab!« Hennings tiefe Stimme glich auch am Morgen einem ungeölten Benziner, der viel zu lange mit der Kupplung brauchte, aber der herrische Ton in seinen Worten fuhr mir direkt in die Magengegend, weil es sich so verdammt sexy anhörte.

Oh, Gott!!!

Ich brauchte eine Schmerztablette. Oder schwarzen Kaffee. Oder eine eiskalte Dusche, die meine Synapsen wieder in Gang brachte, damit ich wieder zurechnungsfähig war, denn das war ich ganz eindeutig nicht.

Ari, die hechelnde Fellkugel direkt über mir, ließ sich

nicht von Hennings Befehl beirren, sondern leckte mir fleißig weiter über das Gesicht, während sich meine Haarsträhnen nass auf meiner Stirn und den Schläfen ablegten. Die Zunge war riesig und ich spürte, wie Henning mich sanft auf dem Boden absetzte, nur um mich im nächsten Moment loszulassen. Verwirrt versuchte ich, die Szene in meinem Gehirn zu verarbeiten, war aber nicht sicher, ob ich mir das, was sich da vor mir abspielte, vielleicht doch nur einbildete. Dass ich anscheinend auch meine Kontaktlinsen verloren hatte, trug nicht gerade zur Besserung der Situation bei.

Da war Henning Kiefer, der sich gegen einen kastanienbraunen Labradoodle drückte, als wollte er einen Ringkampf veranstalten. Das Shirt spannte sich um seinen definierten Rücken und er trug enge schwarze Boxershorts, die nicht viel Spielraum für Fantasie ließen. Obwohl ich alles andere als prüde war, röteten sich meine Wangen unvermittelt und ich wandte den Blick ab, der nun an Ari hängen blieb, die so glücklich aussah, wie ein Hund eben aussehen konnte. Als würde sie den nächsten Plan zur Weltherrschaft aushecken, der vor allem mein Gesicht und noch mehr Speichel beinhaltete.

»Verdammt, Ari. Ab!«, wiederholte Henning und stemmte sich gegen das hechelnde Tier, das aus meiner Perspektive ungefähr die Größe eines Kalbs besaß. Ganz sicher war ich mir nicht, schließlich hockte ich auf dem Teppich vor dem Bett und sah lauter Fragezeichen vor mir.

Wie zum Teufel war ich nur hier gelandet?

Endlich hatte Henning es geschafft, Ari unter Kontrolle zu bekommen, die sich auf dem Bett ausbreitete wie eine Schauspielerin in einem TV-Werbespot.

»Tut mir leid. Normalerweise schläft sie auch nicht im

Zimmer, sondern im Flur, aber ich hatte die Tür nur angelehnt«, begann Henning zu erklären und rieb sich über den Nacken, ohne Ari aus den Augen zu lassen. Ihr Schwanz peitschte vor Freude hin und her.

Das war absolut surreal. Alles davon.

Dann bemerkte ich, dass er es vermied, in meine Richtung zu schauen – genauer gesagt auf meine nackten Beine –, und ich schielte an mir herab, nur um festzustellen, dass ich bis auf meine Unterwäsche nichts weiter trug als ein viel zu großes Shirt, in dem ich förmlich versank.

»Äh«, murmelte ich, ausnahmsweise absolut sprachlos. Ich rappelte mich auf, strich mir die Haare aus dem Gesicht und zupfte am Saum des Baumwollstoffes, als könnte ich es dadurch auf magische Weise verlängern.

»Möchtest du einen Kaffee?«, fragte Henning, um der Situation ihre Peinlichkeit zu nehmen.

»Meine Hose wäre ein Anfang.«

Ein freches Grinsen glitt über seine wachen und eindeutig viel zu attraktiven Züge. »Ah, da bist du ja wieder. Ich habe mich schon gefragt, wann du auftauchst.« Er sprach in Rätseln. »Deine Hose ist noch in der Wäsche, aber ich habe sie vorhin schon zusammen mit deinen restlichen Klamotten in den Trockner gestopft. Ich kann dir gern eine Jogginghose von mir anbieten, aber ich vermute fast, dass sie dir etwas zu groß sein wird.« Er räusperte sich, anscheinend war ihm der Morgen nach einem One-Night-Stand genauso unangenehm wie den meisten anderen Kerlen auch.

Aber ich verstand nur weiter Bahnhof. Aus welchem Grund waren meine Sachen in der Wäsche? Wovon sprach er?

Henning schien meinen verwirrten Gemütszustand richtig zu deuten, denn er fügte schmunzelnd hinzu: »Du erinnerst dich wohl nicht mehr an gestern Nacht?«

»Nicht wirklich«, antwortete ich und wusste auf einmal nicht mehr, wohin mit meinen Händen, also rieb ich mir mit dem Daumen über einen Knöchel. »Aber Kaffee klingt doch ganz gut.«

»Lass mich raten: schwarz?«

»Ja, bitte.«

»Ich hätte meinen Hintern darauf verwettet, dass du ›wie meine Seele‹ sagst.« Sein anzügliches Lächeln brachte mich aus dem Konzept. »Aber klar. Kommt sofort. Das Bad ist vom Flur aus die zweite Tür links, falls du dich kurz frisch machen willst. Ari, auf.«

Dieses Mal sprang Ari wie auf Kommando hoch und sprintete aus dem Zimmer, als würde ihr Leben daran hängen. Mit einem schnellen Handgriff fischte sich Henning noch eine schwarze Jogginghose aus dem Schrank und stolzierte aus dem Raum. Immer noch völlig perplex starrte ich ihm hinterher, bis sich die Tür hinter ihm schloss.

Dann war ich auf einmal allein, was mir die Möglichkeit gab, mich in Hennings Schlafzimmer umzusehen. Es war nicht lieblos eingerichtet, aber … sehr spartanisch. Als hätte er sich gar nicht erst die Mühe gemacht, den Raum mit einer Seele zu füllen, aber vermutlich würde mein privates Reich genauso aussehen, wenn Jojo mich nicht dazu überredet hätte, es etwas gemütlicher einzurichten. Mit Pflanzen, Kissen, Bildern an den Wänden, einfach mit ein bisschen Herz.

Apropos Jojo. Suchend schaute ich mich um und entdeckte meinen Rucksack, der neben der Zimmertür an der Wand lehnte. Mit einem Blick auf mein Smartphone, das ich aus einem Seitenfach zog, stellte ich zum einen fest, dass es bereits elf Uhr vormittags war, zum anderen, dass mir niemand geschrieben hatte. Was vermutlich bloß daran lag, dass die komplette WG nach der Kinonacht noch in eine Art Dornröschenschlaf verfallen war und sich frühestens in ein paar Stunden Sorgen um meinen Verbleib machen würde. Wenn überhaupt.

Ich nahm Hennings Rat an und tapste ins Badezimmer, das im Gegensatz zum Schlafzimmer hochmodern eingerichtet war. Schlichte Deckenspots, großflächige dunkle Fliesen und eine komplett verglaste Dusche an der Wand. Gegenüber war das Waschbecken, etwas abgegrenzt die Toilette, daneben noch eine Waschmaschine und direkt darüber der brummende Trockner.

Aus einem anderen Raum erklang das Geräusch einer brodelnden Kaffeemaschine und ich glaubte zu hören, wie sich Henning mit Ari unterhielt, was irgendwie niedlich war. Es passte so gar nicht zu dem draufgängerischen Typen, zu dem er von den Medien stigmatisiert wurde. Ein Blick in den Spiegel ließ mich erschrocken innehalten. Ich sah aus, als hätte ich in eine Steckdose gefasst und mich anschließend für einen Zombiefilm beworben.

Wundervoll.

Mit einem Seufzen stellte ich den verchromten Wasserhahn an und öffnete den Spiegelschrank, in der Hoffnung, auf irgendein Wundermittel zu stoßen, mit dem ich die Mascara-Katastrophe unter meinen rot unterlaufenen Augen beheben konnte. Zum Glück wurde ich in dem fein säuberlich sortierten Schrank fündig, der selbst Jojos Ordnungskünsten Konkurrenz machen könnte.

Als ich fünf Minuten später den Flur entlang zur Wohnküche stapfte, vorbei an einer Bildergalerie in Schwarz-Weiß, die ich nicht näher in Augenschein nahm, bemerkte ich hinter einer offen stehenden Tür einen überdimensionalen Sitz, der fest am Boden verankert und von drei gewaltigen Bildschirmen umgeben war. An der Decke verliefen LED-Lichterketten und über den Bildschirmen waren zwei Kameras befestigt. Mein Herz pochte auf einmal viel zu heftig in meiner Brust. Es juckte mich in den Fingern, die Zimmertür noch ein Stückchen weiter aufzuschieben, mich in den Simulator zu stürzen und eine Runde zu fahren.

Seufzend wandte ich den Blick ab und ging weiter.

In der Wohnküche begrüßte mich Ari mit einem freudigen Schwanzwedeln und einem *Ich-finde-dich-ganz-toll-weil-du-mich-eventuell-streicheln-könntest*-Tanz, der seinesgleichen suchte. Mit einem liebevollen Lächeln kraulte ich sie hinter den Ohren, was sie zufrieden zur Kenntnis nahm. Sofern Hunde zufrieden aussehen konnten.

»Seltsam. Arielle mag eigentlich keine Fremden«, hörte ich Henning murmeln, der keine zwei Meter von mir entfernt in der Küche stand und irgendetwas zubereitete. Als ich den Kopf hob und sich unsere Blicke über den Küchentresen hinweg trafen, spürte ich ein nervöses Bauchflattern, das ich auf meinen leeren Magen schob. Erst dann registrierte ich seine Bemerkung.

»Moment, hast du gerade *Arielle* gesagt? Wie in *Arielle, die Meerjungfrau*?«

Ertappt und mit schief gelegtem Kopf grinste er mich an und sah dabei so unverschämt heiß aus, dass ich den Blick lieber auf Ari senkte, um ihr meine volle Aufmerksamkeit zu schenken. Henning war attraktiv, aber auf eine Weise, die unter anderen Umständen keinen zweiten Blick wert gewesen wäre. Nein, was ihn so anziehend machte, war die Aura, die ihn umgab, die Art, wie er sich bewegte und mich jetzt ansah. Als gäbe es nichts Wichtigeres, als mir seine Aufmerksamkeit zu schenken.

Innerlich wand ich mich, weil Typen wie er die gefährlichsten waren. Kerle, die dir alles schenkten, bis du selbst jeden Splitter deiner Seele offenbart hast, und die dich dann fallen ließen, sodass du die Scherben deines Herzens einzeln zusammenkratzen konntest.

»Arielle«, druckste ich herum. »Das ist ein sehr … ungewöhnlicher Name.« Die Untertreibung des Jahrhunderts, aber ich konnte mir den Kommentar nicht verkneifen.

Henning fuhr sich durch die dunklen Locken, die jetzt wild vom Kopf abstanden, und erklärte: »Meine Schwester kam auf die glorreiche Idee, Arielle aus dem Tierheim mitzunehmen, nachdem sie eine Woche lang dort ausgeholfen hatte. Leider hat sie es nicht so mit Verpflichtungen und ich habe es nicht übers Herz gebracht, die Kleine wieder abzugeben.«

»Also hast du sie behalten.«

»Also habe ich sie behalten.« Er nickte und ein warmer, fast liebevoller Ausdruck stahl sich auf seine markanten Züge, sodass ich für einen flüchtigen Augenblick einen heftigen, neidvollen Stich in der Brust verspürte. War ich etwa eifersüchtig auf die Liebe zu einem Hund? Anscheinend. Meine Reaktion war absolut irrational, schließlich war ich überhaupt nicht an einer Beziehung, geschweige denn an romantischen Gefühlen interessiert. Aber es war dieser ganz bestimmte Blick, der in der WG gerade ständig ausgetauscht wurde. Voller tiefer, ehrlicher Zuneigung, die man nicht einfach vortäuschen konnte, weil sie aus dem Herzen kam.

»Ich glaube, ich könnte mein Haustier nicht nach einer Disneyfigur benennen«, sagte ich.

»Ich hätte dich jetzt auch nicht für den Prinzessinnentyp gehalten.«

»Sondern?«, fragte ich und hob provozierend die Augenbrauen.

»Du strahlst eher … Meg-Vibes aus.«

»Augenblick. Meinst du jetzt *Meg* wie *Megara*? Aus *Hercules*?« Henning nickte und ich verschränkte die Arme vor der Brust. »Aha. Und welche Vibes sollen das sein?«

»Sarkastisch, nicht auf den Mund gefallen, einen Hauch zu schlagfertig. Und sehr wahrscheinlich mit dem Gott der Unterwelt im Bunde.«

Obwohl wir uns erst ein paar Stunden kannten, war ich mir nicht sicher, was mich mehr verwirrte: die Tatsache, in Hennings Shirt in seiner Küche zu stehen und seine Hündin *Arielle* zu kraulen, oder dass er mich treffsicher anhand eines Disney-Charakters beschrieb.

Irgendetwas daran war ziemlich faul. Dann wurde mir auch klar, was es war.

Ich schloss kurz die Augen. »Ich habe dir gestern Nacht einen Vortrag darüber gehalten, warum *Mulan* und *Meg* die besten weiblichen Charaktere sind, stimmt's?«

»Mhmm.« Henning versteckte ein breites Grinsen hinter der Kaffeetasse, die er an seine Lippen hob, ohne den Blick von mir zu nehmen.

Am liebsten wäre ich im Erdboden versunken, während er mir eine zweite Tasse hinschob, auf der ein schwarzes Schaf in einem *Ohne-dich-ist-alles-doof*-Motiv abgebildet war. Wahrscheinlich ein Geschenk von seiner Freundin. Oder Ex-Freundin.

»Hat mir meine kleine Schwester zu Weihnachten gekauft. Die Arielle-Schwester, weil ich im letzten Jahr viel unterwegs war und wir uns kaum zu Gesicht bekommen haben.« Anscheinend hatte er gemerkt, wie ich die Tasse kritisch beäugte.

»Wirklich süß«, entgegnete ich und dachte daran, dass Kilian und ich eher zur Kategorie *Ich-bin-mal-eben-am-vierundzwanzigsten-last-minute-shoppen* gehörten. Für mich kam es viel mehr auf die gemeinsam verbrachte Zeit an und weniger, dass man sich superinhaltsvolle Geschenke machte. Innerlich zuckte ich bei diesem Gedanken zusammen, denn auf die gemeinsame Zeit hatte ich gestern aufgrund der Arbeit verzichtet. Was mich an meine frustrierende finanzielle Lage erinnerte und alles, was damit zusammenhing.

Um mich abzulenken, nahm ich einen Schluck aus der dampfenden Tasse – und hätte die Plörre am liebsten direkt wieder ausgespuckt. Gütiger Himmel, das war ja widerlich!

Hennings Brauen wanderten zeitlupenartig in die Höhe und er beobachtete mich mit einem amüsierten Gesichtsausdruck, denn anscheinend war mein Pokerface alles andere als wasserdicht.

»Nicht deine Art von schwarzem Kaffee?«

»Das ist kein schwarzer Kaffee, das ist ein Mordanschlag«, erwiderte ich trocken und hätte mir am liebsten für meine ehrlichen Worte auf die Zunge gebissen. Henning stieß jedoch ein ebenso ehrliches Lachen aus und seine Augen blitzten amüsiert wie zwei glänzend polierte Opale. Schnell nahm ich noch einen Schluck und bereute die Entscheidung in derselben Sekunde.

»Du magst … diesen Kaffee?«, fragte ich, aber es klang eher, als würde ich von einem versalzenen Pudding sprechen.

Henning zuckte mit den Achseln. »Ehrlich gesagt, ja. Das ist ein brasilianischer Kaffee aus Arabica-Bohnen.«

»Wenn das brasilianische Arabica-Bohnen sind, habe ich Gisele Bündchens Beine.«

»Woher willst du wissen, dass es nicht diese Bohnen sind?«

Ich reckte das Kinn. »Zufälligerweise liebe ich Kaffee. Also … *richtigen* Kaffee. Ich nehme an, jemand hat dir das geschenkt und behauptet, es sei der letzte Schrei. Oder du brühst ihn völlig falsch auf.«

»Vielleicht.« Er lachte. »Vielleicht schmeckt er mir auch einfach nur so.«

Ich wollte schon zu einer empörten Erwiderung ansetzen, hielt jedoch die Klappe. Man musste schließlich nicht in allen Lebenslagen einer Meinung sein.

»Ich muss dir mal einen leckeren Kaffee machen. Oder etwas Gemischtes. Meine Mocha-Kreationen sind ungeschlagen«, sagte ich stattdessen und fragte mich, ob hier wohl der Wunsch die Mutter des Gedankens gewesen war.

»Darauf komme ich gern zurück.« Wieder nahm Henning einen Schluck, ohne mich aus den Augen zu lassen, was mich daran erinnerte, dass ich mich nach wie vor nur in einem Shirt bekleidet in seiner Gegenwart befand.

Glücklicherweise ertönte in diesem Augenblick das Piepen des Wäschetrockners und ich stieß erleichtert die Luft aus, während Henning mir ein schiefes Lächeln schenkte.

»Deine Hose. Und der Rest. Bin gleich wieder zurück.« Damit verschwand er aus der Wohnküche, während ich gedankenverloren meine Hand in Aris pudelflauschigem Fell vergrub und mich einmal mehr fragte, wie zum Henker ich eigentlich hier gelandet war.

»Bitte schön«, sagte Henning und reichte mir meine noch

warmen Sachen, die herrlich nach Limette und Rosenholz rochen und so weich waren, dass ich wohlig seufzte, als ich in die Jeans schlüpfte, die jetzt etwas eng saß.

»Danke. Fürs … Wäschewaschen.«

»Keine Ursache. War ja dringend notwendig.«

Ich spürte, wie sich meine Gesichtsmuskeln zu einer Grimasse verzogen. »Möchte ich wissen, was passiert ist?«

»Vielleicht irgendwann«, antwortete er schulterzuckend und mit bemüht gleichgültiger Miene, aber ich sah dennoch das schelmische Funkeln in seinen Augen.

Also schüttelte ich den Kopf. »Vielleicht nie. Sonst werde ich dem armen Priester bei meinem nächsten Kirchengang noch alles beichten müssen, und das kann ich weder ihm noch *nonna* antun. Auch wenn sie vermutlich sowieso alles gesehen hat.« Ich deutete mit dem Zeigefinger in den Himmel und fragte mich gleichzeitig, ob mein Humor gerade noch an der Schwelle zum Makaberen entlangschlitterte oder schon längst die ewigen Jagdgründe erreicht hatte.

Ein Leuchten trat in seine haselnussbraunen Augen. »Es ist eigentlich keine lange Geschichte. Du warst ziemlich betrunken gestern Abend und eine deiner Amtshandlungen war, dich in eine Pfütze zu legen, um zu beweisen, dass du nicht nass wirst …«

Meine Gesichtsmuskeln froren auf der Stelle ein. Oh, Gott, das klang definitiv nach einer Karla-Eskapade. »Okay, wir reden besser nicht mehr darüber.«

Erst als ich Anstalten machte, mir sein Shirt über den Kopf zu ziehen, drehte er sich um, doch ich glaubte, einen Hauch von Röte zu erkennen, die plötzlich seine glatt rasierten Wangen überzog. Etwas, das ich eigentlich nicht mit ihm in Verbindung gebracht hätte.

Das war irgendwie unerwartet … süß. Schließlich hatte er mich aller Wahrscheinlichkeit nach bereits nackt gesehen. Und er war sicherlich kein Kind von Traurigkeit, wenn man den Geschichten rund um seinen Lebensstil Glauben schenken konnte.

Rasch stülpte ich mir mein schwarzes Top mit der hübschen Spitze und den bequemen Pullover über, der an den Schultern etwas weiter ausfiel und einen niedlichen V-Ausschnitt hatte. Es gab zwar nicht besonders viel zu begutachten, aber ich mochte es.

»Tja, also«, sagte ich und hob in einem Anflug von Verlegenheit die Schultern. Etwas, das wiederum mir nicht ähnlich sah, also plapperte ich schnell weiter: »Ich hole meine restlichen Sachen. Es war … interessant. Also. Alles. Tschüss, Arielle. Und danke für den … Kaffee.«

Henning hob die Brauen.

»Oder den Versuch eines Kaffees«, fügte ich hinzu und erntete dafür ein breites Lächeln, das definitiv verboten werden sollte, weil sich eine plötzliche Hitze in meinem Unterleib sammelte. Äh, ja.

Hastig ging ich zurück in sein Zimmer, schnappte mir meinen Rucksack und rauschte in Richtung Garderobe, um meine Schuhe anzuziehen. Kein bisschen peinlich oder seltsam, aber gut, die Ausfahrt hatte ich wohl schon am gestrigen Abend verpasst.

Henning folgte mir mit einem kleinen Abstand, die Hände steckten lässig in den Taschen seiner Jogginghose und selbst aus dem Augenwinkel nahm ich die ruhige Selbstsicherheit wahr, die er ausstrahlte. Prompt stolperte ich über meine Füße, konnte jedoch jede weitere Peinlichkeit abfangen, indem ich mich schnell an der Wand abstützte.

Genau in diesem Augenblick klingelte es an der Tür, was Ari zum Anlass nahm, bellend um die Ecke zu stürzen und dabei wie eine Zeichentrickfigur mit allen vier Pfoten über die Fliesen zu rutschen. Dann war sie bei mir angekommen.

Henning öffnete die Tür, vor der ein Mann mittleren Alters stand, der mir vage bekannt vorkam. Dann dämmerte mir, weshalb. Es war derselbe Kerl, der Henning gestern Abend draußen aufgegabelt hatte, nur dass er jetzt eine helle Jeans, weiße Sneakers und eine dunkelblaue Softshelljacke über einem cremefarbenen Pullover trug. Ordentlich gestutzter Bart, meerblaue Augen. Er wirkte wie aus dem Ei gepellt.

»Ausgerechnet heute musst du untertauchen?«, brummte er jetzt.

Henning schnaubte. »Das war nicht geplant.«

»Aber gleichzeitig ignorierst du auch jeden meiner Anrufe?«

»Wie gesagt, es war nicht geplant. Ich war beschäftigt«, murmelte Henning und gab den Blick auf mich frei, indem er einen Schritt zur Seite machte, sodass sich unsere Schultern beinahe berührten. Die Härchen an meinen Armen stellten sich auf, sobald sie seine Nähe spürten.

Überrascht starrte der Mann mich an. Er blinzelte mehrfach verwundert, dann schaute er von mir zu Henning, der gerade das Gewicht verlagerte und mit keinem Wort eine weitere Erklärung abgab.

»Das ging jetzt schneller als erwartet«, sagte der Mann und musterte mich, als wollte er meine Kleidergröße erraten. Keine Ahnung, wovon er sprach.

Henning seufzte. »Sie ist nicht deswegen hier.«

»Sicher?« Wieder beäugte er mich interessiert. »Sie würde perfekt passen. Brav genug wäre sie.«

»Brav?«, echote ich und blinzelte, aber das schien niemanden zu kümmern.

»Das steht nicht zur Debatte«, knurrte Henning und die Wärme seines Körpers strahlte auf mich ab, als hätte er sich eine Heizdecke um die Brust gewickelt und auf volle Leistung gedreht.

»Hat sie den Kaffee-Test bestanden?«, fragte der Mann nun.

Seine Frage ließ mich stutzen und ich forschte in Hennings Gesicht nach einer Reaktion, doch er hatte eine unbeteiligte Miene aufgesetzt, sodass kein Rückschluss auf seine wahren Gefühle möglich war. Lediglich ein zuckender Kiefermuskel und das Funkeln in seinen Augen verrieten, dass es ihm ganz und gar nicht gefiel, in welche Richtung sich diese Unterhaltung entwickelte.

Gut, das wurde mir jetzt etwas zu bunt.

»Sie hat übrigens einen Namen und steht direkt hier, um an der Unterhaltung teilzunehmen«, mischte ich mich ein und streckte dem Mann meine Hand entgegen, der sie perplex ergriff und meinen Händedruck fest erwiderte. »Karla. Karla Kohlhammer.«

»Perfekt. Vielleicht doch nicht so brav wie gedacht. Nicht eins von diesen verschüchterten Mädchen. Auch gut. Marc, freut mich sehr.«

»Sie ist nicht deswegen hier«, wiederholte Henning stur und fixierte Marc, als wollte er ihm telepathisch eine Nachricht senden.

»Genau. Ich weiß nämlich selbst nicht, weshalb ich noch hier bin und mir eine Unterhaltung anhöre, bei der ich nur

Bahnhof verstehe«, kommentierte ich mit einem entschuldigenden Lächeln und machte einen Schritt in Richtung Treppenhaus. Dann hielt ich inne. »Moment. Wo ist *hier* eigentlich?«

»Glockenbachviertel«, erklärte Henning und ich sah, dass er sich zusammenreißen musste, um nicht zu grinsen.

»Glockenbachviertel«, wiederholte ich. *Natürlich.* Bevor ich davonstürmte, erinnerte ich mich noch an meine Manieren und wandte mich ein letztes Mal in seine Richtung. »Danke. Für alles. Mach's gut.«

In Hennings dunkle Augen trat ein wilder Glanz, doch er nickte lediglich und hob eine Hand zum Gruß. Hastig eilte ich die Treppenstufen hinunter und schulterte den Rucksack, ohne einen Blick zurückzuwerfen, auch wenn ich seinen in meinem Nacken kribbeln spürte. Dieses Mal – und da war ich mir sicher – war es das letzte Mal, dass sich unsere Wege gekreuzt hatten.

Als ich gerade unten an der unscheinbar wirkenden Haustür ankam und mein Handy zückte, um mich zu orientieren, ertönte eine tiefe Stimme hinter mir.

»Karla?«

Ich drehte mich um. Marc kam mir nachgelaufen. Sein Gesicht leuchtete, als hätte er gerade eine göttliche Eingebung gehabt, und in seinen geschäftsmäßigen Zügen lag ein entschlossener Ausdruck.

»Ja?«, fragte ich und runzelte verwundert die Stirn.

»Wir suchen noch jemanden, der mit uns zusammenarbeiten möchte.« In seinem Tonfall schwang eindeutig mehr mit. »Die ganze Sache würde auch lukrativ entlohnt werden. Falls du grundsätzlich Interesse … an einer *Zusammenarbeit* hast«, wieder diese seltsame Betonung, »lass es mich gern wissen. Am besten bis Ende der Woche, wir stehen unter Zeitdruck.« Wie ein Zauberkünstler zog er eine Visitenkarte hervor, auf der sein voller Name, zwei Telefonnummern und *DARIS Agency – Talent Communications* stand.

»Äh …« Bereits zum dritten Mal an diesem Morgen war ich irgendwie sprachlos.

»Du musst nicht darauf antworten, sondern dich einfach nur melden, wenn du generell Interesse hast. Alle Details besprechen wir dann.« Mit diesen Worten zwinkerte er mir kurz zu, was bei jedem anderen Kerl in seinem Alter vermutlich schmierig gewirkt hätte. Aber Marc hatte eine unverwechselbare Ausstrahlung, mit der er wahrscheinlich jeden für sich gewinnen konnte.

Keinen Augenblick später war er wieder verschwunden und ich blieb mit vielen Fragen und total verwirrt zurück.

Kapitel 5

Auch wenn ich während der darauffolgenden Tage damit beschäftigt war, mich um einen Werkstatttermin für mein Auto zu kümmern, Jojo aus dem Weg zu gehen und gleichzeitig das Minus auf meinem Konto zu ignorieren, spukte die Begegnung mit Henning in meinem Kopf herum. Nicht nur das, sondern auch Marcs abschließendes Angebot.

Wovon hatte er gesprochen?

Ich gab alles, um für das anstehende Wochenende oder danach noch einen Job zu ergattern, doch zu meinem Pech hatte Anabelle nie eine gute Nachricht für mich. Weder Samstag noch Sonntag noch Anfang der folgenden Woche und meine Laune sank gegen den Gefrierpunkt.

Weil ich so kurzfristig angefragt hatte, war es schwer, mich unterzubringen. Die meisten Cateringjobs wurden Wochen, manchmal auch Monate im Voraus geplant und ich hatte mich dummerweise nicht angemeldet, weil ich zum jetzigen Zeitpunkt eigentlich noch zwei Hausarbeiten beenden wollte. Allerdings hatte ich das gleich zu Beginn der Semesterferien erledigt, sodass ich jetzt etwas Zeit, aber dafür kein Geld übrig hatte – zu vielen Büchern, unnötigen Ausgaben und meinen Heißhungerattacken sei Dank.

Selbstverständlich verschickte ich ein paar lose Bewerbungen, zum Beispiel an *Starbucks*, weil dort gerade eine Stelle frei war, aber ich erhielt ein ohrenbetäubendes Schweigen als Antwort. Vielleicht fand ich in der Universität am Aushang noch etwas oder gab mich als Versuchskaninchen für irgendwelche Fallstudien her, die auch immer ein bisschen Geld brachten. Aber das würde alles nicht ausreichen.

Wenn das so weitergeht, habe ich bald wirklich ein ernsthaftes Problem.

Mein Wagen stand draußen in der Kälte, ohne dass ich ihn fahren konnte, und vermutlich würde die Witterung dafür sorgen, dass die Batterie auch noch den Geist aufgab, wenn ich nicht schnell das benötigte Kleingeld zusammenkratzte. Leider hatte ich momentan für den Abschleppdienst keinen Cent übrig und meine Eltern wollte ich ungern anpumpen, obwohl Mama mir jeden Morgen Fotos mit motivierenden Kalendersprüchen und Tausenden Kusssmileys schickte. War das eigentlich so eine Art Geheimcodex, den die weibliche Hälfte der Erziehungsberechtigten teilte? Wenn ich auf Jojos und Bries Displays schielte, ähnelte der Chatverlauf mit ihren Müttern jedenfalls verdächtig meinem eigenen.

Die Stimmung zwischen Jojo und mir war noch immer etwas seltsam, beinahe frostig, und zu meinem Leidwesen lungerte Kilian viel zu oft in unserer WG herum, sodass ich mich jedes Mal erschreckte, wenn sein nackter Oberkörper im Bad, im Flur oder in der Küche auftauchte. Was mich viel zu sehr an unsere Jugend erinnerte und ein Grund mehr war, einen Bogen um ihn zu machen. Genau wie die Tatsache, dass mein Bruder – obwohl er ebenfalls mit Herzchenaugen über das Echtholzparkett schwebte – mich immer noch am besten durchschaute und den wahren Auslöser für meinen auffällig-unauffälligen Rückzug früher oder später erkennen würde. Auf den ersten Blick mochte er etwas draufgängerisch wirken, doch in seiner Haut steckte ein sehr feinfühliger Mensch, der jede emotionale Veränderung sofort spürte.

Kein Wunder, dass er Joanas harte Schale geknackt und ihr vergrabenes Wesen ans Tageslicht gezerrt hatte. Nicht so, wie ich das gemacht hätte, mit Presslufthammer und Meißel, sondern auf eine so behutsame Weise und mit einer Geduld, die ich nicht besaß. Manchmal fragte ich mich, wie wir eigentlich verwandt sein konnten. Auch rein äußerlich hatten wir bis auf die nahezu identische Augenfarbe und das spitze Kinn, das wir von unserer italienischen Großmutter geerbt hatten, kaum Ähnlichkeiten.

»Man könnte glauben, du meidest mich.«

Erschrocken fuhr ich zusammen und drehte mich zu Kilian um, der sich mit einer Hand am Küchentresen abstützte und mit der anderen Jojos Tinkerbell-Tasse an die Lippen hob. Dennoch konnte ich das schiefe Lächeln erkennen, das seine Mundwinkel in Bewegung gesetzt hatte.

»Genau genommen ignorierst du nicht nur mich, sondern auch die anderen aus der WG, ist mir einfach aufgefallen.«

Ich blieb ihm eine Antwort schuldig. Trotz des flüchtigen Blicks in seine Richtung bemerkte ich, dass er sich nachlässig rasiert hatte, und der dunkle Bartschatten ließ seine Augen im Kontrast grauer wirken als sonst. Selbstverständlich trug er an diesem Mittwochvormittag kein Shirt, sondern lediglich Boxershorts, obwohl draußen Temperaturen um die Minusgrade herrschten.

»Wenn du so weitermachst, schalte ich die Heizung aus. Der Anblick brennt sich langsam, aber sicher in meine Netzhaut ein und ich weiß nicht, ob ich dann nachts noch schlafen kann.« Vielsagend deutete ich auf seinen nackten Oberkörper, drehte mich anschließend wieder um und widmete mich hingebungsvoll dem Milchaufschäumer. Meine Ohren glühten, wie immer, wenn mir jemand auf den Zahn fühlte.

»Und jetzt holst du zum verbalen Gegenschlag aus, ohne auf meine Aussage einzugehen, bloß um mir weiter auszuweichen.«

Bockmist. Kilian ließ sich nicht so einfach abspeisen.

»Das bildest du dir ein.«

»Ach ja?«, fragte er trügerisch sanft.

»Ja.«

»Dann stört es dich doch sicher nicht, wenn ich Joana dazuhole und wir gemeinsam in den Tag starten? Frühstücken? Kaffee trinken? Klatsch und Tratsch austauschen?«

»Das wagst du nicht.«

»Wollen wir es darauf ankommen lassen?«

Der selbstgefällige Tonfall in seiner Stimme trieb mich augenblicklich zur Weißglut. Gereizt warf ich ihm einen vernichtenden Blick zu und sah ihn hinter der Tasse spöttisch schmunzeln.

»Warum?«, stieß ich hervor, stellte den Milchaufschäumer ab, drehte mich zu meinem Bruder um und stemmte die Hände in die Hüfte. »Warum musst du mir heute das Leben zur Hölle machen?«

Sofort verschwand der amüsierte Ausdruck auf seinen markanten Zügen und in seine Miene trat stattdessen … Sorge, was mich innerlich erstarren ließ. *Doppelter Bockmist!*

»Ihr habt seit Freitag kaum ein Wort gewechselt. Auch wenn sich Joana das nicht wirklich anmerken lässt, nagt es an ihr. Keine Ahnung«, er zuckte mit den Schultern. »Normalerweise redet ihr einfach miteinander und streitet nicht wegen so einem Quatsch wie … Toilettenpapier.«

»Das Toilettenpapier ist überhaupt nicht das Problem«, erwiderte ich müde.

Seine Augenbrauen hoben sich ein Stück. »Sondern?«

»Meine Unzuverlässigkeit.«

Es auszusprechen kostete mich enorme Überwindung, denn ich wollte nicht für unzuverlässig gehalten werden. Schon gar nicht von meiner besten Freundin. Doch das war nur ein Puzzlestück der Wahrheit, ein anderes Teil hatte mit meinen Finanzen zu tun. Außerdem mochte ich es nicht, wenn man mich als schwach wahrnahm. Die Unzuverlässigkeit war nur das logische Resultat meines chaotischen Wesens.

»Du bist nicht unzuverlässig, sondern einfach etwas … schusselig.«

Ich verzog das Gesicht. »Du brauchst es nicht schönzureden. Es ist Jojos gutes Recht, auch einfach mal sauer zu sein. Ich bin eine wandelnde Katastrophe, was meine Organisation und den Finanzhaushalt angeht. Und das ist kein Geheimnis, das niemand aussprechen darf. Im Gegenteil.«

Misstrauisch verengte Kilian die Augen, was mein Herz nervös aufflattern ließ. Verdammt, ich hatte ein bisschen zu dick aufgetragen.

»Moment, du reitest doch sonst nicht so darauf herum«, sagte er. »Wovon möchtest du ablenken?«

»Von gar nichts«, wiegelte ich ab, weil ich meine finanzielle Notlage garantiert nicht mit Kilian ausdiskutieren wollte. Zumal er die ganze Sache einfach anders sah, obwohl wir aus demselben Elternhaus kamen und dieselbe Vorgeschichte hatten. Manchmal fühlte es sich an, als wären wir zwar gemeinsam ins Kino gegangen, hätten uns aber zwei ganz unterschiedliche Filme angeschaut. Kilian nahm vieles auf die leichte Schulter, für ihn spielte eine materielle Absicherung keine große Rolle.

Mir schnürte dagegen allein der Gedanke die Kehle zu, nicht unabhängig zu sein. Ich konnte mir auch kein sorgenfreies Leben vorstellen, wenn ich nicht gut verdiente. Ich wollte Entscheidungen nicht aus einer Notwendigkeit heraus treffen müssen. Deswegen machte ich auch so einen weiten Bogen um potenzielle Beziehungen, ließ niemanden an mich heran, da so etwas meistens mit Erwartungen verbunden war.

Kilian würde sagen, die finanziellen Engpässe seien keine große Sache, denn für ihn war es das auch nicht. Deswegen würde er mich auch nicht verstehen und aus genau diesem Grund konnte ich es ihm nicht anvertrauen.

»Nach *gar nichts* sieht das gerade aber nicht aus«, meinte er und ich schaffte es genau drei Sekunden, seinem Blick standzuhalten.

»Du bist Papa in dieser Hinsicht so ähnlich.«

»Wie meinst du das?«, fragte ich.

Seufzend fuhr er sich mit einer Hand in den Nacken und schüttelte den Kopf. »Vergiss es.«

Meine Alarmglocken schrillten los. »Wovon sprichst du? Ist alles okay?«

»Ihr macht beide alles mit euch selbst aus. Das ist zwar manchmal ganz angenehm, aber auch anstrengend für die Menschen um euch herum, denen ihr am Herzen liegt.«

»Was macht Papa denn mit sich selbst aus?«

»Frag ihn.« Kilian warf mir einen bedeutungsvollen Blick zu. »Aber ich bin mir fast sicher, dass du genauso auf taube Ohren stoßen wirst wie ich. Ist dir nicht aufgefallen, dass Mama in letzter Zeit teilweise dieselben Morgensprüche schickt? Und aufgesetzt fröhlich klingt? So wie damals, kurz bevor wir beinahe das Reihenhaus verkaufen mussten, weil wir in finanziellen Schwierigkeiten gesteckt haben? Als Papas Karriere in der Formel 1 geendet hat?«

Nein, das war mir nicht aufgefallen, aber das lag nur daran, dass ich in den letzten Tagen viel zu sehr mit mir selbst beschäftigt gewesen war.

Kurz nachdem Papa damals endlich die Werkstatt aufgemacht und zu uns ins Dorf zurückgekehrt war, hatte ich mich einfach darüber gefreut, meinen Vater öfter um mich zu haben. Seine Nähe zu spüren, seine brummende Stimme zu hören, wenn er uns Geschichten zum Einschlafen vorlas. Mit meiner kindlichen Naivität hatte ich mich darauf gestürzt, ihn einfach bei uns zu haben. Vorher war er immer unterwegs gewesen. Immer auf Reisen, zum nächsten Rennen, nächtelang durcharbeiten, sodass er oft den Morgenanruf verpasste und ich ohne seine liebevollen Worte zur Schule fahren musste und mich unglaublich allein gefühlt hatte.

Als er dann endlich in unsere kleine Welt zurückgekehrt war, hatte ich mich einfach nur darüber gefreut. Und nicht gesehen, wie tief die Sorgenfalten in seiner Stirn gewesen waren. Wie sich sein Blick traurig umwölkte, sobald er sich unbeobachtet fühlte. Wie oft er im Geräteschuppen verschwand, um einmal nicht stark sein zu müssen. Bei der Erinnerung kauerte sich mein Herz zusammen.

Sofort breitete sich ein schlechtes Gewissen in mir aus, was mich betreten den Blick senken ließ, aber selbst das musste mein sensibler Bruder natürlich sofort richtig deuten.

»Mach dir keinen Kopf. Mir wäre es an deiner Stelle auch nicht aufgefallen.«

Ich räusperte mich. »Ist mit Papa alles in Ordnung?«

»Wie gesagt, am besten fragst du ihn das selbst. Ich denke, gesundheitlich ist alles okay, sonst wäre Mama anders drauf. Aber irgendetwas ist im Busch.« Kilian hob die Schultern und lächelte gequält. »Wenn ihr beide nur nicht immer alles in euch hineinfressen würdet …«

»Vielleicht sage ich es dir, wenn du dir endlich etwas überziehst«, bot ich ihm an, in der Hoffnung, die plötzlich beengende Atmosphäre etwas aufzulockern.

Zu meiner Erleichterung stieß Kilian ein Schnauben aus, das entfernte Ähnlichkeit mit einem Lachen besaß. »Genau deswegen liebe ich dich.«

Für einen kurzen Moment verspürte ich einen Stich in der Brust und fragte mich insgeheim, wann mir jemand das letzte Mal gesagt hatte, dass er mich liebte.

Jemand, der nicht mit mir verwandt und somit eigentlich dazu verpflichtet war. Hilfe, wo kam das denn auf einmal her?

Mühsam rang ich mir ein Lächeln ab. »Ich weiß. Ich dich auch.«

»Das ist übrigens noch nicht gegessen«, fügte Kilian hinzu und ich nickte.

»Ist mir klar. Dafür bist du zu hartnäckig.«

Kilian grinste, dann schien ihm plötzlich etwas einzufallen. »Übrigens, was ich dich noch fragen wollte: Dürften wir uns dein Auto für den Urlaub ausleihen? Du bekommst es auch sauber und vollgetankt wieder, versprochen. Ich weiß, du bist gerade etwas heikel mit den Kilometern, aber dann könnten wir noch einen Zwischenstopp in den Bergen machen und Joanas Gutschein für den Fallschirmsprung einlösen.«

Meine Gesichtsmuskeln verschoben sich entsetzt, was dazu führte, dass Kilian mich verwundert musterte. »Alles okay?«

»Wann wolltet ihr denn fahren?«

»Nächste oder übernächste Woche.«

»Ah, da hatte ich mir überlegt, Mama und Papa zu besuchen.« Selbst in meinen eigenen Ohren klang die Lüge so notdürftig wie mein letztes Weihnachtsgeschenk. Also fügte ich mit einem, wie ich hoffte, entschuldigenden Lächeln hinzu: »Ansonsten total gerne.«

Ein enttäuschter Ausdruck huschte über seine Züge. »Verstehe. Ja, klar. Danke trotzdem. Wir finden bestimmt eine Alternative. Ich bin duschen.« Er nickte mir knapp zu, dann war er um die Ecke verschwunden und ich atmete erleichtert aus.

Jetzt wusste ich, wie sich andere wohl in meiner Gegenwart und mit meinen Verhörmethoden fühlen mussten. Ein schneller Blick auf die Wanduhr offenbarte mir, dass ich mich beeilen musste, da ich heute ab halb zwölf in einem kleinen IT-Unternehmen das Mittagessen und die Kaffeerunden für ein Zehn-Personen-Meeting übernehmen würde. Der einzige Job, den ich für die nächsten zwei Wochen ergattern konnte.

Vielleicht sollte ich mich bald nach einer Alternative umschauen, sonst würde ich ernsthaft in der Klemme sitzen.

Für einen flüchtigen Moment dachte ich an Marcs mysteriöses Angebot, verdrängte jedoch schnell alles, was damit zusammenhing. So sehr war ich noch nicht am Boden, dass ich mich auf eine seltsame Geschichte wie diese einlassen würde.

… bis Ende der Woche, wir stehen unter Zeitdruck.

Kapitel 6

Der Firmensitz des IT-Unternehmens befand sich im Industriegebiet in Laim im Westen Münchens und vermischte sich mit den anderen grauen Häuserfassaden, die alle irgendwie gleich aussahen. Wie eine Wolkenformation, die ineinander überging, sodass man nicht wusste, wo das eine Gebäude endete und das nächste anfing. Da es heute wirklich frisch war und der Geschmack von Regen in der Luft hing, hatte ich mich für einen warmen cremefarbenen Trenchcoat entschieden, der an den Schultern etwas zu locker saß.

Ich war mit der S-Bahn bis nach Laim gefahren und hatte dadurch wieder etwas Zeit gutgemacht. Einen Vorteil hatte das Fahren mit den öffentlichen Verkehrsmitteln: Ich nutzte die Gelegenheit und schrieb drei Freundinnen, bei denen ich mich in den letzten Wochen viel zu wenig gemeldet hatte. Danach tippte ich noch eine Nachricht an meinen Vater, dessen strahlendes Profilbild ein Familienfoto vom letzten Weihnachtsfest war. Mama häufte gerade einen Teller Trüffelspaghetti auf, Kilian saß auf seinem Platz und mein Vater schoss heimlich das Selfie, während ich durch das Bild huschte.

Sofort stahl sich ein Lächeln auf meine Lippen, gleichzeitig hoffte ich, dass mein Bruder mit seiner Vermutung falschlag. Aber sicher war sicher, auch wenn ich nicht wirklich mit einer Antwort rechnete.

Hey Paps, ist denn alles in Ordnung bei euch? Kilian meinte, dass Mamas lebensbejahende Nachrichten zum Himmel stinken. Kann ich etwas tun?

Als ich den Blick hob, stellte ich fest, dass ich das Firmengebäude mittlerweile erreicht hatte. Der weiße Kastenwagen mit dem *Leckerste*-Logo, einem orangefarbenen Kochlöffel in Notenschlüsselform, hielt gerade im eingeschränkten Halteverbot und verriet mir, dass ich doch noch pünktlich war. Rasch checkte ich den Aufgabenplan, den Anabelle mir vorab geschickt hatte, inklusive aller eingetragenen Vortragspausen. Denn die waren meistens etwas hektischer und ich wollte wissen, wann ich besonders aufmerksam sein musste.

»Du heute hier?«, ertönte in diesem Augenblick eine männliche Stimme und ich erblickte Markus, einen der Urgestein-Logistiker von *Leckerste*. Er trug seine dunkelblonden Haare raspelkurz, sodass alles an ihm noch eckiger und kantiger wirkte, und in seinen Pranken hielt er eine schwarze Kiste, in der ich auch meine heutige eingeschweißte Bluse entdeckte.

»Sieht ganz danach aus«, erwiderte ich lachend. »Ich habe dich lange nicht gesehen. Wie geht's dir?«

»Kann mich nicht beklagen«, antwortete Markus und schenkte mir ein offenes Lächeln. »Und ja, ich war in den letzten Wochen bei den ganzen Auslandseinsätzen dabei, jetzt geht es aber richtig los. Du bist doch sicher auch am Start, oder?«

»Was meinst du?«, fragte ich überrumpelt.

»Was? Du bist doch fast die Einzige, die auf den ganzen Rennmist steht. Ich dachte, du hättest dich als Erste eingetragen?« Ungläubig schüttelte er den Kopf und kratzte sich nachdenklich am Kinn. »Wobei, es ist erst seit gestern offiziell und alles geht drunter und drüber. Kein Wunder, ehrlich gesagt, denn –«

»Entschuldigung!« Wie aus dem Erdboden teleportiert, stand plötzlich eine todschick gekleidete Dame neben uns, den Blick prüfend auf uns gerichtet, wobei sie schließlich mich anvisierte, als wollte sie mir Löcher in den Bauch starren. Ihre dunkelbraunen Haare waren perfekt frisiert, lagen wie abgemessen auf ihren Schultern, während ihr durchtrainierter Körper in einem hübschen marineblauen Kostüm steckte. »Ich konnte Frau Laning nicht erreichen, aber wir hatten eigentlich elf Uhr ausgemacht.« Sie sprach von Anabelle, während sie den Mund verzog. »Die Konferenz ist schon in vollem Gang und wir brauchen dringend die erste Kaffeerunde. Sie sind doch die Servicekraft von *Leckerste*, oder?«

Erschrocken riss ich die Augen auf, weil ich mein mögliches Trinkgeld am Ende des Tages schon schrumpfen sah. »Oh, Mist. Ja, ja natürlich bin ich das. Das mit der Uhrzeit wusste ich nicht, meine Information war 11:30 Uhr.«

»Selbst dafür sind Sie ja schon fast ein bisschen zu spät, nicht wahr?«, erwiderte sie in einem so schnippischen Tonfall, dass ich mir auf die Zunge beißen musste, um ihr nicht eine typische Karla-Antwort um die Ohren zu pfeffern.

»Kann sein.«

»Sie beeilen sich besser.« Dann warf sie Markus einen schnellen Blick zu. »Und Sie auch.«

»Ja, ich muss nur noch etwas aus dem Wagen holen«, antwortete er und stellte die Kiste ab.

Denk ans Trinkgeld, ermahnte ich mich und versuchte, etwas von Jojos unverwechselbarer Ruhe in mir heraufzubeschwören. Ich zeigte leicht debil die Zähne, murmelte brav eine Entschuldigung und ärgerte mich gleichzeitig darüber, nicht erfahren zu können, wovon Markus eben gesprochen hatten. *Rennmist?* Also ging es wohl tatsächlich darum, das ausgeschiedene Cateringunternehmen zu ersetzen?

Das würde auch erklären, weshalb Anabelle die Uhrzeit verwechselt und mir falsch durchgegeben hatte, denn das sah ihr überhaupt nicht ähnlich. Im Gegenteil. Ich konnte mich an keinen Einsatz erinnern, bei dem Anabelle irgendeine Art von Fehler gemacht hätte.

Bevor ich weiter darüber nachgrübeln konnte, bedeutete mir die Dame mit einer knappen Geste, ihr zu folgen. Also nickte ich Markus kurz zum Abschied zu und eilte ihr hinterher, während ihre Plateauschuhe auf dem Asphalt wie Gewehrschüsse widerhallten.

Klack. Klack. Klack.

Bis zu einem gewissen Grad konnte ich ihre Unfreundlichkeit nachvollziehen. Wahrscheinlich lag die Organisation des gesamten Caterings und der Versorgung in ihrer Verantwortung, sodass mein unfreiwilliges Zuspätkommen ihre Arbeit in ein schlechtes Licht rücken könnte. Und da ich wusste, wie beschissen es war, als Frau in einem Männerberuf schlecht dazustehen, verspürte ich sogar einen Hauch von Mitleid. Dennoch ging es mir gehörig gegen den Strich, dass sie ihren Frust an mir abließ, aber das konnte ich leider nicht ändern.

Obwohl ich gern mehr von Markus erfahren hätte, blieb

mir leider keine Zeit, denn ich wurde in einen regelrechten Arbeitsstrudel gerissen. Rasch zog ich mich um und versuchte, mich in der kleinen Küche zu orientieren, während Markus filigrane Gläschen, die mit verschiedenen Köstlichkeiten gefüllt waren, in den Kühlschrank stellte. Sie rochen wie immer großartig, sodass ich fast hoffte, dass am Ende vielleicht etwas übrig blieb. Kaffeemaschine – keine brasilianischen Arabica-Bohnen – Gläser, Tassen, cremefarbene Untertassen. So gut es ging, verschaffte ich mir einen Überblick, legte Karla wie ein Kleidungsstück ab und verwandelte mich in mein Service-Alter-Ego.

Anfänglich klebte das Lächeln noch hölzern in meinem Gesicht, aber dann ging es wie von selbst. Als würde ich den ganzen Tag nichts anderes machen. Die Minuten flogen an mir vorbei, während ich Bestellungen und Wünsche aufnahm, zwischen Küche und Konferenzraum hin und her eilte und die Geschäftsleute bediente. Der Geruch von frisch gemahlenem Kaffee lag in der Luft, mischte sich mit dem stehenden Duft vieler Menschen in einem Raum.

Die ganze Zeit über war ich freundlich und stets darum bemüht, meine Arbeit schnell zu erledigen, ohne einen Fehler zu machen oder etwas durcheinanderzubringen. Gleichzeitig war ich unsichtbar, namenlos. Ich schwebte wie ein Geist umher, bis sich ein Schweißfilm auf meiner Stirn bildete und ich meine Handgelenke überdeutlich spürte.

Am Ende wischte ich die Tische sauber und brachte das letzte Geschirr wieder zurück in die Küche, wo ich alles wegräumte. Allein zu arbeiten machte mir keinen Spaß, weil ich nicht für eine Sekunde ich sein konnte. Aber mir blieb kaum eine andere Wahl.

»Danke«, sagte die Dame, deren Namen ich immer noch nicht kannte, als ich mit allem fertig war. »Das hat ja doch noch gut funktioniert.«

»Ja, zum Glück.« Die Antwort entsprach der Wahrheit. Innerhalb der letzten vier Stunden hatte alles so perfekt geklappt, dass ich mich unwillkürlich fragte, wo der Haken blieb. Denn den gab es immer.

Endlich tauchte ein winziges, unscheinbares Lächeln bei ihr auf, was ich schon fast nicht mehr zu hoffen gewagt hatte.

»Ich werde Frau Laning sagen, dass Sie auch zukünftig gern den Service bei unseren Konferenzen übernehmen können.«

Ein kleines Kopfnicken meinerseits. »Vielen Dank. Das Zubehör wird innerhalb der nächsten zwei Stunden abgeholt. Ich mache mich dann auf den Weg«, erwiderte ich und tippelte auf der Stelle. Am liebsten hätte ich wie in einem amerikanischen Film die Hand ausgestreckt und Zeigefinger und Daumen aneinandergerieben, denn anscheinend verstand sie mein eindeutiges Gezappel nicht. Womöglich dachte sie, dass ich einfach auf die Toilette musste.

»Bis bald dann.« Mit diesem simplen Satz machte sie auf dem Absatz kehrt und ließ mich in der Küche stehen. Seufzend griff ich mir an die Nasenwurzel und zwang mich, tief durchzuatmen. Gut, immerhin hatte ich vier Stunden gearbeitet, das würde ein bisschen was einbringen.

Da ich keine Pause gehabt hatte, beschloss ich, Anabelle nach Markus' kryptischen Worten zu fragen. Eventuell würde dabei auch noch ein Job herausspringen.

Auf meinem Display leuchteten verschiedene Nachrichten. Zwei Kommilitonen tauschten sich in einem Gruppenchat über irgendwelche Titel aus der Bibliothek der Juristischen Fakultät am Professor-Huber-Platz 2 aus – eines der prominentesten Gebäude der LMU. Eine weitere Nachricht war von Brie, die mich im WG-Chat fragte, ob ich heute Abend Lust auf einen romantischen Film hätte, da Anton arbeiten und Joana bei Kilian übernachten würde.

Darf ich einen filmischen Gegenvorschlag machen? Mir ist heute nicht so nach romantischem Liebesfilm.

Wann ist dir jemals danach?

Die Antwort war innerhalb von Sekunden eingetrudelt.

Ich grinste. Da hatte sie recht und womöglich war es genau das, was ich nach den letzten Tagen brauchte.

Touché. Such einen Film aus, ich bin ausnahmsweise dabei. Solange es Popcorn oder pão de queijo gibt …

Die brasilianischen Käsebällchen waren mein persönlicher Untergang, meine Achillesferse, und ich wusste, dass ich mein letztes Hemd dafür verkaufen würde, wenn es nötig wäre.

Ich habe noch welche eingefroren, schrieb Brie zurück und schickte ein Herzchenemoji hinterher.

Du machst mich gerade sehr, sehr glücklich.

Lächelnd wollte ich den Chatverlauf mit Anabelle öffnen, als am oberen Bildschirmrand eine Nachricht von meinem Vater auftauchte.

Hey Kürbis! Da zwitschern die Vögel aber sehr fleißig von den Dächern. Wenn dein Bruder mit dir darüber geredet hat, muss bei dir etwas im Busch sein. Gegenfrage: Ist bei dir alles in Ordnung?

Bei seiner Antwort und der messerscharfen Schlussfolgerung spürte ich, wie mein Herz plötzlich ganz schwer wurde, als hätten sich bleierne Gewichte daran gehängt. Ein Kopfschütteln folgte. Von irgendwem musste mein Bruder ja seine Intelligenz und ich meine Schlagfertigkeit geerbt haben.

Inzwischen wusste ich, wie ich meinen Vater aus der Reserve locken konnte, und wählte den unvorbereiteten Angriff. Genau dann, wenn seine Deckung unten war. Wenn er nicht mit einer Attacke rechnete …

Nach dem zweiten Freizeichen nahm er ab und seine vertraute Stimme hüllte mich ein wie eine Umarmung, ein Gefühl, das nur meine Eltern mir geben konnten, Geborgenheit und Wärme. Eine Zuflucht vor meinen Gedanken, dem Alltag und dem Druck, den das Erwachsenenleben manchmal mit sich brachte. Kurz Kind sein, loslassen, zurücklehnen, gedanklich umarmt werden.

Papas Stimme konnte das. Eine Wortumarmung.

»Kürbis«, raunte er in den Hörer, wissend und unbestreitbar misstrauisch, als ahnte er den Grund für meinen Anruf.

»Deine Nachricht … du lenkst ab. Also ist die Kacke gewaltig am Dampfen.«

Er seufzte leise und dieses eine Geräusch reichte aus, um mir die Kehle zuzuschnüren. Ich wusste, dass es wirklich ernst war, wenn er nicht einmal einen Versuch unternahm, mir auszuweichen oder es zu überspielen. Dann fehlte ihm dafür schlichtweg die Kraft.

»Was ist los?«, wisperte ich ins Telefon. »Bist du krank oder so?«

»Was?« Papa klang blechern, als wäre er mit den Gedanken meilenweit entfernt. »Nein, nein. Oh, Gott, ich hoffe, ihr habt euch darüber nicht den Kopf zerbrochen. Es ist keine große Sache.«

»Sondern?« Mein Herz hämmerte schnell und heftig.

»Sehr wahrscheinlich muss ich die Werkstatt verkaufen.«

»Was?«

Einen Herzschlag lang vergaß ich sogar das Atmen, dann holte ich tief Luft und versuchte, einen klaren Gedanken zu fassen. Aber es fühlte sich an, als würde ich mit bloßen Händen einen Fisch fangen wollen.

Es gab nichts, woran ich wirklich mein Herz hängte. Nichts, was einen nostalgischen Stellenwert für mich hätte, weil ich so einfach nicht tickte.

Mit der Werkstatt, die Papa nach seiner Rückkehr aus der Formel 1 eröffnet hatte, war das allerdings etwas anderes. Sie war mein Heiligtum. Mein Zufluchtsort, wenn ich mich in der Schule nicht mehr wohlgefühlt hatte, wenn ich die dämlichen Kommentare der anderen nicht ausgehalten hatte. Ich war immer das Mädchen, das *zu viel* gewesen war. *Zu laut. Zu wild.*

Keine Ahnung, wie oft meine Eltern in die Schule bestellt worden waren, wie oft ich danach schweigend im Auto auf der Rückbank gesessen und mich so allein gefühlt hatte, so fremd. Als würden alle um mich herum in einer anderen Sprache kommunizieren.

Ich war einfach Karla. Ich lachte gern. Ich redete viel. Ich versteckte mich nicht. Mir war es egal, was andere von mir dachten.

Bei der Erinnerung an die unzähligen Momente in der Werkstatt schnürte sich mir schon wieder die Kehle zu.

Sehr wahrscheinlich waren all die Stunden der Grund, weshalb ich den Rennsport liebte, weshalb ich Formel 1 schaute. Es war wie ein Telefonat mit Papa. Eine Rückzugsmöglichkeit für meine Seele, ein bisschen Ruhe finden. Genau wie ich als kleines Mädchen auch sonntagmorgens um sechs Uhr aufgestanden war, nur um einen Blick auf Papa in seinem blauen Team-Overall im Rennstall zu erhaschen. Ihn bei der Arbeit zu sehen.

Nach seiner Rückkehr vor ein paar Jahren war die Werkstatt zu seiner Leidenschaft geworden, zu dem Ort, aus dem er seine Bestimmung und Kraft schöpfte, zu dem er mich immer mitgenommen hatte. Dort hatte ich ihn ganz für mich gehabt, seine volle Aufmerksamkeit. Wir hatten so viel Energie hineingesteckt, die Karts auszubauen und mich auf Rennen zu schicken.

Es war Papas und mein Ding gewesen.

Wenn ich an die Werkstatt dachte, die keine zehn Minuten mit dem Fahrrad von unserem Reihenhaus entfernt lag, stieg mir der Geruch von Motoröl und Gummi in die Nase. Immer die gleiche Routine. Fahrrad abstellen, Schloss öffnen, in eine andere Welt abtauchen. Wagenheber. Hebebühne. Reifenmontiermaschine. Die ganzen Sets, die an der Wand angebracht worden waren: Bremskolbenrücksteller, Federspanner, Bremsenentlüfter. Das Quietschen meiner Schuhe auf dem Boden. Die leichte Unordnung der Unterlagen, die man durch die Scheiben des verglasten Büros sehen konnte.

All das hatte mir immer ein Gefühl von Zuhause vermittelt, weil ich die Werkstatt mit Papa verband. Während Kilian lieber mit anderen Kindern Magic-Karten gesammelt und getauscht hatte, waren Papa und ich fast jedes Wochenende in der Werkstatt gewesen, hatten Stunden unter Autos verbracht, Reifen gewechselt, an Motoren herumgebastelt.

Die Vorstellung, er müsste diesen Teil von sich – und von mir – aufgeben, machte etwas Seltsames mit mir. Eigentlich war ich überhaupt nicht sentimental. Oder gefühlsduselig.

Verdammt, ich fand es sogar albern, wenn Brie und Jojo entzückt seufzten, weil es in irgendeinem Film eine romantische und sehr vorhersehbare Zusammenführung gab.

Aber jetzt, in genau diesem Augenblick, war ich mir sicher, dass ich alles dafür geben würde, um den Verkauf zu verhindern. Und wenn es bedeutete, dass ich meine Organe spenden müsste, um genügend Geld zusammenzukratzen.

»Ich weiß, wie viel dir die Werkstatt bedeutet«, fuhr Papa schließlich nach einigen Sekunden des Schweigens fort, in denen ich nicht einmal ansatzweise meine Gedanken sortiert hatte. »Aber die letzten Monate waren wirklich hart und ich habe alle Finanzen von Michael überprüfen lassen. Er meint, es führt kaum ein Weg daran vorbei. Es haben sich einfach zu viele unbezahlte Rechnungen angehäuft, die laufenden Kosten kann ich kaum noch decken.«

»Du hast Weihnachten gar nichts gesagt«, erwiderte ich und konnte nicht verhindern, dass ein gewisser Vorwurf in meiner Stimme mitschwang. Wenn er Michael, einen seiner ältesten Freunde, hinzuzog, war die Kacke nicht nur am Dampfen, dann brannte sie lichterloh. Papa war niemand, der sich gern eingestand, in irgendeiner Hinsicht versagt zu haben. Aber genau so würde er es sehen. Schließlich dachten wir da gleich.

»Weil ich immer noch dein Vater bin und meine Probleme nicht auf eurem Rücken austragen möchte. Da es jetzt jedoch ohnehin unausweichlich ist, kann ich es dir auch sagen. Es tut mir leid, Kürbis.« Schmerz tränkte seine Stimme und ich schluckte gegen den Kloß in meinem Hals, der sich nicht vertreiben lassen wollte.

»Es tut mir leid für dich«, antwortete ich, während sich mein Herz zusammenzog. »Ist es denn sehr viel, was fehlt?«

Papa seufzte leise. »Lass uns nicht ins Detail gehen.«

»Wann willst du sie verkaufen?«

»Das ist noch nicht absehbar, aber vermutlich in drei Monaten. Spätestens Anfang Juli.«

Drei Monate waren so schnell vorbei. Und ich war mir nicht einmal sicher, ob ich bis dahin noch einmal nach Hause fahren würde. Meine Eltern wohnten in Niedersachsen, zwischen Hamburg und Hannover, und eigentlich hatte ich nicht geplant, sie vor den nächsten Semesterferien zu besuchen. Jetzt war ich mir unsicher, ob ich nicht doch bei ihnen vorbeischauen sollte.

Innerlich zuckte ich zusammen. Verdammt. Mein Auto. Das hatte ich fast vergessen.

»Okay.«

»Mach dir keine Sorgen, Kürbis. Ich habe schon ein paar andere Möglichkeiten gefunden. Alle guten Dinge haben irgendwann ein Ende. Manchmal kann man den Zeitpunkt selbst bestimmen und manchmal nimmt das Leben einem die Entscheidung ab.«

»Jetzt weiß ich, woher ich meine Weisheiten habe.« Mein Auflockerungsversuch scheiterte kläglich, denn ich hörte, wie er einmal tief ausatmete.

»Karla, du bist großartig. Du gehst deinen Weg und das kostet viel Kraft. Auch weil du die Erste in unserer Familie bist, die studiert.«

»Kilian studiert doch auch.«

»Ja, das stimmt«, lenkte er ein. »Aber im Gegensatz zu ihm wirst du das Studium auch beenden. Kilian lässt sich gern treiben, vielleicht macht er seinen Abschluss, vielleicht findet er etwas anderes, das ihm gefällt. Du weißt, wie ich das meine.«

»Ja.« Das wusste ich wirklich. Kilian würde nicht zwingend zu Ende studieren, weil es ihm darum nicht ging. Wenn er einen Beruf fand, der ihm mehr Spaß machte und wofür er kein Studium benötigte, würde er sich einfach umentscheiden.

Ich dagegen … ich würde mein Jurastudium durchziehen, mein Staatsexamen bestehen und eine Fachrichtung wählen, in der ich mich wohlfühlte.

»Was ist mit dir? Wie geht es dir?«

»Die Woche war nicht perfekt.« Die Offenbarung kostete mich eine enorme Überwindung, aber es fühlte sich richtig an.

»Das heißt?«

Ich biss mir auf die Zunge. Nein, ich konnte und wollte ihn nicht noch mit meinen Problemen belasten, die eigentlich keine großen Probleme waren. Nicht aus seiner Perspektive jedenfalls, schließlich war er derjenige, der seinen Traum aufgeben musste.

»Stress auf der Arbeit, Stress in der WG. Nichts Weltbewegendes.«

»Sicher?« Leise Zweifel schwangen in seiner Frage mit und ich zwang meine Mundwinkel, wie auf Knopfdruck anzuspringen, damit er das Lächeln in meiner Stimme hörte.

»Ja. Sicher.«

»Gut.« Jetzt klang Papa erleichtert. »Dann bin ich beruhigt. Wenn du mir gegenüberstehen würdest, könnte ich dir eine Lüge an der Nasenspitze ablesen, aber aus achthundert Kilometern Entfernung fällt mir das schwer. Deswegen bin ich froh, wenn du ehrlich zu mir bist.«

Der Kloß in meinem Hals wurde größer. »Ja.«

Wir redeten noch ein paar Minuten und kämpften beide

darum, die drückende Stimmung zu ignorieren, die sich über uns gelegt hatte. Etwas hatte sich verschoben. Etwas, das sich nicht einfach ignorieren ließ, nur weil wir es nicht thematisierten.

Als wir schließlich auflegten, fühlte ich mich zum ersten Mal seit langer Zeit leer.

Hundertfacher Bockmist.

Papa musste seine Werkstatt verkaufen und ich konnte nicht einmal genügend Geld zusammenkratzen, um nach Hause zu fahren, geschweige denn meinen Reifen reparieren zu lassen. Resigniert schälte ich mich aus der *Leckerste*-Bluse, die sich plötzlich viel zu eng anfühlte. Als würde sie mir die Luft aus der Lunge pressen wollen.

Ich zog mir meinen Pullover über und wechselte die Schuhe, wobei ich das Gefühl hatte, meine Füße aus einem Gefängnis zu befreien. Als ich meine Hose über meine Hüfte schob, um das Untershirt besser hineinstopfen zu können, stießen meine Fingerspitzen gegen die Kante eines Pappkärtchens. Ich zog es heraus und las Marcs Namen und Telefonnummer.

Oh.

Und einfach so fand ich die Lösung für mein Geldproblem.

Es lag auf der Hand. Es würde alles leichter machen. Und war es nicht genau das, was ich jetzt brauchte? Ein kleines bisschen Leichtigkeit?

Der einzige Haken war, dass ich nicht den blassesten Schimmer hatte, worum es sich bei dem Job handelte. Brauchte Henning eine persönliche Assistentin, die ihm die Füße massierte? Nein, denn dafür hatte er Physiotherapeuten.

War es irrational, dass ich ausgerechnet in diesem Moment überlegte, Marc Schneider anzurufen? Eventuell.

Womöglich war ich emotional so überladen, dass ich sogar einem gut aussehenden Dämon meine Seele verkaufen würde, wenn er mir jetzt einen passenden Wisch unter die Nase hielt. Trotzdem hatte ich die Nase voll davon, dauerpleite zu sein. Nicht einfach zu meinen Eltern fahren zu können. Dinge an der Kasse zurücklegen zu müssen.

Ja, verdammt, eigentlich war ich zu stolz, irgendein seltsames Angebot anzunehmen, aber ich brauchte eine Lösung.

Also traf ich aus dem Nichts heraus eine spontane Entscheidung.

Beim dritten Freizeichen nahm Marc ab. Er klang atemlos und abgelenkt, als wäre er mit den Gedanken ganz woanders.

»Ja?« Kein Name, als wäre es das Selbstverständlichste der Welt, dass Marc Schneider am anderen Ende der Leitung war.

»Hier ist Karla … Karla Kohlhammer«, antwortete ich und wunderte mich selbst darüber, wie sicher ich mich anhörte, obwohl mein Herz raste.

»Ah!«, stieß Marc erfreut aus. »Du rufst an! Perfekt. Genau richtig. Also hast du es dir überlegt?«

»Sie müssen ja ziemlich in der Klemme stecken, wenn es so dringend ist.«

»Kann durchaus sein«, erwiderte er geheimnisvoll.

»Also bevor ich mir irgendetwas überlege, müsste ich erst einmal wissen, was das für ein Angebot ist. Worum geht es bei dem Job?«, fragte ich.

Marc lachte. »Du gefällst mir. Genau die Person, die wir

suchen. Aber über Details können wir noch nicht offen sprechen. Du müsstest erst eine Verschwiegenheitserklärung unterzeichnen. Wir müssen uns in gewissen Dingen einfach absichern und das gehört leider dazu.«

Meine Gedanken überschlugen sich und ich überlegte blitzschnell, ob es das wirklich wert war. Diese Geheimniskrämerei. Das mögliche Angebot. Einerseits war ich neugierig, andererseits sträubte sich jede Faser meines Körpers dagegen, mich in eine Abhängigkeit zu begeben.

Aber was hatte ich schon zu verlieren? Nichts. Ich hatte nichts zu verlieren.

»Okay. Ich würde mir den Vertrag nur vorher gern ansehen. Ich unterschreibe nichts, was ich nicht vorher gesehen habe.«

»Und Köpfchen hat sie auch noch«, murmelte Marc. »Etwas anderes hätte ich auch gar nicht erwartet. Gib mir deine E-Mail-Adresse, dann schicke ich die Unterlagen gleich rüber. Und falls es für dich passt, können wir für Freitag einen Termin bei mir im Büro ausmachen. Danach fliege ich nach Oslo und bin erst einmal unterwegs.«

»Von mir aus gern«, erwiderte ich und fragte mich gleichzeitig, worauf ich mich da nur eingelassen hatte.

Kapitel 7

Am Freitag war ich nervös. Verdammt nervös.

Ich merkte es daran, dass ich die Spülmaschine ausräumte, die Blumen goss und mir anschließend den Staubsauger schnappte. Und das sogar vor meinem zweiten Mochaccino, den ich mir gerade in der Küche mithilfe eines meiner liebsten Rezepte gezaubert hatte: dreifacher Espresso, geschmolzene Edelzartbitterschokolade, aufgeschäumte Hafermilch. Und ich wunderte mich, weshalb ich heute den Deal mit der Unterwelt einging – ganz wie Henning es angedeutet hatte.

Es war ein so untypisches Verhalten, dass sogar Jojo in ihren Joggingklamotten nach ihrem Lauf innehielt und mich mit einem Stirnrunzeln beobachtete, während sie die Kopfhörer aus den Ohren zog.

Na, großartig.

Ausgerechnet heute spielte ich den Eisbrecher, indem ich etwas tat, wofür man mich normalerweise mit gutem Essen ködern musste.

»Was ist los?«

»Wieso fragst du?«, wollte ich wissen, zog schwungvoll den Stecker des Staubsaugers und drückte mit der Fußspitze auf das Kabelzeichen, sodass sich alles einrollte. Wie eine Schlange, die sich klein machte.

»Weil es …«, sie schielte auf die Smartwatch an ihrem Handgelenk, »neun Uhr morgens ist und du die Wohnung putzt. Freiwillig. Wenn ich es nicht besser wüsste, würde ich sagen, dass du dich irgendwie ablenken willst und nicht weißt, wie du das sonst anstellen sollst.«

»Der Eindruck täuscht«, antwortete ich schmallippig. Die ganze Woche hatten wir kaum ein Wort gewechselt und ich vermisste meine beste Freundin. Ihre feinfühlige Ader. Ihre Ratschläge. Ihr offenes Ohr.

Ach, zum Teufel! Seufzend stellte ich den Staubsauger in die Ecke und drehte mich zu Jojo um, die mich aufmerksam beobachtete.

»Okay, der Eindruck täuscht nicht. Können wir bitte einfach wieder so tun, als wäre der Streit vorbei? Ehrlich gesagt weiß ich gar nicht, weshalb wir nicht mehr miteinander reden.«

»Wir haben nie gestritten, du bist mir einfach aus dem Weg gegangen, weil du es hasst, Fehler zu machen.« Ihre veilchenblauen Augen blitzten schalkhaft auf, was mich zu dem Schluss kommen ließ, dass sie mich einfach ein bisschen ärgern wollte. Aber dafür fehlte mir gerade die Kraft.

»Papa muss die Werkstatt verkaufen«, platzte es aus mir heraus. Einfach so. Als hätte dieser eine Satz unter der Oberfläche gelauert.

Allein es auszusprechen, ließ das flaue Gefühl in meinem Magen größer werden, das sich seit dem Telefonat dort breitgemacht hatte. Auch das schlechte Gewissen Kilian gegenüber meldete sich, weil ich es ihm noch nicht erzählt hatte.

»Was?« Jojo riss die Augen auf. »Nicht dein Ernst? Wieso das denn? Weiß Kilian das schon?«

»Nein, noch nicht. Ich habe ihn seitdem nicht gesehen und wollte persönlich mit ihm darüber sprechen. Es läuft einfach nicht, sagt Papa.«

»Oh, Mann, das tut mir so leid.« Echtes Mitgefühl legte sich auf ihre Züge.

»Ja, mir auch. Du weißt, wie wichtig die Werkstatt Papa ist.«

»Mir tut es leid für *dich*«, fügte Jojo hinzu. »Die Werkstatt war … dein Bunker. Vor allem dann, wenn du einfach allein sein wolltest. Dann bist du dorthin verschwunden. Ich weiß, wie viel sie dir bedeutet.«

Manchmal war es gruselig, wie gut sie mich kannte, doch ich hob bloß die Schultern, weil es unsinnig war, sich so sehr auf den Arbeitsplatz meines Vaters zu fixieren. Aber verdammt, ich liebte dieses Gebäude und all die Erinnerungen, die ich damit verband.

»Ach, Karla«, murmelte Jojo und zog mich in eine tröstende Umarmung, die etwas in mir aufbrechen ließ. Meine Lider fielen von selbst zu, dabei schob ich meine Gefühle beiseite, verschloss sie ganz tief in mir – weil sie sonst zu laut wurden, zu intensiv und zu brodelnd – und konzentrierte mich lieber auf die Nähe meiner besten Freundin.

Obwohl Jojo laufen gewesen war, duftete sie einfach nach sich selbst. Frühlingshaft und blumig. Im Stillen dankte ich ihr dafür, dass sie die letzten Monate wieder mehr zu sich selbst gefunden hatte. Denn die Jojo vor einem halben Jahr hätte mich nicht so einfach umarmt.

»Okay, okay. Genug Gefühlsduselei.« Mit schiefem Mundwinkel entwand ich mich aus ihren Armen. »Bries Liebesfilm-Schnulzen-Gedöns macht mich noch ganz emotional.«

Jojo kicherte. »Gib's zu, irgendwo in dir drin hast du doch eine Schwäche für romantische Komödien. Welchen Film hat dir Brie eigentlich gezeigt? *10 Dinge, die ich an dir hasse*?«

»Mhm.« Nur über meine Leiche würde ich zugeben, dass der Film wirklich gut gewesen war. Auf eine schräge, abgedrehte Weise sogar fast perfekt.

»Und was willst du jetzt machen?«, fragte Jojo und wurde wieder ernst.

»Mehr Geld verdienen«, erwiderte ich entschlossen und reckte das Kinn. »Vielleicht kann ich etwas beisteuern, solange noch die ganzen Reifenwechsel anstehen. Noch drei Monate, danach will er die Werkstatt verkaufen.«

»Hast du schon eine Idee?« Sie trat einen Schritt nach hinten, sodass sie mir prüfend in die Augen sehen konnte.

Ich hielt ihrem Blick stand und nickte. »Ja. Genau genommen habe ich in zwei Stunden ein Vorstellungsgespräch.«

»Wirklich? Das ist ja toll!«, rief sie und klang für ihre Verhältnisse geradezu enthusiastisch. »Und wo? Als was?«

»Ich weiß noch nicht, was das für ein Job ist.«

Jojo zog irritiert die Stirn kraus. »Wie, du weißt nicht, was das für ein Job ist?«

»Ich weiß nur, dass es mit Henning Kiefer zu tun hat und sein Agent oder Medienmanager damit in Verbindung steht.«

Wieder sah mich Jojo an, als würde ich in Hieroglyphen sprechen. Dann wurde mir bewusst, dass sie durch unsere Funkstille gar nicht auf dem neusten Stand war. Also senkte ich die Stimme und fügte hinzu: »Henning Kiefer ist ein Formel-2-Fahrer. Letzten Freitag, als ihr im Kino wart, habe ich bei ihm übernachtet. Nach der Veranstaltung an der Donnersbergerbrücke. Ich war betrunken und kann mich ehrlich gesagt kaum an etwas erinnern, aber am nächsten Morgen bin ich in seiner Wohnung aufgewacht.«

In ihren veilchenblauen Augen loderte es interessiert auf. »Erzähl. Mir. Alles.«

Und genau das tat ich auch. Denn in zwei Stunden würde ich das nicht mehr in aller Ausführlichkeit tun können.

Kapitel 8

An Jojos Schminktalente reichten meine Pinselversuche bei Weitem nicht heran, aber ich schaffte es, mit einem geschwungenen Lidstrich und dem passenden Lidschatten meinen Augen eine noch katzenhaftere Form zu verleihen, was sie größer und geheimnisvoller wirken ließ.

Die Nervosität ging mir gehörig gegen den Strich. Dabei gab es sonst eigentlich kaum etwas, das mich aus der Ruhe brachte. Da das Vorstellungsgespräch – für welchen Job auch immer – in diesem Punkt offenbar eine Ausnahme bildete, wählte ich als Ausgleich eines meiner Lieblingsoutfits: eine schwarze Jeans, ein dunkelgrünes Top, das mir knapp bis über die Knie reichte, und einen Ledergürtel, zu dem ich farblich passende Ankle Boots kombinierte.

Da ich mögliche Fallen und das Kleingedruckte nicht überlesen wollte, falls der Vertrag schon fertig war, entschied ich mich dieses Mal für meine Brille und steckte sie zusammen mit der bereits unterzeichneten Verschwiegenheitserklärung in meine schwarze Lederhandtasche, bevor ich mich auf den Weg machte.

DARIS Agency befand sich in einem verglasten, mehrstöckigen Gebäude in der Maxvorstadt, keine fünfzehn Minuten von unserem Haus entfernt, und lag in Richtung Universität. Also ging ich zu Fuß.

Da sich die Wettergöttin heute wieder einmal entschlossen hatte, die Sonne auszupacken, ließen auch die meisten Leute ihre Wintermäntel zu Hause, um ihre blasse Haut den frühlingshaften Strahlen auszusetzen.

Zweifel rüttelten an meiner Entscheidung. Keine Ahnung, ob es richtig war, mich auf den Job einzulassen. Ich wusste nur, dass mein Vater die Werkstatt nicht aufgeben konnte. Sein Herz hing daran, geschmückt mit meinen Erinnerungen. Es war der Ort, der uns jahrelang verbunden hatte, das Pflaster auf all den vermissten Augenblicken, ein Ort, der meine Kinderseele wieder glücklich gemacht hatte.

Vielleicht war doch noch etwas zu retten, aber zuerst musste ich dringend an Geld kommen. Und das Angebot war mein einziger Strohhalm.

Die Sohlen meiner Lederboots quietschten auf dem Marmorboden, als ich das Gebäude betrat und auf einen weitläufigen Empfangstresen zuging, hinter dem eine junge Frau saß.

»Wie kann ich Ihnen helfen?«, fragte sie, ohne aufzublicken, sobald ich vor ihr stehen geblieben war.

Ich lehnte mich auf den Tresen. »Karla Kohlhammer, ich habe um elf Uhr einen Termin mit Herrn Schneider.«

»Ah.« Die hübsche Brünette mit der randlosen Brille hörte augenblicklich auf, die Tastatur zu bearbeiten, und musterte mich interessiert, wobei sich ihr Mund eindeutig missbilligend verzog. »*Ah.* Sechster Stock mit dem Aufzug. Ich gebe Herrn Schneider Bescheid, dass Sie auf dem Weg sind.«

»Mr. Grey empfängt Sie jetzt«, murmelte ich und erntete dafür einen verwirrten Blick.

»Wie bitte?«

»Nichts«, erwiderte ich schnell, weil ich keinen falschen Eindruck erwecken wollte. »Danke.«

Eilig betrat ich den Aufzug, drückte die Taste für das Stockwerk und drehte mich um, als sich eine Hand zwischen die Türen schob, sodass sie sich wieder öffneten.

Mein Herz machte einen kleinen Hüpfer, als ich Henning erblickte, der sich außer Atem und mit einer geraunten Entschuldigung in die Kabine zwängte. Die Locken fielen ihm sexy in die Stirn, er hatte sich nachlässig rasiert und trug einen schwarzen Hoodie mit zwei küssenden Mardern, passend zu einer hellen Jeans und weißen Sneakers.

Natürlich. Eindeutig zu viel Elevator-Content auf meiner *FYP*.

Es war das erste Mal seit Samstag, dass wir uns sahen, auch wenn ich mich zweimal beim Durchstöbern seines offiziellen Instagram-Profils ertappt hatte. Allerdings war die Seite wie für ein Hochglanzmagazin aufpoliert, viel zu glatt, viel zu perfekt, ohne Ecken und Kanten. Die reinste PR-Maschine. Darin steckte genauso viel Persönlichkeit wie in einer Scheibe Toast. Aber wahrscheinlich musste das in seiner Position so sein.

Einen Moment lang starrte mich Henning an, als würde er mich gar nicht richtig wahrnehmen, dann blitzte Erkennen in seinen Augen auf und ihm stockte kurz der Atem, während sein Blick über meine Erscheinung hinwegwanderte.

Mein Herz machte einen verräterischen Satz. Das Schlimmste war jedoch, wie mein Körper auf ihn reagierte. Die Härchen an meinen Armen stellten sich auf, meine Atmung verlangsamte sich, all meine Sinne richteten sich auf seine Anwesenheit. Als hätte er eine bescheuerte Zauberformel gesprochen.

»Du bist hier.«

Verdammt. Diese Stimme. Wie eine warme Sommerbrise an einem heißem Strandtag.

»Ich bin hier«, erwiderte ich in demselben Tonfall und hob fragend die Augenbrauen, während ich versuchte, mir meine körperliche Reaktion auf ihn nicht anmerken zu lassen.

Was zum Teufel war nur los mit mir?

»Warum?«, fragte er.

»Weil ich anscheinend den Kaffee-Test bestanden habe«, antwortete ich gelassen, auch wenn mich seine Präsenz aus dem Konzept brachte.

Einen Moment lang wirkte es, als hätte ich ihn mit meiner Aussage aus der Fassung gebracht. Er neigte sich zur Seite wie eine alte Eiche, die von einer Windböe erfasst wurde.

Nach einer gefühlten Ewigkeit schlossen sich auch endlich die Türen.

»Du hast den Kaffee-Test bestanden«, sagte er mehr zu sich selbst als in meine Richtung. Also schnippte ich mit den Fingern, um ihn in meine Gegenwart zurückzuholen, was Henning mit einem verwunderten Blinzeln tat.

»Hallo? Anscheinend haben sowohl Marc als auch du die wunderbare Angewohnheit, mich komplett auszublenden. Dabei stehe ich direkt vor dir. Also kannst du mir genauso gut sagen, was dein Agent – oder was auch immer er für dich tut – damit gemeint hat.«

Ein winziges schiefes Lächeln zupfte an seinen Mundwinkeln, die Sorgenfalten auf seiner Stirn blieben jedoch, als hätte ich nur die äußerste Schicht zu ihm durchdrungen.

»Du bist verdammt direkt. Aber das ist mir schon bei unserer ersten Begegnung aufgefallen.«

»Und du lenkst vom Thema ab.«

Er stieß ein kaum wahrnehmbares Seufzen aus, was meine Aufmerksamkeit für einen Sekundenbruchteil auf seinen sich hebenden Brustkorb lenkte und mich daran erinnerte, was sich unter den Klamotten verbarg. Aber nur kurz. Mehr gestattete ich mir nicht.

Mit einer Hand fuhr sich Henning durch die dunkelbraunen Locken, sodass sie noch etwas wilder von seinem Kopf abstanden. »Normalerweise erzählen mir die meisten Frauen, wie großartig ihnen der Kaffee schmeckt. Dabei findet kein Mensch der Welt die Plörre gut. Mich und meinen Freund Sander einmal ausgenommen, zumindest wenn er verkatert ist. Nach dem ganzen PR-Fiasko vor einer Woche wollte Marc …« Henning stockte, als wäre ihm etwas eingefallen. Seine Züge verfinsterten sich, wurden abweisend und verschlossen sich gänzlich vor mir, als hätte er schon zu viel preisgegeben.

»Was ist los?«

Für einen flüchtigen Moment senkte er die Lider und mir fiel erneut auf, wie unverschämt dicht seine dunklen Wimpern waren. Ich kannte Frauen, die für diese Wimpern gemordet oder wahlweise ihre Familie verkauft hätten.

Dann sah er mich wieder an, ein stählerner Ausdruck hatte sich in seine Augen geschlichen.

»Marc hat dir am Samstag seine Karte gegeben, habe ich recht?« Er schüttelte den Kopf, bevor ich antworten konnte. »Deswegen bist du hier. Er meinte, er wollte dir den Weg zur nächsten U-Bahn-Station beschreiben. So ein Bullshit. Er hat dir ein Angebot gemacht.«

»Ja, aber ich verstehe nicht …«, begann ich, unterbrach mich jedoch, als ich seine wütende Reaktion bemerkte. Das Aufblähen seiner Nasenflügel, das Zucken an seinem Kiefer, die angespannten Schultern.

Seine komplette Ausstrahlung veränderte sich so plötzlich, dass mir kaum Zeit blieb, es wirklich zu realisieren. Auf einmal schlug mir so viel Feindseligkeit entgegen, dass ich unwillkürlich einen Schritt nach hinten trat. Gleichzeitig wurde mir warm und ich schielte auf die Anzeige.

Anscheinend war das der langsamste Aufzug der Welt, aber immerhin hatten wir inzwischen die fünfte Etage erreicht.

Die Luft wurde zähflüssig wie kaltes Motoröl.

Als wir im sechsten Stock ankamen, öffneten sich die Türen mit einem erleichternden Stöhnen und Henning trat schwungvoll hinaus – wobei er beinahe mit Marc zusammenprallte, der direkt vor dem Aufzug stand, die Hände in den Hosentaschen seiner grauen Chinos vergraben.

Sobald er uns erblickte, begann er zu strahlen. »Da seid ihr ja beide. Wunderbar.«

»Ich dachte, ich hätte mich unmissverständlich ausgedrückt?« Hennings gebellte Frage schoss direkt in Marcs Richtung.

»Ja, hast du.« Marc ließ sich nicht aus der Ruhe bringen. »Aber ich bin nicht umsonst in der Position, in der ich heute gelandet bin. Hab ein bisschen Vertrauen in meine Arbeit«, sagte er besänftigend.

Henning machte einen Schritt nach vorn und verengte wütend die Augen. »Lieber fahre ich nicht, als so einen Zirkus mitzumachen! Ich hab dir das schon hundertmal gesagt. Nur über meine Leiche.«

»Dann werden wir *Riegler* womöglich als Sponsor verlieren. Wenn er abspringt, werden andere nachziehen, und das war's dann für die Saison. Dabei hat sie noch nicht einmal angefangen. Willst du das?« Marc hatte die Stimme gesenkt und sich keinen Millimeter von der Stelle bewegt. Die Atmosphäre war zum Zerreißen gespannt und ich hielt automatisch die Luft an. Trotz seiner professionellen Ausstrahlung veränderte sich seine komplette Haltung. Er verschränkte die Arme vor der Brust und warf mir einen flüchtigen Blick zu. »Wir sollten das außerdem nicht hier im Flur besprechen.«

»Sollten wir nicht. Da hast du recht«, schnaubte Henning und marschierte einfach weiter, während sein maskuliner Duft meine Sinne umfing. Eine herbe, würzige Note. Mit Sicherheit benutzte er ein teures Aftershave, denn eigentlich kitzelte mich ein Geruch nur in der Nase. Jetzt hätte ich am liebsten noch ein bisschen an ihm geschnuppert.

Schweigend folgten wir ihm in Marcs Büro. Es war zwar verglast, doch ein paar dünne Streifen boten ein wenig Sichtschutz. Leise schloss Marc die Tür hinter uns und bot mir den zweiten Platz neben Henning an, der sich bereits auf einen der Lederstühle vor einem großen schwarzen Schreibtisch niedergelassen hatte. Als ich mich hinsetzte, fiel mir auf, dass er unruhig mit dem Bein wippte.

Anscheinend war ich nicht die Einzige, die nervös war.

»Also, was genau ist das für ein Job?« Ich wollte nicht länger um den heißen Brei herumreden.

Marc nahm uns gegenüber Platz und faltete seine großen Hände. »Hast du die Verschwiegenheitserklärung dabei?«, fragte er anstelle einer Antwort.

Ich nickte. »Ja.«

»Irgendwelche Anmerkungen?«

»Nein.« Tatsächlich hatte ich mir die gestrige Nacht um die Ohren geschlagen und nach möglichen Fallen gesucht, allerdings nichts gefunden, was sich später als Problem erweisen könnte. Es war eine standardisierte Ausfertigung, wonach ich mich verpflichtete, über den Gegenstand der Arbeit absolutes Stillschweigen zu bewahren. Sollte ich mich nicht daran halten, würde das ernsthafte – und ziemlich teure – Konsequenzen nach sich ziehen. Aber damit konnte ich leben.

Also holte ich die unterzeichnete Erklärung aus meiner Tasche und schob sie Marc über den Schreibtisch zu. Henning beobachtete es mit starrem Blick, aber ich bemerkte trotzdem, wie er die Hand zur Faust ballte.

»Sehr schön.« Marc ließ einen Kugelschreiber klicken und setzte schwungvoll seine Unterschrift darunter.

»Also?«, kam ich auf meine Frage zurück und schaute herausfordernd zwischen den beiden hin und her.

»Du sollst meine Freundin spielen«, knurrte Henning, wandte den Kopf in meine Richtung und sah mich direkt an. Sein Blick war intensiv und lodernd. Er war stinkwütend.

»Was?« Ich musste mich verhört haben. Das war doch ein schlechter Scherz?

»Meine Freundin. Ja.« Er spie das Wort förmlich aus. »Ich brauche medienwirksam eine Partnerin, um die Sponsoren davon zu überzeugen, das sinkende Schiff nicht zu verlassen und mich weiterhin zu unterstützen.« Seine dunkelbraunen Augen funkelten aufgebracht, während er Marc fixierte. »Als wir uns kennengelernt haben, hast du mir versichert, dass solche Verträge nur Fußballer machen. Und – ich zitiere – *wir fahren Rennautos, da brauchen wir keine hübsche Freundin, die den Marktwert steigert.*«

Marc hob beschwichtigend die Hände. »Da waren es auch noch andere Umstände.«

»Ist es nicht kontraproduktiv, wenn du eine Freundin hast?«, mischte ich mich ein, während ich gegen das Gefühl ankämpfte, einfach aufzustehen und zu gehen. »Sollte der Fokus nicht ausschließlich auf deinen Fahrkünsten liegen? Lenkt so etwas nicht ab?«

Henning hob die Hände und deutete in meine Richtung. »Sag ich doch.« Sein Blick wanderte zu Marc. »Selbst sie versteht es.«

Die Aussage versetzte mir einen kleinen Stich in der Brust. »Was meinst du mit *selbst sie*?«

»Jemand, der keine Ahnung hat. Nichts für ungut«, fügte er hinzu, als er meinen glühenden Blick bemerkte.

Mir lag schon ein schnippischer Widerspruch auf der Zunge, aber ich schluckte die Worte herunter, um mich auf das Wesentliche zu konzentrieren. Sollte er doch denken, dass ich keine Ahnung hatte. Typen, die mit Vorurteilen um sich warfen, gab es ohnehin mehr als genug.

»Okay, aber weshalb brauchst du überhaupt eine Freundin?«, wollte ich wissen und versuchte, die neu gewonnenen Informationen irgendwie zu verarbeiten. Auch wenn es sich so anfühlte, als hätte ich gerade eine Portion ungekochte Nudeln auf nüchternen Magen gegessen.

Henning atmete schwer aus und schloss für einen Sekundenbruchteil die Augen. »Zu viele Partys in den letzten Monaten. Die Sponsoren haben es nicht gern gesehen, doch es war nie ein großes Thema. Es gibt da nur eine Sache, für die ich nicht wirklich etwas kann, denn es geht nicht primär um mich, sondern um einen Freund. Aber das Ganze könnte auch auf mich zurückfallen.« Seine Hände verkrampften sich vor Unzufriedenheit. »Eigentlich alles kein großes Thema, aber durch den *Peter-Hartl-Skandal* sind die Sponsoren hellhörig geworden und wollen auf Nummer sicher gehen. Sie haben nur Interesse an einem Fahrer, der sie auf bestmögliche Weise repräsentiert.« Mir fielen die Augenringe auf und die Abgeschlagenheit, die tief in seinen Gliedern zu stecken schien. »Wir haben den kompletten Winter damit zugebracht, uns diesen Sitz zu sichern. Ich würde am liebsten nur fahren. Den Kopf frei bekommen von diesem ganzen Scheiß.« Der letzte Satz kam nur noch als Wispern über seine Lippen, dann schwieg er.

Auch Marc spürte Hennings Unbehagen und sprang ein. »Wir sind auf das Sponsoring angewiesen. Der Sitz für eine Saison kostet zwei Millionen.«

»M&Ms?«, krächzte ich. Mir fielen beinahe die Augen aus dem Kopf, denn obwohl ich mich bisher durchaus mit den Formel-Klassen beschäftigt hatte und wusste, dass der Rennsport teuer war – schließlich hatte ich es am eigenen Leib erfahren –, war mir diese Zahl nie bewusst gewesen. Da ich als Jugendliche selbst Kart gefahren war und das sogar recht gut, kannte ich den Kampf um die finanzielle Unterstützung, schließlich hatte es mich den Aufstieg in die höheren Klassen und am Ende die Lust am Weiterfahren gekostet.

»Euro«, erwiderte Marc trocken und ohne die Miene zu verziehen.

»Dein Formel-2-Sitz kostet dich … zwei Millionen Euro?« Ungläubig starrte ich ihn von der Seite an, dabei fiel mir auf, wie unverschämt attraktiv sein Profil war. Der Schwung seiner Nase, der markante Kiefer, die dunklen Brauen und der ernste Zug um seinen Mund.

Inzwischen war der namenlose Unbekannte von Freitag, der mein Herz hatte höherschlagen lassen, gänzlich verschwunden. Als wäre er nur für einen Moment wirklich frei gewesen und hätte jetzt wieder die alten Fesseln angelegt bekommen. Da war keine Lockerheit mehr. Keine spielerische Neckerei. Kein feuriges Blitzen in den Augen. Nur noch Härte und Anspannung.

Hennings Lippen verzogen sich zu einer schmalen Linie. Obwohl er darum bemüht war, sich nichts anmerken zu lassen, wirkte er plötzlich um Jahre gealtert, viel älter als zweiundzwanzig. Als würde ihm diese Tatsache alles abverlangen.

Seltsamerweise konnte ich das sogar sehr gut nachempfinden und ein Hauch von Mitleid stieg in mir auf. Mir ging es genauso. Ich wusste, wie es sich anfühlte. Wie schmerzhaft die Gedanken in der Nacht sein konnten, wie anstrengend, wie verzehrend. Kein Geld zu haben, stand bei mir im täglichen Horoskop.

»Und da sind noch nicht mal alle Trainingseinheiten mit eingerechnet«, fügte Marc erklärend hinzu. »Diejenigen, die wirklich Kohle haben, mieten sich einfach die Rennstrecke und üben ein bisschen mehr. Ganz einfach.«

»Okay«, erwiderte ich gedehnt. »Nur, um das richtig zu verstehen: Ich soll Hennings Freundin spielen, weil ihr das Sponsoring nicht verlieren wollt. Aus welchem Grund auch immer. Und im Gegenzug bekomme ich was? Ebenfalls Geld?«

»Genau«, bestätigte Marc mit ernstem Gesicht. »Wir bezahlen dich mit einer Pauschale, für deine Reisekosten kommen wir größtenteils auf. Es geht uns darum, ein möglichst solides Bild nach außen zu transportieren. Eine nette Liebesgeschichte. Mehr nicht.«

Ein irrwitziges, wildes Lachen brandete in meiner Kehle auf und ich presste die Lippen aufeinander, um nicht laut loszuprusten. Das Geräusch, das dabei entstand, hätte auch als Hintergrundsound für einen Horrorfilm durchgehen können. Ich schlug mir die Hand vor den Mund und erstickte das Kichern, gleichzeitig bemerkte ich, wie mich sowohl Henning als auch Marc entgeistert musterten, und ich schüttelte den Kopf. Allerdings erfolglos.

»Tut mir leid«, japste ich, ohne mir das Lachen länger verkneifen zu können. »Aber ich und nette Liebesgeschichte? Freundin spielen? Das ist das Bescheuertste, was ich seit Langem gehört habe.«

»Ist es nicht«, antwortete Marc wieder beherrscht und ganz Profi. Alles an ihm drückte eine ruhige Selbstsicherheit aus. Als er sich mit einem Lächeln in dem überdimensionalen Schreibtischstuhl vorbeugte und mich anvisierte, fielen mir zum ersten Mal die grauen Strähnen an seinen Schläfen auf. »Du bist die Tochter von Frederik Kohlhammer, der früher in der Formel 1 tätig war. Und du bist sehr erfolgreich Kart gefahren, bis es irgendwann aus verschiedenen Gründen nicht mehr geklappt hat. Vor allen Dingen finanziell. Du verstehst also, worum es uns hier geht. Und daraus ließe sich eine schöne Geschichte spinnen.«

Ich erstarrte verblüfft, während ich gleichzeitig spürte, wie Henning mich überrascht anstarrte. Was dazu führte, dass sich mein Herzschlag verdoppelte.

Tja, jetzt tut dir die Aussage von vorhin leid, was?

»Der Nachname kam mir gleich bekannt vor«, fuhr Marc

unbeirrt und angesichts meiner Reaktion äußerst zufrieden fort. »Dein Vater hat lange Zeit für *Esparza Mobile* gearbeitet, nicht wahr? Er war einer der Chefmechaniker dort, richtig?« Geschäftsmäßig lehnte er sich in seinem Stuhl zurück. In diesem Augenblick hatte er starke Ähnlichkeit mit einem Bond-Bösewicht, der gerade seinen Weltherrschaftsplan erläuterte.

»Ja, richtig.« Meine Stimme klang gepresst, weil mir nun wieder einfiel, warum ich hier saß.

Die Werkstatt. Das war der einzige Grund, weshalb ich überhaupt das Gebäude betreten hatte. Etwas klopfte an mein Herz, ließ es auf einmal wieder langsamer schlagen. War es Angst? Sorge?

Ich lehnte mich ein Stück nach vorn, spürte meinen pochenden Puls. Irgendwie konnte ich nicht glauben, dass wir diese Unterhaltung wirklich führten.

»Nimmt man als Fake-Freundin nicht eigentlich eine Person, die ebenfalls von der Publicity profitiert? Die auf der Karriereleiter aufsteigen will oder entsprechende Kontakte in gewisse Kreise sucht?«

Zumindest war mir hier in München das ein oder andere Gerücht über gewisse Fußballspieler zu Ohren gekommen. Es war wie eine Flüsterpost, am Ende konnte man sich nicht sicher sein, wie hoch der Wahrheitsgehalt tatsächlich war. Aber wenn man den Mädels an der Uni Glauben schenken konnte, wurden Spielerfreundinnen häufiger gesucht, als es Stellenausschreibungen dafür gab.

»Eigentlich schon, aber bei uns verhält sich der Sachverhalt etwas anders. Wir brauchen eine Person, bei der es absolut glaubhaft ist, dass sie Henning durch Zufall kennengelernt hat. Und das ist bei dir der Fall. Die Sponsoren sollen ein gutes Gefühl bekommen und nicht annehmen, dass du irgendeine Karriereleiter hochklettern willst. Du bist ja auch kaum auf Social Media vertreten, dein Instagram-Profil ist auf privat gestellt. Wir wollen sie nicht verschrecken, wir wollen nach außen hin die Illusion aufrechterhalten, dass er eine nette Freundin hat, die ihn nicht ablenkt.«

Das klang, als hätte sich Henning in eine ziemliche Scheiße geritten. »Das klingt, als hätte sich Henning in eine ziemliche Scheiße geritten«, sagte ich also.

»Genau so kann man es sehen.«

»Was hat dein Freund denn angestellt? Das bisschen Partymachen kann es doch unmöglich sein?« Ich wandte mich direkt an Henning, dessen Miene wie eine glatte Maske wirkte. Einzig in seinen Augen loderte es so intensiv, dass ich mich fragte, wie oft er diese Maske aufsetzen musste. Wie oft er sie schon getragen hatte, um nach außen hin die Fassung zu wahren. Mein Verhalten war das ganze Gegenteil. Ich sagte immer, was ich dachte, ungefiltert und unverblümt, sodass ich manchmal über das Ziel hinausschoss.

»Das spielt keine Rolle.« Er knetete die Hände in seinem Schoß. »Vielleicht erzähle ich es dir. Irgendwann.«

Plötzlich ging mir ein Licht auf. Das war es also gewesen. Letzten Freitag.

Die Sache, die zu meinem Seelenstriptease geführt hatte, weshalb ich mich schließlich betrunken und allem Anschein nach auch noch mit ihm geschlafen hatte. Und jetzt saßen wir hier, im Büro seines Managers, und unterhielten uns darüber, eine Fake-Beziehung einzugehen.

Für die Werkstatt.

»Okay.« Seine Entscheidung. Und ich konnte sie durchaus

nachvollziehen. »Über wie viel reden wir und welchen Zeitraum? Was ist genau die Aufgabe?«

»An den Rennwochenenden dabei sein. Euch bei der Ankunft vertraut zeigen. Es gibt Fotografen wie Reed Wheerman, die sich auf Paddock-Bilder spezialisiert haben. Den Rest werden die sozialen Medien und ein paar gestreute Berichte von allein erledigen.«

»Nein.« Hennings Kiefermuskeln arbeiteten.

»Nein?«, fragte Marc und legte die Stirn kraus.

»Nicht bei den Rennen. Alles andere, von mir aus. Aber nicht … ich brauche einen freien Kopf bei den Rennen.«

Marc sah nachdenklich zwischen uns hin und her. »Es gibt noch ein paar Veranstaltungen hier in München, bei denen ihr gemeinsam auftauchen könntet. Vielleicht reicht das für den Anfang. Denn laufen soll das Ganze bis zum letzten Rennen der Saison.« Er verzog nachdenklich die Lippen. »Eventuell auch später, je nachdem, ob wir uns noch eine weitere Saison in der Formel 2 halten können, ob ein Formel-1-Team Interesse zeigt und so weiter. Aber das wird sich erst in der Sommerpause abzeichnen, wenn wir ein erstes Fazit ziehen können.«

Auch ohne hinzusehen, merkte ich, wie Henning sich noch mehr verkrampfte. Wie sollte er denn eine gute Leistung abliefern, wenn jetzt schon so ein beschissener Druck auf ihm lastete?

»Abu Dhabi im November?« Wieder spürte ich Hennings Seitenblick, weil ich den Rennkalender kannte.

Marc nickte. »Ja.« Dann schob er mir einen Zettel zu, auf dem eine Zahl stand, die meine Knie weich werden ließ. Das war ein gutes Jahresgehalt. Für sechs Monate Freundin spielen. In mir kämpften Unglaube, Fluchtreflex und Selbsterhaltungstrieb um die Oberhand, doch das Einzige, was wirklich zählte, war das Leuchten in den Augen meines Vaters. Das Gefühl von geliebten Erinnerungen, die ich nicht begraben wollte.

Also nickte ich.

»Ich wäre dabei.«

Zufrieden lehnte sich Marc zurück, sein Blick glitt zu Henning, der den letzten Teil unserer Konversation schweigend verfolgt hatte, die Hände immer noch ineinander verknotet. Man konnte ihm von der Nasenspitze ablesen, wie sehr er ebenfalls mit sich haderte. Wie er einen inneren Kampf ausfocht – die geweiteten Pupillen, die seine Augen jetzt fast schwarz wirken ließen, der verkniffene Zug um seinen sinnlichen Mund. Es war schwierig, wenn man gewisse Prinzipien über Bord werfen musste, um das zu bekommen, was man wirklich wollte, um seinen Traum zu leben.

Schließlich nickte er, ohne meinen Blick zu erwidern, und seine Stimme klang noch rauer, als hätte er stundenlang auf hoher See geschrien. »Scheiß drauf. Ich bin auch dabei.«

Kapitel 9

Am Sonntag gönnten wir Mädels uns ein paar Stunden in der Therme Erding, ausnahmsweise ohne die Männer, die beide tagsüber einen Cateringeinsatz in einem alten Brauhaus hatten. Insgeheim war ich froh darüber, denn so gern ich meinen Bruder und Toni auch hatte, es tat gut, einfach mal Zeit mit meinen Freundinnen verbringen zu können. Ohne tiefe Blicke, Händchenhalten oder gesäuselte Zärtlichkeiten, bei denen ich am liebsten die Augen verdreht hätte. Es war ja schon schwer genug, *ein* verliebtes Pärchen auszuhalten, aber gleich zwei?

Das waren doppelt so viele Küsse. Doppelt so viel Geschmachte. Doppelt so viel Liebe.

Nicht, dass ich grundsätzlich etwas gegen Liebe hätte. Aber sie war … zerbrechlich, trügerisch.

Es fing harmlos an. Mit einem Kompromiss, einem dahingesagten Satz, und ehe man es sich versah, verlor man sich selbst. Und die Person, die einem im Spiegel entgegenblickte, trug zwar denselben Namen, hatte aber ein anderes Herz. Ich wollte nicht aufwachen und eine Fremde sein. Niemals. Ich wollte Karla bleiben.

Und deswegen, aus genau diesem Grund, machte ich einen Bogen um alles, das mit dem bösen L-Wort zu tun hatte. Was wiederum nicht hieß, dass ich keinen Spaß haben konnte, nicht einen taumelnden Glücksmoment spüren konnte, das Bauchkribbeln, wenn ein Flirt wirklich perfekt war und zu mehr führte. Zu tastenden Fingerspitzen, heißem Atem und schlaflosen Nächten.

Ich wollte alles. Fühlen, leben, mehr.

Nur nicht zu einer Herzfremden werden.

Bisher hatte ich noch keine Gelegenheit gehabt, Brie und Jojo von Marcs Angebot zu erzählen, aber das würde sich spätestens heute ändern. Das hatte ich mir fest vorgenommen. Zumindest soweit es die Verschwiegenheitserklärung überhaupt zuließ.

Die Eintrittskarten hatten wir zum Glück bereits vor ein paar Wochen besorgt, sonst hätte ich vermutlich irgendeine fadenscheinige Ausrede finden müssen. Ein Nachmittag in der Therme kratzte nämlich ohnehin schon an meinem mageren Kontostand. Und an meinem Ego.

»Nett von Toni, dass er uns seinen Wagen geliehen hat«, sagte Jojo, stieg aus dem Auto und öffnete den Kofferraum, um unsere Taschen herauszuholen. Die angenehm warme Märzluft schlang sich wie eine kuschlige Decke um uns und ich war froh, dass die Temperaturen immer weiter nach oben kletterten.

Ich nickte, eine Hand zu einer Faust geballt. »Ja, sehr.«

»Hast du schon einen Termin für den Reifenwechsel?«, fragte mich Brie, die sich ihre Locken zu einem hohen Dutt gebunden hatte, damit sie später nicht nass wurden. An ihren Ohren klimperten goldene Creolen und ich bewunderte sie einmal mehr dafür, wie mühelos ihre Aussprache inzwischen geworden war.

»Nein, noch nicht«, erwiderte ich kopfschüttelnd und war um einen neutralen Ausdruck bemüht, der nicht zu viel Rückschluss auf meine Gefühlswelt zuließ. Wie ein Vorhang, den ich vor meine Emotionen zog, damit sie nicht sahen, welches Chaos hinter der Bühne herrschte.

Es war mir schon schwer genug gefallen, ihnen beichten zu müssen, dass wir nicht mit meinem Golf zur Therme fahren konnten, aber die Offenbarung war unausweichlich gewesen. Mehr Eingeständnisse würde ich momentan nicht schaffen.

»Ach, macht nichts. Das kriegen wir hin«, erwiderte Brie zuversichtlich.

Jojo nickte zustimmend. »Eben. Dein Wagen in der Stadt war sowieso schon Luxus genug.«

»Dann eben in nächster Zeit keine Ausflüge zu IKEA.«

»Sag mal, hast du deswegen zu Kilian gesagt, dass wir uns dein Auto nicht für den Urlaub ausleihen können? Also, wir haben uns jetzt einen Mietwagen geholt, aber das würde es natürlich erklären.«

Gegen meinen Willen schoss mir Röte in die Wangen und ich murmelte eine ausweichende Antwort, die so ziemlich ihre Vermutung bestätigte.

»Solange können wir die Einkäufe ein bisschen aufteilen. Oder ich bitte Anton, dass wir die Kisten mit Wasser nächstes Mal mitbringen, dann müssen wir sie nicht schleppen«, kam mir Brie etwas zu Hilfe, weil sie zu spüren schien, dass ich nicht näher auf das Thema eingehen wollte. Verständlicherweise.

»Gute Idee.« Jojo drückte mir lächelnd meine Sporttasche in die Hand, während Brie den BMW verschloss und wir uns gemeinsam mit dem Besucherstrom auf den Weg zum

Eingang machten. Drinnen schlug uns der Geruch nach Chlor und warmem Wasser entgegen, die Geräuschkulisse nahm zu und meine Vorfreude auf einen entspannten Tag mit den Mädels stieg.

»Treffen wir uns bei den Duschen?«, schlug Jojo vor.

»Okay«, antwortete ich, besetzte eine Kabine und zog mich schnell um.

Als ich mein Handy einstecken wollte, um es zusammen mit meinen Wertsachen wegzuschließen, entdeckte ich eine neue Mitteilung von Marc auf dem Display.

Dienstagabend, 19:00 Uhr, ein Date im Trader Vic's. Reservierung auf Kiefer. Ihr werdet ein paar Details im Vertrag durchsprechen, eventuell stoße ich etwas später dazu. VG

Stirnrunzelnd betrachtete ich die Nachricht. Keine Begrüßung. Keine Frage. Einfach ein paar hingetippte Daten. Ich spürte, wie sich meine Gesichtsmuskeln verhärteten und ich den Blick starr auf die Worte richtete, um sie noch einmal zu lesen, während Wut in mir aufschäumte wie bei einer geköpften Sektflasche.

Da wir noch nicht über Details gesprochen hatten, stand dieses Gespräch wohl oder übel an. Schließlich musste ich auch sicherstellen, einen Teil des Geldes spätestens nach drei Monaten zu erhalten, um es meinem Vater rechtzeitig zukommen zu lassen. Vielleicht würde das den Verkauf der Werkstatt etwas hinauszögern und ihm damit ein wenig Zeit verschaffen. Zeit, alles noch einmal neu in Angriff zu nehmen. Weiterzumachen.

Bei der Erinnerung an die Werkstatt schnürte es mir automatisch die Kehle zu. Als hätte man mich in ein viel zu enges Korsett gepresst.

Ich war als Erste fertig und wartete vor den Duschen. Jojo

hatte sich für einen hellblau gestreiften Bikini entschieden, sodass ihr Bauchnabelpiercing besser zur Geltung kam, während Brie einen lilafarbenen Badeanzug trug, der ihre Figur auf eine Weise betonte, die andere bestimmt neidisch machte. Wie gut, dass ich mit meinem wandelnden Meter und dem A-Körbchen im Reinen war, sonst hätte ich neben meinen beiden langbeinigen Freundinnen ein Problem gehabt.

»Was ist los?«, fragte Jojo sanft in meine Gedanken hinein, und als ich den Kopf hob, merkte ich, dass die beiden in ihrer Unterhaltung über eine mögliche Abendplanung innegehalten hatten und mich nun aufmerksam musterten.

»Alles gut.« Das war gelogen, was man jeder Silbe anmerkte.

»Nach *alles gut* sieht dein Gesichtsausdruck aber nicht aus.« Jojo hob skeptisch eine Braue, eine Eigenschaft, um die ich sie immer beneidet hatte. »Hat es was mit dem Job zu tun? Du hast gar nicht erzählt, wie das Vorstellungsgespräch gelaufen ist.«

»Es lief gut. Ich habe die Stelle bekommen.«

»Oh, das ist ja großartig!«, sagte Brie mit strahlenden Augen. »Jojo hat nur gemeint, dass du dich irgendwo beworben hast. Was ist es denn für eine Arbeit?«

Tja, jetzt wurde es kompliziert. »Ich soll die persönliche Assistentin eines Formel-2-Fahrers sein.« Das war zumindest die Version, auf die wir uns geeignet hatten.

»Was?«, fragten meine beiden Freundinnen wie aus einem Mund. Jojo sah aus, als hätte ich ihr gerade eröffnet, dass ich zukünftig nur noch nackt durch die WG stolzieren würde – was nicht der schlechteste Einfall gewesen wäre –, und Brie wirkte ehrlich verwirrt. Aber ihr hatte ich bisher auch noch gar nichts erzählt.

»Moment, Moment«, sagte Brie und hob die Hände. »Aber du bist doch ein riesiger Formel-1-Fan. Wie kam das denn jetzt zustande? Woher hast du den Kontakt?«

Ich lächelte, was mir dieses Mal nicht sonderlich schwerfiel, und brachte sie kurz auf den neusten Stand. Bei jedem Wort leuchteten ihre Augen etwas mehr.

»Okay«, murmelte Jojo gedehnt, Misstrauen in der Stimme und auf ihren ebenmäßigen Zügen. »Aber warum hast du dann gerade ausgesehen, als hättest du eine Portion Mehlwürmer vorgesetzt bekommen?«

Ihr feinfühliges Gespür würde mir irgendwann noch zum Verhängnis werden. »Weil das erste Treffen im *Trader Vic's* stattfinden soll und ich die Art und Weise, wie der Manager mir das geschrieben hat, etwas daneben fand.« Das war die Wahrheit.

»Dem Restaurant im Bayerischen Hof?« Jojos Augenbrauen verschwanden jetzt beinahe im Haaransatz. »Das Promi-Lokal der Fußballer?«

»Immerhin nicht das *H'ugo's*«, scherzte ich, weil mir sofort klar war, worauf Jojo hinauswollte. Es gab bestimmte Orte in München, die man aufsuchte, wenn man gesehen werden wollte. Was ja auch okay war. Nur das *Trader Vic's* war so verwinkelt und in einem polynesischen Stil eingerichtet, dass es auch viel Privatsphäre vor neugierigen Blicken bot. Ich wusste das nur deshalb, weil ich mich in meinem ersten Monat in München dort als Kellnerin beworben hatte, ehe wir auf die Stellenausschreibung von *Leckerste* gestoßen waren.

Jojo wirkte nicht sonderlich überzeugt.

Also beschloss ich, sie noch mit etwas mehr Wahrheit zu füttern. Nur häppchenweise. Bis sie es mir glaubte.

»Mir ist gerade bloß eingefallen, weshalb ich den Job annehme. Um Papa mit der Werkstatt zu unterstützen. Um …« Ich rang nach Worten, was mir gehörig gegen den Strich ging, denn eigentlich sprudelten Sätze immer aus mir heraus. »Damit er finanziell etwas besser dasteht und vielleicht etwas Zeit gewinnt.«

»Oh.« Bries bernsteinfarbene Augen wurden kugelrund. »Das wusste ich gar nicht.«

»Ja.« Ich klatschte in die Hände und zerriss das Gespräch. Einerseits weil ich dringend das Thema wechseln wollte, andererseits weil ein bisschen Adrenalinausschüttung jetzt genau das war, was ich brauchte. Da waren mein Bruder und ich uns ausnahmsweise sehr ähnlich. »Genug Sentimentalität für heute. Rutschen?«, fragte ich.

»Sauna?«, kam es von Jojo, die gleich darauf die Arme vor der Brust verschränkte, das Kinn herausfordernd gehoben.

Wir sahen uns an. Dann blickten wir gleichzeitig bittend zu Brie, die abwehrend die Hände hob und lachte. »Oh, Gott, drängt mich nicht schon wieder in diese Position. Das ist unfair! Wie soll ich denn da entscheiden?«

»Was dein Herz dir rät«, antwortete ich leichthin und fügte mit einem Augenzwinkern hinzu: »Aber dein Herz ist auch besonders eng mit deinem Gewissen verknüpft, und wenn du ganz tief in dich hineinhörst, wirst du merken, wie es meinen Namen flüstert.«

»Du spinnst ja wohl.« Jojo tippte sich an die Stirn. »Wer von uns beiden hat uns überhaupt hergebracht?«

»Na gut, aber wer von uns beiden muss jetzt dringender seine Laune heben? In der Sauna schwitze ich nur unnötig.«

»Deswegen können Dreierfreundschaften nicht funktionieren«, hörte ich Jojo murmeln, sah jedoch anhand des unscheinbaren Lächelns auf ihren Lippen, dass sie sich nur einen Spaß erlaubte.

Ja, manchmal zerbrachen enge Freundschaften, weil sich jemand wie das fünfte Rad am Wagen fühlte, und gerade in den letzten Wochen – was diese ganze neue Pärchendynamik betraf – hatte ich mich oft bei dem Gedanken und Gefühl ertappt, nicht mehr richtig dazuzugehören.

»Okay, kleiner Kompromiss: Wir toben uns auf den Rutschen aus und entspannen dann ein bisschen in der Sauna?«

»Deal«, meinten Jojo und ich unisono und grinsten uns an. Wie damals, als wir zehn Jahre alt gewesen und den Jungs in der Klasse eine richtige Abreibung verpasst hatten.

Dafür liebte ich unsere Freundschaft. Genau wegen dieser Momente. Ein verschmitztes Lächeln, ohne Worte verstehen, Spaß haben. Mein Herz platzte vor Glück. Am liebsten hätte ich diesen Augenblick festgehalten, für einen Tag, an dem ich mich unter der Decke verkriechen und ganz viel *Ben & Jerry's* löffeln würde.

Aber bis dahin genoss ich einfach einen perfekten Nachmittag in der Therme mit meinen beiden Freundinnen und war froh, das Thema Henning Kiefer für einige Zeit abgehakt zu haben.

* * *

»Oh. Mein. Gott. Das riecht fantastisch«, rief ich, stellte meine Sachen in den Flur und folgte dem Curryduft, der sich mit einem würzigen Aroma in der ganzen Wohnung verteilte, in die Küche. Die Abzugshaube lief dröhnend auf Hochtouren, es brutzelte in der Pfanne und die Kokosnote ließ mir das Wasser im Mund zusammenlaufen. Toni und

Kilian standen am Herd, wobei Toni derjenige war, der einen Kochlöffel in unserem Wok versenkt hatte, während mein Bruder ein Helles an seine Lippen führte und seine Lebensweisheiten mit wilden Gesten zum Besten gab. Im Hintergrund lief eine Playlist, die ich eher auf Kilians Konto schob, da die Songs viel zu poppig waren für Tonis Geschmack.

Über den Bildschirm des Flachbildfernsehers, der in einer der Dachschrägen stand, flimmerte das wechselnde Standbild von *FIFA*, denn die Konsole lief allein vor sich hin. Das Wohnzimmer sah aus, als hätte sich unsere WG in eine standardisierte Junggesellenwohnung verwandelt: leere Bierflaschen, ein Flaschenöffner, aufgerissene Chipstüten, auf dem Fußboden rosafarbene Kissen, die Jojo passend zur Jahreszeit bezogen hatte.

Ich schluckte. Standen da Schuhe auf dem cremefarbenen Teppich? *Oh, Gott.* Unauffällig schielte ich in Jojos Richtung, die neben mir und Brie stehen geblieben war und ganz blass um die Nase wurde. Ich unterdrückte ein Kichern. Das war wirklich fies.

Aber es wäre mein Paradies.

An Jojos entsetzter Miene konnte ich jedoch ablesen, dass es ihr ganz und gar nicht so ging.

»Was habt ihr getan?«, rutschte es ihr heraus, während sie jedes Detail in Augenschein nahm, als wollte sie es später aus dem Gedächtnis nachzeichnen. *Chaotisches Stillleben.*

»War das nicht eure Anweisung? *Fühlt euch wie zu Hause*?«, zitierte Kilian schulterzuckend und nahm noch einen Schluck von seinem Bier. Er lehnte mit der Hüfte an der Spüle und wirkte dabei so ungezwungen, wie es eben nur mein Bruder konnte.

»Ja, aber doch nicht … so«, stammelte Jojo völlig entsetzt und sah dabei so niedlich verwirrt aus, dass ich gar nicht anders konnte, als ihren Arm zu drücken. Doch Jojo nahm das gar nicht wirklich wahr, sondern starrte noch immer auf das heillose Durcheinander.

Mit dem Finger deutete sie auf das Wohnzimmer. »Wie habt ihr das denn in der kurzen Zeit hinbekommen?«

»Willkommen in der Realität.« Ich ließ sie los, öffnete den Kühlschrank und nahm mir ein Bier, um es mit dem Flaschenöffner zu köpfen, den ich mir vom Couchtisch schnappte. Schnell trank ich den Schaum ab, drehte mich schwungvoll zu meiner besten Freundin um und prostete ihr zu. »So ist es eben mit den Kerlen. Kaum sind die Katzen aus dem Haus, tanzen die Mäuse auf den Tischen.«

»Nicht alle sind so«, verteidigte sich Toni, aber es war nur ein halbherziger Versuch, bei dem Brie mit einem skeptischen Blick die Arme vor der Brust verschränkte. Er zuckte mit den Schultern. »Meistens zumindest.«

Jetzt konnte ich das Grinsen nicht länger unterdrücken. »Oh, Jojo, du siehst ehrlich verstört aus.«

»Wir waren keine fünf Stunden weg.«

»Dafür haben wir gekocht«, brummte Toni, dessen ozeanblaue Augen mittlerweile belustigt funkelten.

Brie kroch in seine Umarmung und mir fiel auf, wie perfekt sie zusammenpassten. Die Art, wie er den Arm um ihre Taille schlang, wie sie sich an ihn schmiegte, als wäre sie das fehlende Puzzleteil in seinem Gesamtbild. Oder andersherum.

»Und wie gesagt, es riecht fantastisch«, kam ich ihm etwas entgegen. »Das macht sogar wieder wett, dass wir hier viel zu oft fünf Leute sind, die sich ein Bad teilen müssen. Nicht, dass Toni eine eigene Wohnung hätte und du ebenfalls in einer WG wohnst, Bruderherz.«

»Wenn du das Toilettenpapier nicht vergessen würdest, hätten wir wahrscheinlich alle ein Problem weniger.«

»Touché.« Der Seitenhieb von Kilian saß und vermutlich hatte ich ihn sogar verdient, denn meine Mundwinkel waren wie festgeschraubt. Dafür war Jojos Gesichtsausdruck auch einfach zu göttlich.

»Wir waren doch nur fünf Stunden weg«, wiederholte Jojo langsam kopfschüttelnd, was Kilian dazu veranlasste, das Bier abzustellen und die Distanz zwischen ihnen zu überbrücken – ohne ein Wort zu sagen, den Blick so fest auf ihr Gesicht gerichtet, dass wahrscheinlich nicht einmal ein Erdbeben ihn noch von seinem Ziel hätte abbringen können. Dann nahm er sie in den Arm und drückte ihr zärtlich einen Kuss auf die Schläfe. Eine ehrliche, intime Geste und es störte ihn nicht im Geringsten, Publikum zu haben. Es lag so viel offene Zuneigung in seinen Augen, dass ich den Kopf senkte, um nicht Zeugin davon zu werden.

Unruhig trat ich von einem Bein auf das andere, denn außer der Dunstabzugshaube erstarben sämtliche Geräusche in der Küche. Zwei kuschelnde Pärchen, Finger, die sich fanden, flüchtige Berührungen, die anderen vorbestimmt waren.

Ich hob die Hände. »Ja, klar. Lasst euch nicht stören. Ich glaube, es wird Zeit, dass ich mir ein paar Katzen zulege«, murrte ich, auch wenn mich keiner zu hören schien. Eine rosafarbene Pärchenblase schwebte auf einmal über ihnen.

Eigentlich machte ich mir nichts aus diesen Dingen. Doch seltsamerweise verspürte ich plötzlich eine nagende Sehnsucht, als Toni sich zu Brie beugte, ihr tief in die Augen blickte und behutsam eine Locke aus dem Gesicht schob, während er ihr Worte zuflüsterte, die nicht für meine Ohren bestimmt waren. Ich hörte sie trotzdem. Und irgendwie, in diesem kleinen Herzschlagmoment, als ich mir wie die größte Voyeurin der Welt vorkam, fragte ich mich, wie es war, jemanden zu haben, der einen ansah, als wäre man das Wertvollste und gleichzeitig das Zerbrechlichste auf der Welt. Ein erdrückendes Gefühl wickelte sich um meinen Brustkorb und presste ihn eng zusammen.

Glücklicherweise klingelte in diesem Augenblick mein Handy und ich stellte verblüfft fest, dass es die Nummer unserer Personalleiterin von *Leckerste* war. Die mich eigentlich nie anrief.

Ich entfernte mich von den anderen, um mich in mein Zimmer zurückzuziehen. Drinnen stand die Luft und mein Schreibtisch war ausnahmsweise sogar einigermaßen aufgeräumt. Wenn man von dem aufgeklappten Laptop und der leeren Kaffeetasse absah. Ich knipste das Deckenlicht an, das in einer Korblampe schwebte, dann nahm ich den Anruf entgegen.

»Anabelle?«, sagte ich verwundert.

»Ich habe ganz vergessen, dich zu fragen!«, stöhnte sie in den Hörer. Sie klang atemlos und in Eile. »Keine Ahnung, wie das passieren konnte, aber in den letzten Wochen ging alles ein bisschen drunter und drüber! Normalerweise hätte ich mich längst bei dir gemeldet, ich hatte es mir sogar notiert. Aber irgendwie kam etwas dazwischen und dann ist das einfach untergegangen.«

»Moment, wovon sprichst du?« Ich runzelte die Stirn, weil ich keine Ahnung hatte, worum es gerade ging.

»Ach, stimmt ja. Du bist gar nicht auf dem neusten Stand!

Seit letztem Wochenende hat sich einiges getan. Testläufer war die Veranstaltung, auf der du auch gearbeitet hast.«

Sofort fiel mir Markus' Aussage bei dem Catering-Einsatz für das IT-Unternehmen ein und dass ich gar nicht mehr nachgehakt hatte. Ich runzelte die Stirn noch etwas mehr, auch wenn Anabelle das nicht sehen konnte.

»Hat es mit dem Peter-Hartl-Skandal zu tun?«

»Genau.«

Mir stockte kurz der Atem. »Was? Ehrlich? Ihr macht das Catering für den Rennstall?«

»Jein«, bestätigte Anabelle mit einem Lächeln in der Stimme. »Also teilweise. Deswegen ärgert es mich, dass ich ausgerechnet dich vergessen habe. Wir stellen ein festes Team zusammen, das bei den Rennen dabei sein wird. Wir schaffen es finanziell und logistisch nicht, alle Rennen abzudecken, deswegen werden wir voraussichtlich nur anreisen, wenn auch die anderen Formel-Klassen anwesend sind – damit es sich wirklich lohnt. Die übrige Zeit teilen wir uns mit *Gaumenwunder*, aber ich will dich nicht mit langweiligen Details nerven.«

»Das nennst du langweilig?« Das waren die besten Neuigkeiten seit einer gefühlten Ewigkeit. Mitte April würde das nächste Semester wieder losgehen, sodass ich an den Wochenenden die Möglichkeit hätte, zusätzlich Geld zu verdienen und alles hautnah mitzuerleben.

Schnell rechnete ich nach. Die Reisekosten wären inklusive, ebenso die Unterkunft. Außerdem würde ich einen guten Stundenlohn bekommen und hätte gleichzeitig die Chance darauf, meine Schein-Beziehung mit Henning Kiefer auszubauen. Sollte Marc meine Anwesenheit bei den Rennen trotz Hennings Einspruch für eine gute Idee erachten.

Perfekt. Das wäre perfekt.

»Heißt das, ich soll im Service arbeiten?«

»Genau. Los geht's dieses Wochenende.«

Eine kribbelnde Aufregung breitete sich bis in meine Fingerspitzen aus, die sich im nächsten Moment ganz taub anfühlten. »Augenblick mal, was?«

Anabelle lachte. »Pack deine Sachen, du fliegst am Donnerstagnachmittag nach Bahrain.«

Kapitel 10

Das *Trader Vic's* befand sich im Herzen Münchens, als wäre es einzig und allein deswegen ausgewählt worden, ein Lieblingsort zu werden. Genauer gesagt führte der im Dunkeln liegende Gang direkt neben dem Haupteingang des Bayrischen Hofes hinab in eine andere Welt. Fast so, als würde man eine Zeitkapsel betreten. Das polynesische Bar-Restaurant war deswegen bei Prominenten so beliebt, weil es viele verwinkelte Ecken gab, in die man kaum Einblick hatte, sodass die Gäste vor neugierigen Blicken geschützt waren. Schummriges Licht, dunkelbraunes Holz, bunte, tief hängende Lampions sowie Bambus- und Holzstühle aus einer anderen Zeit rundeten das Ambiente ab.

Alles war so ineinander verschachtelt, dass ich mich für einen Moment wie in einem Escape-Room fühlte.

Vermutlich hatte Marc absichtlich dafür gesorgt, dass wir einen Tisch bekamen, der im Gegensatz zu all den verstohlenen Nischen auf dem Präsentierteller lag. Mir war das herzlich egal, solange ich entsprechend bezahlt wurde. Während ich die Karte mit den Speisen studierte und an einem *Dim-Sum*-Gericht hängen blieb, fiel mein Blick auf die Uhr: 19:10 Uhr. Und Henning war immer noch nicht da.

Allmählich wurde ich doch etwas ungeduldig. Also bestellte ich mir einen Original Mai Tai bei dem attraktiven Kellner, der mir ein umwerfendes Lächeln schenkte. Aus eigener Erfahrung wusste ich, wie gut das Trinkgeld sein konnte, wenn man sich besonders ins Zeug legte. Und in einer Stadtinstitution wie dem *Trader Vic's* umso mehr.

Als ich gerade mein Handy hervorziehen wollte, erspähte ich Henning Kiefer am Ende des Ganges. Mein Mund wurde trocken, eine völlig normale körperliche Reaktion, die ich auf sein äußeres Erscheinungsbild schob. Sie kam nur zum völlig falschen Zeitpunkt.

Er trug ein schwarzes Shirt, darüber ein onyxfarbenes Hemd, das aufgeknöpft war, und dazu eine passende schwarze Jeans mit hochgeschlossenen Sneakers.

Zum Glück hatte ich mich für eine schwarze Bluse, einen dunkelgrünen Rock, Stiefeletten und eine blickdichte Strumpfhose entschieden, sodass wir wenigstens optisch zueinanderpassten. Als hätten wir uns abgesprochen.

Mir fiel auf, wie schön seine Bewegungen waren, während er einer Kellnerin durch die Räumlichkeiten folgte. Jeder seiner Schritte war ausholend, seine Haltung aufrecht, wobei er kein bisschen darauf achtete, wer ihn beobachtete. Er schaffte es allein durch seine natürliche Präsenz, die Aufmerksamkeit auf sich zu ziehen. Dieses stille Selbstbewusstsein, das ihn umgab, eine Sicherheit, die er ausstrahlte, weil er wusste, wer er war und was er konnte. Nämlich verdammt gut fahren.

Henning bewegte sich mit der Eleganz eines Athleten, auch wenn Leute, die nichts vom Rennsport verstanden, meistens behaupteten, dass *ein bisschen im Kreis fahren* nicht als Sport bezeichnet werden konnte. Dabei gehörte so viel mehr dazu. Die körperliche Anstrengung bei jedem Rennen war enorm. Die G-Kräfte, die auf einen wirkten. Die Kalorien, die man innerhalb eines Rennens verbrannte, die Kilos, die man währenddessen verlor. Die absolute Konzentration, die nötig war. Allein das Nackentraining war eine Sportart für sich, vom vorgeschriebenen Ernährungsplan einmal ganz abgesehen. Aber meistens machte es keinen Sinn, sich mit Ahnungslosen darüber zu streiten, weil sie sich entweder nicht dafür interessierten oder gar nicht richtig zuhörten.

Ich spürte, wie sich mein Magen vor Nervosität verkrampfte, je näher er kam, was mich ärgerlich die Lippen zusammenpressen ließ. Normalerweise war ich alles andere als nervös.

»Hey, Meg.« Das tiefe Timbre seiner Stimme lullte mich ein, während er sich mir gegenüber niederließ, sodass ich einige Sekunden brauchte, um zu erfassen, was er da eben von sich gegeben hatte.

»Meg? Wirklich?«, fragte ich spöttisch.

Mit einem frechen Grinsen, das seine unwiderstehlichen Grübchen zum Vorschein brachte, lehnte er sich nach vorn, die Unterarme auf den Tisch abgelegt, was meinen Blick unweigerlich auf das freie Stückchen Haut lenkte. Sehnige Unterarme. *Verdammt.*

»Ist irgendwie hängen geblieben.«

»Also gut, Wunderknabe, dein *Philoktetes* hat uns hier einbestellt, damit wir über den Vertrag sprechen.« Ich deutete mit den Händen auf meinen Oberkörper. »Hier bin ich. Lass uns über den Vertrag reden.«

»Mhm.« In Hennings Augen blitzte etwas auf. Sein Blick glitt an mir hinab, um dann gemächlich wieder zu meinem

Gesicht zurückzukehren. Die Temperatur am Tisch stieg merklich um einige Grad, aber ich schaute in seine tiefbraunen Augen, ohne mit der Wimper zu zucken. Dank der schummrigen Beleuchtung funkelten sie wie zwei schwarze Sterne.

»Das hat Zeit«, sagte er mehrdeutig.

»Ist das nicht der Grund unseres Treffens?«

»Unter anderem.«

»Und wenn du *unter anderem* sagst, impliziert das was konkret sonst noch?«, wollte ich wissen, erhielt jedoch keine Antwort.

Stattdessen schnappte sich Henning noch breiter grinsend die Karte, die zwischen uns lag, und studierte sie so eindringlich, als hätten wir den ganzen Abend für uns. Ich trommelte mit den Fingernägeln auf der Tischplatte. Eigentlich wollte ich nicht mehr Zeit als nötig hier verbringen.

»Warum bist du eigentlich so gut drauf? Warst du nicht derjenige, der sich besonders gegen das Arrangement gesträubt hat?«

Über die Karte hinweg warf er mir einen schnellen Blick zu. »Ja, aber ich habe beschlossen, das Beste daraus zu machen. Für mich auch einen Mai Tai«, bestellte er freundlich bei einer hübschen Kellnerin in einem blauen Kleid, die sich lautlos und unsichtbar genähert hatte. Ihr Lächeln verwandelte sich zu einem anerkennenden Grinsen in meine Richtung und sie nickte mir flüchtig zu, als Henning es nicht bemerkte. *You go, girl*, schienen ihre Augen zu sagen.

»Möchtest du etwas essen?«, wandte sich Henning unvermittelt an mich, sobald wir wieder für uns waren. Ein paar Locken hatten sich in seine Stirn verirrt und er hatte sich nur nachlässig rasiert, denn ich bemerkte den leichten Bartschatten, der ihm viel zu gut stand.

Wie auf Kommando knurrte mein Magen, was ich empört zur Kenntnis nahm. *Verräter.* »Also, eigentlich …«

»Bist du gegen irgendetwas allergisch? Hast du bestimmte Vorlieben?«

»Ich bin Vegetarierin.« Ich zögerte kurz. »Genauer gesagt: Pescetarierin, aber das ist meistens zu kompliziert, um es zu erklären.«

Überrascht starrte mich Henning an, als versuchte er, die Information mit meiner Person in Einklang zu bringen. Dabei hatte ich ja nicht behauptet, Weltmeisterin im Gewichtheben zu sein.

»Also machst du bei Fisch die Ausnahme, verstehe. Hätte ich nicht gedacht.«

»Sehe ich so aus, als würde ich sonst meine Zähne in rohem Fleisch versenken? Am besten frisch und blutig?«, spottete ich.

»Bei deinem losen Mundwerk hätte ich tatsächlich eher in diese Richtung getippt, aber so kann man sich täuschen.« Henning sah aus, als hätte er gerade den Spaß seines Lebens. »Sollen wir uns ein paar Gerichte teilen?«

Oh, Gott. Ich war absolut nicht auf diese Situation vorbereitet. Ich war nicht sonderlich gut darin, die Kontrolle abzugeben, und dazu zählte auch, nicht Herrin über meine Nahrungsauswahl zu sein. Außerdem waren die Preise für die Hauptspeisen astronomisch. Da könnte ich genauso gut mein Vorhaben über Bord werfen und mein Gehalt direkt an das *Trader Vic's* überstellen lassen.

»Also …«

»Ich futtere dir schon nichts weg.« Schmunzelnd hob er

zwei Finger zum Schwur. »Großes Ehrenwort. Eine Vorspeise und zwei Hauptgerichte. Und keine Panik, du bist eingeladen.«

»Ich kann meinen Anteil auch selbst zahlen«, protestierte ich bissig, doch zu meiner Verwunderung hob Henning abwehrend die Hände und zeigte ein entwaffnendes Lächeln.

»Mit nichts anderem habe ich gerechnet, aber das muss nicht sein. Marc kümmert sich später um die Rechnung.«

»Ach so. Stimmt. Das ist was anderes«, willigte ich schließlich zögernd ein, was Henning nicht verborgen blieb. Denn als wir uns verschiedene Vorspeisen bestellt hatten und die Kellnerin wieder verschwunden war, wandte er mir seine komplette Aufmerksamkeit zu.

Die Hände vor sich auf dem Tisch gefaltet, sah er mich an. »Also, *Meg*, erzähl mir etwas von dir. Außer, dass du kein blutiges Fleisch isst, Mulan und Megara deine liebsten Disneyheldinnen sind und du keine Vorliebe für meinen gewöhnungsbedürftigen Kaffee hast.«

Bei der Erinnerung an den Morgen nach meinem Filmriss verzog ich automatisch das Gesicht. »Die Kaffee-Erfahrung hatte ich tatsächlich verdrängt. Aber über mich gibt es nicht viel zu wissen.« Was stimmte. Mein Leben war ziemlich unspektakulär.

»Wieso nicht?« Mit schief gelegtem Kopf betrachtete mich Henning.

Ich wich seinem Blick nicht aus und plötzlich breitete sich Wärme in meinem Bauch aus. Ich stutzte. Da war etwas. Etwas Echtes. Keine Ahnung, was es war, aber ich spürte es. Genauso wie am Abend unserer ersten Begegnung. Genauso wie am Morgen danach.

Die Art, wie er mich musterte, als wäre er ernsthaft an der

Antwort auf seine Frage interessiert, irritierte mich gewaltig.

Dann ging mir ein Licht auf.

»Ah.« Meine Gesichtsmuskeln froren ein. »Ist das so eine Art Steckbriefbefragung, falls du in Interviews auf mich angesprochen wirst?«

Für einen flüchtigen Herzschlag fiel seine aufgeschlossene Miene in sich zusammen und ich hatte das Gefühl, etwas Falsches gesagt zu haben. Doch dann legte er wieder seine Ritterrüstung an – ein unverfälschtes Lächeln, das aber auf einmal etwas künstlich wirkte. Als hätte er es einstudiert.

»Wenn du das denkst, Meg, lasse ich dich gern in dem Glauben.« Sein Ton ließ keinen Zweifel daran, dass er eigentlich etwas ganz anderes meinte. »Normalerweise umgehe ich sämtliche privaten Nachfragen, eigentlich stehen wir Formel-2-Fahrer nämlich nicht so im Fokus der Öffentlichkeit. Aber da ich der größte Rivale von Pietschmann bin und die Medien seine Karriere so eindringlich verfolgen, bin ich ebenfalls auf ihrer Interessensliste nach oben gestiegen.«

Jeder kannte Noah Pietschmann, den Sohn von Torsten Pietschmann, einem der berühmtesten Rennfahrer der Welt. Selbst mein Vater, der jahrelang für das Konkurrenzteam gearbeitet hatte, war ein großer Fan von ihm gewesen. Nicht nur aufgrund seines Könnens, sondern auch weil er abseits des Rennsports sehr viel geleistet hatte.

»Er ist der ›Golden Boy‹ und du sein Gegenspieler?«

Überrascht von dieser Schlussfolgerung, legte Henning den Kopf schief. »So kann man es auch sehen. Im Gegensatz zu mir wird er aber spätestens nächstes Jahr in der Formel 1 landen.« Er seufzte. »Eine Zeit lang war die mediale Aufmerksamkeit hilfreich, egal, in welchem Licht ich stand. Eventuell habe ich es deswegen auch etwas übertrieben. Aber dann hat das Pendel in die andere Richtung ausgeschlagen …«

Bevor er weiter ausholen konnte, kehrte die Kellnerin mit dem Getränk zurück und Henning nutzte die gewonnene Pause, um das Thema zu wechseln. Anscheinend wollte er die Sache gar nicht näher ausführen. Ich sah es an der Art, wie sich seine Hände verkrampften, sein Kehlkopf auf und ab hüpfte und er einen kurzen, schnellen Schluck von seinem Mai Tai trank.

»Eigentlich wollte ich die Gelegenheit nutzen, dich wirklich kennenzulernen. Wenn wir schon im selben Boot sitzen.« Wieder dieser flüchtige Schatten und ich erinnerte mich daran, wie er sich gegen Marcs »Idee« gewehrt hatte. Wahrscheinlich hatte Henning mehr als einen guten Grund, um bei dieser Geschichte mitzumachen. Meine Neugierde war geweckt.

»Warum?«

»Warum was?«, fragte er irritiert.

»Aus welchem Grund willst du mich *wirklich* kennenlernen?«

Henning überlegte einen Augenblick lang, wobei sich seine Brauen über den dunklen Augen verzogen und er sich mit dem Daumen über die Unterlippe rieb. Die schlichte Geste verlieh seiner gesamten Ausstrahlung etwas Weiches. Als hätte man einen Panther in ein Hasenkostüm gesteckt.

»Keine Ahnung. Weil mir Ehrlichkeit wichtig ist? Auch wenn unsere Beziehung nach außen nicht echt ist, können wir vielleicht für uns etwas Echtes aufbauen. Freunde sein, zum Beispiel. Ich bin kein Roboter. Ich kann nicht auf

Knopfdruck alle Erwartungen erfüllen, auch wenn das irgendwie jeder von mir erwartet. Aber das funktioniert nicht.«

Seine langen Finger schlossen sich fester um das Glas und er trank noch einen Schluck, bevor sein Blick wieder zu mir zurückkehrte. Ich las eine unterdrückte Wut in seinen Augen, aber da war noch etwas anderes. Frustration? Trotz?

»Du redest nicht nur von der Fake-Beziehung«, schlussfolgerte ich.

Henning schüttelte den Kopf. »Nein.«

Damit schien das Thema für ihn abgehakt zu sein, denn er presste die Lippen aufeinander, als wollte er sie zutackern. Sich am Reden hindern. Obwohl ich manchmal Scheuklappen aufhatte und bestimmt nicht so feinfühlig war wie mein Bruder, merkte selbst ich, wie angespannt seine Muskeln waren. Wie sehr er sich bei dem Gedanken an das, was ihn beschäftigte, verkrampfte.

»Jojo, meine beste Freundin, behauptet immer, ich hätte eine bestimmte Wirkung auf Menschen«, begann ich, um alles etwas aufzulockern, den Fokus von Henning zu nehmen. Was mir offenbar gelang, denn er schaute mich überrascht an. Also fuhr ich fort. »Dass sie alles mit mir teilen wollen. Das war schon als Kind so und hat sich irgendwie durch mein Leben gezogen. Ich habe bisher nicht herausgefunden, woran das liegt, aber anscheinend öffnen sich viele einfach leichter bei mir. Beweisstück A.« Kopfnickend deutete ich auf ihn und bemerkte, wie er seine Haltung veränderte, größer wurde. Als würde er mit einer simplen Geste meine Worte unterstützen.

Ich hielt inne. Seltsam. Jetzt war ich diejenige, die auf einmal Tiefliegendes offenbarte. Das sah mir gar nicht ähnlich. Aber Henning hatte mir ein Stück von sich gegeben, also tat ich dasselbe. Wir teilten etwas Intimes, das nur uns gehörte.

»Das stimmt. Das Gefühl habe ich bei dir. Mich öffnen zu können.« Er sah mich lange und so unergründlich an, dass meine Nervenenden zu vibrieren begannen. Mein Herz schlug plötzlich schneller und ich spürte, wie mich eine innere Unruhe befiel.

Also ahmte ich Hennings Position nach und rutschte mit dem Stuhl etwas nach vorn, stützte mein Kinn mit der Hand ab und veränderte den Tonfall. »Okay, Wunderknabe. Was ist mit dir? Erzähl mir etwas über dich, was mir Wikipedia nicht ausspuckt.«

»Da gibt es nicht viel zu wissen«, wiederholte er meine Worte von vorhin und ein Mundwinkel sprang in die Höhe. »Aber ich habe Eltern, einen älteren Bruder, Lukas, und meine Arielle-Schwester Hannah. Ansonsten fahre ich in der Formel 2 und halte mich mit Kampfsport fit, wenn ich Ari nicht durch den Stadtpark jage.«

»Also bist du das mittlere Kind?«

Er lächelte, als hätten wir jetzt ein gemeinsames Geheimnis. »Genau.«

»Kann dein älterer Bruder auch alles machen und wird dafür noch belohnt, während du dir den Hintern aufreißt und nur ein müdes *Machst du toll* bekommst?«

»Immer. Aber bei Hannah ist es schlimmer. Sie könnte sich ein Zungenpiercing stechen lassen und meinen Eltern die Rechnung schicken, sie würden sich sogar noch darüber freuen. Bei mir war ein Tattoo schon ein riesiges Thema.«

»Du bist tätowiert?« Ich richtete mich auf. Das hatte eindeutig ein wenig zu atemlos geklungen.

Grinsend beugte er sich etwas vor, hielt mich mit seinem Blick gefangen. »Oh, ja«, sagte er gedehnt.

Das *Wo?* konnte ich gerade noch herunterschlucken, stattdessen trank ich rasch von meinem Mai Tai. Der Alkohol löste meine Zunge, machte mich waghalsiger, als ich ohnehin schon war.

»Warum wolltest du eigentlich nicht, dass Marc mich für die Fake-Beziehung anheuert?«, fragte ich geradeheraus, weil es das Nächste war, was mir einfiel. Wie immer war mein Mund schneller als meine Gedanken, und bevor ich das Für und Wider abwägen konnte, waren die Worte schon draußen.

In Hennings Augen glomm etwas auf. »Einerseits hatte ich etwas dagegen, weil ich das alles für eine Schnapsidee halte und nicht glaube, dass es etwas an meinem Sponsoring ändert. Trotzdem bin ich darauf angewiesen. Die letzte Saison ist nicht unbedingt so gelaufen, wie ich mir das vorgestellt habe. Ich hatte zu viele Probleme mit dem Wagen, insgesamt zwei DNFs und zwei Unfälle, für die ich nichts konnte«, antwortete er schließlich und klang dabei müde und abgeschlagen. Als hätte er sich längst mit der Tatsache abgefunden, diese Last nicht ablegen zu können. Unwillkürlich dachte ich an die schwindelerregende Zahl mit den sechs Nullen und ich konnte ihn durchaus verstehen.

»Andererseits?«

»Ich wollte nicht, dass du es bist, weil ich dich anziehend finde und dich mag.«

Ich starrte ihn an und mein Herz setzte einen Schlag aus. Ich blinzelte. Und starrte weiter. Hatte ich mich gerade verhört? Henning verzog keine Miene und es lag nichts als Aufrichtigkeit in seinen Zügen.

»Wir kennen uns doch gar nicht …«

Wieder lächelte Henning, sodass diese umwerfenden Grübchen zum Vorschein kamen, und ich verfluchte einmal mehr seine Attraktivität. Und den Mai Tai, der alles mit rosa Zuckerwatte überzog und mich in ein hormongesteuertes Wesen verwandelte. Ein Wesen, das sehnige Unterarme, Grübchen und diese würzige Aftershave-Note als Einladung zum Paarungstanz aufnahm.

»Ich muss dich auch nicht kennen, um dich zu mögen. Das nennt man den ersten Eindruck.«

»Wir haben um das größere i-Tüpfelchen gewettet und ich habe dich mit meinem beschissenen Tag vollgejammert. Das kann man wohl kaum als sympathischen ersten Eindruck bezeichnen«, empörte ich mich und spielte dabei mit dem Glas vor mir.

»Ich habe das Gefühl, bei dir genau zu wissen, woran ich bin, und das mag ich einfach.«

Wieder dieses Lächeln und ich spürte, wie etwas in meinem Bauch aufflatterte. Die Atmosphäre verdichtete sich, doch ich war mir nicht sicher, ob er es ernst meinte oder nur seine Spielchen mit mir spielte.

Henning Kiefer, Bad Boy des Motorsports, rief ich mir ins Gedächtnis. Er war ein Meister im Süßholzraspeln. Ich sollte auf der Hut sein – und nicht diese Grübchen anstarren.

»Bei dir fühlt sich alles einfach ehrlich an. Ich brauche keine hundert Gespräche, um festzustellen, welches Gefühl du mir vermittelst. Kein Anschweigen. Kein *Nein*, wenn du eigentlich *Ja* meinst. Und du hast eine eigene Meinung. Das respektiere ich total.«

»Jetzt redest du von deiner Ex. Und über deinen furchtbaren Kaffee.«

Hennings Körper versteifte sich und er kniff misstrauisch die Augen zusammen. »Woher weißt du das?«

»Weil es sich anhört, als würdest du aus Erfahrung sprechen.« Ich tippte mir an die Nasenspitze. »Nennt sich sechster Sinn.«

In diesem Moment tauchte die Kellnerin mit den duftenden Vorspeisen auf – fünf Suppenlöffel, auf denen uns jeweils eine Portion mit Leckereien anlachte, was meinen Magen dazu veranlasste, sich erneut lautstark bemerkbar zu machen. Also aßen wir und unterhielten uns über weniger weltbewegende Themen.

Nach der Vorspeise gingen wir das Geschäftliche an, auch wenn ich dafür vermutlich lieber keinen Cocktail hätte bestellen sollen. Aber egal. Dafür war es jetzt zu spät. Außerdem war Henning mindestens genauso angetrunken wie ich und wir sprachen über die einzelnen Details zum Vertrag, der im Wesentlichen vorsah, dass ich eine monatliche Abschlagszahlung für meinen Einsatz als Freundin erhalten würde. Ohne viel Publicity, weil ich ja nicht berühmt werden wollte. Dafür würde ich mich auf mindestens fünf Veranstaltungen mit Henning zeigen müssen.

Ein Knoten bildete sich in meinem Bauch, als hätte jemand eine Brezel geformt. Ich musste mir nicht ins Gedächtnis rufen, warum ich diesen Schritt ging, denn die Tatsache war nur allzu präsent. Papas Werkstatt und meine eigenen Geldprobleme.

»Da ist noch etwas …«, begann ich. Im schummrigen Licht der Lampions bekamen Hennings Züge noch mehr Konturen, wurden schärfer, kantiger.

Abwartend hob Henning die Brauen. »Ja?«

»*Leckerste* übernimmt das Catering bei dem Rennstall, den

Peter Hartl geführt hat, deshalb werde ich an den Rennwochenenden ebenfalls da sein. Ich dachte, diese Gelegenheit könnten wir gleich nutzen.«

Seine Miene verdüsterte sich schlagartig. »Nein.«

»Nein?«

»Kommt nicht infrage. Nur über meine Leiche.« Es klang endgültig, als wäre das letzte Wort bereits gesprochen.

»Das hast du auch über die Fake-Beziehung gesagt. Und jetzt schau uns an.« Mit der Fingerspitze deutete ich zwischen uns und den inzwischen leeren Tellern hin und her und versuchte, die Stimmung aufzulockern, die sich merklich abkühlte.

»Das steht aber nicht zur Debatte. Ich kann keine Ablenkung gebrauchen. Aus demselben Grund kommt auch meine Familie nicht zu den Rennen.« Er stieß die Luft aus und fuhr sich fahrig mit einer Hand durchs Haar. Falls es überhaupt möglich war, wirkte er auf einmal noch gehetzter und angespannter als beim Thema Skandal. Kurz fragte ich mich, was wohl der Auslöser für diese ganze unterschwellige Nervosität war, die das Selbstbewusstsein völlig verdrängte, das Henning sonst ausstrahlte.

»Okay«, antwortete ich gedehnt. »Aber ich brauche die Kohle. Und ehrlich gesagt kannst du mich schlecht daran hindern, meinen Job zu machen.«

»Wenn es unser Arrangement gefährdet, dann schon.« Es war keine Drohung, sondern eine Feststellung vollendeter Tatsachen.

»Wir können uns auch einfach aus dem Weg gehen. Du bist doch sowieso kaum im Hospitality-Bereich«, schlug ich vor, um die Situation zu retten.

»Das spielt keine Rolle.«

Ich verengte die Augen und konnte nicht verhindern, dass sich leiser Trotz in meine Stimme schlich. »Und weshalb nicht?«

»Weil du mich trotzdem ablenken würdest.« Seine Stimme wurde einige Nuancen tiefer, fuhr mir direkt in den Bauch.

Für den Bruchteil einer Sekunde glaubte ich, einen Riss in seiner Ritterrüstung zu sehen, etwas flackerte auf, was er bisher noch nicht gezeigt hatte. Meine Atmung wurde schwerer, verlangsamte sich, weil ich diesen Blick kannte.

Fast zeitgleich wurden meine Handflächen feuchter, zaghaft fuhr ich mir mit der Zungenspitze über die Lippen, um sie zu befeuchten, weil sie sich plötzlich ganz trocken anfühlten. Hennings Augen folgten der winzigen Bewegung und er erstarrte. Dann sprang sein Kehlkopf auf und ab, und als sich unsere Blicke wieder trafen, veränderte sich alles.

Die Atmosphäre. Die Luft, die ich atmete. Die Enge um meinen Brustkorb.

Vor allen Dingen aber mein Herz. Es stolperte, um dann in einem doppelt so schnellen Takt weiterzuschlagen.

»Karla.« Es war das erste Mal, dass er mich bei meinem Namen nannte. Kein verspieltes Meg. Kein neckischer Unterton, sondern ganz viel Gefühl. Und es führte dazu, dass sich mein Unterleib zusammenzog.

»Oh.« Ich begriff.

Henning brach den Blickkontakt nicht ab, während mein ganzer Körper mit einem Kribbeln darauf reagierte.

»Lass es uns versuchen. Zufällig brauche ich das Geld wirklich dringend. Ich verspreche, dass ich dir aus dem Weg gehen werde. Aber … ich kann nicht darauf verzichten. Unter keinen Umständen.«

Eine Weile betrachtete mich Henning schweigend und die Stille dehnte sich aus, bis ich glaubte, dass er sich dagegen entscheiden würde. Doch dann nickte er. Abgehackt und knapp, aber es war eine Zustimmung.

Okay. Das war immerhin ein Anfang. Das andere … ich schob alles beiseite. Aber dieses Knistern zwischen uns, das war da. Definitiv. Ich hoffte einfach nur, dass es die Dinge nicht verkomplizierte. Aber das tat es meistens. Die Frage war nur, wann es passierte. Und wie heftig.

Kapitel 11

Am Tag nach unserem Fake-Date schwirrte mir immer noch der Kopf von all den Eindrücken, während ich meinen Koffer in der Mitte meines Zimmers ausgebreitet hatte und alles für die Reise nach Bahrain packte. Die Verwirrung lag nicht allein am zweiten und dritten Mai Tai, den wir im Laufe des Abends getrunken hatten, sondern vor allem daran, dass es jetzt real wurde. Ich, die wahrscheinlich beziehungsunfähigste Person auf der Erde, würde alle Welt davon überzeugen müssen, mit Henning Kiefer zusammen zu sein. Welche Götter auch immer dabei ihre Hand im Spiel gehabt hatten, sie mussten absolut irre sein. Als würde man ein brennendes Streichholz in einen Benzinkanister werfen, um zu schauen, was passierte.

Einerseits bereitete mir die ganze Situation wirklich Kopfzerbrechen, auf der anderen Seite einen Höllenspaß. Schließlich war ich immer noch Karla, die sich jeder Herausforderung stellte. Ich stürzte mich zwar nicht von irgendwelchen Klippen, hatte aber trotzdem dasselbe Blut wie Kilian in den Adern. Was mich mindestens genauso abenteuerlustig machte wie ihn.

Als hätte er gespürt, dass ich gerade an ihn dachte, tauchte er unmittelbar in meiner offen stehenden Tür auf und klopfte gegen den Rahmen. Mit einer Lässigkeit, die nur er ausstrahlen konnte, lehnte er sich dagegen, die Mundwinkel halbherzig nach oben gezogen und die Hände in den Hosentaschen seiner schwarzen Jogginghose vergraben.

Ich ließ die Arme sinken und sah zu, wie Kilian mein Zimmer inspizierte. Auf dem Teppich verteilten sich meine Klamotten für die nächsten fünf Tage, was drei dunkle Jeans, meine Arbeitsschuhe und Kleider zum Ausgehen mit einschloss. Ich hatte keine Ahnung, wie ich das alles in meinen Koffer stopfen sollte, weshalb der Fußboden auch so aussah, als wollte ich jedes Fleckchen mit einem Kleidungsstück bedecken.

»Du hast mit Papa telefoniert?« Sein Blick richtete sich beinahe anklagend auf mich und ich setzte mich auf die Fersen zurück. Damit hatte ich jetzt nicht gerechnet.

»Ja, woher weißt du das?«

»Weil ich mit Mama über unsere Reiseroute gesprochen habe und wissen wollte, wie es Papa geht. Irgendwie habe ich gemerkt, dass etwas im Busch ist. Und während des Gesprächs hat sie dann erwähnt, dass ihr beide miteinander geredet habt.« Da war keine Traurigkeit oder Resignation in seiner Stimme, aber er war auf jeden Fall etwas gekränkt. Verständlicherweise. Denn er war derjenige, der mich vor ein paar Tagen auf die richtige Fährte gebracht hatte. Wahrscheinlich war er jetzt sauer, weil ich ihn nicht gleich eingeweiht hatte. Aber ehrlicherweise hatte ich dazu noch keine Gelegenheit gehabt.

»Wann wolltest du mir denn von eurem Telefonat erzählen?«

Ich zuckte mit den Schultern. »Ich dachte eigentlich an

heute. Ich weiß, ihr fahrt am Nachmittag los, aber es geht gerade etwas drunter und drüber. Tut mir leid.« Das war nicht gelogen.

»Okay. Was ist bei ihm los?« Jetzt schwang Sorge in seiner Stimme mit.

Ich seufzte. »Papa muss die Werkstatt wahrscheinlich verkaufen.«

Schockiert riss Kilian die Augen auf, stieß sich vom Türrahmen ab und kam ins Zimmer. Er ließ sich auf den Drehstuhl fallen und stützte seine Unterarme auf den Knien ab, während er eine grüblerische Miene aufsetzte. Dann beugte er sich vor, rieb sich mit dem Daumen über die Lippen und machte ein nachdenkliches Geräusch. Es klang wie das Brummen eines Grizzlys, der gerade auf Nahrungssuche war.

»Wie ernst ist es?«, fragte er schließlich.

»Ehrlich gesagt glaube ich, dass es sehr ernst ist, sonst hätte er nicht mit mir darüber gesprochen. Das hat etwas so Endgültiges.« Ich zögerte für den Bruchteil eines Augenblicks, spürte die Schwere, die mich umschlang. »Du weißt, wenn er sich äußert, hat er meistens eine Entscheidung gefällt.«

»Mhm.« Kilian sah mich an und das Grün seiner Iris leuchtete etwas matter. »Und es muss verdammt ernst sein, wenn du nicht mit lustigen Sprüchen um dich wirfst, um die Situation zu überspielen.«

»Das ist nicht der einzige Grund für meine Schlagfertigkeit«, antwortete ich und sah, wie Kilians Züge einen weichen Ausdruck annahmen. Seit wann schlugen wir uns nicht mehr die Köpfe ein, sondern gingen verständnisvoll miteinander um? Gehörte das etwa zum Erwachsenwerden dazu? Oder lag es einfach daran, dass die Not uns zusammenschweißte? Jedenfalls war ich plötzlich froh, so offen mit Kilian reden zu können und ihn an meiner Seite zu haben. Er war Familie. Mein Bruder. Das würde bis ans Lebensende so bleiben und genau das sollte ich etwas mehr wertschätzen. Viel zu oft nahm ich es nämlich als selbstverständlich hin. Genauso wie die Werkstatt.

Man wusste erst, wie wertvoll etwas war, wenn man es nicht mehr hatte.

Ich merkte, wie mich wieder einmal eine Flut aus Emotionen packte, während ich daran dachte, wie viel mir die Werkstatt früher bedeutet hatte. Selbst mein unterkühltes Herz, zumindest in Bezug auf die Männerwelt, schlug dabei schnell und kräftig, als würde ich auch noch meine Lieblingsbücher und ein Stück meiner Seele verkaufen müssen.

»Shit«, murmelte Kilian nach einigen Sekunden des Schweigens und sein Brustkorb dehnte sich in einem langen Atemzug. »Das wird ihm das Herz brechen.«

»Ja, wird es.«

»Aber er wird darüber hinwegkommen. Das hat er damals auch gepackt, als er aus der Formel 1 ausgestiegen ist.«

»Das mit der Werkstatt ist etwas anderes«, antwortete ich und schluckte, um den Kloß in meinem Hals loszuwerden. »Da steckt so viel von ihm drin.«

»Ja, aber das ist der Lauf des Lebens. Irgendwann hat alles ein Ende und früher oder später muss er die Werkstatt sowieso verkaufen, weil keiner von uns sie übernehmen wird.« Er hob spöttisch die Brauen. »Oder wolltest du nach deinem Jurastudium doch noch umsatteln?«

Ich schüttelte den Kopf. »Das nicht, aber Papa ist doch keine fünfzig. Er hätte noch gut fünfzehn Jahre mit der Werkstatt. Was soll er denn sonst machen?«

Kilians Achselzucken ließ mein Blut aufkochen. Wieso sah er nicht, wie wichtig das für Papa war?

»Er wird etwas finden, keine Sorge.«

»Aber vielleicht muss er die Werkstatt nicht verkaufen, wenn ich rechtzeitig genug Geld zusammenbekomme.« Bevor ich es verhindern konnte, sprudelten die Worte aus mir heraus und ich biss mir verärgert auf die Zunge. Großartig. Jetzt hatte ich mich verplappert. Eine Zeit lang starrte mich Kilian wortlos an, während sich noch tiefere Falten in seine Stirn gruben.

»Was hast du vor?«

»Ihn unterstützen?«

»Du?« Kilian grunzte amüsiert, was mir einen tiefen Stich versetzte. »Du kriegst doch dein eigenes Leben nicht auf die Reihe. Also, von deinem Studium einmal abgesehen.«

»Ich bin diszipliniert und gehe arbeiten. Was man von vielen Menschen nicht behaupten könnte.«

»Ja, aber du gibst dein Geld für unnötigen Kram aus, bist total vergesslich und schusselig und stehst am Ende des Monats notorisch ohne Geld da.«

Gekränkt verschränkte ich die Arme vor der Brust und fixierte meinen Bruder. »Was soll das denn heißen?«

»Komm schon, Schwesterherz. Du bist eine wandelnde Finanzkatastrophe. Wie oft bist du pleite oder weißt nicht, wie du über die Runden kommen sollst? Hast du dich um den Platten an deinem Auto gekümmert?«

Genervt blickte ich ihn an. »Nein.«

»Brauchst du Unterstützung? Ich könnte dir das Geld leihen. Oder deine Freundinnen. Ich bin mir sicher, dass sie es dir auslegen würden. Das wäre doch die einfachste Lösung.«

Meine Miene verfinsterte sich schlagartig. Wenn ich auf

eins besonders allergisch reagierte, dann war es, meine liebsten Menschen um Geld anzupumpen. So irrational das in manchen Augenblicken auch war, schließlich hatte Kilian recht. Es würde einiges lösen. Aber ich konnte nicht. Das ging einfach nicht.

»Ich kriege das schon allein hin. Ich brauche von niemandem Hilfe.«

Kilian seufzte und schlug einen Tonfall an, als würde er mit einem kleinen Mädchen sprechen, was mich noch zorniger machte. Also ballte ich die Hände zu Fäusten, während er fortfuhr: »Es ist nicht verkehrt, ab und zu die Hilfe von anderen anzunehmen. Das macht dich nicht klein und schwach, Schwesterherz. Zwar haben wir dieselben Grundvoraussetzungen, aber ich habe nicht dasselbe Problem. Du solltest dich fragen, woran das liegt.«

Natürlich lag er damit goldrichtig, mit jeder einzelnen Silbe. Trotzdem stachelten seine Worte einen ungesunden Ehrgeiz in mir an, was total kindisch war, aber ich war gegen diese Empfindungen absolut machtlos.

Jetzt erst recht! Jetzt würde ich ihm, mir selbst und allen anderen beweisen, dass ich Papa helfen konnte. Und wenn ich dafür wochenlang irgendwelche Catering-Einsätze machen und mein Studium vernachlässigen müsste. Selbst wenn ich am Ende Augenringe bis zu den Kniekehlen hätte und an übermenschlichem Schlafmangel leiden würde: Papas Werkstatt war das allemal wert!

»Oh, nein«, murmelte Kilian, den Blick unverwandt auf mein Gesicht gerichtet. Ein wachsamer Unterton lag plötzlich in seiner Stimme. Anscheinend spürte er die Veränderung, die ich innerlich durchlief, als hätte ich sie ihm entgegengebrüllt. »Ich habe das nicht gesagt, um dich zu verletzen, Karla. Sondern einfach, weil es die Wahrheit ist. Und weil ich denke, dass du dir keine Hoffnung machen solltest. Papa wird schon klarkommen. Er ist zäh und er geht seinen Weg, steigere dich da bitte nicht hinein. Das ist nicht dein Kampf. Papa ist erwachsen.«

Jeder Satz hatte die gegenteilige Wirkung von dem, was Kilian beabsichtigte. Als würde er frischen Sauerstoff in ein brennendes Zimmer lassen. Das Feuer wurde nur weiter angefacht, bis die Flammen in mir alles verschlangen.

»Zu spät.« Ich knurrte fast.

»Zu spät, was?«

»Ich habe schon einen Job angenommen«, erwiderte ich so würdevoll wie möglich. Trotzdem ärgerte ich mich immer noch darüber, nicht einfach die Klappe gehalten zu haben. Jetzt hatte ich meinen Bruder auf die Sache angesetzt. Und er würde mit seiner gut funktionierenden Nase so lange nach der Wahrheit schnüffeln, bis er sie ausgegraben hatte – die Tatsache, dass ich mich auf eine Fake-Beziehung mit einem Formel-2-Fahrer einließ, um Papa zu helfen.

Zwar war die Tinte auf dem Vertrag noch nicht getrocknet, denn bisher war noch keine E-Mail von Marc in meinem Postfach eingetrudelt, obwohl er es mir gestern Abend versprochen hatte. Aber vielleicht war das auch besser so, denn solange ich noch nichts unterzeichnet hatte, würde ich Kilian auch nicht belügen müssen. Denn das würde er sofort bemerken.

»Ach.« Mehr sagte er nicht. Einfach nur *ach*. Aber in diesem einen Wort schwang so viel mehr mit. Zum Beispiel die unterschwellige Frage, was genau ich anstellen wollte, um die Werkstatt meines Vaters zu retten. Kilian sprach mal wieder unumwundene Tatsachen aus. Meine finanzielle

Lage war eine einzige Katastrophe, wie sollte ich da auch noch Papa unterstützen?

Aber es kränkte mich trotzdem, dass er mir das nicht zutraute. Nicht an mich glaubte. Nicht davon ausging, dass ich es schaffen konnte.

»Los, spuck's schon aus.« Herausfordernd reckte ich das Kinn, bereit, mein Vorhaben bis aufs Blut zu verteidigen, wenn es sein musste.

»Nichts.« Kilian schüttelte leicht den Kopf, wirkte auf einmal müde. »Du wirst schon wissen, was du tust.« Dann sah er mich direkt an. »Pass einfach auf dich auf.«

★ ★ ★

»Ladekabel?«, fragte Jojo, während Kilian den riesigen Koffer in den Flur wuchtete und in Richtung Eingangstür der WG rollte.

Brie stand kauend in ihrer Zimmertür und schob sich noch einen Fruchtgummi in den Mund, während ein belustigtes Lächeln ihre vollen Lippen zierte.

»Natürlich. Ladekabel.« Kilian machte auf dem Absatz kehrt und verschwand im Wohnzimmer, wo er sein Handy geparkt hatte.

Unser Gespräch in meinem Zimmer war erst ein paar Stunden her, aber die Stimmung zwischen uns hatte sich dadurch merklich verändert. Nicht, dass ich ihm seine Offenheit übel nahm, aber es war einfach verletzend zu wissen, dass er mir nicht zutraute, Papa finanziell unter die Arme greifen zu können. Auf der anderen Seite hatte ich den Eindruck, dass er den großen Bruder raushängen lassen musste, mich beschützen wollte vor … was auch immer. Dabei hatte ich ihm nicht einmal gesagt, worum es bei dem Job ging. Auch wenn ich dafür hätte flunkern müssen.

Für ihn war Papas Entscheidung keine große Sache, sondern eine normale Veränderung. Wahrscheinlich war das sogar die gesündere Herangehensweise und ich verstand zum ersten Mal, auf welche Weise er Jojo geholfen hatte, ihre Schuldgefühle abzubauen.

So war Kilian eben. Unerschütterlich und felsenfest davon überzeugt, dass nichts ein wirkliches Hindernis darstellte. Dass man sich an alle Gegebenheiten anpassen konnte.

Aber so war eben nicht jeder Mensch. Und ich erst recht nicht.

Seit einer geschlagenen Viertelstunde beobachteten Brie und ich meinen Bruder und Jojo dabei, wie sie sich auf den Weg in ihren lang ersehnten Urlaub machen wollten, doch jedes Mal fiel ihnen etwas anderes ein, das sie vergessen hatten. Oder haben könnten. Die beiden waren längst nicht so eingespielt, wie es inzwischen den Anschein machte.

Ich räusperte mich. »Habt ihr an das Wasser gedacht?«

»Wasser! Genau!«, rief Jojo, holte noch schnell eine Flasche aus dem Getränkefach in der Küche und wirkte dabei so kopflos wie ein Huhn. Aus dem Augenwinkel bemerkte ich Bries tadelndes Kopfschütteln und hob nur die Schultern, wobei ich versuchte, mir das Grinsen zu verkneifen, das sich auf meine Lippen stehlen wollte. Es tat gut, mir einmal keine Gedanken um alles zu machen, sondern einfach den Augenblick zu genießen.

»Was denn?«, fragte ich unschuldig.

»Du weißt genau, was ist«, erwiderte sie, aber auch um ihre Mundwinkel zuckte es belustigt.

»So. Das war aber wirklich alles.« Seufzend drehte sich

Jojo zu mir um und umarmte mich kurz. »Sei brav und mach keine Dummheiten, ja?«

»Ich? Niemals!« Einen Herzschlag lang verspürte ich den Hauch eines schlechten Gewissens, weil ich ihr nicht die ganze Wahrheit zu meinem neuen Job erzählen durfte. Normalerweise teilten wir alles. Aber ich brauchte das Geld. Dringend. Nicht nur für mich, sondern vor allem für meinen Papa, und da wollte ich unter keinen Umständen ein Risiko eingehen. Das war es einfach nicht wert.

»Jaja … und du hab viel Spaß mit deiner kleinen Halbschwester. Euer gemeinsamer Urlaub wird bestimmt schön.« Bei diesen Worten leuchteten Bries bernsteinfarbene Augen vor Glück auf und sie stieß einen fröhlichen Jauchzer aus.

»Ich freue mich schon sehr, auch wenn ich gern mit Anton und dir nach Bahrain geflogen wäre«, sagte sie in meine Richtung gewandt. Einerseits fand ich es auch ziemlich schade, andererseits war ich froh. Brie war zwar nicht so penetrant und neugierig wie ich, wenn es um Geheimnisse ging, aber auch sie konnte auf ihre Weise sehr gut den Finger in die Wunde legen, bis man ihr freiwillig alles preisgab.

»Leandra wird von Tag zu Tag süßer. Sie lächelt auch schon. Und sie brabbelt ununterbrochen«, fuhr Brie fort und lächelte dabei selbst ziemlich verklärt. »Wenn sie einen dann so niedlich anschaut, geht die Sonne auf.«

»Warte mal ab, bis sie Beikost mit Fleisch bekommt«, meinte ich trocken, da ich in meiner Jugend oft genug als Babysitterin gearbeitet hatte, um aus Erfahrung zu sprechen. Fliegende volle Windeln, die im Haar landeten, inklusive.

»Ich glaube, selbst dabei wäre sie zuckersüß.« Brie ließ sich ihre Begeisterung nicht nehmen und das war auch ihr gutes

Recht. Sie fuhr mit den Fingerspitzen durch ihre Locken, um eine Haarsträhne zu entwirren.

»Wisst ihr was?«, sagte ich. »So lange waren wir noch nie voneinander getrennt, selbst in den Weihnachtsferien nicht. Ihr seid jetzt drei Wochen unterwegs.« Ich sah in Richtung meines Bruders und Jojo, anschließend wandte ich mich an Brie, deren Miene einen rührseligen Ausdruck annahm. »Du fährst nach Österreich in dasselbe Resort wie dein Vater, Toni kommt nächste Woche nach. Und ich fliege morgen nach Bahrain, um ein bisschen Benzinluft zu schnuppern und der Musik von heulenden Motoren zu lauschen, während ich meine Füße garantiert wund laufe. Also wenn das nicht nach einer Gruppenumarmung schreit?«

Brie war die Erste, die sich in meine ausgestreckten Arme stürzte. Jojo schloss sich kopfschüttelnd und mit einem schiefen Lächeln an, das ihre veilchenblauen Augen noch mehr strahlen ließ.

In die Umarmung der beiden vergraben, erfüllte mich ein plötzliches Glücksgefühl. Gott, es war so herrlich kitschig und wie aus einem schlechten Film, aber ich liebte es trotzdem.

Und ganz ehrlich? Wer seine besten Freundinnen nicht umarmen konnte, dem fehlte etwas im Leben.

Kapitel 12

Die Luft am Persischen Golf schmeckte anders. Wie ein Apfel-Center-Shock, wenn man eigentlich Colageschmack erwartet hatte. Ich war so lange nicht mehr verreist, dass es sich fast etwas surreal anfühlte, aus dem Flieger zu steigen und die verknoteten Glieder zu strecken.

Sobald ich einen Fuß vor das Flughafengebäude von Bahrain gesetzt hatte, schlug mir eine Wand aus Wärme entgegen, die leicht und schwer zugleich war. Ganz anders als die Nasskälte, die ich im trüben München hinter mir gelassen hatte. Die Atmosphäre erinnerte mich an die Melodie eines Windspiels, das Mama an die Terrassenüberdachung gehängt und das ich an besonders stürmischen Tagen als Kind so gern beobachtet hatte.

Vom Übersichtsplan wusste ich, dass Anton, Pete und Gerd anwesend sein würden, die bereits einen Tag früher angereist waren.

Als ich nach einer zehnminütigen Taxifahrt schließlich im Hotel ankam, das im Financial District von Manama lag, erfüllte mich eine unbändige Vorfreude auf das, was ich in den nächsten Tagen erleben durfte. Der Fußboden in der Hotellobby bestand aus fließendem Marmor in verschiedenen rechteckigen Mustern und die indirekte Deckenbeleuchtung wurde durch künstlich erzeugte Stuckelemente verschönert. Die schwarzen Ledersofas passten perfekt zu den dunklen ockerfarbenen Tönen der Inneneinrichtung. Alles war beeindruckend und weitläufig, als würde Geld keine Rolle spielen.

Mein Zimmer hatte einen hübschen Teppichboden und eine edle Mahagoniholzverkleidung an der Wand, in die auch das Queensize-Bett eingelassen war, über dessen Fußteil eine rote Tagesdecke lag. Es war gemütlich und genau richtig. Ich nutzte die Gelegenheit, um auszupacken und meine Sachen in den Schrank zu hängen, damit sie nicht aussahen, als hätte ich sie gerade aus dem Trockner gezogen.

Anschließend machte ich mich kurz frisch und entschied mich für ein schlichtes schwarzes Kleid, das mir bis zu den Knien reichte. Dazu zog ich meine Lieblingsstiefeletten an, die trotz der angenehm warmen Temperaturen draußen perfekt in die überklimatisierte Umgebung der Hotelbar passten, wo ich etwas lesen wollte. Auf Make-up verzichtete ich fast gänzlich, tupfte nur noch einmal die Wimpern nach. Wenigstens konnte ich mich dazu durchringen, ein paar meiner hellbraunen Haarsträhnen entlang des Kopfes zu flechten, sodass ich eine halbwegs anständige Frisur vorweisen konnte.

Als ich mich mit meinem E-Reader in der Hand und der Handtasche unter dem Arm gerade auf den Weg machen wollte, vibrierte mein Handy. Ich runzelte die Stirn. Die Nachricht war von Pete.

Let's go, Baby.

Verdrießlich starrte ich auf seine Worte in unserem

Leckerste-Bahrain-Gruppenchat, als ob sie dadurch verschwinden würden.

Ullas Herzchenaugen und Petes kurz darauf folgendes Cocktail-Emoji verschlechterten meine Laune noch – denn ich würde nicht mitkommen können. Was schlicht und ergreifend an Marcs Aufforderung lag, die diesbezüglich unmissverständlich gewesen war: keine Clubbesuche, kein Feiern ohne Henning.

Was hatte ich mir mit dem Vertrag nur eingebrockt?

Es sind nur ein paar Monate, es sind nur ein paar Monate, es sind nur ein paar Monate.

Ich wiederholte die Worte so lange in meinem Kopf – und schließlich auch laut –, bis sie sich manifestiert und mir den Grund für meine Unterschrift auf dem Wisch ins Gedächtnis gerufen hatten.

Papas traurige Stimme kam mir in den Sinn, die Niedergeschlagenheit, als er vom Verkauf der Werkstatt gesprochen hatte, und die Tatsache, dass Kilian mich für absolut unfähig hielt, Papa zu helfen. Ich würde es ihm beweisen. Ihm und mir und Papa.

Alle waren *gehypt.* Auf die Arbeit. Auf die Location. Auf die Emotionen während des Aufenthalts. Wir hatten in Paris und Barcelona schon einige gemeinsame Nächte erlebt, die in schwerer Atemlosigkeit und perfekten Montagebildern in unserem Gedächtnis versunken waren. Nervenzehrende Siebzehn-Stunden-Schichten auf irgendwelchen Messen – Standpartys und Clubbesuche inklusive –, bis der Morgen anbrach und zarte rosafarbene Schleier nicht nur die Dunkelheit, sondern auch die Müdigkeit verscheuchten. Mal mehr, mal weniger Alkohol.

Aber vor allem war da dieses grundehrliche Gefühl, alles

erreichen zu können. Das Leben voll auszukosten, bis an seine Grenzen zu gehen.

Doch heute starrte ich nur auf die begeisterten Nachrichten der anderen, die sich gleich unten in der Lobby treffen und gemeinsam in einen Club fahren würden. Zur Einstimmung.

Bist du gut gelandet?

Mamas Nachricht trudelte ein, als ich das Handy bereits wegstecken wollte, und ich schickte ihr ein schnelles Selfie von mir im Hotelzimmer. Natürlich hatte ich ihr von meinem Catering-Einsatz erzählt.

Du siehst aus, als würde dich etwas bedrücken. Ist alles in Ordnung bei dir?

Ich ließ das Smartphone in meinen Schoß sinken und fragte mich einmal mehr, woher Mütter diesen sechsten Sinn für das Wohlergehen ihrer Kinder hatten. Seufzend fütterte ich sie mit einem Krümel Wahrheit.

Bin einfach nur müde, die letzten Tage waren superanstrengend.

Mia cara … Dann mach langsam und gönn dir auch genügend Ruhepausen! Das ist ein Mama-Befehl.

Aye, aye.

Das lasse ich dir nur durchgehen, wenn du mir versprichst, wirklich auf dich aufzupassen. Es reicht schon, dass dein Bruder und Joana diesen Fallschirmsprung aus einem Flugzeug machen wollen.

Unwillkürlich stahl sich ein Lächeln auf meine Lippen. Mit Mama zu schreiben, machte alles gleich etwas leichter.

Versprochen, ich pass auf.

Ich habe auf der Seite vom Auswärtigen Amt gelesen, dass Frauen nicht allein unterwegs sein sollen. Sei also besonders vorsichtig.

Ich verdrehte die Augen. Das war jetzt wirklich typisch Mama. Aber durchaus nachvollziehbar, denn Anabelle hatte uns Service-Mädels auch eine Art Benimmblatt mit Warnungen zugeschickt, um auf Nummer sicher zu gehen. Nach außen hin mochten viele Länder inzwischen für Gleichberechtigung einstehen, aber vor dem Gesetz konnte das durchaus anders aussehen.

Allerdings würde ich garantiert nicht in diesem Hotelzimmer versauern, Vertrag und Warnungen des Auswärtigen Amtes hin oder her. Ich musste unter Leute. Und auf meinem E-Reader schlummerte die Fortsetzung eines Fantasyromans, der mit besonders vielen Spicy-Szenen auffuhr. Immerhin konnten die Gesetzeshüter nicht wissen, was da auf meinem Display geschrieben stand.

Ich lese jetzt noch, tippte ich also zurück. Dass ich mir dafür einen Loungesessel suchen und einen Cocktail bestellen wollte, verschwieg ich ihr jedoch. *Morgen fahren wir mit der Truppe zur Strecke. Sind nur dreißig Minuten vom Hotel.*

Okay, dann bin ich beruhigt. Das wird bestimmt großartig. Du warst seit Jahren nicht mehr bei einem Rennen. Hab viel Spaß!

Danke. Hab dich lieb.

Los geht's, dachte ich und prüfte mit einem Blick in den Spiegel mein Äußeres. Ich zupfte noch ein paar Haarsträhnen zurecht, schnappte mir meine schwarze Vintage-Handtasche, die einzige, die ich mitgenommen hatte, und stolzierte in Richtung Aufzug.

Meistens hasste ich es, allein zu sein, obwohl ich es gleichzeitig so sehr liebte. Es war wie fallen und fliegen zugleich. In anderen Städten wie Paris, Berlin oder Barcelona hatten sich die Service-Leute eine Unterkunft geteilt, wodurch es nie langweilig geworden war. Hier in Bahrain hatte Anabelle wegen der kurzfristigen Planung nur noch Einzelzimmer ergattern können. In den letzten Jahren hatte ich gelernt, meinen Weg zu gehen, meine Kämpfe selbst auszufechten. Ohne Rückendeckung. Also machte es mir auch nichts aus, ein bisschen allein zu sein und zu lesen.

Es würde toll werden. Und morgen stand ein anstrengender Tag bevor.

* * *

Es war eine bescheuerte Idee gewesen, in der Hotellounge zu lesen – trotz des Pianisten, der auf dem Flügel wahre Feuerwerke entzündete, und des alkoholfreien Cocktails vor meiner Nase, den ich mir nur gönnte, weil ich die anderen Tage so gut wie umsonst essen und trinken würde.

Alle zehn Minuten setzte sich ein Mann neben mich und versuchte, ein Gespräch mit mir anzufangen. Mal ließen sie sich freundlich, mal weniger freundlich abwimmeln, aber nach kürzester Zeit war ich einfach nur noch genervt. Und zwar gewaltig.

Für einen Moment wünschte ich mir, mich nicht für den Virgin Mojito, sondern für die Variante mit Alkohol entschieden zu haben. Dann fiel mir wieder ein, dass ich ab morgen früh den ganzen Tag im Service arbeiten würde, und ich verwarf den Gedanken rasch wieder.

Leider brauchte ich die Gesellschaft von Leuten, musste ihre Nähe spüren, um nicht mit meinen viel zu lauten Gedanken allein zu sein. Denn ich hasste es, allein zu sein. Fast noch mehr als Mitleid. Dabei war ich gern eine Einzelgängerin. So paradox es auch klang. Aber wann machte das eigene Empfinden schon einen Sinn?

Wenigstens war das E-Book richtig gut. Und fast schon zu erotisch, um es inmitten anderer Menschen zu lesen. Genauso gut hätte ich einen Porno ohne Ton laufen lassen können und ich war froh über die schummrige Beleuchtung der unzähligen Stehlampen, die mit ihren dicken Bäuchen und voluminösen Schirmchen wirklich etwas hermachten und gleichzeitig meine geröteten Wangen verbargen.

»Störe ich, Meg?«

Erschrocken presste ich den E-Reader an mich und begegnete Hennings amüsiertem Blick, während ich gleichzeitig das schwarze Hemd in Augenschein nahm, das seine muskulöse Statur betonte und ihm ein neues Attraktivitätslevel verlieh. Seine dunklen Haare waren ordentlich frisiert, einzelne Haarlocken saßen perfekt auf seinem Kopf und mit jeder Sekunde, die ich schwieg, wurde sein Lächeln breiter und die Grübchen tiefer.

Wenn ihm jetzt noch ein paar übermenschliche Fledermausflügel wachsen, dachte ich und spürte, wie mir auf einmal entsetzlich warm wurde.

Fragend legte er den Kopf schief. »Okay. Jetzt will ich unbedingt wissen, woran du gedacht hast.«

»An dich mit überdimensionalen Fledermausflügeln«, platzte es aus mir heraus.

Henning lachte und das Geräusch fuhr mir direkt in die Bauchmitte. »Geht es dabei um das E-Book, das du seit einer halben Stunde liest?«

»Ja.« Ich kniff die Augen zusammen. »Woher weißt du das?«

Mit dem Finger deutete er auf die Sitznischen der etwas abgelegenen Bar, an der sich einige kleinere Grüppchen versammelt hatten. Einer der Tische war zwar unbesetzt, aber es standen noch ein paar benutzte Gläser und ein Teller darauf. »Ich hatte bis eben noch ein Meeting. Nichts Weltbewegendes. Aber es war sowieso viel spannender, dich dabei zu beobachten, wie du einen armen Kerl nach dem anderen wegschickst.« Täuschte ich mich oder schwang ein Hauch Eifersucht in seiner Stimme mit? »Ist das nicht der älteste Trick der Welt, um Typen aufzureißen? Sich scheinbar lesend in eine Bar setzen und darauf hoffen, angesprochen zu werden?«

»Also erstens sitze ich hier nicht an der Bar, sondern quasi in der Eingangshalle. Und zweitens mag ich es eben nicht, allein im Zimmer zu lesen«, stieß ich empört aus und funkelte ihn an.

»Haarspalterei. Also, was liest du?«

Ohne auf meine entsetzte Miene zu achten, schnappte er sich den E-Reader aus meiner Hand und ließ sich neben mir auf die Loungegarnitur nieder, die von seinem Gewicht etwas in die Tiefe gedrückt wurde. Mein Herz setzte einen Schlag aus, als meine Sinne seinen maskulinen Duft wahrnahmen. Er roch gut. Herb, hölzern und kraftvoll.

»Oh, wow.«

Es brauchte einige Sekunden, bis mir aufging, dass Henning gerade die geöffnete Seite gelesen hatte. »Ja, Wunderknabe. Das ist Fantasy.«

»Liest sich eher wie …« Er wand sich sichtlich vor Verlegenheit und ich sah eine leichte Röte an seiner Halsbeuge hinaufwandern, was irgendwie niedlich war. Und mich erstaunlicherweise anmachte.

Kurz entschlossen beugte ich mich etwas vor, um ihm besser in die Augen sehen zu können. »Wie …?«, fragte ich und legte dabei interessiert den Kopf schief.

Henning räusperte sich. »Das ist schon recht explizit. Für Fantasy.«

»Nicht jedes Fantasybuch besteht aus großen Schlachten.«

»Darauf stehst du?«

Ich beschloss, ihn noch ein bisschen mehr in Verlegenheit zu bringen. Einfach, weil sein Gesichtsausdruck zu köstlich war. Als hätte er im Schlafzimmer seiner Oma einen Vibrator entdeckt. »Welche Szene meinst du?«

»Na …« Er hob den E-Reader mit dem Bildschirm in meine Richtung, doch als er meine beherrschte Miene bemerkte – eine Mischung aus *Ich will unter keinen Umständen laut loslachen* und *Wie zum Henker soll ich dabei ernst bleiben?* –, hielt er inne. Seine komplette Haltung veränderte sich, wurde lauernd.

Anscheinend hatte er verstanden, dass ich ihn nur aufs Korn nahm, doch bevor ich ihn aufklären konnte, drehte Henning das Gerät wieder um, lehnte sich in meine Richtung und begann, die Szene vorzulesen. Langsam. Gemächlich. Er ließ sich Zeit, brauchte genau zwei Sätze, um hineinzufinden, dann spürte ich eine bodenlose Stille in mir, während mein Herz heftig gegen meine Rippen schlug.

Unsere Oberschenkel berührten sich beinahe und ich war mir seiner körperlichen Nähe überdeutlich bewusst.

Gebannt saß ich da, als seine tiefe Stimme die Worte auf dem Bildschirm zum Leben erweckte. Wie er über Silben sprang, die richtige Betonung fand und dabei schmutzige Dinge in den Mund nahm, sodass sogar mir die Ohren glühten.

Oh, ja, der Text war wirklich verdammt explizit, die Bilder vor meinem geistigen Auge sehr eindeutig. Ein gefährliches Pochen setzte zwischen meinen Beinen ein und ich presste meine Schenkel zusammen, lauschte atemlos Hennings Stimme, die immer dunkler wurde, als würde er sich selbst immer mehr in seine Rolle einfinden.

Die Hand, die eben noch entspannt auf seinem Oberschenkel gelegen hatte, ballte sich zu einer Faust. Ich spürte, wie mein Puls sich erhöhte, atemberaubend schnell wurde, als wäre ich gerade zu meinem Zimmer in den vierzehnten Stock gejoggt.

Die Figuren in der Geschichte waren fast am Höhepunkt angelangt und mein Kopfkino tauschte ihre Gesichter einfach aus.

Mein Mund fühlte sich wie ausgetrocknet an, als sich unsere Blicke über den Rand des E-Readers hinweg begegneten. Schlagartig veränderte sich die lockere Stimmung, wurde verheißungsvoll und schwer.

Fuuuuuck.

Ich schob meine Hände unter meine Schenkel, hatte auf einmal keinen Plan, wohin mit ihnen, was ich eigentlich tun sollte und wofür man sie sonst gebrauchte.

Warum war es so verdammt heiß, was er da gerade machte? Er wusste garantiert, was er damit bei mir auslöste, aber ihm schien es ähnlich zu gehen. Ich sah es an dem Anflug eines Lächelns, das sich um seine vollen Lippen gelegt hatte, an der Art, wie er mich immer wieder flüchtig betrachtete. Auch sein Atem ging stoßweise.

Heilige Scheiße.

Und jetzt?

Plötzlich verspürte ich den drängenden Wunsch, die Distanz zwischen uns zu überbrücken und ihn zu küssen. Aller Wahrscheinlichkeit nach hatte ich das sogar bereits getan, obwohl ich mich nicht daran erinnern konnte. Nicht wirklich zumindest.

Was auch immer er in meinem Gesicht las, ließ ihn prompt stocken. Bedächtig senkte er den E-Reader, ohne mich auch nur für einen Herzschlag aus den Augen zu lassen. Seine Iris war fast so schwarz wie seine Pupillen, seine Lippen öffneten sich ganz leicht, als wollte er etwas sagen, aber er tat es nicht. Stattdessen kam er mir entgegen. Unsere Köpfe bewegten sich aufeinander zu wie zwei Magnete, die voneinander angezogen wurden.

Im letzten Moment setzte mein Verstand ein.

Moment, hatte er nicht gesagt, dass er gerade ein Meeting gehabt hatte? Gehörte das alles zu unserer Fake-Beziehung dazu oder war es mehr als das? Alles in mir geriet ins Stolpern, doch ich fing mich gleich wieder.

Hastig sprang ich auf, brachte den dringend benötigten Abstand zwischen uns und hatte sofort das Gefühl, das Fenster in einem stickigen Raum aufgerissen zu haben. In meine Lunge strömte frischer Sauerstoff, der meine eingefrorenen Gehirnzellen wieder zum Laufen brachte.

Ein Kuss wäre eine bescheuerte Idee! Eine ganz, ganz, ganz bescheuerte Idee!

Zumindest ein bewusster Kuss, denn ich war mir immer noch nicht sicher, was in jener Nacht bei ihm passiert war.

Henning blinzelte zu mir hoch, als hätte ich ihn gerade aus einer Trance gerissen, und für einen Sekundenbruchteil glaubte ich so etwas wie Verletzlichkeit über seine markanten Züge blitzen zu sehen. Dann setzte er ein unerschütterliches Grübchenlächeln auf, während seine Miene fast schon unbeteiligt wirkte. Als wäre er in eine komplett andere Rolle geschlüpft.

Ah. Da war es wieder.

Das Hochglanzprodukt Henning Kiefer.

»Ich sollte nach oben gehen. Morgen ist ein langer Tag«, sagte ich und war selbst überrascht, wie normal ich klang.

Als hätte mich dieser Moment und das explosive Knistern zwischen uns nicht eiskalt erwischt.

»Gut«, erwiderte er. »Ich auch. Schließlich bin ich derjenige, der morgen im freien Training Bestleistungen abliefern soll.« Bei diesen Worten umwölkte ein Schatten sein Gesicht. Sofort verschwanden die Heiterkeit und die Lockerheit, die ihn umgaben, und machten stattdessen einer Schwere Platz, die beinahe mit den Händen greifbar war. Als hätten sich seine Gefühle von Luft in Schnee verwandelt.

Mit einer fließenden Bewegung erhob sich Henning ebenfalls und reichte mir den E-Reader, den ich heute Abend unter keinen Umständen noch einmal anrühren würde. Zumindest wenn sich das Szenario von eben nicht auch in meinen Träumen fortsetzen sollte.

Dann fiel mir auf, wie geknickt er plötzlich aussah, obwohl seine Haltung das Gegenteil vermittelte. Im ersten Moment konnte ich es nicht festmachen, dann bemerkte ich jedoch, dass es seine Augen waren. Sie wirkten unsagbar traurig.

Ohne uns abzusprechen, setzten wir uns gleichzeitig in Richtung Fahrstuhl in Bewegung.

»Der Druck ist schon heftig, oder?«

Henning presste die Kiefer aufeinander, sagte jedoch nichts. Aber das musste er auch gar nicht. Also beschloss ich, das Thema zu wechseln, während wir in den Aufzug einstiegen, wobei sich unsere Arme kurz streiften. Ein elektrisierendes Gefühl raste durch meinen Körper, setzte jede meiner Synapsen in Brand.

Automatisch versteifte ich mich, unfähig, mich zu regen. Henning griff an mir vorbei und drückte den Knopf für die vierzehnte Etage. Genau dorthin musste ich auch. Dabei kam er mir wieder bedrohlich nah, sein Gesicht war nur wenige Fingerbreit von meinem entfernt und an dem belustigten Aufblitzen in seinen Augen merkte ich, dass er den Spieß umgedreht hatte. Es mit voller Absicht machte.

Wie zum Henker schaffte er es, so schnell zwischen seinen Emotionen hin und her zu wechseln?

Wollte er eine Reaktion aus mir herauskitzeln? Herausfinden, wie weit er gehen konnte?

»Und dein Stockwerk?«, fragte er mich mit leiser Stimme. Das tiefe Timbre sandte ein Prickeln über meine Wirbelsäule. Ich presste die Oberschenkel zusammen.

Oh, dieser verfluchte Mistkerl! Er wusste ganz genau, welche Wirkung er gerade auf mich ausübte. Das Buch. Die Szene. Das Vorlesen.

»Dasselbe.«

»Okay.« Ein Mundwinkel sprang in die Höhe.

Wir hatten nie über den One-Night-Stand geredet, aber der Abend stand wie ein überdimensionaler Elefant im Raum – eventuell auch nur in meinem Kopf. Ich hatte nicht den blassesten Schimmer, was zwischen uns gelaufen war, aber ich wollte es aus der Welt schaffen. Jetzt sofort.

Ich räusperte mich. »Wir beide … haben wohl … neulich, als ich bei dir übernachtet habe …«

»Ja?«, fragte Henning gedehnt und mit funkelnden Augen.

»Also …«, druckste ich herum und ärgerte mich gleichzeitig tierisch darüber, schließlich war ich doch sonst nicht um Worte verlegen. Gut. Ich wusste, dass es nicht lange gedauert haben konnte, denn ich hatte eine Erinnerungslücke, so groß wie die westliche und östliche Hemisphäre zusammen. Das konnte nur bedeuten, dass es nicht besonders … intensiv gewesen war.

Das war in diesem Moment, eingenebelt in seinen Duft und berauscht von seiner Präsenz, die einzig logische Schlussfolgerung, die ich ziehen konnte. Auch wenn sie bis zum Himmel stank und ich mich einen Herzschlag lang fragte, wie zum Henker ich auf diesen Unfug kam.

Aber so war ich nun einmal: unberechenbar, was meine Reaktionen anging. Ein Potpourri an Handlungen, die alle für sich betrachtet auf andere total unlogisch wirken mussten. Und auf mich leider auch.

»Also was?« Henning legte neugierig den Kopf schief.

»Also ich finde, es kann jedem passieren. Ist ja keine große Sache.« Ich betonte *groß* und wackelte zur Unterstreichung meiner Worte mit den Augenbrauen, während sich der Ausdruck in Hennings Gesicht zusehends verdüsterte. Wahrscheinlich war es ihm genauso peinlich wie mir, nur leider hatte ich die absolut nervtötende Eigenschaft, alles zu verbalisieren, was mir gerade in den Sinn kam. Ganz ohne Jugendschutzfilter.

»Augenblick mal. Was willst du damit sagen?« Sein Blick war wie ein Laserschwert auf mich gerichtet. Zum Glück war außer uns niemand im Aufzug, sonst wäre das eine ziemlich unangenehme Angelegenheit geworden.

Jetzt gab es keinen Weg zurück mehr. »Ganz unter uns: Ich hätte dir mehr Ausdauer zugetraut, immerhin bist du Rennfahrer. Aber vielleicht geht bei dir ja alles sehr schnell, weil du immer die besten Rundenzeiten einholen willst.«

Mein loses Mundwerk war mal wieder ein ungefilterter Mülleimer für Wortkotze. *Wow.*

Henning starrte mich an, als hätte ich behauptet, dass ich

mehrere fliegende Schweine über dem Marienplatz hatte kreisen sehen, dann verzogen sich seine dunklen Brauen bedrohlich über seinen tiefschwarzen Augen.

»Wie bitte?«, fragte er gefährlich leise.

Ich legte ihm eine Hand auf den Oberarm, die er wie ein lästiges Insekt beäugte, und lächelte ihn verständnisvoll an. »Mach dir nichts draus. Wie gesagt, das kann jedem passieren. Und keine Sorge. Dein Geheimnis ist bei mir sicher.« Ich hob die Hand zum Schwur. »Versprochen.«

Schlagartig veränderte sich die Atmosphäre im Fahrstuhl, als wäre es in der schmalen Kabine plötzlich um einige Grad kühler geworden.

»Ich weiß zwar nicht, was du dir gerade zusammenreimst, aber du warst an dem Abend garantiert nicht mehr in der Verfassung, um dich irgendwie körperlich zu betätigen. Mal ganz abgesehen davon, dass ich es ziemlich daneben finde, falls du wirklich annimmst, ich hätte die Situation ausgenutzt.«

»Hast du nicht?« Ich blinzelte verdutzt, kniff die Augen zusammen und versuchte, die einzelnen Bilder in einen logischen Zusammenhang zu bringen, die wie eine Zeitraffer-Collage durch meinen Kopf spukten. »Also … haben wir nicht? Ich meine, es wäre auch nicht schlimm, wenn wir es getan hätten. Nicht einmal geküsst?«

»Falls du von den feuchten zwei Minuten sprichst, in denen ich Zähne geputzt und dir und Arielle das Bett überlassen habe – dafür möchte ich nicht die Hand ins Feuer legen«, erwiderte er und auf seinen maskulinen Zügen stand plötzlich ein selbstgefälliger, fast schon arroganter Ausdruck, der mich daran erinnerte, wen ich vor mir hatte.

Henning Kiefer. Bad Boy des Motorsports.

Oh, Gott. Meint er damit etwa, dass Arielle mich abgeschleckt und mein benebeltes Hirn daraus eine ganz andere Geschichte gemacht hatte?

Henning grinste, als hätte er meine Gedanken gelesen, allerdings glich das Anheben seiner Mundwinkel jetzt viel mehr einem Zähneblecken als einem Lächeln.

Er war sauer. Und zwar so richtig. Sofort schlug mein Herz schneller, weil ich instinktiv spürte, dass ich eine unsichtbare Grenze überschritten hatte. Meine Worte hatten ihn verletzt.

»Oh, ich hatte das … wohl einfach falsch abgespeichert.« Ich schlug absichtlich einen versöhnlichen Tonfall an, aber der Schaden war schon entstanden.

»Anscheinend hast du einen sehr interessanten Eindruck von mir gewonnen«, murmelte er und maß mich mit einem kühlen Blick. Ich spürte seine Enttäuschung bis auf den Grund meiner Knochen. Dann wandte er sich von mir ab, sodass ich nur noch sein Profil anstarren und mich über meine dumme Aussage grün und blau ärgern konnte.

»Ach, Karla?« Er benutzte meinen Namen, nur klang es dieses Mal nicht wie ein Kompliment aus seinem Mund. Er sah mich nicht an, aber das Brodeln in seiner Stimme ließ meinen Körper beben. »Glaub mir, wenn ich dich küsse, würdest du dich sehr genau daran erinnern.«

Flüchtig drehte er sich in meine Richtung. Bei seinen Worten und dem glühenden Blick durchrieselte es mich auf einmal so heftig, dass ich die Schenkel noch enger zusammenpresste und froh über die aufspringenden Fahrstuhltüren war, die mich vor der Intensität des Augenblicks retteten.

Keine Sekunde später stampfte Henning in die entgegengesetzte Richtung meines Zimmers davon. Selbst seine Schultermuskulatur wirkte verkrampft. Dann war er verschwunden.

Normalerweise war es mir ziemlich egal, was andere von mir dachten, aber dieses Mal nagten die Gewissensbisse an mir, während ich die Unterlippe zwischen die Zähne zog und darauf herumkaute.

Auch auf dem Weg zu meinem Zimmer spürte ich noch den Nachhall seiner Worte in mir und den Wunsch, herauszufinden, wie viel Wahrheit in seiner Aussage steckte – ob ich mich daran erinnern würde, wenn er mich küsste.

Kapitel 13

»Ich dachte, du hast gestern nur gelesen?«, begrüßte mich Pete mit einem Lachen, als ich am nächsten Morgen mit dicken Augenringen und einem unterdrückten Gähnen in die Hotellobby gekrochen kam. Ungefähr die Hälfte des *Leckerste*-Teams hatte sich bereits eingefunden, wie ich mit einem Blick feststellte. Insgesamt würden wir sechs Mädels im Service sein, zwei Leute in der Küche und zwei hinter der Bar, wo auch der Kaffeebereich war. Zumindest laut Übersicht, die Anabelle uns zugeschickt hatte.

Pete selbst sah im Gegensatz zu mir aus, als hätte er sich gerade für eine Filmpremiere in Schale geschmissen – schwarzes *Leckerste*-Hemd, dunkle Jeans und perfekt frisierte Haare, eine Symbiose aus sexy Bettsträhnen und Haargel. Dazu kam seine Gute-Laune-Miene und das gepflasterte Grinsen auf seinem Gesicht. Aber wahrscheinlich war es die Ähnlichkeit zu Tom Holland, die so anschlug. Er sah zwar unschuldig aus, hatte es aber faustdick hinter den Ohren.

»Jetlag. Müde«, brachte ich hervor und kniff die Augen hinter meiner Brille zusammen, als er wie aus dem Nichts einen herrlich nach schwarzem Kaffee duftenden Pappbecher hinter seinem Rücken hervorzauberte und mir unter die Nase hielt.

»Wie viele Jahre arbeiten wir jetzt zusammen?«, fragte er mich, sobald er meinen verdutzten Ausdruck bemerkt hatte.

Ich überlegte kurz. »Knapp zwei.«

»Eben. Und die Frühschichten mit dir auf der Messe waren mir eine Lehre.«

»*Grazie mille* für den Kaffee«, bedankte ich mich artig, obwohl ich mir nicht ganz sicher war, wie ich seine Aussage deuten sollte. Allerdings freute ich mich aufrichtig darüber, denn es war der erste Lichtstreifen am Horizont, nachdem ich beinahe kein Auge zugetan hatte. Was nicht an dem ultraweichen Bett und den gemütlichen Daunen gelegen hatte, sondern vielmehr an meiner nicht vorhandenen Sozialkompetenz und dem daraus resultierenden Chaos. »Damit rettest du mir den Morgen.«

»Jederzeit wieder. Und ich rette nicht nur deinen, sondern auch meinen Morgen.« Er grinste unschuldig. »Aber Jetlag und Müdigkeit? Komm schon, Karla, das kann unmöglich alles gewesen sein. Irgendwo drückt doch der Schuh.«

»Wie kommst du darauf?« Um etwas Zeit zu gewinnen, nahm ich einen großen Schluck von meinem viel zu heißen Kaffee und zog den Mund hastig weg, während meine Zunge brannte und wie wild Schmerzimpulse an mein Gehirn sandte. »Autsch.«

Pete legte den Kopf schief und musterte mich nachdenklich. »Es sind deine Augen. Sie sehen irgendwie traurig aus.«

Für einen Sekundenbruchteil war ich wie gelähmt, dann schaffte ich es, meine Gesichtsmuskeln in Bewegung zu setzen, und lachte einfach los. »Was hast du denn gestern Abend im Club eingeschmissen?«

»Also erstens würde ich hier in Bahrain garantiert nichts einschmeißen und zweitens war das einfach nur eine Beobachtung, Bro.«

»Hast du mich gerade *gebrot*?« Ich lachte noch etwas lauter, auch, um meinen dröhnenden Herzschlag zu überspielen. Schließlich traf Pete damit den Nagel auf den Kopf, was ich unter keinen Umständen gebrauchen konnte. Bevor er dazu kam, etwas zu erwidern, tauchte Anabelle auf, die ich schon eine Weile nicht mehr gesehen hatte. Sie trug ein dunkles Kostüm und schicke Pumps, die über den Steinboden klackerten, als sie mit raschen Schritten näher kam. Ihre honigfarbenen Haare waren etwas länger als sonst und ausnahmsweise trug sie sogar etwas mehr Make-up, was ich bei ihr kaum kannte. Normalerweise war Anabelle etwas natürlicher unterwegs, aber wahrscheinlich wollte sie einen besonderen Eindruck bei den neuen Auftraggebern hinterlassen.

»Guten Morgen, ihr Lieben«, begrüßte sie uns bestens gelaunt. »Der Bus ist da. Wir können abfahren.«

* * *

Den Ort des Rennens zu betreten war absolut berauschend. Ich fühlte mich wie ein beschwipstes Glücksbärchi auf zu viel Multivitaminsaft, das hüpfend in einem bunten Wolkenschloss umhersprang und dabei jeden Wunsch erfüllt bekam. Auf der Rennstrecke wurde ich wieder zum Kind, was das Gefühl von Heimat heraufbeschwor und jeden Millimeter meines Körpers einnahm. Es war wie ein Sonntagnachmittag auf dem Sofa, eingekeilt zwischen Kilian und Mama, in der Hoffnung, jeden Moment einen Blick auf

Papa zu erhaschen. Es war Aufregung und Vorfreude, Glück und Erfüllung, als würde ich schweben und zugleich fallen. Es fühlte sich seltsam an, aber ich saugte alles in mich auf, genoss jede einzelne Sekunde. Es war so real, in all die begeisterten Gesichter zu blicken, die Euphorie zu spüren und das Adrenalin, das in Wogen durch die Menschenmengen brach, die aus unterschiedlichen Richtungen zu diesem Event strömten. Dabei fanden heute nur die Trainingseinheiten statt. Aber es gab so viel zu erleben und zu entdecken – Fanartikel kaufen, Historie erkunden, Gewinnspiele zwischen bunten Ständen, an denen verschiedene Köstlichkeiten verkauft wurden, die mir sogar am Morgen das Wasser im Mund zusammenlaufen ließen. Es roch herrlich nach Sommer, obwohl es eigentlich erst Frühling war, nach warmem, frischem Fladenbrot und geschmolzener Butter.

Die Atmosphäre erinnerte mich an das *Lollapalooza* vor zwei Jahren in Berlin, das Jojo und ich gemeinsam mit Laura, unserer ehemaligen Mitbewohnerin, und noch zwei weiteren Freundinnen besucht hatten. Glücksmomente voller Herzschlagaugenblicke.

Der strahlend blaue Himmel in Bahrain konnte sich durchaus mit dem guten Wetter in München messen, und das, obwohl üblicherweise über der bayrischen Hauptstadt eine dicke graue Wolkendecke hing, als hätte sie sich in eine Parkposition begeben und wollte den Parkplatz unter keinen Umständen mehr aufgeben.

Mein Herz klopfte laut und ungestüm, Nervosität machte sich in mir breit.

Es war das eine, vor dem Fernseher dabei zu sein, aber etwas völlig anderes, die ganze Energie und Begeisterung vor Ort zu spüren. Ein fettes Grinsen breitete sich von einem Ohr zum anderen aus, während ich weiterhin jedes Detail auf mich wirken ließ und den anderen folgte. Die Trucks der Teams, die in der Rennsaison einmal um die Welt reisen mussten, reihten sich aneinander und mein Fanherz schlug höher. Die Flaggen der einzelnen Rennställe wehten über bunten Ständen, an denen Merchandise verkauft wurde, in einer Ecke gab es mehrere Foodtrucks, die mit europäischen und arabischen Köstlichkeiten lockten. Plakate mit den Gesichtern der Formel-1-Fahrer säumten den Weg. Die unzähligen Menschen in farblich unterschiedlicher Kleidung, passend zu ihren Lieblingsteams, waren ein einziger Strudel aus bunten Klecksen.

Ich liebte es. So sehr.

Keine Ahnung, wie die Logistik und das Team von *Leckerste* es innerhalb dieser kurzen Zeit hinbekommen hatten, alles rechtzeitig anliefern zu lassen und aufzubauen. Sie waren Zauberkünstler. Eindeutig. Denn als ich an diesem Freitagmorgen zum ersten Mal den Hospitality-Bereich im ersten Stock hinter Pete, Anabelle und den anderen betrat, staunte ich nicht schlecht. Die für *Leckerste* typische Holzoptik an der Bar war bereits angebracht. Seit der Ankunft mussten die Logistiker Vollgas gegeben haben, denn alles war schon perfekt bestückt und eingerichtet. Es gab weiße Stehtische, Loungegarnituren in einem schieferfarbenen Ton und einen weitläufigen Balkon, von dem aus man den Paddock und einen Teil der Boxengasse überblicken konnte. Dank der langen Glasfront war es sehr hell und mehrere Bildschirme waren so angebracht, dass man nahezu von allen Ecken aus das Geschehen verfolgen konnte.

»Wir haben auch eine Terrasse über der Boxengasse, aber dort sind sämtliche Speisen und Getränke untersagt«, erklärte Anabelle gerade und deutete auf einen Durchgang, der in die entgegengesetzte Richtung führte.

»Normalerweise schicken die Fahrer jemanden, wenn sie sich etwas zu essen bestellen wollen. Also werdet ihr hier selten einen von ihnen antreffen, es sei denn, es finden kleine Besprechungen statt.«

Das konnte ich sehr gut verstehen.

»Uns fehlen übrigens noch die Dekoblumen.« Sie wandte sich an uns Servicekräfte. »Würdet ihr sie bitte einzeln auf den Tischen verteilen, sobald sie eintreffen? Wir haben eine kleine Lieferverzögerung.«

Alle nickten artig.

In meiner *Leckerste*-Uniform und durch den frischen Kaffee von Pete gestärkt, machte ich mich mit den anderen an die Arbeit. Ich freute mich, ein paar bekannte Gesichter zu sehen, wie Ulla und Thao, es gab aber auch viele Neue, die ich bisher noch nicht kennengelernt hatte.

In der Küche traf ich auf Gerd und Toni, die bereits in die ersten Vorbereitungen vertieft waren. Sobald Toni mich erblickte, huschte ein seltenes Lächeln über seine angestrengte Miene. Er richtete sich etwas auf und ließ leicht gequält den Nacken kreisen.

»Alles gut?«, fragte ich ihn.

»Ja, nur etwas falsch gelegen. Und die Konservenbüchse von einem Flugzeug hat auch nicht gerade zur Entspannung beigetragen.«

Ich legte den Kopf schief. »Wenn ich Brie Glauben schenken darf, hat bei euch alles in einem engen Flugzeug angefangen. Also eigentlich müsstest du den Konservenbüchsen dankbar sein.«

In seine meerblauen Augen trat sofort ein warmes Leuchten. »Das stimmt.« Er musterte mich flüchtig. »Du siehst aber auch nicht aus, als hättest du eine besonders berauschende Nacht gehabt.«

Hatte ich mir heute ein passendes Schild mit der Aufschrift *Schlecht geschlafen, bitte nachhaken* umgehängt? Verflucht seien mein loses Mundwerk und Hennings Vorlesekünste!

Ich rang mir ein Lächeln ab. »Ach was, das ist nur der Jetlag. In Deutschland würde ich noch schlafen. Aber auch nur, weil Semesterferien sind.«

Toni nickte verständnisvoll, aber mit einem leicht zweifelnden Gesichtsausdruck, sagte jedoch nichts dazu. Dafür war er einfach nicht der Typ.

Bald schon füllte sich unser Hospitality-Bereich mit Angestellten des Rennstalls, die alle ein Heißgetränk wollten, und ich versuchte, mir meine Aufregung nicht anmerken zu lassen, wenn ich einen von ihnen erkannte. Einen Ingenieur oder jemanden aus dem Marketing, der schon einmal durch das Fernsehbild gehuscht war. Normalerweise war ich kein Fangirl, das wegen einer Person völlig ausflippte, aber die Vorstellung, ihnen zu meinem liebsten Hobby Fragen stellen zu können, begeisterte mich einfach.

Bald schon hatte ich mich an die Laufwege gewöhnt, plauderte mit denjenigen, die morgens ein bisschen Small Talk mochten, und war die schweigende Unsichtbare mit dem netten Lächeln, wenn noch etwas Geschäftliches besprochen wurde.

Inzwischen war es Vormittag und das laute Röhren der Motoren erfüllte die klimatisierte Luft. Während ich frischen Kaffee mit einem passenden italienischen Gebäckstück an die unterschiedlichen Tische der Gäste brachte, behielt ich möglichst die Bildschirme im Auge und verfolgte die Trainingseinheit der Formel 2.

Es waren zwar nur dreißig Minuten, aber sie reichten aus, um zu sehen, dass Hennings Rundenzeiten bei Weitem nicht an die der meisten anderen Fahrer heranreichten, sodass er nach knappem Ablauf der Zeit im hinteren Mittelfeld landete. Aus eigener Erfahrung wusste ich jedoch, wie wenig Aussagekraft das Training für das Qualifying haben konnte. Es war für ihn eben nur nicht der beste Start ins Wochenende.

Gegen Mittag, als sich die Tische brummend füllten und ich gerade am Tresen stand, um eine große Getränkebestellung bei Pete aufzugeben, fühlte ich mich beobachtet. Die Härchen an meinen Armen stellten sich auf, und als ich mich umwandte, erblickte ich Henning. Er war keine fünf Meter von mir entfernt in eine Unterhaltung mit einer Blondine vertieft, die ein Outfit von *Luisa Cerano* trug und auf ihn einredete.

Eine tiefe Falte hatte sich in seine Stirn gegraben und er starrte mich so unverhohlen wütend an, dass ich beinahe unmerklich zusammenzuckte.

Okay. Da hatte ich wohl jemanden wirklich verletzt. Das schlechte Gewissen nagte noch immer an mir und ich befeuchtete unbewusst die Lippen, weil sie sich spröde und staubtrocken anfühlten, woraufhin sich Hennings Brauen noch mehr zusammenschoben.

Der marineblaue Rennanzug, den er halb heruntergeschoben hatte, ließ seine Hüfte schmaler und seine Schultern breiter erscheinen, aber vor allen Dingen sah er darin einfach viel zu gut aus. Wahrscheinlich war das Teil maßgeschneidert, denn es passte ihm wie angegossen. Genau wie das eng anliegende weiße Oberteil, das mit Schriftzügen der Sponsoren übersät war und seine Brustmuskulatur eindrucksvoll betonte, obwohl das vermutlich gar nicht seine Absicht war. Zum ersten Mal verstand ich die Tausenden Fan-Accounts, die Schnappschüsse ihrer Lieblingsfahrer aus allen Winkeln zeigten, und ich verspürte das seltsame Bedürfnis, Hennings Anblick nur für mich haben zu können.

»Na, du scheinst dir ja direkt einen guten Freund gemacht zu haben«, sagte Pete rechts von mir.

Hastig unterbrach ich den intensiven Blickkontakt und spürte den Nachhall wie ein Brausebonbon überall auf der Haut.

»Anscheinend«, murmelte ich. War das meine Stimme, die da so verlegen klang?

»Oh, anscheinend sogar sehr«, erwiderte Pete, und als ich ihn überrascht ansah, deutete er mit einem Kopfnicken hinter mich und brachte sich aus der Schusslinie.

Ich versteifte mich automatisch, als ich Hennings Präsenz wie ein verdammtes Kochfeld spürte, das alles in mir in sprudelndes Wasser verwandelte. Aber ich wäre nicht Karla, wenn ich damit nicht umzugehen wüsste.

Schwungvoll drehte ich mich um, reckte das Kinn und fand mich Henning gegenüber, der unmittelbar vor mir stehen geblieben war und mich böse betrachtete.

»Ich hab dir gleich gesagt, dass es eine bescheuerte Idee ist, wenn du auch da bist«, grollte er und verschränkte die Arme vor der Brust. Auch wenn seine Miene jetzt beherrschter wirkte, fühlte ich instinktiv, dass es nur eine Fassade war, die er mühsam aufrechterhielt. Wahrscheinlich wäre er mir am liebsten an die Gurgel gegangen.

»Guten Morgen. Oder Mittag, ich habe mich noch nicht

ganz an die Zeitumstellung gewöhnt. Danke, ich habe auch toll geschlafen. Wie war dein Tag bisher?«

»Lass die Spielchen.«

Meine Augenbrauen schossen in die Höhe und ich rückte mit dem Daumen meine fast randlose Brille zurecht, die auf der Nase etwas tiefer gerutscht war. Ausnahmsweise hatte ich mich gegen Kontaktlinsen entschieden. »Was für Spielchen?«

»Wie schon gesagt: Es war eine beschissene Idee, dass du auch hier bist. Ich hätte nicht zustimmen dürfen. Es ist … ich kann mich nicht konzentrieren.«

Die Gäste um uns herum schienen plötzlich wie eingefroren, als hätte jemand die Zeit angehalten.

Mein Herz pochte. »Keine Panik«, sagte ich, ohne ihn aus den Augen zu lassen. Ich hielt seinen Blick fest, sanft und bestimmt. »Es war das erste Training der Saison, es steht viel auf dem Spiel, du bist angespannt. Ich bin aber nicht deine Buh-Frau. Also mach mich nicht dazu.«

»Wie soll das gehen, wenn du im selben Hotel wohnst und mir so einen Müll vorwirfst wie gestern Abend?«, fragte er und raufte sich das Haar, was ihm gar nicht aufzufallen schien. Er wirkte rastlos, ausgezehrt, trat von einem Bein auf das andere, darum bemüht, die Fassung zu bewahren.

In diesem Augenblick wurde mir etwas klar.

»Es geht nicht wirklich um mich, oder?«, fragte ich so ruhig wie möglich, aus Angst, ihn zu verschrecken. Innerlich klopfte ich mir für mein Einfühlungsvermögen auf die Schulter, denn eigentlich war ich eher für mein hitziges Temperament bekannt.

Gequält verzog Henning das Gesicht, nur ganz kurz, aber es reichte aus, um einen Blick hinter seine Fassade werfen zu können. Was ich dort erblickte, raubte mir für einen Moment den Atem. Absolute Niedergeschlagenheit. Anstrengung und Müdigkeit lagen in seinen Augen, in jeder seiner Gesten, dabei hatte die Saison gerade erst begonnen. Wie sollte er das bis zum letzten Rennen durchhalten?

»Komm mit.« Ohne seine Antwort abzuwarten, packte ich ihn am Handgelenk und zog ihn hinter mir her in Richtung Küche. Es war mir egal, was die anderen von uns dachten, denn ich hatte eine Idee.

»Kannst du kurz für mich übernehmen und eine Bestellung an Tisch sieben bringen?«, bat ich Ulla im Vorbeigehen, die netterweise nickte und lächelte. »Perfekt. Danke. Bin gleich wieder da.«

»Wohin …?« Bevor Henning seine Frage stellen konnte, hatte ich ihn bereits in die Kühlkammer geschleppt und schloss die Tür hinter uns, ehe ich das weiße Deckenlicht anschaltete. Es war eng hier drin, alles war mit Kisten und zwei großen Kühltruhen vollgestellt. Wir konnten kaum zu zweit hier drin stehen, es war eiskalt und der Geruch von nassem Fisch kroch mir in die Nase, aber das war es allemal wert.

»Was …?«

Mit erhobenem Finger zwang ich Henning dazu, seine Worte zu verschlucken, während ich in der großen Kühltruhe nach der richtigen Packung suchte, bis ich einen großen Beutel Tiefkühlgemüse herauszog.

»Eigentlich verwenden wir nur frische Zutaten, aber manchmal greifen die Jungs auch auf Fertiggemüse zurück, wenn etwas schiefgegangen ist. In Ausnahmefällen. Verrat es bloß keinem. Sie würden mich lynchen, wenn sie wüssten, dass ich dir das gesagt habe.«

Verständnislos blickte mich Henning an. Also hielt ich die Packung auf Bauchhöhe und nickte ihm auffordernd zu. »Hau drauf.«

»Ich soll …?« Er sah aus, als hätte ich ihn aufgefordert, mich zu verprügeln.

Mein Kinn hob und senkte sich. Dieses Mal energischer. »Draufhauen. Boxen. So richtig zuschlagen. Einfach kurz die Luft rauslassen. Glaub mir, das hilft.«

Noch immer rührte er sich keinen Zentimeter, als wäre ihm das Ganze nicht geheuer. Sein Rücken war steif, die Glieder wie erstarrt. Dabei musste er doch innerlich vibrieren von all dem Adrenalin, das er während des Trainings ausgeschüttet hatte.

»Halt mal.« Ohne Vorwarnung drückte ich ihm die Tiefkühlpackung in die Hände, wobei ich seine verdutzte Miene ignorierte. Kurz entschlossen holte ich aus und schlug einmal kräftig zu. Die Nervenenden an meinen Knöcheln explodierten, ich ächzte vor Schmerz, rieb mir über das pochende Gelenk und verfluchte meinen Einfall. Lautstark.

»Aua! Scheiße!«

Für eine gefühlte Ewigkeit verharrten wir beide in unseren Positionen – ich leicht vorgebeugt und mein Handgelenk haltend, Henning keinen Meter von mir entfernt und noch immer mit einem völlig perplexen Gesichtsausdruck. Dann verwandelte sich seine Miene schlagartig und er brach in schallendes Gelächter aus. Das Geräusch fuhr mir wie ein Blitz in den Unterleib, sengende Hitze breitete sich in mir aus, auch in meinen Wangen.

»Du hast … du hast …« Henning japste vor Lachen. Er ließ die Kühlpackung sinken, deutete auf mich und das gefrorene Gemüse und schüttelte immer wieder den Kopf.

Irgendwann konnte ich nicht mehr anders und stimmte einfach mit ein, auch wenn mir meine Hand immer noch höllisch wehtat.

»In Filmen sieht das immer … richtig aus«, sagte ich kleinlaut und rieb mir über die Stelle, mit der ich am härtesten zugeschlagen hatte. Das würde eine üble Schwellung geben, wenn ich nicht aufpasste. Und das fehlte mir beim Servieren gerade noch.

»In Filmen nehmen sie dafür auch wahrscheinlich Requisiten. Oder Kissen.«

Ich verzog den Mund zu einer schmalen Linie. »Ich dachte, es könnte funktionieren.«

»Hat es irgendwie auch.« Mit dem Finger wischte er sich eine Träne aus dem Augenwinkel und wurde wieder ernster. »Ich kann mich nicht daran erinnern, wann ich das letzte Mal so gelacht habe.«

Als er mich jetzt ansah, verlor sich das breite, unbeschwerte Lächeln ein wenig. Wie ein Licht, das langsam erlosch. Trotzdem blieb das strahlende Leuchten in seinen nahezu schwarzen Augen. Voller Wärme sah er mich an, was mich für einen Moment aus dem Konzept brachte.

»Hier.« Vorsichtig drückte er mir die Gemüsepackung gegen die empfindlichen Knöchel. »Muss ziemlich wehtun. Falls du mal ein richtiges Boxtraining möchtest, sag Bescheid. Da lässt sich bestimmt etwas arrangieren.«

Überrascht hob ich den Kopf, überging das plötzliche Herzrasen, das Hennings körperliche Nähe in mir auslöste, während ich unauffällig seinen herrlich würzigen Duft einatmete. »Du boxt?«

»Genauer gesagt mache ich Kickboxen, ja. Es ist ein toller Ausgleich. Viele Fahrer suchen sich einen zusätzlichen

Sport, der ihnen besonders liegt. Manche spielen Golf, andere Tennis. Ein guter Freund hat mich auf das Kickboxen gebracht.«

»Das mit dem Golfspielen habe ich nie verstanden.«

»Golf ist dem Rennsport gar nicht so unähnlich. Dieselbe Art von Konzentration. Gedanken ausschalten und den Moment richtig treffen.« Er tippte sich gegen die Stirn. »Dafür das Köpfchen einschalten. Aber mir ist es zu langweilig.«

»Da stimme ich dir ausnahmslos zu. Ich finde es zum Gähnen.«

Henning schmunzelte, doch dann wurde er wieder ernst. »Du hattest übrigens recht. Das Training ist heute nicht so gelaufen, wie ich es mir vorgestellt habe.« Er seufzte leise. »Keine Ahnung, weshalb ich dir das erzähle. Eigentlich spreche ich nicht mit anderen Leuten darüber. Schon gar nicht mit Fremden.«

»Vielleicht ist es doch nicht so schlecht, dass ich hier bin«, antwortete ich lapidar und fügte mit einem Augenzwinkern hinzu: »Außerdem bin ich keine Fremde, sondern deine Freundin.«

»Na ja«, setzte er an, doch ich unterbrach ihn einfach.

»Ich könnte es zumindest für die Dauer des Vertrags sein. Deine Sparringpartnerin, falls du das möchtest. Du kannst dich bei mir auskotzen, Frust ablassen. Ich höre dir zu – oder biete mich als schlechter Boxsack an, ganz wie du willst.« Mal wieder plapperte ich einfach drauflos und sagte das Erstbeste, das mir in den Sinn kam. Doch aus irgendeinem unerfindlichen Grund fühlte sich mein Angebot genau richtig an. Henning löste in mir den Wunsch aus, für ihn da zu sein. Ihm zu helfen.

»Außerdem ist es vielleicht eine gute Gelegenheit, unsere

Beziehung glaubhaft zu verkaufen. Wer weiß, wer uns zusammen sieht. Es könnte sich auch als Vorteil herausstellen.«

»Mmmh«, machte er nachdenklich, den Blick unentwegt auf mein Gesicht gerichtet, sodass ich beinahe nervös wurde. Aber nur beinahe.

»Das mit gestern Abend tut mir leid«, fügte ich noch etwas kleinlauter hinzu. »Keine Ahnung, irgendwie bin ich einfach davon ausgegangen, dass wir … na ja, du weißt schon. Ich habe nicht darüber nachgedacht, was das im Umkehrschluss bedeuten würde.«

»Alles gut. Mach dir keinen Kopf.«

Henning fuhr sich mit den Fingern durchs Haar und lenkte meine Aufmerksamkeit für einen Wimpernschlag auf seinen Oberkörper und den Rennanzug. Erst jetzt wurde mir bewusst, dass wir nur ein paar Zentimeter voneinander entfernt waren.

Es wäre so leicht, ihn zu küssen. In der stillen Abgeschiedenheit des Kühlraums, verborgen und eingesponnen in Zweisamkeit, sodass es niemand erfahren würde.

Verlangen durchflutete mich. Wild, ungestüm und heftig. So heftig, dass ich unwillkürlich die Luft einsog, was Henning nicht verborgen blieb.

Überraschung blitzte in seinen Augen auf, mischte sich mit Begehren und etwas anderem, Ungezügeltem, das meinen Mund auf der Stelle ausdörren ließ.

Genau in diesem Augenblick öffnete sich die Tür zum Kühlraum. Ich machte einen Satz nach hinten, als hätte ich einen Stromschlag abbekommen, und sah Toni in der Tür. Mit seiner Größe und Statur füllte er fast den kompletten Rahmen aus und schaute verwundert zwischen uns hin und her, während es hinter seiner Stirn zu arbeiten begann.

»Tut mir leid, ich wollte nicht … stören.« Irgendwie war es süß, dass er beinahe rot wurde. »Ich brauche nur den frischen Fisch.«

Hastig zwängte sich Toni an mir vorbei, holte zwei große Kühlbeutel aus der Truhe und verschwand genauso plötzlich, wie er gekommen war. Die Stimmung war dennoch dahin. Als hätte man im Kino ohne Vorwarnung die Beleuchtung eingeschaltet. Sofort spürte ich wieder die Kälte, die um meine Nervenenden strich.

»Ich muss dann auch wieder los. Danke jedenfalls. Die kleine Ablenkung hat mir wirklich gutgetan.« Henning nickte mir knapp zu, was mich seltsamerweise mit einem irrwitzigen Stolz erfüllte. Weil ich ihm auf meine Weise geholfen hatte, wenn auch völlig anders, als von mir beabsichtigt.

»Kein Thema. Gerne.«

Er wandte sich ab und trat nach draußen, hielt dann jedoch kurz inne. »Ach, und Karla?«

»Ja?«

»Ich hab dich übrigens noch nie mit Brille gesehen. Steht dir verdammt gut. Ich mag es sehr. Macht dich irgendwie … keine Ahnung … heiß«, sagte er völlig unschuldig über die Schulter hinweg und packte sein charmantes Grübchenlächeln aus, das meine Knie in Weichwachs verwandelte.

Er tat das mit Absicht, weil er wusste, welche Wirkung er dadurch erzielte. Wie ein dämlicher Zaubertrick, der jeden entzückt aufseufzen ließ. Vielleicht war es auch einfach nur seine Art, mit der Situation und dem Vertrag zwischen uns umzugehen. Vielleicht war es auch mehr.

Als er mich zurückließ und ich ihm mit gerunzelter Stirn

und schnellem Herzklopfen hinterherblickte, versuchte ich gar nicht erst, das Verlangen zu unterdrücken, das mich erfasst hatte. Henning hatte etwas, das mich faszinierte. Seine Flirtversuche stachelten mich noch weiter an, wie ein rotes Tuch, das man vor einem Stier schwenkte.

Ich hasste es, nicht die Oberhand zu haben. Nicht diejenige zu sein, die alle Fäden in der Hand hielt. Und genau dieses Gefühl bekam ich in Hennings Nähe. Etwas, das mir Sorgen bereitete.

Jedenfalls beschloss ich, es ihm mit gleicher Münze heimzuzahlen. Gestern Abend hatte er den Spieß umgedreht, mir die Kontrolle entzogen – das konnte ich auch.

Kapitel 14

Henning wurde Sechster im Qualifying am Freitagnachmittag, wie ich mit einem zufriedenen Lächeln aus dem Augenwinkel verfolgte, während ich weiter fleißig den Bestellungen nachging und Gerds brummenden Bemerkungen auswich. Anscheinend war ich nicht die Einzige, die dem leichten Jetlag am liebsten ordentlich in den Hintern getreten hätte.

Dank der Änderungen in den Regeln des Rennformats nach der letzten Saison wurden am Samstag zwei Sprintrennen und am Sonntag ein großes Hauptrennen ausgetragen – kein Wunder also, dass Henning unter dem Druck stand, hundertprozentig abzuliefern. Es gab schließlich nur acht Rennwochenenden insgesamt. Es war seine zweite Saison in der Formel 2, und wenn es nicht gleichzeitig seine letzte werden sollte, musste er Leistung bringen. Das Renngeschäft war gnadenlos. Zu lang war die Liste der talentierten Nachwuchsfahrer, die einem im Nacken saßen, und der Formel-1-Piloten, die sang- und klanglos wieder verschwanden.

Ich wusste es aus eigener Erfahrung, auch wenn das Kart-Fahren bei mir ein halbes Leben zurücklag. Bisher hatte ich nie einer möglichen Karriere nachgetrauert, verfolgte aber immer noch gern die Leistungen der drei Mädels, die gemeinsam mit mir gestartet und immer noch erfolgreich waren. Eine fuhr in der DTM, eine war Testfahrerin für ein größeres Formel-1-Team geworden, eine andere nahm an den W Series teil, einer eigens für Frauen gegründeten Formelklasse, die mit der Formel 3 vergleichbar war.

Meine Gedanken schweiften wieder zu Henning und dem komplizierten System des Rennens. Die Startaufstellung für das erste Sprintrennen ergab sich am Ende aus dem Ergebnis des Qualifyings, allerdings starteten die zehn bestplatzierten Fahrer in umgekehrter Reihenfolge. Um das ganze Konzept der Rennen in der Formel 2 für den Laien noch komplizierter zu machen, wurde die Startaufstellung für das zweite Sprintrennen nach dem Ergebnis des ersten Rennens festgelegt, aber auch hier starteten die zehn bestplatzierten Fahrer in umgekehrter Reihenfolge.

Ich war froh, das Ganze weder Jojo noch Brie erklären zu müssen, andernfalls hätten sie mich vermutlich gezwungen, daraus ein Trinkspiel zu machen. Für jede falsche Erklärung einen Shot. Es wäre ein wahres Alkoholbegräbnis geworden.

Den Sprung in die Formel 1 zu schaffen, war etwa so wahrscheinlich, wie sich als Elefant durch ein Nadelöhr zu zwängen. Außer man besaß sehr, sehr viel Geld, dann gab es immer noch ein Hintertürchen oder Mittel und Wege – und wir sprachen hier nicht von Münchner Vorstadtmillionären, sondern eher von Flugzeug- und Jachtbesitzern. Oder man hatte einen berühmten Rennfahrer als Papa wie Pietschmann. Der Name im Sport konnte ebenfalls Türen öffnen. Trotzdem musste man sich selbst beweisen.

Jemand wie Henning würde immer kämpfen müssen, nicht doppelt, nicht dreimal so hart, sondern zehnfach. Ich konnte so gut nachfühlen, wie es war, kein Geld zu haben und sich immer irgendwie durchzuboxen. Nicht im wahrsten Sinne des Wortes, obwohl meine pochenden Knöchel auch nach einem Tag eine andere Geschichte erzählten.

»Also, ich frage mich echt, wie du dich dafür interessieren kannst«, sagte Pete in meine Gedanken hinein, als ich mir fünf Minuten Durchatmen an der Bar gönnte, weil im Moment weniger zu tun war. Das Qualifying der Formel 1 würde in Kürze beginnen, deshalb hatte sich der Hospitality-Bereich merklich geleert. Das gab meinem schmerzenden Rücken und den stöhnenden Fußballen ein wenig Zeit zum Krafttanken.

»Wenn du jetzt sagst –«

»Ich meine, sie fahren nur im Kreis«, schoss Pete in meinen Einwand hinein und ich verdrehte stöhnend die Augen. Noch ein Trinkspiel. Wie oft Leute das einfach so zusammenfassten. Am liebsten wäre ich über den Bartresen gesprungen und ihm an die Kehle gegangen, aber ich konnte den Drang unterdrücken. Ich war viel zu geschafft von den Laufwegen und fordernden Gästen.

»Das kann auch nur jemand sagen, der absolut keine Ahnung hat.«

Pete zuckte unbeteiligt mit den Schultern. »Ich behaupte auch nicht, Experte zu sein. Es ist bloß so sterbenslangweilig.«

Ich riss einen Finger in die Luft, die Empörung löste meine Zunge. »Also zuerst einmal ist es eine Kunst für sich, die einzelnen Teile herzustellen. Ingenieurskunst. KUNST! Es sind wahre Genies nötig, um überhaupt einen Wagen zu konstruieren, der schnell genug fahren kann und gleichzeitig die technischen Voraussetzungen erfüllt, die das Regelwerk zulässt. Die Aerodynamik. Die Komplexität des Autos. Da gehört so viel dazu!« Mir ging fast der Atem aus und ich feuerte noch einen Schwall Wörter hinterher. »Weißt du, wie hart das Fitnesstraining ist? Das Nackentraining? Rennfahrer sind absolute Topathleten!«

»Man könnte meinen, du magst den Rennsport, Meg«, erklang in diesem Augenblick Hennings Stimme von der Seite und keine Sekunde später erschien er in meinem Blickfeld, frisch geduscht und umgezogen. Ich hatte nicht den blassesten Schimmer, woher er auf einmal gekommen war, aber da stand er. Herrlich duftend, während sein Blick träge an meiner *Leckerste*-Uniform entlangwanderte, als würde er sich gerade seinen eigenen Film zusammenspinnen.

Woher nahm er denn jetzt Zeit und Nerven, mit mir anzubandeln?

»Glückwunsch zur Platzierung, Wunderknabe«, erwiderte ich in einem ebenso verspielten Tonfall.

»Du hast mir wohl doch Glück gebracht.«

»Flirtest du etwa mit mir?«, fragte ich ihn direkt und erntete dafür ein strahlendes Grübchenlächeln, das seltsame Dinge mit meinem Magen anstellte. Dabei ließ er mich keine Sekunde aus den Augen. Aber irgendwie mochte ich es, Mittelpunkt seiner Aufmerksamkeit zu sein.

»Tue ich das?« Unschuldig legte Henning den Kopf schief und verströmte dabei so viel ungesundes Selbstbewusstsein, dass ich ihn am liebsten dafür geboxt hätte.

Aus dem Augenwinkel nahm ich wahr, dass wir beobachtet wurden. Nicht nur von Pete, sondern auch von anderen

Leuten, die alle brav ihre Akkreditierungen um den Hals hängen hatten. Manche trugen ein Headset und eine verspiegelte Sonnenbrille auf der Nase, andere waren stinknormal gekleidet. Und mit stinknormal meinte ich schweineteuer.

Jetzt wurde mir klar, was er vorhatte.

Also lachte ich kokett, eventuell auch etwas zu schrill, was ihn irritiert die Augenbrauen zusammenziehen ließ, und legte meine Hand auf seinen Unterarm, die er nun wie einen Eindringling beäugte. Ich merkte, wie sich Pete diskret zurückzog, ganz der professionelle Barkeeper, und einmal mehr war ich froh, meinen Bruder ein paar Tausend Kilometer weit weg zu wissen. Denn spätestens jetzt hätte er einen sehr zweideutigen Kommentar abgelassen.

»Und was tust du da?« Henning klang eindeutig amüsiert.

»Ich flirte zurück?«

»Nein, das tust du nicht. Du flirtest, wie du denkst, dass du flirten müsstest, damit es glaubhaft wirkt. Was das Ganze eher unnatürlich macht. Als würdest du ein Theaterstück aufführen, aber hättest eigentlich keine Ahnung davon.«

Eins musste man Henning lassen: Bei ihm gab es keine Umschreibungen, einfach die pure ungezuckerte Wahrheit, auch wenn sie noch so bitter schmeckte. Aber genau das mochte ich an ihm.

»Ach, und du bist der Experte im richtigen Flirten?«

»Willst du es darauf ankommen lassen, Meg?«

»Nachdem die letzte Wette so im Sand verlaufen ist?«, konterte ich.

Hennings dunkle Augen blitzten auf. »Du meinst also, du könntest besser flirten, wenn du es darauf anlegst?«

Augenblicklich war mein Ehrgeiz geweckt. Schon wieder. Was hatte dieser Kerl nur an sich, dass er mich auf eine Weise herausforderte, auf die ich mich unter normalen Umständen niemals einlassen würde?

Angriffslustig hob ich das Kinn. »Selbstverständlich.«

»Gut. Heute am frühen Abend habe ich noch ein Gespräch mit Marc und zwei Sponsoren. Um zwanzig Uhr dürften wir fertig sein, dieses Mal musst du nicht mitkommen, das ist ein sicheres Sponsoring. Ich muss dann auch relativ früh schlafen, morgen geht es direkt weiter. Aber ein bisschen Zeit sollte schon noch herausspringen.«

»Ich werde heute Abend da sein. Und zur Bestform auflaufen.«

»Perfekt.«

»Möchtest du eigentlich etwas trinken? Ich könnte dir einen Kaffee anbieten.« Ich machte eine Kunstpause. »Einen richtigen.«

Henning lachte zufrieden, doch bevor er antworten konnte, tauchte eine dunkelhaarige Frau mit streng nach hinten gekämmtem Pferdeschwanz und in einem cremefarbenen Hosenanzug auf. Mit schnellen, kleinen Schritten kam sie auf uns zu und brachte eine blumige Parfümwolke mit, die uns umgehend einhüllte. Ich fühlte mich plötzlich wie auf einer Blumenwiese.

»Da bist du. Ich habe dich schon überall gesucht«, sagte sie und musterte mich flüchtig, ehe sie sich mit einem auffordernden Blick Henning zuwandte.

»Tut mir leid, die Pflicht ruft«, sagte er in meine Richtung, drehte sich um und marschierte davon. Verdammt. Selbst in diesen Alltagsklamotten sah er zum Anbeißen aus.

Was tat ich da eigentlich? Lag es daran, dass ich seit einer gefühlten Ewigkeit weder einen Orgasmus noch Sex gehabt hatte? Spielten meine Hormone in Hennings Gegenwart deswegen so verrückt?

Jupp. Eindeutig. Denn mein Blick verweilte etwas zu lang auf seinen vier Buchstaben, während er davonging. Nicht, ohne mir noch ein freches Grinsen über die Schulter zuzuwerfen, das ein verheißungsvolles Ziehen in meinem Unterleib auslöste.

⋆ ⋆ ⋆

Obwohl ich mich für die Flirt-Verabredung nach meinem langen Arbeitstag extra in Schale geworfen hatte, tauchte Henning nicht auf. Suchend ließ ich den Blick durch die Bar und den Loungebereich schweifen, entdeckte jedoch weder ihn noch Marc. Es war weit nach zwanzig Uhr und mit jeder Minute, die auf der Uhr verging, verschlechterte sich meine Stimmung wie ein aufziehender Frühlingssturm.

Genervt verbrachte ich den Abend an der Bar im Hotel, dieses Mal ohne E-Reader, aber dafür mit meinen Kopfhörern, in denen jedoch keine Musik, sondern die neuste Folge von *Die drei ???* lief.

War ich zu alt dafür? War man jemals zu alt dafür? Die Antwort lautete eindeutig Nein. Niemals. Wahrscheinlich würde ich die drei ewigen Teenager aus Rocky Beach auch noch ausgraben, wenn ich schon ganz verschrumpelt war.

Die drei ??? zu hören, war wie eine Zeitreise in die Kindheit. Eine vertraute Erinnerung an verregnete Nachmittage im Frühsommer oder Spätherbst, die Kilian und ich gemeinsam in einem unserer Zimmer verbracht hatten. In Decken eingewickelt, eine Schale Milchreis im Schoß und den Geruch von Zimttee in der Nase.

Genau das brauchte ich jetzt, weil Henning mich sitzen ließ. Dabei hatte ich mir extra die Beine rasiert, mir meine Kontaktlinsen in mühseliger Kleinarbeit eingesetzt – trotz seines Kompliments über meine Brille – und meine Haare ordentlich frisiert. Und wofür?

Ich trank noch einen letzten Schluck von meinem alkoholfreien Cocktail, der herrlich erfrischend war und mein aufgeheiztes, auf Hochtouren arbeitendes Hirn ein paar Grad abkühlte.

Keine Ahnung, weshalb es mich so maßlos ärgerte, dass er sich nicht blicken ließ. Vermutlich lag es daran, dass ich mich sonst nie für einen Typen zurechtmachte. Sondern nur für mich selbst. Und wenn einer anbiss, der mir gefiel, genoss ich es einfach.

Aber dieses Mal war es anders. Innerlich. Ich hatte die kleine Veränderung gespürt, als hätte sich die Erde heimlich gedreht und ich wäre in einer anderen Zeitzone aufgewacht. Genau so fühlte es sich an.

Und das irritierte mich gewaltig.

Ich tippte noch eine letzte Nachricht in den Gruppenchat unserer WG. Bries mit Emojis übersätes Update zu ihrem Urlaub mit ihrer neu gewonnen Familie war wirklich herzerwärmend, während Jojo und mein Bruder auf jedem Bild einfach nur glücklich aussahen. Mit sich im Reinen. Als hätten sie die beste Zeit ihres Lebens in einem Kameramoment festgehalten.

»Hallo, Meg.«

Fuck.

Ich liebte es, wenn er diesen Spitznamen benutzte, wie er die Silbe dehnte und wie heiß seine Stimme dabei klang. Auch ohne mich umzudrehen, wusste ich, dass Henning jetzt unmittelbar hinter mir stand. Sein würziger Duft stieg mir in die Nase und die Selbstverständlichkeit, mit der er seine Hand auf meinem Rücken platzierte, löste ein lustvolles Pulsieren in meiner Bauchmitte aus. Die Anziehungskraft, die er auf mich ausübte, war unbestreitbar. Es nervte mich nur gewaltig.

Es machte mir Angst.

Ich hatte Stunden hier verbracht. Für einen Mann. So kannte ich mich gar nicht. Und so sollte es eigentlich auch nicht sein, egal, wie sehr ich mir wünschte, mit den Fingerspitzen die scharfe Linie seines Kiefers nachzuzeichnen.

Also tat ich das, was das Vernünftigste war. Ich schob mich vom Barhocker, drehte mich mit einem aufgeklebten Lächeln um und klemmte meine Handtasche unter den Arm.

»Ich wollte gerade los.« Stolz durchflutete mich, als ich hörte, wie kühl ich klang.

»Ich weiß, ich bin spät dran, aber es hat sich gezogen.« Er schenkte mir ein entschuldigendes Lächeln, auf seinen markanten Zügen lag ehrliche Reue. »Das war keine Absicht. Wir waren auswärts essen und ich hatte deine Nummer nicht.«

»Du hättest Marc fragen können.«

Er machte ein betretenes Gesicht. »Shit. Hätte ich. Ja. Tut mir leid.«

Panik überfiel mich, als mir klar wurde, was ich getan hatte. Nämlich völlig irrational und viel zu lange auf ihn gewartet.

»Ich muss trotzdem los.«

Seine Finger umschlossen mein Handgelenk und ich spürte die raue Beschaffenheit, was prompt eine Gänsehaut auslöste. »Warte«, bat er leise.

Ich sah ihm nicht ins Gesicht. »Ich bin müde. Und der Tag war lang.«

»Das weiß ich … Trotzdem siehst du heute Abend übrigens atemberaubend aus.«

Stur starrte ich an ihm vorbei, denn ich wusste, dass mein Selbsterhaltungstrieb bröckeln würde, sobald wir uns ansahen. Abrupt ließ er mich los, legte stattdessen seine Finger unter mein Kinn und hob es an, eine sanfte, aber bestimmende Geste.

»Es tut mir leid. Ich hätte den Abend heute viel lieber mit dir verbracht. Mit dir und dem Repertoire deiner Flirtsammlung. Ich hab behauptet, es wäre eine beschissene Idee, dass du da bist, aber das war gelogen. Es ist absolut fantastisch, dich hier zu sehen.« Er machte eine kurze Pause. »Auch wenn ich mir wünschte, du würdest in meinem Zimmer schlafen und nicht woanders.«

Meine Atmung setzte aus. Das hungrige Feuer in seinen dunkelbraunen Augen ging mir durch und durch. Er gab mir das Gefühl, die einzige Person im Raum zu sein, die wichtigste Person auf dem verdammten Planeten. Irgendwo im Hintergrund klimperte der Pianist Chopins *Nocturnes*, aber das nahm ich nur am Rand meines Bewusstseins wahr, denn all meine Sinne konzentrierten sich auf Henning.

Mein Mund wurde trocken, als sich sein Blick auf meine leicht geöffneten Lippen senkte. Als ich sah, wie er hart schluckte, musste ich mir zwanghaft ins Gedächtnis rufen, dass dies alles Teil einer Rolle war. Einer Rolle, der ich ebenfalls gerecht werden musste, wenn ich am Ende des Monats mein Geld sehen wollte.

Henning beugte sich vertraulich zu mir, legte wie selbstverständlich erneut eine Hand auf meinen Rücken, während die Wärme seiner Fingerspitzen durch den dünnen Stoff des Kleides bis in meine Haut drang.

»Ich begleite dich, wenn du willst. Ich muss sowieso in dieselbe Richtung.«

Auf einmal war meine Wahrnehmung geschärft, als hätte ich irgendeine Droge genommen. Ich nahm die würzige Note in seinem Aftershave wahr, dann streiften seine Lippen meine Ohrmuschel und ich erschauderte. Ich konnte die Anspannung in seinem Unterarm fühlen, lehnte mich automatisch ein kleines bisschen mehr seiner Berührung entgegen.

»Spiel einfach mit. Ich glaube, du hattest recht. Einer der Formel-1-Fotografen ist ebenfalls hier, vielleicht schießt er ja ein Foto von uns. Oder er hat uns zumindest auf dem Schirm«, wisperte er mir ins Ohr, woraufhin ich nur ein knappes Nicken zustande brachte. Einen Wimpernschlag lang machte sich Ernüchterung in mir breit, aber ich schob das Gefühl rasch beiseite, denn es hatte hier nichts zu suchen.

Deswegen hatte er mit mir geflirtet. Diese Dinge gesagt. Damit es möglichst authentisch rüberkam.

Als er sich wieder von mir zurückzog und unsere Blicke sich ineinander verhakten, veränderte sich die Atmosphäre zwischen uns – so intensiv und so heftig, dass ich nicht wusste, ob wir uns an dem Feuer verbrennen würden, das so plötzlich zwischen uns aufloderte.

Das Kribbeln zwischen meinen Beinen verstärkte sich, ließ mich unterdrückt aufstöhnen und mein Magen krampfte sich vor Verlangen zusammen.

Wie in Zeitlupe senkte sich Hennings Gesicht zu mir. Mein Puls raste.

Ich wollte ihn küssen. Obwohl er mich versetzt hatte,

allen Widrigkeiten zum Trotz. Impulsiv und irrational, aber die Sehnsucht war so intensiv, dass ich nicht mehr klar denken konnte.

Dann, ohne Vorwarnung, hielt er inne. Keinen Zentimeter von meinen Lippen entfernt, sodass ich seine Worte einhauchen konnte. »Okay. Dieses Mal hast du gewonnen.«

Verwirrt blinzelte ich zu ihm hoch, bis mir dämmerte, wovon er sprach. Das Flirten. Aber nicht deshalb erstarrte buchstäblich alles in mir.

Mir wurde eiskalt. Entsetzen rauschte wie eine Sturmflut durch meinen Körper, als ich begriff, dass dieser Beinahe-Kuss ausnahmsweise kein Spiel gewesen wäre. Ich hatte ihn wirklich gewollt. Mich danach gesehnt.

Anders als sonst?

Innerlich schüttelte ich den Kopf. Nein. Nein, nicht anders als sonst. Das konnte nicht sein. Das war mir noch nie passiert.

Ich räusperte mich, fing mich wieder. »Wir sollten schlafen gehen. Morgen steht ein langer Tag an. Für uns beide.«

Henning nickte knapp und geschäftsmäßig, dann zog er sich zurück, wie ich erleichtert feststellte. Sobald er meinen persönlichen Raum verlassen hatte, konnte ich wieder einen klaren Gedanken fassen. Einen, der sich nicht um ihn drehte.

Gemeinsam fuhren wir mit dem Aufzug in die vierzehnte Etage und verabschiedeten uns. Ein bisschen ungelenk, ein bisschen seltsam. Als wären wir beide plötzlich wieder zwei völlig Fremde. Was wir im Grunde auch waren. Und trotzdem war da so viel mehr, was sich jedoch nicht in Worte fassen ließ, weil es so unverbraucht und frisch war, dass es dafür noch gar keinen Begriff gab.

Zehn Minuten später lag ich in meinem Schlafanzug unter der extraweichen Daunendecke des 5-Sterne-Hotels und starrte in die Dunkelheit des Zimmers, in dem es fremdartig roch.

Es gab nicht viele Dinge, von denen ich felsenfest überzeugt war. Aber bei einer Sache war ich mir hundertprozentig sicher: Wenn ich mit dem Feuer spielte, musste ich aufpassen, dass ich mich nicht daran verbrannte.

Kapitel 15

Ich sah Henning kein einziges Mal mehr an diesem Wochenende, aber irgendwie passte mir das auch ganz gut, denn der Samstag und Sonntag waren vollgestopft mit Arbeit. Die Gäste erwarteten Höchstleistungen. Einen freundlichen, professionellen Umgang, perfekte Gaumenhäppchen. Nur das Beste. Gerd hatte sich dieses Mal fast selbst übertroffen, als Rheinländer hatte er sogar eine Interpretation von *Himmel & Äd* auf die Karte gesetzt: warme Blutwurst mit Kartoffelbrei und Apfelmus. Da alles in kleinen Portionen angerichtet wurde, war es nur halb so schlimm, trotzdem bekam ich den Geruch fast den ganzen Samstag nicht aus der Nase.

Henning erreichte einmal den zehnten und einmal den achten Platz. Beim Haupttrennen am Sonntag schied er bereits in der ersten Kurve der ersten Runde aus. Eine Kollision mit zwei anderen Fahrern, für die er nichts konnte, weil er in die Zange genommen worden war und ihm ein Flügel abgefahren wurde.

Ich war froh, mit Pete und den anderen von *Leckerste* wirklich erfahrene Leute an der Seite zu haben. Wir hielten als Team zusammen, auch wenn der Umgangston in Stresssituationen durchaus etwas rauer werden konnte. Doch daran hatte ich mich bereits gewöhnt. Außerdem wusste ich, dass es nie etwas Persönliches war. Wenn Gerd sich darüber aufregte, dass eines der Servicemädchen einen Teller zu früh mitnahm, war das vielmehr seinem Perfektionismus geschuldet.

»Jeder Teller ist eine Visitenkarte von *Leckerste*. Und du willst bestimmt keine unvollständigen Visitenkarten verteilen«, hatte er mir einmal erklärt und ich fand, das brachte die Servicearbeit im Zusammenspiel mit der Küche sehr gut auf den Punkt.

Als ich schließlich geschafft von den letzten vier Tagen am Sonntagabend nach der Passkontrolle am Flughafen von München am Gepäckband zwischen all den Reisenden wartete, checkte ich mein Handy nach neuen Nachrichten. Brie hatte ein Foto von sich mit ihrer kleinen Halbschwester, ihrem Vater und dessen Frau bei einem Spaziergang in den sonnigen Bergen geschickt, während Jojo und Kilian ein Selfie in voller Flugmontur gesendet hatten.

War das davor oder danach?, fragte ich in die Gruppe. *Falls danach, kannst du ja zukünftig öfter solche Dinge wagen, Jojo!*

Brie funkte dazwischen. *Apropos Dinge wagen: Anton hat mir erzählt, du warst im Kühlraum auf Tuchfühlung mit einem Fahrer? Ich habe jetzt zwei Tage gewartet, aber du hast kein Wort darüber verloren!*

Es folgte eine Reihe entsetzter Emojis, während Jojo einfach nur eine Aubergine und eine Wasserfontäne sandte. Ich verschluckte mich beinahe an meiner Spucke.

Wo hast du das denn auf einmal gelernt?, fragte ich sie.

DU LENKST AB, schrieb Brie. *Zwischen Spaziergängen, Wellness mit über Fünfzigjährigen und einem Baby, das dauernd gewickelt werden muss, brauche ich dringend ein bisschen WG-Normalität. Also bitte sag mir, was da mit diesem Rennfahrer läuft!*

Ich überlegte blitzschnell. Eigentlich wäre es die ideale Gelegenheit, sie schonend auf den Umstand vorzubereiten, dass sich etwas anbahnte. Zwar nichts Echtes, aber es lag durchaus im Bereich des Möglichen, bald offiziell verkünden zu müssen, dass ich mit Henning zusammen war. Und damit wollte ich meine Freundinnen nicht unbedingt überfallen.

Noch nichts. Aber vielleicht bald.

Oh, ich brauche Details! Brie schickte Herzchenaugen.

Sobald es die gibt, lasse ich euch in allen Einzelheiten daran teilhaben.

Jojo schickte einen lachenden Smiley. *Das klingt wie eine Drohung, bitte nicht zu viele Details!*

Irgendwie muss ich mich doch dafür revanchieren, dass Kilian und du nicht nur Zeit bei ihm verbringt, entgegnete ich grinsend und linste auf die Anzeige über meinem Kopf. Noch fünf Minuten, bis das Gepäck eintreffen würde.

Brie und Jojo wirkten glücklich und gelöst, was mir einen sehnsuchtsvollen Stich versetzte. Eigentlich wollte ich gar nicht das haben, was sie hatten. Oder vielleicht doch?

Ich war glücklich mit meinem Leben. Ich liebte meine Freiheit und mein Studium. Ich liebte es, mich der Herausforderung zu stellen, die am Ende auf mich warten würde. Das Lernen, mir die Nächte um die Ohren schlagen, all das tat ich, um irgendwann mein Staatsexamen in der Tasche zu haben und einen auf *Suits* machen zu können. Oder *The Good Wife*. Ich wollte stark und unabhängig sein, finanziell und emotional. Auf eigenen Beinen stehen, etwas erreichen. Für mich, für niemanden sonst.

Trotzdem sehnte ich mich manchmal auch nach ein bisschen Zweisamkeit, nach Geborgenheit, nach jemandem, der mich einfach in den Arm nahm und mit mir kuschelte, weil ich Karla-Karla war, nicht die Person, die ich anderen gern zeigte. Manchmal wäre es schön, alle Hüllen fallen zu lassen und gesehen zu werden – so, wie ich war, in all meinen Facetten und mit all meinen Macken.

Der *Simpsons*-Klingelton riss mich aus meinen Gedanken, die ich kopfschüttelnd wieder tief im Herzen wegsperrte. Ich hatte für jedes Familienmitglied einen passenden Klingelton. Kilians Liebe zu *Game of Thrones* begleitete mich seit fast einem Jahrzehnt, Papa stand auf *Die Simpsons* – wobei er immer betonte, dass er die Staffeln vier bis zwölf am meisten feierte – und Mama war ein riesiger Fan von *Die Nanny*.

»Hey.«

»Hey, Kürbis. Wie war das Wochenende in Bahrain? Bist du gut gelandet?«

»Habt ihr euch gemerkt, wann ich fliege, oder habt ihr irgendeine Spy-App installiert?«, scherzte ich und Papa lachte, laut und dröhnend, was wie immer eine wohlige Wärme in mir auslöste.

»Anscheinend fehlst du uns einfach.«

Seine Worte hinterließen ein dumpfes, aushöhlendes Gefühl in meiner Brust, einen dicken Klumpen Sehnsucht. »Ihr mir auch.«

»Also? Wie war es, echte Rennluft zu schnuppern?«

»Hat Spaß gemacht. Ich habe viel an früher denken müssen. Unsere Wochenenden auf der Kartbahn, die stundenlange Arbeit, die wir hineingesteckt haben. Es ist spannend zu sehen, wo das hinführt. Das war einfach schön. Und wie geht es dir? Mit … der Werkstatt?« Es kostete mich ein bisschen Überwindung, diese Frage zu stellen, weil ich mich gegen die Antwort sträubte.

»Sie hält sich etwas besser als gedacht. Aber Ende Juni, spätestens am ersten Juli ist endgültig Schluss. Ich habe schon einen potenziellen Käufer.«

Panik und Hoffnung kämpften in mir um die Oberhand. »Okay …«

»Kommst du in den Semesterferien noch mal hoch?«, wollte er wissen und in seinem Unterton schwang noch etwas anderes mit, das ich nicht einordnen konnte.

»Wenn mir der Trubel hier reicht, auf jeden Fall. Ich muss erst mal wieder mit dem Lernen anfangen.«

»Ich bin stolz auf dich. Habe ich dir das schon gesagt?«

Ich lächelte. »Ungefähr jedes Mal, wenn wir telefonieren.«

»Gut. Genau so soll es sein.«

In diesem Augenblick setzte sich das Gepäckband in Bewegung. »Ah, ich muss auflegen. Die Koffer kommen.«

»Okay, Kürbis. Pass auf dich auf. Ich hab dich lieb.«

»Ich dich auch.«

Papa legte auf und ich starrte Löcher in die Luft, während sich mein Magen verkrampfte. Seine Worte hallten wie ein Echo in mir nach, während mein Verstand all das Gesagte zu kanalisieren versuchte, bis ich es wirklich begriff.

Nur noch drei Monate. Dann wäre es endgültig vorbei mit der Werkstatt.

Betäubende Leere machte sich in mir breit. *Fuck*. Ein potenzieller Käufer machte es noch endgültiger.

Wummernd schlug mein Herz gegen die Rippen.

Allein die Vorstellung, in die verwaiste WG zurückzukehren, ließ meine Stimmung gegen den Gefrierpunkt sinken. Außerdem war ich noch geschafft vom Wochenende. Von den ganzen Eindrücken, den viel zu lauten Motorgeräuschen, dem Lärmpegel der Menschen. Ich spürte die Erschöpfung in jedem Muskel.

Eigentlich hatte ich mich auf die Ruhe in der WG gefreut, jetzt fühlte es sich an, als würde die Abwesenheit meiner Freundinnen ein kleines Loch in meine Brust reißen. Ihre unbeschwerte Leichtigkeit würde fehlen und das setzte mir zu. Geistesabwesend kramte ich nach meinem Haustürschlüssel, damit ich ihn später gleich griffbereit hatte, nur um festzustellen, dass er nicht da war.

Stirnrunzelnd nahm ich den Rucksack vom Rücken und durchwühlte jedes einzelne Fach, doch da war nichts. Absolut gar nichts.

Ich unterdrückte einen genervten Fluch. Typisch Karla. Zum wirklich ungünstigsten Zeitpunkt machte mir meine Schusseligkeit einen Strich durch die Rechnung. Denn im Koffer hatte ich ihn garantiert nicht verstaut, das machte ich nie, weil ich schon einmal zwei Tage auf meinen Koffer hatte warten müssen.

»Was ist los?«

Überrascht hob ich den Kopf. Henning hatte sich unbemerkt genähert. Automatisch scannte ich die Umgebung nach möglichen Beobachtern, aber es war niemand in der Nähe, der auch nur ansatzweise von uns Notiz nahm. Das Gepäckband drehte sich weiter, aber mein Koffer war noch nicht zu sehen. Dafür hatte Henning sein Gepäck schon bekommen, wahrscheinlich weil ein Priority-Schildchen an dem schwarzen Ungetüm baumelte, das er neben sich geparkt hatte.

»Hast du in demselben Flieger gesessen?«

»Scheint ganz so«, erwiderte er und musterte mein Gesicht, als würde er etwas Bestimmtes suchen. »Kann ich dir irgendwie helfen?«

Ich verschränkte die Arme vor der Brust. »Wie kommst du darauf, dass ich Hilfe brauche, Wunderknabe?«

Es zuckte belustigt um seine Mundwinkel. »Keine Sorge, ich weiß, dass du keine Jungfrau in Nöten bist. Aber es hatte den Anschein, als könntest du etwas Unterstützung gebrauchen – in deiner unjungfräulichen Unabhängigkeit.«

Keine Ahnung, wie er das machte, aber mit seinem Satz nahm er mir jeden Wind aus den Segeln, der sich in mir angestaut hatte, um meinen Frust an ihm auszulassen. Seltsamerweise hatte Henning die nervtötende Eigenschaft, im richtigen Moment die richtigen Worte zu finden.

Seufzend ergab ich mich der Situation. »Ich habe meinen Wohnungsschlüssel vergessen. Toni, der Freund meiner Mitbewohnerin, der auch einen Schlüssel hat, kommt erst morgen zurück, meine WG-Mitbewohnerinnen sind beide im Urlaub. Also werde ich mich wohl nach einer Bleibe für heute Nacht umsehen müssen.« Für den Schlüsseldienst fehlte mir nämlich jeder Cent.

»Willst du mit zu mir? Mein Bett kennst du ja schon, aber meine Schlafcouch ist auch ganz angenehm. Du kannst natürlich gern wieder mein Zimmer in Beschlag nehmen.«

Anscheinend waren wir beide von seinem Vorschlag überrumpelt, das konnte ich an seiner Miene ablesen. Für einen Sekundenbruchteil war ich geneigt, sein Angebot auszuschlagen, doch mein Mund war schneller: »Das ist sehr nett, danke.«

Kapitel 16

Auf dem Weg zu seiner Wohnung grübelte ich darüber nach, ob es vielleicht doch die falsche Entscheidung war, einfach mit zu ihm zu fahren. Auf der anderen Seite hatte ich dem eigentlich wenig entgegenzusetzen, schließlich hätte ich sonst erst einmal alle Kontakte durchfragen müssen.

Zu meiner Überraschung begrüßte uns nicht nur eine aufgeregte Arielle, schwanzwedelnd und mit hechelnder Zunge, sondern auch ein schnarchender Typ auf der Couch. Ich sah nur sehr dunkle Haare und einen bronzefarbenen Hautton, seine riesigen Füße lugten unter einer schlichten Decke hervor, die er sich bis zum Bauch hochgezogen hatte. Sein Oberkörper war entblößt und ließ den Schluss auf einen gut in Form gehaltenen Körper eines jungen Mannes zu.

Henning räusperte sich lautstark, doch selbst das schien den Kerl nicht aus seinem Tiefschlaf reißen zu können. Aber wenn das schon Aris wildes Gebell nicht geschafft hatte, warum dann auch Hennings halbherziger Versuch?

»Hey, du Schlafmütze, ich bin wieder zu Hause«, sagte Henning auf Englisch, was mich wunderte.

Der Unbekannte auf der Couch fuhr zusammen, als Henning ihm mit dem Knie gegen die Beine stieß, und blickte sich orientierungslos im noch abgedunkelten Wohnzimmer um, ehe sein Blick auf Henning, Ari und schließlich auf mich fiel. Trotz der Müdigkeit in seinen maskulinen Zügen breitete sich ein anzügliches Lächeln auf seinen Lippen aus.

»Anscheinend bist nicht nur du wieder zu Hause«, sagte er in lupenreinem Englisch mit leicht britischem Akzent.

Henning ging nicht wirklich auf die Bemerkung ein, sondern zeigte nur zwischen uns hin und her. »Karla, das ist Sander. Sander, Karla … meine Freundin.«

Äh, was?

Okay, das kam unerwartet. Aber vielleicht war es genau richtig, dass er jetzt mit der Scharade anfing, früher oder später würden wir ohnehin alle belügen müssen.

Sanders dichte Augenbrauen schossen in einem Rekordtempo nach oben und das Grinsen fiel wie ein Kartenhaus in sich zusammen, während er mich gleichzeitig von oben bis unten abscannte, als wollte er sich vergewissern, dass ich tatsächlich hier im Raum stand. Ich hielt der Musterung stand, spürte jedoch instinktiv, dass sich hinter der scheinbar arglosen Fassade ein wacher Verstand verbarg, der jede noch so kleine Regung von mir einfing und beobachtete.

»Freundin?«, fragte er schließlich mit einem zweideutigen Unterton, der keinen Zweifel daran ließ, dass er diese Bezeichnung sehr seltsam fand. »Das wäre mir neu.«

»Ich bin ja auch die neue Freundin«, antwortete ich und zwinkerte ihm zu.

»Aha.« Wieder ein zweifelnder Blick.

»Aha«, kopierte ich ihn.

Wie selbstverständlich legte Henning einen Arm um meine Schultern und in Kombination mit der Intensität seines Dufts, der Stärke seines Körpers, der unmittelbaren Nähe, war das für einen Moment zu viel für mich. Zu viel Henning. Ich nahm alles wahr, wollte alles wahrnehmen.

Mein Blick fiel auf seine Hände. Er hatte umwerfende Hände. Groß und kräftig. Ehe ich es verhindern konnte, sprang mein Kopfkino an. Ich stellte mir vor, wie er mich berührte, die Innenseiten meiner Oberschenkel entlangstrich, wie sich seine Finger auf meiner nackten Haut anfühlen würden …

Fuck. Fuck. Fuck. Fuck. Fuck.

Ich riss meinen Blick von ihm los und bemerkte, dass Sander mich amüsiert beobachtete. Dabei ließ seine Miene keinen eindeutigen Rückschluss auf seine Gedanken zu, aber das verräterische Funkeln in seinen Augen reichte trotzdem aus, um die falschen Schlussfolgerungen zu bemerken, die er ziehen musste. Kurz darauf teilten sich seine Lippen und eine Reihe ebenmäßiger Zähne blitzte auf, ehe er sich aufrichtete und sein Shirt von der Lehne angelte, um es sich in aller Seelenruhe überzustreifen.

»Ahhhh, das ergibt schon eher Sinn. Jetzt kaufe ich es euch ab.« Vieldeutig schwenkte sein Blick zwischen uns hin und her und das anzügliche Grinsen kehrte abermals zurück, als wäre es nie fort gewesen.

Da ich ihm unmöglich die Wahrheit sagen konnte, ließ ich ihn denken, was er wollte.

»Und, bist du wenigstens aufs Treppchen gefahren?«, wandte Sander sich jetzt an Henning, der sich nicht regte.

»Ich hätte mir denken können, dass du dir trotz deiner freien Zeit nicht mal die Mühe machst, dir das Rennen anzuschauen«, spottete Henning, aber es klang weder beleidigt noch gekränkt.

»Hast du Anderson, diese Arschgeige, hinter dir gelassen?«

Henning schmunzelte. »Fünf Plätze hinter mir, in jedem Rennen.«

»Pietschmann?«

»Ausnahmsweise, ja.«

»Das wollte ich hören«, sagte Sander. Er lachte und erhob sich dann schwungvoll.

Mein Kopf folgte der abrupten Bewegung, sodass ich beinahe Nackenschmerzen bekam, denn Sander war groß. Also, Toni-groß. Wenn nicht sogar ein paar Zentimeter größer.

»Lasst euch von mir nicht stören. Ich mache die Fliege. Wir sehen uns.«

»Danke fürs Aufpassen.«

Sander tippte sich mit zwei Fingern an die Stirn, wobei mir auffiel, wie verkrampft sein Lächeln auf einmal wirkte. Als hätte er größte Mühe, es aufrechtzuerhalten. Auch in seine dunkelblauen Augen mischte sich ein dumpfer Glanz. »Du weißt, ich bin es dir schuldig.«

Mit diesen mehrdeutigen Worten, in denen ein wehmütiger Klang mitschwang, machte er kehrt und schnappte sich seine Sachen von der Garderobe. »Hat mich gefreut, neue Freundin. Brich ihm nicht das Herz, er ist viel zu sensibel, auch wenn er immer knallhart tut.«

Die Tür fiel hinter Sander ins Schloss, dann waren wir allein. Hennings Arm lag noch immer auf meinen Schultern. Für ein paar dämliche Sekunden standen wir da, dann drehten wir wie auf Knopfdruck gleichzeitig unsere Köpfe.

»Netter Typ«, sagte ich trocken.

»Einer meiner besten Freunde«, murmelte er. »Aber total verkorkst.«

»Sind wir das nicht alle?« Auch ich war zum Flüstern übergegangen.

»Das stimmt.«

Niemals hätte ich es für möglich gehalten, dass Henning diese Wirkung auf mich haben könnte, aber in seiner Gegenwart stieg eine Sehnsucht in mir auf, die ich nicht so richtig begreifen konnte. Es juckte mich in den Fingern, über seine unrasierte Wange zu streichen, die Konturen seiner Wangenknochen nachzufahren und ihn einfach zu küssen.

Oh, Gott. Das war gar keine gute Idee.

War es nicht, oder?

Oder?

Oder vielleicht doch?

Warum eigentlich nicht? Was sprach dagegen? Mein Verstand, mein völlig von Hennings würzigem Geruch vernebelter Verstand, der viel zu leise protestierte und keine Chance gegen die Pheromone hatte, die alles andere ertränkten.

Ein sehnsuchtsvolles Ziehen setzte in meinem Unterleib ein und mein dummer, dummer Körper rückte wie von unsichtbaren Fäden gezogen noch ein Stück näher zu ihm heran. Ich wollte ihn spüren und schmecken, wollte mit den Fingern durch seine Locken gleiten, testen, ob sie so weich waren, wie sie aussahen, ob sie unter meiner Berührung nachgaben.

Ich wollte ihn küssen. Den Geschmack seiner Lippen auf meinen, wollte herausfinden, wie es sich anfühlte. Wie er küsste. Stürmisch, beherrscht, einladend?

Ich wollte ihn am Kragen packen und zu mir ziehen, auf seinen Schoß klettern, mich an ihm reiben. Fallende Kleidungsstücke, gewisperte Offenbarungen.

All das jagte in Lichtgeschwindigkeit durch meinen Kopf, während sich Hennings Blick in meinen bohrte. Ich hatte das Gefühl, dass auch er mit sich rang. Ein Muskel an seinem Kiefer zuckte verdächtig, meine Augen folgten der winzigen Bewegung und ich leckte mir unbewusst über die Lippen.

»Karla«, stöhnte Henning in das Schweigen hinein und ich wusste genau, was er meinte, denn in meinem Hirn legte sich ein Schalter um, als er meinen Namen sagte. Die Art, wie er ihn aussprach. Als würde ich ihm die größte Qual und gleichzeitig die größte Freude bereiten.

Und genau das wollte ich.

Ich wollte alles ausprobieren, ich wollte wissen, was sich hinter seiner Fassade verbarg.

Sie lag in der Luft, diese ganz bestimmte Magie eines einzigen Augenblicks, die sich in einer Sekunde wie Millionen kleiner Feuerwerkskörper entlud. Mein Herz wusste nicht, wie es darauf reagieren sollte, also machte es mehrere aufgeregte Hüpfer.

Dann trafen unsere Lippen aufeinander. Seine Hand lag an meinem Hinterkopf, unsere Körper drängten sich aneinander, meine Finger gruben sich in seinen Rücken und unsere Hüften stießen gegeneinander. Bereitwillig öffnete ich den Mund, bog mich dem Kuss entgegen, und ein erleichtertes Seufzen entwich meiner Kehle, als seine Zunge meine liebkoste. Er schmeckte besser, als ich mir insgeheim erhofft hatte.

Tausend winzige Empfindungen strömten auf mich ein

und ich konnte den kleinen Laut nicht unterdrücken, der in mir aufbrandete. Ich wollte mehr. Dringend, so viel mehr.

Das letzte Mal war eine Weile her, genau genommen seit mein Ex weggezogen war. Mir hatten schlichtweg die Muße und die Zeit gefehlt, mich um einen geeigneten Ersatz zu kümmern.

Aber der Kuss mit Henning war berauschend wie ein Strudel, der mich von den Füßen zu reißen drohte. Henning küsste mich langsam, einnehmend, und die Leidenschaft, die zwischen uns aufflammte, verschlug mir für einen bittersüßen Herzschlag den Atem. Wie von selbst krallten sich meine Fingernägel in seinen Pullover, ich drückte mich an ihn, bis nicht einmal mehr ein Blatt zwischen uns passte.

Unsere Münder verschmolzen miteinander, ich spürte die harte Wölbung in seiner Jeans und mein Verstand setzte aus. Mein Unterleib zog sich zusammen und ließ meine Erregung wachsen. Ungeduldig zerrte ich an seinem Pullover, fuhr mit den Fingerspitzen darunter und berührte ein Stückchen Haut, das sich glatt und fest anfühlte.

Mehr. Ich wollte mehr.

»Warte.« Henning.

Aus dem Augenwinkel bemerkte ich, wie er mit Ari kämpfte, die den Moment wie eine Seifenblase zerplatzen ließ, indem sie sich an Hennings Bein presste und jaulende Laute ausstieß.

»Oh.«

Oh.

Schwer atmend lösten wir uns voneinander, durch den Nebel der Lust nahm ich verschwommen wahr, wie geschwollen seine Lippen waren, und wollte mich schon zurückziehen, als er seine Stirn gegen meine legte, ein bisschen atemlos, ein bisschen beschwipst vom Augenblick. Sein Brustkorb hob und senkte sich und aus der Nähe sah ich die goldenen Sprenkel um seine Pupillen, den leichten Knick seiner Nase, seine Poren, jedes einzelne Haar seiner dunklen Brauen. Es kam mir vor, als würde ich zu nah an einem schönen Gemälde stehen. Im Detail betrachtet war sein Gesicht unsymmetrisch und irgendwie lustig, aber wenn man einen Schritt zurücktrat, war es in seiner Gesamtheit vollkommen.

Ein Kichern stieg meine Kehle hinauf, kitzelte meinen Hals und ich presste die Lippen aufeinander, um nicht laut loszuprusten.

»Woran hast du gedacht?«, flüsterte er und hob den Kopf, um mich eingehend zu betrachten. Falls es überhaupt möglich war, hatte die astronomische Anziehungskraft zwischen uns sogar noch zugelegt. Mit den sexy zerwühlten Haaren und den Kusslippen sah er noch heißer aus.

Außerdem hatte er recht behalten. An einen Kuss wie diesen hätte ich mich hundertprozentig erinnert. Garantiert.

»Ich habe an ein Gemälde gedacht«, antwortete ich mit etwas Verzögerung.

»Ich hoffe, an ein gutes.«

»Ein sehr gutes.« Ich grinste, wurde jedoch gleich darauf wieder ernst, weil mir die Tragweite des Kusses bewusst wurde und die Tür zur Realität öffnete. Doch bevor ich etwas sagen konnte, kam mir Henning zuvor.

»In deinem Vertrag steht nicht, dass wir nicht ein bisschen Spaß haben können. Und da ist etwas zwischen uns, das ich nicht einfach unergründet lassen möchte.«

»Du hast den Vertrag gelesen und danach abgesucht, ob wir etwas miteinander anfangen können?«, fragte ich mit hochgezogenen Brauen. »Und was genau willst du denn ergründen?«

Es gefiel mir, wie verlegen er auf einmal war, doch in seinen Augen stand gleichzeitig eine Entschlossenheit, die mich verwirrte. »Das zwischen uns. Keine Ahnung, was es ist.«

Ich lachte, während ich innerlich zusammenzuckte. »Sexuelle Spannung. Das ist zwischen uns, Wunderknabe.«

Henning sah aus, als hätte ich das Falsche gesagt. Störrisch hob er das Kinn. »Ja. Aber nicht nur das. Da muss noch etwas anderes sein.«

Erschrocken starrte ich ihn an. »Du bist doch nicht einer von diesen Typen, oder?«

»Was meinst du?« Er legte die Stirn in Falten.

Ich wedelte mit der Hand. »Der eine Beziehung will. Und ein Weibchen am Herd, das auf ihn aufpasst und ihn betüddelt. Das volle Programm eben.«

Henning wirkte sichtlich irritiert. »Ich weiß zwar nicht, welche seltsamen Vorstellungen du von einer Beziehung hast, aber nur, weil ich an jemandem Interesse habe, heißt das nicht, dass ich direkt heiraten und Kinder kriegen muss. Und selbst daran wäre nichts Verwerfliches. Wenn man es mag.«

Seine Worte trafen mich wie ein Pfeil direkt ins Herz. Ich kannte so viele Paare, die sich in einer Beziehung verloren hatten. Mama war das beste Beispiel. Mit zwei kleinen Kindern war sie in ein fremdes Land voller neuer Eindrücke gekommen, ohne ihren vertrauten familiären Rückhalt, denn *nonna* war gerade gestorben. Zwar war Mama gern

Hausfrau, aber sie war es auch aus Zwang, aus einer Notwendigkeit heraus geworden. Und ich wollte mich nicht selbst aufgeben, ich hatte Träume und Ziele und Wünsche.

Es war, als hätte er einen Eimer eiskaltes Wasser über meinen Kopf gegossen. Der süße Zauber des Kusses verflog so abrupt, dass mir keine Zeit blieb, das alles zu verarbeiten. Stattdessen machte sich in mir unterkühlte Ernüchterung breit.

»Es war nur ein Kuss, Wunderknabe.« Dieses Mal benutzte ich seinen Spitznamen wie einen Schutzschild. »Ich hätte dich nicht geküsst, wenn ich vorher gewusst hätte, dass du so darüber denkst. Du hast einen gewissen Ruf, was Frauen betrifft«, fuhr ich fort. »Ich dachte, es sei genau das. Mehr nicht.«

»Es war nicht nur ein Kuss«, widersprach er mir mit einer Überzeugung, die mich für einen flüchtigen Moment stutzen ließ. Sein Blick brannte. Lichterloh.

Hatte ich mich gerade verhört? Etwas Raubtierhaftes schlich sich in seine Miene, etwas, das sämtliche fein säuberlich angebrachten romantischen Alarmanlagen in Bereitschaft versetzte.

Gemächlich ließ er seinen Blick über mich hinweggleiten. »Aber du kannst dir gern einreden, was du möchtest, *Meg*. Wir wissen beide, dass es mehr als nur ein Kuss war.«

Sprachlos starrte ich ihn an. Henning machte einen Schritt zurück und brachte etwas Distanz zwischen uns, was mir das Atmen erleichterte, den Gedankenstrom wieder fließen ließ.

»Ich mache dir das Schlafzimmer zurecht. Wo das Bad ist, weißt du ja. Ich verfrachte meinen Hintern auf das Sofa, also keine Panik. Du bist vor weiteren Küssen sicher.« Mit einer Hand streichelte er über Aris Hinterkopf, dann machte er sich auf den Weg in sein Schlafzimmer. Abrupt blieb er stehen und sah mich noch einmal an. »Vorerst, Meg. Vorerst bist du sicher.«

Sein Grübchenlächeln war verheißungsvoll und spitzbübisch zugleich.

Anscheinend hatte ich jemanden gefunden, der noch sturer und ehrgeiziger war als ich selbst.

Kapitel 17

Natürlich konnte ich kaum schlafen.

Mit weit geöffneten Augen starrte ich an die Decke in Hennings Schlafzimmer und versuchte, die Gefühle zu ignorieren, die der Geruch seines Aftershaves auf dem Kissen in mir auslöste – allen voran ein sehnsuchtsvolles Ziehen im Unterleib.

Knurrend wälzte ich mich von der einen Seite auf die andere und verfluchte abwechselnd meine Schusseligkeit, die mich in diese Situation gebracht hatte, und Henning, weil er nur durch eine Tür getrennt im Wohnzimmer schlief. Wahrscheinlich in seinen Boxershorts, die viel zu wenig Spielraum für Fantasie ließen.

Mit einem Stöhnen krallte ich mir das Kissen und presste es mir aufs Gesicht.

Ein Fehler, wie sich herausstellte. Es roch einfach nur noch intensiver nach ihm. Noch besser.

Warum sagte er all diese Dinge? Ich fand ihn schon von Anfang an verboten attraktiv, das ließ sich nicht leugnen, aber jetzt spielten meine Hormone komplett verrückt.

Warum dachte ich überhaupt über seine Worte nach? Warum dachte ich überhaupt an ihn?

Ich hatte keine Zeit. Nicht dafür. Nicht für Gefühle, Herzrasen, Chaos. Meine Mission war die Rettung der Werkstatt, meine eigene finanzielle Misere in den Griff zu bekommen und mein Studium abzuschließen. Dass Henning Kiefer ein wesentlicher Teil der Lösung des Problems war und dabei zeitgleich alles verkomplizierte, indem er einfach er selbst war, machte es mir nicht gerade leichter.

Keine Ahnung, wann ich es geschafft hatte, endlich Schlaf zu finden, aber irgendwann schreckte ich hoch. Draußen war es hell, ich hörte Vogelgezwitscher und das beständige Brummen von vorbeifahrenden Autos. Als ich schließlich mit Augenringen bis zu den Knien aus Hennings Zimmer tapste, fand ich einen kleinen Notizzettel, auf dem in ordentlicher Schreibschrift seine Telefonnummer und eine kurze Nachricht standen: *Ich glaube, es wird Zeit, dass wir offiziell Nummern austauschen. Ich musste leider schon los, aber fühl dich wie zu Hause. Kaffee ist gemacht und Ari war schon draußen. Henning.*

Tatsächlich kam mir Arielle keine zwei Sekunden später schwanzwedelnd entgegen. Ihre dunkelbraunen Knopfaugen waren auf mich gerichtet und sie wirkte so glücklich und zufrieden, wie man als Hund mit genügend Auslauf und einem vollen Magen eben wirken konnte. Geistesabwesend streichelte ich ihren Hinterkopf, kraulte sie an den Ohren und versuchte, mir einen Reim darauf zu machen, was zum Teufel das mit Henning war. Er war ehrlich und aufrichtig, aber auch verflixt unnachgiebig in seiner Hartnäckigkeit.

Denn er verkörperte genau die Art von Mann, die ich am anziehendsten fand.

Noch dazu war er nett und aufmerksam, was der Kaffee

und das Bett bewiesen, in dem ich heute aufgewacht war. Wie sollte man da Abstand halten?

Sein komplettes Verhalten ließ meine Schutzwälle hochfahren, als würde er mir ein trojanisches Pferd unter die Nase halten. Denn ich wollte alles, nur ganz sicher keine echte Beziehung. Erstens war ich dazu gewissermaßen nicht in der Lage, schließlich war jede Beziehung, die ich eingegangen war, nach ein paar Wochen oder Monaten wieder vorbei gewesen, und zweitens hatte ich klare Ziele vor Augen. Und davon durfte mich kein Kerl der Welt abbringen.

Im Gegensatz zu Hennings erstem Kaffee schmeckte dieser hier himmlisch, das rauchige Aroma drang mir in die Nase, und als ich die Verpackung in Augenschein nahm, entdeckte ich das Label der Kaffeerösterei vom Viktualienmarkt, wo ich selbst schon die Bohnen meines Vertrauens gekauft hatte. Lächelnd nahm ich noch einen Schluck, bevor ich Toni eine weitere Nachricht schickte, um mich zu vergewissern, wann ich den Ersatzschüssel abholen konnte.

Ich kritzelte meine Nummer unter seine Notiz und ließ noch ein kleines *Danke für den Schlafplatz* mit Smiley da. Das war das Mindeste.

Als ich kurze Zeit später mit gepackten Sachen Hennings Wohnung verließ, war mir seltsam leicht ums Herz. Dieser Typ hatte etwas an sich, das mich aus dem Konzept brachte. Ich war mir nur noch nicht sicher, ob ich das gut oder schlecht finden sollte.

Doch in den nächsten Tagen kam ich nicht dazu, darüber nachzudenken, denn sie zogen wie im Schnelldurchlauf an mir vorbei. Was vor allen Dingen daran lag, dass ich mich bei Anabelle gemeldet und so gut wie jeden Job angenommen hatte, den sie mir anbieten konnte. Da die WG-Mädels noch unterwegs waren, nutzte ich jede freie Sekunde und versuchte, so viel wie möglich zu arbeiten.

Es war immer dieselbe Routine. Aufstehen, fertig machen, zur Location fahren, mich anmelden, umziehen, ein unerschütterliches Arbeitslächeln aufsetzen und mit Tabletts umherwuseln. Bald schon lagen mir die Stunden in den Knochen, ich fühlte jeden Muskel und sehnte mich nach einem heißen Bad. Aber selbst dafür fehlte mir die Zeit, denn Anabelle schaffte es, mich noch für drei volle Messetage unterzubringen, weswegen ich selten vor Mitternacht nach Hause kam und meistens schon um sechs Uhr wieder aufstehen musste, um pünktlich vor Ort zu sein. Schließlich war mein Auto nach wie vor außer Gefecht gesetzt, sodass ich dauernd auf die öffentlichen Verkehrsmittel zurückgreifen musste.

Die viele Arbeit tat gut, nicht ständig an Henning denken zu müssen. Aber es passierte dennoch. Vor dem Einschlafen. Nach dem Aufwachen. Wenn ich duschte. Wenn ich jemanden entdeckte, der ihm entfernt ähnlich sah. Ich ertappte mich sogar dabei, wie ich auf seinen Social-Media-Seiten herumschlich. Zwei Fanseiten posteten täglich neue Bilder von ihm im Rennanzug auf der Strecke.

Oh, Mann.

Gerade als ich mir nach einem kräftezehrenden Messetag eine Fertigpizza in den Ofen schob, erhielt ich eine Nachricht von Henning. Mein dämliches, dämliches Herz stolperte. Nur ganz kurz. Ein klitzekleines bisschen.

Ich musste an dich denken.

Dazu hatte er einen Ausschnitt aus dem *Hercules*-Disneyfilm geschickt, der gerade über seinen Flachbildfernseher flimmerte.

Was machst du heute Schönes?, folgte kurz darauf.

Ohne es verhindern zu können, stahl sich ein Lächeln auf meine Lippen und ich schnappte mir mein Handy, um ihm zurückzuschreiben. Wir hatten seit dem Kuss nicht mehr miteinander gesprochen, das war inzwischen fast sieben Tage her.

Eigentlich hatte ich fast damit gerechnet, dass er sich schneller melden würde. Aber wahrscheinlich war seine Woche randvoll mit anderen Dingen gewesen. Wieso zum Henker machte mir das überhaupt etwas aus? Das sollte es nicht.

Pizza, Sofa, Füße hochlegen. Und du?

Ich hab gleich noch einen Stream.

Oh, wahrscheinlich streamte er auf *Twitch* wie viele andere Fahrer auch. Es war faszinierend zu sehen, welcher Hype teilweise darum gemacht wurde, ich war mir nur nicht sicher gewesen, ob er ebenfalls dazugehörte. Andererseits erklärte das auch sein Equipment, das ich bei meinem ersten unfreiwilligen Besuch entdeckt hatte.

Was streamst du?

Statt einer Antwort klingelte mein Handy. Es war kein vertrauter Serien-Klingelton, sondern das Standardgedudel, und Hennings Nummer erschien auf dem Display. Vor Schreck geriet kurz meine Atmung ins Stocken. Wer rief denn heutzutage jemanden an, ohne es vorher anzukündigen? Das war quasi so, als würde man an einem Sonntagvormittag unangemeldet mit Brötchen vor der Tür stehen.

Für den Bruchteil eines Herzschlags überlegte ich, den Anruf nicht anzunehmen, doch meine Finger nahmen mir die Entscheidung ab und tippten auf das grüne Kästchen.

»Ich dachte, das ist einfacher, als sich zu schreiben«, begrüßte mich Henning und der wohlig tiefe Klang seiner Stimme vibrierte wie ein Bass in meinem Brustkorb. Am liebsten hätte ich schnurrend eingestimmt, konnte mich aber gerade noch zurückhalten.

»Was ist deine Lieblingsserie?«, fragte ich ihn geradeheraus und erntete ein irritiertes Schweigen.

»Aktuell? Vermutlich *Stranger Things*.« Wieder eine kurze Pause. »Wieso fragst du?«

»Urgh. Die Kopie von *Elfen Lied*«, kommentierte ich emotionslos und kräuselte die Lippen. »Und ich frage nur so. Ich speichere Familie und Freunde unter einem bestimmten Klingelton ab. Ist so eine Angewohnheit von mir. Da du mich gerade angerufen hast und keine vertraute Melodie kam, war ich einfach verwundert.«

»Du kennst *Elfen Lied*?«

Mein Herz machte einen Satz. »Sag bloß, unter deinem Rennfahreranzug schlägt ein kleines Nerdherz?«

Henning lachte auf, warm und prickelnd, und dieser Klang … dieser Klang ließ mich auf der Stelle an horizontalen Bettsport denken. Meine Fußballen pressten sich in die Sofagarnitur und ich schnappte mir ein Kissen, um vor Frust hineinzustöhnen.

»Also, ich muss gleich in den Stream. Viel Spaß bei deinem Pizzaabend auf dem Sofa. Ich wäre jetzt gern bei dir.«

Seine Unverblümtheit sorgte dafür, dass mein Puls in die Höhe schnellte.

»Karla?«, sagte er, als ich nichts erwiderte.

»Flirtest du eigentlich mit mir, weil es zu unserem kleinen Arrangement dazugehört? Oder liegt es einfach nur in deiner DNA?«, nagelte ich ihn fest.

»Du denkst, ich flirte mit dir, weil wir diesen Vertrag

haben?« Er klang verärgert. Wie ein Bär, den man in die Seite gepikst hatte.

»Was soll ich denn denken?«

Henning sagte einige Sekunden lang gar nichts, doch als er dann zu sprechen begann, fuhr mir der eindringliche Tonfall direkt in den Bauch. »Glaub mir, Karla, ich flirte garantiert nicht mit dir, weil das auf irgendeinem Stück Papier steht.«

»Sondern?«

Seine Stimme hatte einen rauen Unterton angenommen, sodass sich sämtliche Härchen auf meinen Unterarmen aufstellten.

»An dem Abend, als ich dich das erste Mal gesehen habe und du diesen Seelenstriptease hingelegt hast, hat es einfach klick gemacht. Wenn es nach mir gegangen wäre, würde es den Vertrag nicht geben.« Wieder ein kurzes Innehalten. »Es macht einfache Dinge schwierig. Ich habe dich nicht umsonst an dem Abend als Wetteinsatz gebeten, mit mir auszugehen. Das war ernst gemeint.«

Jedes einzelne seiner Worte war grundehrlich, was meine Schutzwälle ein bisschen bröckeln ließ, denn es war genau das, worauf ich so großen Wert legte. Ich hörte, wie er schluckte. Es gehörte viel Mut dazu, so offen mit jemandem zu sein.

»Und wenn ich sage, ich wünschte, ich wäre jetzt bei dir auf dem Sofa …« Nun rutschte seine Stimme noch einige Oktaven in die Tiefe. Jede einzelne Silbe brannte in meinem Innern, ließ das Feuer noch mehr aufflackern. Hennings freimütige Art, seine Direktheit, war genau das, was mich so an ihm faszinierte. Ich hatte selten jemanden kennengelernt, der so geradeheraus sagte, was er wollte. Und dass sich dieses Wollen auf mich bezog, machte es nicht unbedingt leichter, ihm zu widerstehen.

»Am liebsten wäre ich jetzt neben dir, um dich noch einmal küssen zu können«, fuhr er leise fort. »Weil der Kuss zwischen uns absolut berauschend war. Weil es da diese Chemie gibt, die ich nicht ignorieren kann oder möchte. Und wenn ich sage, dass ich gern bei dir auf dem Sofa wär, dann nur, weil ich noch viel weitergehen würde. Weil ich Dinge mit dir anstellen möchte, die seit unserer ersten Begegnung in meinen Gedanken herumspuken.«

Heilige Scheiße.

In meinem Kopf herrschte gähnende Leere.

Wäre ich die Heldin in einem romantischen Liebesfilm, hätte ich vermutlich Reißaus genommen, aber zur Hölle! Ich liebte sein schmutziges Mundwerk.

Und wie ich es liebte!

»Was denn zum Beispiel?«, hörte ich mich fragen und biss mir auf die Zunge, aber da war es schon gesagt. Atemlos presste ich das Telefon noch etwas fester an mein Ohr, um ihn besser hören zu können, um ihm noch näher zu sein.

»Ich würde mit einer Hand unter dein Shirt wandern. Dich berühren, jeden Zentimeter Haut ertasten. Erkunden, ob du an gewissen Stellen so weich bist wie in meiner Vorstellung.« Seine Atmung geriet ins Stocken, zäh glitten die Sätze von seiner Zunge wie dickflüssiger Sirup. »Alles. Ich würde alles erkunden, Karla.«

Meine Augenlider fielen wie von selbst zu. Sofort flammten Bilder von uns beiden vor meinem inneren Auge auf, nackte Körper, die sich auf dem Bettlaken wälzten.

»Ja?«

Henning machte eine Pause. »Und ich würde dich gern

vögeln. Langsam. Und schnell. Ich würde mir Zeit lassen, um herauszufinden, worauf du stehst. Was für Vorlieben du hast. Ob du laut bist oder leise. Ich würde gern sehen wollen, wie dein Gesicht weich wird vor Entzückung – wenn du alles von dir gibst, nichts zurückhältst.«

Ohne es verhindern zu können, glitt eine Hand zwischen meine Beine, ich fühlte, wie feucht ich inzwischen war, und presste die Lippen aufeinander, um ein Stöhnen zu unterdrücken.

»Und ich wäre gern in dir, während du kommst.«

Ich sog die Luft ein.

Holy …

Das machte sogar mich absolut sprachlos.

In mir wurde das Tosen immer lauter, verschluckte alles. Meine Nervenenden kribbelten vor Lust, bis meine Sinne nur noch Henning wahrnahmen und mein Kopfkino einen ganz eigenen Film abspielte, während sich eine unbändige Hitze in meinem Unterleib sammelte. Die sexuelle Anspannung war selbst durch das Telefon spürbar, als würde er direkt neben mir stehen. Als würde er all diese Dinge machen, die er da von sich gab und die mich beinahe um den Verstand brachten.

»Wenn du wüsstest, wie steinhart ich gerade bin«, raunte er halblaut. »Sag mir, was du denkst.«

Seine Stimme in meinem Ohr sandte einen prickelnden Schauer über meinen Rücken. Das Pochen zwischen meinen Beinen verstärkte sich.

Dieser hundsgemeine, verdammt heiße Mistkerl!

»Zum Teufel mit dir, Henning Kiefer«, sagte ich und schickte noch ein paar gewisperte Flüche hinterher, die eigentlich niemand hören sollte.

Sein heiseres Lachen brachte das Fass endgültig zum Überlaufen und meine inneren Muskeln zogen sich zusammen.

»Stehst du etwa auf Telefonsex, Karla?«

Oh, verdammt. Verdammt. Wie er meinen Namen flüsterte.

Wann hatten wir diese Abzweigung genommen? Wann zum Henker waren wir auf einmal zu dieser Art von Gespräch übergegangen? Seltsamerweise fühlte es sich nicht falsch an, sondern ganz im Gegenteil. Mich so fallen zu lassen und einfach mitzumachen … dass es auf dieser Ebene passte, hatte ich selten. Nicht oft. Manchmal.

Brandgefährlich. Henning Kiefer war brandgefährlich, stellte ich wieder einmal fest.

Alles Indizien, die meine Alarmbereitschaft nur noch erhöhten.

Abrupt nahm ich meine Hand wieder weg, setzte mich auf und strich mir das Haar aus der Stirn. Mein Brustkorb hob und senkte sich in einem unregelmäßigen Takt, ich war noch immer wie benebelt. Er wusste verdammt noch mal genau, was er da tat, was seine Worte mit mir anstellten.

Zu meinem Glück piepte in diesem Augenblick der Backofen los und erinnerte mich daran, dass ich nach der Pizza schauen sollte, wenn ich kein halb verkohltes Abendessen haben wollte.

»*Shit*. Der Stream«, murmelte er. Dann räusperte er sich, klang wieder klarer, überlegter. »Wann hast du Zeit? Ich möchte dich sehen.« Es war keine Frage, sondern eine Bitte.

»Gar nicht«, erwiderte ich und war stolz darauf, wie kühl und distanziert ich klang. Ich brauchte dringend Abstand zu diesem unwiderstehlichen Kerl, der mich dermaßen aus dem Konzept brachte.

Trotzdem … ich war auf ihn angewiesen. Auf ihn, den Vertrag, das Geld. Das schlechte Gewissen zwickte in meiner Brust und nur langsam ließ das Pochen zwischen meinen Beinen nach. Viel zu langsam.

»Gar nicht?«, wiederholte er.

»Ich glaube, es ist besser, wenn wir alles auf das Geschäftliche beschränken.«

Ich konnte die Rädchen in seinem Kopf förmlich rattern hören. »Karla.« Er atmete tief aus. »Da ist etwas zwischen uns. Warum sollen wir nicht herausfinden, was es ist, bevor wir alle Türen zuschlagen?«

»Könntest du es denn trennen?«

Er zögerte. Nur für einen Sekundenbruchteil, aber das reichte völlig aus.

»Siehst du«, sagte ich und fasste mir mit geschlossenen Augen an die Nasenwurzel. »Ich glaube, es ist besser, wenn wir es dabei belassen. Ich bin keine Frau für Beziehungen. Auch wenn unsere nicht echt ist.« Wieder piepte der Backofen. »Tut mir leid, ich muss auflegen. Mach's gut, Wunderknabe.«

Bevor Henning sich groß verabschieden konnte, beendete ich das Gespräch. Es war die richtige Entscheidung, das wusste ich, schließlich war mein Leben auch ohne einen Formel-2-Fahrer schon kompliziert genug.

Weshalb verspürte ich dann dieses dumpfe Gefühl in der Brust?

Kapitel 18

In der nächsten Woche richtete ich meinen Fokus neben der vielen Arbeit auch wieder etwas mehr auf mein Studium, da es langsam Zeit wurde, den Stoff zu wiederholen. Spätestens am Ende des nächsten Semesters würde ich mit dem intensiven Lernen anfangen müssen, um das Staatsexamen zu bestehen. Denn obwohl die Prüfung erst in über einem Jahr anstand, wurde es höchste Eisenbahn, sich den Lernstoff anzueignen.

Also unterteilte ich die unterschiedlichen Seminare und Vorlesungen in einzelne Lernblöcke, versuchte, ein Gleichgewicht zwischen Pausen und Cateringeinsätzen zu finden, und verbarrikadierte mich sogar schon morgens im Historicum, meiner Lieblingsbibliothek der LMU. Keine Ahnung, weshalb ich dort am liebsten war. Vielleicht lag es daran, dass ich vom Fensterplatz aus den perfekten Blick hatte, um dem Wiegen der Bäume zuzusehen, während die Zeit zerfloss, mal schneller, mal langsamer, bis der Tag irgendwann wieder vorbei war.

Jojo wäre stolz auf meine Struktur gewesen, aber mein Studium war mir nun mal wichtig, trotz des Chaos, das mich immer umgab. Und dafür wuchs ich sogar über mich hinaus. Ich legte die Vorlesungsunterlagen in Ordner ab und sortierte meine Lernabschnitte je nach Aufwand und Schwerpunkt. An erster Stelle stand Zivilrecht, dann folgten Baurecht, Polizeirecht und schließlich Arbeitsrecht und Erbrecht. Es war nur ein Bruchteil des Stoffes, den ich sehr bald bis zum Umfallen beherrschen musste, denn ich hatte in den letzten vier Semestern vor allen Dingen eins gelernt: Niemand würde mir die Arbeit abnehmen.

Niemand würde sich für mich hinsetzen, die Nächte durcharbeiten und Lernkärtchen schreiben.

Niemand würde in die Bücherei fahren und mir den besten Platz sichern.

Niemand würde für mich kämpfen, wenn ich es nicht selbst tat.

Das war ich. Das war mein Leben. *Ich* war dafür verantwortlich. Für das, was ich erreichen wollte und was ich letztendlich erreichte, auch wenn ein kleiner Anteil davon auch mit Glück zusammenhing.

Deshalb ärgerte es mich, dass ich mein Handy häufiger als nötig checkte. Ich lechzte geradezu nach einer Nachricht, einer Frage von Henning, als hätte ich Schiffbruch erlitten und würde nach einem Schlückchen Wasser betteln.

Fluch und Segen des Jurastudiums war die Freiheit, mir meine Zeit selbst einteilen zu können. Es war einerseits mein Untergang, andererseits genau der Puffer, den ich jetzt für die zusätzliche Arbeit bei *Leckerste* benötigte, um meinem Vater nach Ablauf der drei Monate finanziell unter die Arme greifen zu können. Es war die einzige Chance, die ich hatte, ihm wirklich zu helfen.

München verwandelte sich in eine wahre Frühlingsoase, überall sprossen Tulpen, lösten Osterglocken und wilde

Krokusse ab, sodass sich die kleinen Parks in ein buntes Blumenmeer verwandelten.

Und ich verschanzte mich in meinem muffeligen Zimmer. Ich war müde und schlecht gelaunt und wollte einfach nur noch schlafen. Aber das ging nicht. Aus so vielen Gründen!

Seufzend ließ ich mein Schlachtfeld hinter mir, um mir ein Glas Wasser und einen Espresso zu machen, als das Handy in meiner Gesäßtasche vibrierte. Mein Herz machte einen Satz.

Henning hatte geschrieben.

Donnerstagabend, 19:00 Uhr Geschäftsessen. Zieh ein hübsches Kleid an.

Verdrießlich starrte ich die Worte auf dem Display an, als würden sie dadurch ihre Schlagkraft verlieren. Keine Frage, kein *Hey, wie geht's?*, sondern vollendete Tatsachen. Es stand nicht einmal im Raum, dass ich eventuell etwas anderes vorhaben könnte.

Danke, dass du so lieb fragst, tippte ich also zurück.

Ich konnte es absolut nicht leiden, wenn über meinen Kopf hinweg entschieden wurde. Und was sollte diese Dresscode-Bemerkung? *Hübsches Kleid.* Das konnte so ziemlich alles heißen. Meinte er kurz oder lang? Zugeknöpft oder verspielt? Welcher normale Mensch konnte damit etwas anfangen? Es wäre in etwa genauso sinnvoll, wenn jemand mir erklärte, dass in einen Teig Eier gehörten. Schön, aber wie viele?

Komm schon, Meg. Gib dir einen Ruck. Ist ausnahmsweise auch nur geschäftlich.

Der neckische Unterton war deutlich zwischen den Zeilen zu lesen, was mir gegen meinen Willen ein Lächeln entlockte. Als ich mich dabei ertappte, runzelte ich die Stirn.

Dieser elendige Mistkerl. Wie machte er das bloß immer?

»Was grinst du denn so diabolisch?«, tönte es von links.

Keine Sekunde später schlenderte mein Bruder in die Wohnküche. Er brachte einen Schwall kühle Luft mit, Jojo ging unmittelbar hinter ihm. Die beiden hatten noch ihre Jacken an und stellten ihre Rucksäcke in den Flur.

»Hast du jetzt endlich die Formel für die Weltherrschaft herausgefunden?«

»Ehrlicherweise versuche ich gerade, den Mord im Salon mit der Brechstange zu vertuschen. Aber verrate es bitte niemandem.«

Kilian lachte schallend los, schloss mich in eine Umarmung und machte dann Platz für meine beste Freundin, die mir mit ihrem Pixie-Haarschnitt wie eine zauberhafte Elfenkriegerin entgegenschwebte. Auf Wolke sieben. Mehr denn je.

»Die verlorenen Kinder kehren heim«, murmelte ich, als ich sie an mich drückte und ihren frühlingshaften Duft einatmete.

»Ich hab dich auch vermisst.«

»Wie war die Reise?«

Jojo errötete ziemlich heftig und ich winkte schnell ab. »Okay, vergesst die Frage. Ihr habt euch sportlich betätigt. Das reicht mir völlig.«

»Na ja«, Kilian wirkte so zufrieden wie ein Spitzensportler nach einem Olympiasieg, als er Jojo einen Arm um die Schultern legte und sie an sich zog. »Wie könnten wir auch nicht …«

»Bitte nicht weiter ausführen!«, sprang ich verbal dazwischen und hielt mir die Ohren zu. »Es reicht, dass mein Kopfkino viel zu ausgeprägt ist und die Wände hier eindeutig zu dünn sind. Wenn ihr schon nicht immer bei dir in der Wohnung seid …« Vieldeutig schaute ich meinen Bruder an und wandte mich dann an meine beste Freundin. »Die Bilder vom Fallschirmsprung und das dazugehörige Video habe ich ja schon gesehen. Du sahst so begeistert aus.«

Sofort leuchteten Jojos veilchenblaue Augen verträumt auf. »Ich hätte nie gedacht, dass es so viel Spaß machen könnte.«

»In dir steckt eben doch ein kleiner Adrenalinjunkie«, meinte Kilian und klang dabei sehr liebevoll, was mich ungemein freute.

»Wie war es denn bei dir?«, fragte mich Jojo. Sie ließ ihren Blick über mich hinwegwandern, als suchte sie etwas, das sie zuvor nicht entdeckt hatte. »Du siehst … anders aus.«

»Anders?«, echote ich verwundert.

»Ja. Irgendwie …« Hilfe suchend wandte sie sich an Kilian, der mich jetzt ebenfalls wie ein Wachmann inspizierte. »Findest du nicht auch? Irgendwas ist doch anders?«

»Übermüdet, überarbeitet, mit einem dicken Lernschädel. Falls ihr das meint, dann ja. Alles zutreffend und noch mehr.«

»Nein, nein«, erwiderte Jojo kopfschüttelnd, den Blick immer noch auf mich gerichtet. »Das meine ich nicht. Du wirkst … in dir ruhend. Ausgeglichener. Also … deine Ausstrahlung ist ganz anders.«

Mein Körper versteifte sich. »Was?«

»Jetzt, wo du es sagst. Sie wirkt nicht mehr so rastlos«, mischte sich auch Kilian ein und nickte bestätigend. »Das ist es.«

»Ihr habt doch beide einen Vogel.« Ich tippte mir gegen die Stirn. »Ich hatte seit Monaten keinen Sex und die Batterien in der Nachttischschublade sollte ich auch mal wieder austauschen. Also nein, ich bin nicht ausgeglichen. Oder vielleicht nur dermaßen chronisch untervögelt, dass ich mir demnächst auch einfach eine Mitgliedschaft im Seniorenschachclub besorgen könnte. Obwohl … wenn man den Seniorengeschichten von Jojos Großeltern Glauben schenken darf …«

Jetzt war Kilian derjenige, der das Gesicht zu einer Grimasse verzog, während er sich mit einer Hand durch das schwarze Haar fuhr, das ihm in alle Himmelsrichtungen abstand. »Sätze, die ich nie wieder aus dem Schädel bekomme und die ich eindeutig nicht von meiner kleinen Schwester hören möchte.«

In diesem Augenblick kündigte mein Handy eine neue Nachricht an.

Nur um das klarzustellen: Du kannst auch in Jeans und Shirt kommen, ist mir egal. Hauptsache, du bist da. Und du wirst großartig aussehen, ganz gleich, was du trägst.

»Da. Schon wieder dieses Lächeln«, meinte Kilian nun und entblößte seine ebenmäßigen Zähne zu einem raubtierhaften Grinsen. »Da ist was im Busch.«

»Ich wette, es ist doch ein Typ im Spiel.« Jojo wackelte zur Unterstreichung ihrer Worte mit den Brauen, ihre veilchenblauen Augen funkelten dabei belustigt. »Vielleicht ist es ja dieser Rennfahrer aus dem Kühlraum …«

»Ihr habt doch beide einen an der Waffel! Und es hat mir besser gefallen, als ihr euch noch gegenseitig an die Gurgel gegangen seid und keine Zeit für irgendwelche Schlussfolgerungen hattet«, murrte ich hocherhobenen Hauptes, drehte mich schwungvoll um und machte mich auf den Weg in mein Zimmer. Jedoch nicht, ohne gegen das Lächeln anzukämpfen, das sich schon wieder auf meinen Lippen einnisten wollte.

Verflucht sei Henning Kiefer!

Kapitel 19

Als ich am Donnerstag um 18:30 Uhr mit einem panischen Blick auf die Uhr und den Kleiderberg auf meinem Bett keinen Schritt weitergekommen war, stieß ich einen tiefen, deprimierten Seufzer aus.

Was zum Henker sollte ich anziehen? Und was nicht? Was würde zu viel Spielraum für Interpretationen lassen und was nicht? Machte ich mir zu viele Gedanken? Sehr wahrscheinlich.

»Was ist los?« Jojo streckte den Kopf zur Tür herein, wobei mir auffiel, wie umwerfend sie heute mal wieder aussah. Die frische Bräune stand ihr ausgesprochen gut und sie hatte fast gänzlich auf Make-up verzichtet, sodass ihre Sommersprossen wie winzige Pinselstriche um ihre Nase tanzten. Sie trug ein weißes Langarmshirt und eine helle Boyfriendjeans, die an den Knien Löcher hatte, ihr aber gut stand.

»Nichts«, knurrte ich und wandte mich erneut dem Dilemma vor mir zu.

»Du wirkst aber ganz schön fahrig, dafür, dass nichts ist«, begann sie, und obwohl ich ihr den Rücken zukehrte, hörte ich das Lachen aus ihrer tiefen Stimme heraus. »Sag mal, hast du ein Date?«

»Nur über meine Leiche habe ich irgendwelche Dates. Und nein, es ist nur ein Geschäftsessen.« Ich klang wie eine Wölfin, der man auf den Schwanz getreten war.

»Nur ein Geschäftsessen … soso.«

Schwungvoll drehte ich mich zu meiner besten Freundin um. »Ja, Geschäftsessen.«

Abwehrend hob sie die Hände und feixte. Meine Laune verschlechterte sich zusehends. Wann hatten wir diesen Rollentausch hingelegt? Seit wann war sie diejenige, die mich zum Spaß ein bisschen triezte?

Mit einem Seufzen ergab ich mich. »Ich habe absolut keine Ahnung, was ich anziehen soll. Ich weiß ja noch nicht einmal, um was für eine Art von Geschäftsessen es sich handelt. Und wer alles da sein wird. Und wie ich mich verhalten soll.« Frustriert riss ich die Arme in die Luft.

Jojo wirkte so irritiert, als hätte ich gerade verkündet, mich zukünftig ausschließlich von rohem Fleisch ernähren zu wollen. »Moment. Weshalb machst du dir überhaupt so viele Gedanken? Das ist dir doch sonst ziemlich egal. Also, was andere Leute von dir denken könnten.«

Ich stutzte. Da hatte sie absolut recht. Eigentlich war es mir sogar völlig egal. Aber warum machte ich dann so einen Aufriss darum, was ich anziehen sollte?

Vielleicht, weil du Henning insgeheim beeindrucken möchtest?, erklang eine leise Stimme in mir, die ich schnell in die hinterste Kammer meines Herzens sperrte.

»Danke«, sagte ich und schnappte mir einen faltenlosen Rock, eine schlichte, eng anliegende dunkelgrüne Bluse, von der ich wusste, dass sie meine Augen noch katzenhafter erscheinen ließ, und eine blickdichte Strumpfhose.

Dann hielt ich abermals inne. Nein, das wäre die Gelegenheit, ihm die Telefonsex-Sache heimzuzahlen, die mich einige unruhige Nächte gekostet hatte. Ich spürte, wie mich Adrenalin durchflutete, wie mein Einfall neue Energie in mir freisetzte.

Kurzerhand stürmte ich zurück zu meinem Kleiderschrank und holte ein schwarzes Cocktailkleid hervor, das ich mir vor ein paar Monaten von meinem ersten Gehalt gegönnt hatte. Es war weder schlicht noch unauffällig: tiefer Rückenausschnitt, lange Ärmel und genau die richtige Portion Dekolleté. Auch die Länge war perfekt, denn ich zeigte für meinen Geschmack nicht zu viel Haut, aber genug, um sogar die Fantasie eines Neandertalers anzukurbeln, selbst wenn es sich dabei um einen Rennfahrer handelte. Für ein Geschäftsessen durchaus grenzwertig, aber mit dem richtigen Schuhwerk kombiniert und einem dezenten Make-up würde es gehen.

Jojo beobachtete meine Verwandlung stillschweigend und tippelte dabei von einem Bein auf das andere, als wollte sie keine Sekunde verpassen.

Als ich mich schließlich im Spiegel betrachtete, war ich mit dem Endergebnis mehr als zufrieden.

»Äh … wow.« Jojo begutachtete mich mit kreisrunden Augen von oben bis unten. »Du siehst …«

»Absolut zum Anbeißen aus?«, half ich ihr auf die Sprünge.

Sie nickte. »Heiß. Du siehst heiß aus.«

Draußen ertönte die Klingel. Überrascht blickte mich Jojo an.

»Erwartest du jemanden?«, fragte ich sie, woraufhin sie den Kopf schüttelte.

»Vielleicht ist es ja dein Date.«

»Kein Date. Ein Geschäftsessen«, erwiderte ich mit erhobenem Zeigefinger und ging in den Flur, um die Gegensprechanlage zu bedienen. »Hallo?«

»Meg?« Hennings Stimme setzte sofort wieder Bilder frei, die ich im Laufe der letzten Woche besonders nachts verdrängt hatte, und ich musste mich kurz räuspern, um meine Sprache wiederzufinden.

»Du holst mich ab?«, fragte ich anstelle einer Bestätigung für meine Identität.

»Es lag auf dem Weg.«

»Woher hast du die Adresse?«

»Betriebsgeheimnis«, antwortete er und ich konnte das Schmunzeln heraushören.

»Vierter Stock.«

»Okay.«

Ich drückte auf den Türöffner und keine Sekunde später erklangen Hennings energische Schritte im Treppenhaus, wobei ich mir sogar sicher war, dass er zwei Stufen auf einmal nahm. Quasi nach oben sprintete. Welcher zurechnungsfähige Mensch machte das denn freiwillig?

»Kein Date«, erklang es hinter mir und ich scheuchte meine beste Freundin in ihr Zimmer, wo sie lachend verschwand – nachdem sie mir noch stumm viel Glück gewünscht und mir zugezwinkert hatte. In diesem Augenblick war ich unendlich froh darüber, es nur mit ihr und nicht auch noch mit Brie zu tun zu haben, denn zwei romantisch veranlagte Mitbewohnerinnen hätten das Fass definitiv zum Überlaufen gebracht. Am Ende des Abends hätten sie vermutlich noch Pärchendates geplant.

»Entschuldige die kleine Verspätung, ich dachte, ich –« Egal, was er hatte sagen wollen, die Worte verließen nicht seinen Mund. Sobald er mich erblickt hatte, stockte er, verlangsamte seine Schritte und ging gemächlich die letzten Treppenstufen hinauf. Sein glühender Blick brannte förmlich Löcher in meine Haut und ich postierte mich in Kriegshaltung im Türrahmen, mit einem frechen Grinsen auf den Lippen.

»Dich abzuholen, war definitiv die richtige Entscheidung. Ich weiß nicht, wie meine Reaktion gewesen wäre, wenn ich dich so in der Location gesehen hätte.« Seine Stimme wurde zu dickflüssigem Honig und ein verräterisches Ziehen machte sich in meinem Unterleib bemerkbar.

Noch zwei Schritte, dann war er bei mir. Er überragte mich ein gutes Stück, sodass ich den Kopf heben musste, um ihm ins Gesicht blicken zu können. Was ich darin fand, ließ mich innerlich aufjubeln, denn anscheinend hatte ich mein Ziel erreicht. Mit leicht geöffneten Lippen betrachtete er jeden Zentimeter meines Körpers, um dann wieder zu meinen Augen zurückzukehren. Nun lag ein hungriger Glanz in seinem Blick.

»*Fuck*, Meg. Hätte ich das gewusst, hätte ich das verdammte Treffen abgesagt und wäre einfach nur hergekommen.« Wie von selbst lehnte er sich in meine Richtung, als wollte er mich küssen, meinen Duft einatmen, alles von mir erkunden. Als gäbe es nur noch mich.

Ich stemmte meine Hände gegen seine muskulöse Brust, spürte seinen polternden Herzschlag und empfand dabei eine klitzekleine diabolische Freude, weil ich dafür verantwortlich war. »Mal langsam, Wunderknabe. Niemand hat etwas von Anfassen gesagt.«

Henning stieß ein Geräusch aus, das nach einer Mischung aus Schnauben und Grollen klang, und ein wölfischer Ausdruck legte sich auf seine markanten Züge. »Du bist heute meine Freundin, oder?«

Ich legte den Kopf schief und senkte die Stimme, weil ich mir nicht sicher war, ob Jojo uns belauschen konnte. »Du meinst Fake-Freundin?«

»Freundin«, beharrte er.

»Fake-Freundin. Ja, denn das ist schließlich meine Aufgabe.«

»Dann werde ich dich heute Abend genau so behandeln.« Mit einer knappen Bewegung drückte er mich gegen die Steinwand im Hausflur und ich zerging unter der Hitze, die sein gesamter Körper ausstrahlte. Seine Stärke ließ meinen Verstand für einen Moment aussetzen, und als er sich meinem Mund näherte, verspürte ich das Bedürfnis, ihm einfach entgegenzukommen und den grandiosen Kuss von neulich zu wiederholen.

Im letzten Moment hielt ich jedoch inne, presste meine Handflächen etwas fester gegen ihn und schüttelte mit einem leisen Lächeln den Kopf.

»Geschäftsessen. Kein Date.«

Henning knurrte einen unterdrückten Fluch, machte einen Schritt nach hinten und raufte sich das dunkle Haar. Der kühle Luftzug tat auch meinem vernebelten Hirn gut. Erst jetzt fiel mir auf, wie großartig er aussah, und ich ließ meinen Blick über ihn hinweggleiten, saugte jedes Detail auf. Er trug einen schwarzen Anzug zu einem weißen Hemd, die Lederschuhe waren frisch poliert.

Mit zusammengezogenen Brauen fing er meinen Blick auf. »Wenn du mich so anschaust, ist das aber ein bisschen unfair.«

Da musste ich ihm zustimmen. *Mist.* Also schnappte ich

mir meine Handtasche und meinen Trenchcoat und zog schwungvoll die Tür hinter mir zu. Mit einem Krachen donnerte sie ins Schloss.

»Wie, bekomme ich keine kurze Führung durch deine Wohnung?«, fragte er und klang ehrlich angefressen.

»Nicht heute.«

Und auch sonst nicht. Schon gar nicht, wenn eine meiner Mitbewohnerinnen und mein Bruder anwesend waren und garantiert mehr aus der Sache machen würden. Ich brachte nie Kerle mit, um ihnen die WG zu zeigen. Sie waren nur für das eine da. Wenn überhaupt.

Herausforderung und Ehrgeiz blitzten in seinen dunkelbraunen Augen auf. Weshalb fühlte es sich an, als hätte ich mit meiner Antwort ein Stückchen Wurst vor eine Hundeschnauze gehalten?

Unten wartete eine schwarze Mercedes-A-Klasse, wahrscheinlich bekam er das Auto vergünstigt, weil sein Rennstall lose Verbindungen besaß. Vielleicht aber auch nicht. Ich wollte nicht direkt fragen.

Auf dem Weg zum Restaurant sprachen wir nicht viel. Henning fuhr so sicher, wie ich laufen konnte. In der Enge des Wagens war mir seine körperliche Nähe überdeutlich bewusst, was sich nicht nur auf mein flatterndes Nervenkostüm niederschlug. Henning hatte eine Art an sich, die mich irgendwie fesselte. Es war sein Selbstbewusstsein, das ganz anders wirkte als bei den Männern, mit denen ich mich ansonsten traf. Eigentlich bestimmte ich die Regeln, legte fest, wie oft und wann wir uns sahen. Hennings Art unterschied sich da grundlegend von den anderen Typen.

Er war einnehmender. Direkter.

Ich mochte das.

Und genau deswegen musste ich ihn dringend auf Abstand halten.

»Wohin fahren wir eigentlich?«, wollte ich von ihm wissen, als wir uns durch den Verkehr um den Karlsplatz schlängelten, wo wie immer um diese Zeit viel los war.

»Lass dich überraschen.«

»Ein kleiner Hinweis?«

Seine Miene wurde undurchdringlich wie das Bildnis einer Statue, dennoch sah ich, wie ein Mundwinkel zuckte. Seufzend lehnte ich mich zurück und murmelte: »Karma.«

Er warf mir einen flüchtigen Seitenblick zu. »Wieso denn das?«

»Mir ist gerade eingefallen, dass ich meine beste Freundin geärgert habe, als mein Bruder sie ins *Superfly* entführt hat, ohne dass sie wusste, worauf sie sich einließ. Das war, bevor sie zusammengekommen sind. Und insgeheim habe ich immer gespürt, dass mir meine Genugtuung damals irgendwann in den Hintern beißen würde.« Ich machte eine lose Handbewegung in seine Richtung. »Beweisstück A. Du verrätst mir auch nicht, wo es hingeht.«

»Deine beste Freundin ist mit deinem Bruder zusammen?«

Ich nickte lächelnd, von Zuneigung erfüllt. »Ja. Hat lange genug gedauert. Ich glaube, er war schon ein paar Jahre in sie verliebt, hat sich das aber nie richtig eingestanden. Und bei mir … das ist eine andere Geschichte.«

Sicher und ruhig lenkte Henning den Wagen auf den mittleren Ring, die Umgehungsstraße, die im Zentrum Münchens durch die einzelnen Viertel führte.

»Ich glaube, ich könnte das nicht. Also, damit einverstanden sein, wenn meine Schwester oder mein Bruder etwas mit jemandem aus meinem engsten Freundeskreis anfangen würde. Aber vermutlich liegt es daran, dass ich noch nie in der Situation war und es dann vielleicht sogar anders sehen würde.«

»Nicht?«, fragte ich verwundert und dachte darüber nach. Für mich war das selbstverständlich gewesen. Keine einzige Sekunde hatte ich einen Gedanken daran verschwendet, sauer darauf zu reagieren oder mich in meinem Stolz gekränkt zu fühlen. Schließlich ging es nicht um mich, sondern um das Glück zweier Menschen, die mir sehr am Herzen lagen, auch wenn ich beiden manchmal den Hals umdrehen könnte.

Er schüttelte langsam den Kopf. »Nein, ehrlicherweise glaube ich, dass ich damit sogar ein ziemliches Problem hätte. Liegt aber auch an meinen Freunden, da wäre keiner gut genug für meine Schwester.«

Ich warf ihm einen schnellen Seitenblick zu. »Was? Alles Schürzenjäger?«

»Oh, ja«, erwiderte er todernst.

»Vielleicht ist ja auch deine Schwester diejenige, die nichts anbrennen lässt.«

Zum Glück standen wir an einer Ampel, denn Henning sah mich neugierig von der Seite an. »So habe ich das noch gar nicht gesehen.«

»Dafür hast du ja jetzt mich.«

Es sollte eigentlich nur locker dahingesagt sein, aber auf einmal veränderte sich die Stimmung zwischen uns. Sofort lag da dieses unterschwellige Brodeln in der Luft, das Knistern eines Sommergewitters, das sich noch nicht entladen hatte. Henning vermittelte mir das Gefühl, einfach ich selbst sein zu können, ohne mich dafür zu verurteilen. Für meine schnelle Zunge, die chaotische Spur, die ich hinter mir herzog, oder meine Schlagfertigkeit. Er war nicht davon eingeschüchtert. Kein bisschen.

Das gefiel mir. Sehr sogar.

Die Ampel sprang auf Grün und ich atmete lautlos aus, als wir weiterfuhren.

»Was ist eigentlich aus deinem Reifen geworden?«, fragte Henning in die Stille hinein und strahlte dabei eine trügerische Ruhe aus. Als würde er etwas aushecken, das er mir noch nicht offenbaren wollte.

Moment, was?

Ich richtete mich im Ledersitz auf. »Wie kommst du denn plötzlich darauf?«

Ohne den Blick von der Fahrbahn zu nehmen, zuckte er mit den Schultern. »Ist mir gerade eingefallen. An dem Abend, als wir aus Bahrain zurückgekommen sind, wärst du eigentlich mit der S-Bahn nach Hause gefahren, oder?«

»Ja.«

»Der Reifen ist also noch im Eimer?«

Ich knirschte mit den Zähnen, weil das kein Thema war, das ich näher erläutern wollte. Henning schien mein inneres Unbehagen zu spüren, denn er schwieg und bohrte nicht weiter.

»Ja, eigentlich schon«, gestand ich schließlich mit einiger Verzögerung. Inzwischen hatten wir die Innenstadt hinter uns gelassen.

»Also steht dein Auto noch vor deiner Haustür?«

»Kann man so sagen.«

»Gut.« Sein selbstgefälliger Ausdruck ließ mich verwirrt die Stirn runzeln. Doch dann verwandelten sich seine Züge in eine starre Maske. Der feurige Glanz in seinen Augen erlosch und machte einer Härte Platz, die ich bisher nicht oft bei ihm gesehen hatte – eigentlich nur in Marcs Beisein oder wenn er in der Öffentlichkeit stand.

Schweigend parkte er das Auto auf einem der vielen Parkplätze.

»Wir sind da.« Er sagte es, als müssten wir gleich in eine Schlacht ziehen.

Und irgendwie beschlich mich das Gefühl, dass uns nichts anderes erwarten würde.

Kapitel 20

»Du schleppst mich zu einer Veranstaltung, auf der *Leckerste* das Catering macht?« Meine Stimme überschlug sich fast.

»Scheint so«, antwortete Henning. Er war die Ruhe selbst.

»Hattest du nicht geschrieben, dass es sich um ein Geschäftsessen handelt?«

Mit einer Gelassenheit, die schon an Unverschämtheit grenzte, deutete er auf die Häppchen, die von den Servicekräften vorbeigetragen wurden. »Quasi.«

Voller Entsetzen betrachtete ich die aufgestickten Kochlöffel in Notenschlüsselform, die in den letzten Jahren mein ständiger Begleiter gewesen waren. Überall wuselten meine Kolleginnen mit vollen Tabletts umher und ich versteckte mich hinter Hennings breitem Rücken, aus Angst, dass mich jemand bemerkte. Es roch fantastisch. Nach italienischen Kräutern und brasilianischen Käsebällchen. Kleine Gläschen mit Avocado-Mango-Chutneys und Mini-Brezen mit Obazda schwebten an mir vorbei. Wie immer, wenn Till und Toni in der Küche standen, lief mir das Wasser im Mund zusammen.

Nicht hilfreich. Gar nicht hilfreich.

Mein Blick kroch an meinem Kleid hinunter, da wir unsere Mäntel an der Garderobe am Eingang abgegeben hatten.

Oje, wenn mich jemand so sah.

Die todschick eingerichtete Location befand sich am Münchner Westpark. Ein stinknormales mehrgeschossiges Industriegebäude mit einer Art Loft im sechsten Stock, das sich über knapp zweihundert Quadratmeter erstreckte. Dank der vielen Fenster und des offenen Raums erschien es großzügig und weitläufig. Einige Regaltrennwände, die mit riesigen Pflanzen verziert waren, gaben dem Ganzen einen urbanen Stil, genauso wie die indirekte LED-Beleuchtung, die ständig ihre Farbe wechselte.

»Du hättest mich ruhig vorwarnen können!«, zischte ich Henning zu, zupfte am Saum des Minikleides und ging erneut hinter ihm in Deckung, als ich Ulla registrierte, die mit einem professionellen Lächeln auf uns zusteuerte und Henning schließlich einen Sekt anbot. Er nahm zwei Gläser entgegen.

»Aber dann hätte ich dein Gesicht verpasst«, antwortete er, sobald die Luft wieder rein war. »Und das war es auf alle Fälle wert.«

»Du musst echt eine sadistische Ader haben.«

»Das könntest du einfach herausfinden …« Seine Augen funkelten vor Belustigung, es schien ihm einen Heidenspaß zu machen.

Ärgerlich starrte ich zu ihm hoch. »Ich kann nicht glauben, dass wir hier sind.«

Henning grinste so verschmitzt und gleichzeitig so unschuldig, dass ich nicht wusste, ob ich wirklich böse auf ihn sein oder einfach lachen sollte. Gleich darauf wurde er jedoch wieder ernst, als wäre ihm eingefallen, dass er eigentlich keinen Grund hatte, um fröhlich zu sein. Seine komplette Haltung veränderte sich, wurde steifer, gezwungener. Alles an ihm wirkte auf einmal wie einstudiert. Als hätte er die Bewegungen vor dem Spiegel geübt.

Seine Hand schloss sich krampfhaft um das Sektglas. Sein Rücken war stocksteif durchgedrückt, sein Blick wanderte lauernd über die Menge, als würde jeden Moment ein Meuchelmörder hervorspringen und ihm an die Kehle gehen wollen.

Unwillkürlich stieg Mitgefühl in mir auf, denn in den letzten Wochen hatte ich eine Seite an ihm kennengelernt, die ganz anders war als das Bild, das ich sonst von ihm in der Öffentlichkeit gehabt hatte. Ich wusste, dass er ein lustiger, aufmerksamer Typ sein konnte, der für eine Leidenschaft brannte, die mir selbst viel bedeutete. Und hier war er einfach … blutleer. Als wäre er einem Schwarz-Weiß-Film entsprungen und in einem Raum voller bunter Menschen gelandet.

Henning drückte mir das zweite Glas in die Hand und prostete mir zu. »Auf uns.«

Klirrend stießen unsere Gläser gegeneinander. »Auf uns?«

»Ich bin froh, dass du mitgekommen bist. Du …« Er wollte noch etwas sagen, verstummte dann jedoch und spannte die Schultern an, als hätte er gerade einen ranghöheren Offizier entdeckt. *»It's showtime, Baby«*, murmelte er leise, allerdings klang es eher wie eine Drohung.

Dann ging es tatsächlich los.

Henning stellte mich überall als seine Freundin vor. Das Wort klang seltsam aus seinem Mund, als hätte er es gerade erst gelernt. Wahrscheinlich würde ich mich nie daran gewöhnen. Aber das musste ich auch gar nicht, schließlich hatte das Ganze ein Ablaufdatum, das nicht in allzu weiter Ferne lag.

Dafür spielte ich meine Rolle an seiner Seite, so gut es ging. Ich lächelte brav, lachte an den richtigen Stellen und schüttelte so viele Hände, dass ich am Ende den Überblick verlor.

Es waren hauptsächlich Männer in maßgeschneiderten Anzügen, bei denen sich Henning noch mehr versteifte. Sogar seine Kieferpartie verhärtete sich, weil er die Zähne so fest zusammenbiss.

»Ich hätte wohl eine Packung Tiefkühlgemüse mitbringen sollen«, neckte ich ihn leise mit der Erinnerung an meine kleine Boxeinheit in Bahrain.

Für einen flüchtigen Augenblick lockerte sich seine Miene auf, als würde die Sonne durch eine finstere Wolkendecke brechen, aber der Moment hielt nur kurz an. Dann wurde er wieder grau und düster.

Seltsamerweise sehnte ich mich nach dem anderen Henning. Dem wortgewandten, lustigen Henning, der kein Blatt vor den Mund nahm und ungeniert mit mir flirtete. Diese Version von ihm war mir fremd, stieß mich innerlich ab, weil er so roboterhaft wirkte, als sei er ohne Seele geklont worden.

Warum benahm er sich so seltsam? War das seine Art, mit dem Druck und der Situation umzugehen?

»Oh, Karla, was machst du denn hier? Ich hatte dir nichts von dem Job heute gesagt, weil wir schon voll waren. Oder ist jemand abgesprungen, von dem ich nichts weiß?«

Wie aus dem Nichts tauchte Anabelle neben uns auf, als hätte sie sich eben aus der Luft manifestiert. Fahrig durchforstete sie das Blatt auf ihrem Klemmbrett, wobei mir auffiel, wie schick das Kostüm war, in dem sie heute steckte.

Mit einer simplen Geste strich sie sich eine dunkelblonde Haarsträhne hinters Ohr, die sich aus ihrem lockeren Pferdeschwanz gelöst hatte, und legte die Stirn in Falten. Dann klappte sie den Mund auf, um noch etwas hinzuzufügen, doch just in diesem Augenblick fiel ihr Blick auf mein Outfit und ihr Gesichtsausdruck veränderte sich. Verblüfft musterte sie mich, dann schielte sie zu Henning, der mich immer noch im Arm hielt.

»Du bist … du bist gar nicht zum Arbeiten hier«, schlussfolgerte sie richtig und ich nickte abgehackt.

»Ich begleite heute meinen Freund«, behauptete ich schamlos und fühlte mich elendig dabei. Es war eine Sache, völlig Fremde zu belügen, mit vertrauten Personen war es eindeutig … schwieriger. »Henning.«

»Ach, na, so was.« Anabelles Miene war wieder geschäftsmäßig und professionell, trotzdem konnte ich ihr die Neugierde an der Nasenspitze ablesen. Sie lächelte. »Dann viel Spaß. Ist bestimmt auch mal schön, nicht nur die Resthäppchen zu verdrücken.« Ein kleines Augenzwinkern, dann wuselte sie weiter.

Ich atmete erleichtert aus. Vorerst, denn spätestens morgen würde ich die WG-Mädels einweihen müssen, bevor die Gerüchteküche hochkochte. Unter keinen Umständen wollte ich riskieren, dass sie es von jemand anderem erfuhren. Andernfalls wäre ich in meinen eigenen vier Wänden nicht mehr sicher.

Gleich darauf näherte sich ein Mann mit einer Wohlstandskugel und einem Sektglas in den prankenartigen Händen. Er verwickelte Henning in ein Gespräch, bei dem ich etwas teilnahmslos danebenstand und einfach eine hübsche Zierde abgab. Wie eine Anstecknadel.

All die Menschen, deren Namen ich binnen kürzester Zeit wieder vergessen hatte, unterhielten sich angeregt, während im Hintergrund fröhliche Musik gespielt wurde. Die Gäste spazierten in eleganten Kleidern und maßgeschneiderten Anzügen durch das Loft, als würde ihnen die Location gehören. Und je länger ich meine Gesichtsmuskeln zu einem Lächeln verzog, desto leerer fühlte ich mich.

Das war nicht meine Welt. Absolut nicht.

Mir fiel es nicht schwer, gut gelaunt und freundlich zu allen zu sein, aber die Oberflächlichkeit der Unterhaltungen zermürbte mich. Es fehlte die Echtheit. Das Herz.

Keine Ahnung, wie Henning das durchhielt.

Einmal mehr fragte ich mich, was eigentlich der Skandal gewesen war, der dazu geführt hatte, dass er sich in dieser verzwickten Lage befand. Mit mir als Fake-Freundin. Es musste eine ziemlich üble Sache sein. Meine Gedanken schweiften ab und ich beschloss, das große G zu befragen, sobald sich eine Gelegenheit bot. Vielleicht erhielt ich im World Wide Web eine Antwort auf meine Frage, auch wenn ich mir ehrlich gesagt keine großen Hoffnungen machte, denn andernfalls hätte ich längst Wind davon bekommen.

Während der ersten Stunde lag seine warme Hand wie selbstverständlich auf meinem unverhüllten Rücken. Jetzt spürte ich das sanfte Streicheln seines Daumens auf meiner nackten Haut und erschauerte. Ihm blieb meine Reaktion nicht verborgen und der Druck seiner Finger verstärkte sich. Ein unausgesprochenes Versprechen, das mein Verlangen hochkochen ließ.

Ich vermied es bewusst, in seine Richtung zu schauen, und konzentrierte mich stattdessen mit aller Kraft auf den netten Herrn mittleren Alters, den Henning mir wenige

Augenblicke zuvor als einen wichtigen Sponsor vorgestellt hatte.

Unmerklich zuckte ich zusammen, als Hennings Fingerspitzen ein Stückchen tiefer rutschten. Und noch ein Stückchen tiefer. Krampfhaft hielt mein Lächeln, obwohl ich innerlich ins Straucheln geriet.

Kaum wandte sich der Mann ab und schritt davon, rückte ich ein wenig von Henning ab und funkelte ihn entrüstet an. »Was tust du da?«

»Den Abend retten. Sonst drehe ich durch.«

»Und dafür musst du deine Finger auf Wanderschaft schicken?«

»Sag, dass du es nicht willst, und ich höre sofort auf damit.« Er sprach mit einer Ernsthaftigkeit, die mich verblüffte.

Mir fiel auf, wie dunkel die Schatten unter seinen Augen waren, wie abgekämpft er aussah. Bei all dem Trubel war mir das nicht aufgefallen, doch nun ließ es sich nicht mehr von der Hand weisen. Meine Wut verpuffte schlagartig.

Vielleicht brauchte er das einfach. Die Lockerheit. Unser Geplänkel. Den kleinen Flirt.

Er nahm einen großen Schluck von seinem Sekt. »Weißt du, ich habe mir in den letzten Tagen Gedanken gemacht.«

»Hast du das?«

»Ich finde, wir könnten Freunde sein.« Die Betonung war recht zweideutig, aber ich stieg darauf ein. Vielleicht, weil ich den anderen Henning wieder ans Tageslicht zerren wollte.

»Freunde?«, ahmte ich seinen Tonfall nach.

Er nickte bedächtig, ohne mich aus den Augen zu lassen, als wollte er jede noch so kleine Reaktion einfangen. »Ich würde dich gern näher kennenlernen. Wir werden wohl oder übel die nächsten Wochen miteinander verbringen müssen. Da können wir es auch als Freunde tun.«

Ich verzog spöttisch den Mund. »Das ist auch kein Hintertürchen, um doch noch das zu kriegen, was du möchtest?«

»Und was soll das deiner Meinung nach sein?«

Mit dem Zeigefinger deutete ich einmal an mir herunter. »Das hier.«

Dieses Mal erhellte sich seine Miene auf eine Weise, die mich innerlich erleichtert aufseufzen ließ. Sehr schön. Das war schon eher der Henning, den ich kannte.

Er beugte sich ein wenig zu mir und sein heißer Atem strich über meine Ohrmuschel. »Wenn wir nicht hier wären …«

»Dann?«, flüsterte ich zurück, während ich überall eine Gänsehaut bekam. Henning hatte diese unbeschreibliche Wirkung auf mich, er war wie ein Aphrodisiakum. Seine unmittelbare Nähe und dieser unverwechselbare Eigenduft, der sich unter sein holziges Aftershave mischte, ließen meinen Verstand aussetzen.

Das alles gefiel mir. Dieser imaginäre Tanz, den wir aufführten und der im Endeffekt auf ein klares Ziel hinauslief. Nur konnte – oder wollte – ich mir das einfach nicht eingestehen. Sonst hätte ich zu viel aus meinem tiefsten Inneren offenbart.

»Störe ich?«, unterbrach uns räuspernd eine männliche Stimme und ich rückte ein wenig von Henning ab, nur um mich Marc gegenüber wiederzufinden, der sich uns unbemerkt genähert hatte. Mit zwei simplen Worten hatte er die schwebende Blase um uns herum zum Zerplatzen gebracht.

Mein Herz sank drei Stockwerke in die Tiefe. Blinzelnd

und voller Entsetzen musste ich feststellen, dass ich gerade mit Henning Kiefer geflirtet hatte. Nicht, weil ich mich dazu verpflichtet gefühlt hatte und es Teil der Inszenierung gewesen wäre, sondern aus freien Stücken. Weil es mir Spaß machte, weil ich es selbst *gewollt* hatte.

»Nein, nein«, murmelte ich und trat einen Schritt nach hinten, während Henning jede meiner Bewegungen genauestens beobachtete. Sein Blick war so eindringlich, dass ich kurz an mir hinunterschaute, um sicherzugehen, dass ich keine Löcher im Kleid hatte.

»Entschuldigt mich bitte.« Mit wackligen Beinen stakste ich in Richtung Toiletten davon.

Im Spiegel über dem Waschbecken schaute mir eine junge Frau entgegen, die mir zwar ähnlich sah, aber mir irgendwie fremd vorkam. Als hätte mich jemand aus einer Erinnerung gemalt. Gerötete Wangen, verklärter Blick.

Ich kühlte meine Pulsadern unter dem eiskalten Wasserstrahl, ohne mir länger als zwei Sekunden in die Augen sehen zu können. Krampfhaft versuchte ich, mir ins Gedächtnis zu rufen, weshalb ich hier war. Wie ein inneres Mantra, das mir Kraft gab: für Papa und die Werkstatt. Für meinen dämlichen Stolz, weil Kilian nicht an mich glaubte. Und für mich. Weil ich endlich meine Geldsorgen los sein wollte.

Scheiße.

Meine Reaktion war eine einzige Wundertüte, niemand wusste, wie ich mich verhalten würde, am wenigsten ich selbst. Keine Ahnung, wie andere meine Sprunghaftigkeit aushielten, aber anscheinend umgab ich mich deswegen gern mit Menschen, die konstant waren und vor mir nicht zurückschreckten.

Henning zählte auch dazu. Er war ein Fels. Verlässlich und zielgerichtet.

Und dieses Ziel war – aus mir unerklärlichen Gründen – meine Wenigkeit. Obwohl ich mir nicht sicher war, was ich getan hatte, um diese Aufmerksamkeit zu erregen, oder ob es nur Teil des Vertrags war. Aber eigentlich machte er nicht den Eindruck, als würde es ihm nur darum gehen, und bisher hatte er nichts getan, das mich zu einem gegenteiligen Schluss kommen ließ.

Umso gefährlicher für mich und mein sich sträubendes Herz.

Kapitel 21

»Henning Kiefer, dieser Formel-2-Fahrer, dessen persönliche Assistentin du angeblich werden solltest, ist dein Freund?«

Im Türrahmen meines Zimmers standen Brie und Jojo und blickten mich mit vorwurfsvollen Gesichtern an, beide so ernst, wie ich sie selten erlebt hatte. Mit einem unterdrückten Seufzen schloss ich die Augen. Als ich sie wieder öffnete und in Richtung der verwunderten Stimme schaute, wusste ich innerhalb einer Sekunde, dass diese Unterhaltung kein Spaziergang werden würde.

Nach dem Ende des gestrigen Abends hatte mich Henning brav vor meiner Haustür abgeliefert, sodass ich sogar einen kleinen Stich von Enttäuschung verspürt hatte. Keine Ahnung, weshalb. Vielleicht, weil ich mich schon so an seine Flirtattacken gewöhnt hatte, dass es sich ohne nicht mehr richtig anfühlte. Aber es hatte einfach nicht gepasst.

Jetzt sah ich mich einer Front aus weiblichen Hormonen gegenüber, die nur so kochten.

Die *Leckerste*-Flüsterpost hatte bereits die Runde bis in die WG gemacht.

»Wann wolltest du es uns denn sagen?«, fragte Jojo nun

und trat ein, gefolgt von Brie, die ihren wohlgeformten Hintern an meine Tischkante lehnte, sodass ich von meinen Freundinnen eingekeilt war.

»Was soll das werden? Ein Verhör?« Eine FBI-Vernehmung war dagegen wahrscheinlich Kinderkram.

»Karla. Das böse F-Wort, und du sagst uns nichts? Kein Sterbenswörtchen?« Jojo starrte skeptisch auf mich herab. »War das gestern doch ein Date? Kein Geschäftsessen?«

»Zu meiner Verteidigung«, setzte ich an und versuchte, so viel Zeit wie möglich zu schinden, da ich bis eben über der Zusammenfassung der letzten Vorlesung von Dr. Habersack gesessen hatte. »Ihr wart beide knapp zwei Wochen nicht da. Und ich war schwer beschäftigt. Ich wollte gestern noch abwarten und euch heute …«

»Du hast tatsächlich einen Freund«, fiel mir Brie mit einem verklärten Lächeln ins Wort, was mich innerlich noch einmal aufstöhnen ließ. Großartig. Genau das hatte ich vermeiden wollen – die romantische Hoffnung in ihren bernsteinfarbenen Augen, dass mein steinhartes Herz doch noch für einen Kerl schlagen könnte und wir dann gemeinsame Pärchenabende veranstalteten.

Mir lief es eiskalt den Rücken hinunter. Wenn ich Pech hatte, stand genau so ein Abend direkt bevor, weil sie darauf bestanden, ihn kennenzulernen und Zeit mit ihm zu verbringen. Für einen flüchtigen Augenblick stellte ich mir vor, wie es wäre, gemeinsam mit Henning und den anderen etwas zu unternehmen.

War es wirklich schlimmer, als das fünfte Rad am Wagen zu sein? Mit ihm hätte ich wenigstens einen Verbündeten an der Seite, denn wir verstanden uns auf einer Ebene, die über das Körperliche hinausging.

Halt. Stopp.

Hastig schüttelte ich den Gedanken wieder ab, als wäre ich ein Hund, der gerade aus der Isar gesprungen war und sich trocknen wollte.

»Erde an Karla.« Mit hochgezogenen Brauen schnippte Jojo vor meinem Sichtfeld herum.

»Wahrscheinlich denkt sie gerade an ihn«, antwortete Brie an meiner Stelle, und das so begeistert, dass ich es niemals übers Herz bringen würde, ihr die Wahrheit zu offenbaren. Wahrscheinlich würde ich Henning heiraten und doch noch Kinder in die Welt setzen müssen, nur um diesem klärenden Gespräch und ihrer späteren Enttäuschung zu entgehen.

»Bestimmt ist er einfach nur eine weitere Kerbe in ihrem Bettpfosten.«

»Was bedeutet das?«

»Sie haben Sex.« Jojo verzog keine Miene.

Brie sah ernüchtert aus, als hätte man ihr verraten, dass der Weihnachtsmann gar nicht existierte. »Aber Anton meinte doch, dass sie sehr innig gewirkt hätten.«

»Anton«, fiel ich den beiden ins Wort, die gerade so taten, als wäre ich nicht anwesend, während sie mein imaginäres Liebesleben vor meiner Nase ausdiskutieren. »Ausgerechnet dein Freund ist die größte Klatschtante, die es bei *Leckerste* gibt? Das hätte ich ehrlich gesagt gar nicht von ihm gedacht.«

Brie lachte verzückt auf und klatschte begeistert in die Hände. »Also ist etwas dran? Nicht bloß eine Bettgeschichte?«

»Wie kommst du denn darauf?«

»Weil du es nicht abgestritten hast. Deswegen.«

Ich gab auf. »Okay. Dann streite ich es hiermit offiziell nicht ab.«

Für ein paar ausgedehnte Sekunden herrschte schockiertes Schweigen. Dann brach es fast zeitgleich aus meinen Freundinnen heraus und sie bombardierten mich mit Fragen, die ich mehr oder weniger wahrheitsgemäß beantwortete. Mal weniger ausgeschmückt, mal etwas mehr.

Ich erzählte von Bahrain, dem ersten Kuss, von Arielle und dem Abend unseres Kennenlernens. Die ganze Zeit über erwähnte ich den Vertrag und das Geld, das auf mein Konto floss, mit keinem Wort, obwohl sich mit jeder neu gesponnenen Lüge mein Herz ein kleines bisschen schwerer anfühlte. Als würden sich kleine Bleiklumpen um die Kammern bilden.

Fast tat es mir leid, dass es nicht echt war, eine perfekte Illusion. Aber nur fast. Schließlich wollte ich unter keinen Umständen eine richtige Beziehung.

* * *

Mit dem Wochenende rückte Henning ein wenig in den Hintergrund. Obwohl ich mich mehr als einmal dabei erwischte, auf mein Handy zu starren, blieb der Nachrichtenverlauf mit ihm ganz still. Als ob er sich an unsere Abmachung halten wollte.

Gut so.

Genau das hatte ich beabsichtigt.

Trotzdem wurmte es mich wie ein winziger Splitter, den man sich eingefangen hatte und der ständig pikste und zwickte. Einmal war ich sogar auf seiner offiziellen Instagram-Seite. Er hatte den Countdown zu einem Stream mit einem anderen Fahrer und eine kurze Video-Sequenz während des Kickboxens geteilt. Der Trainer war ein stämmiger Typ mit mörderischem Gesichtsausdruck, doch es war Henning, der meine Aufmerksamkeit auf sich zog. Die Art, wie er sich athletisch bewegte, die federnden Schritte und die Kraft in den einzelnen Schlägen weckten in mir den dringenden Wunsch, seine Nummer zu wählen und mit ihm zu sprechen. Einfach seine Stimme zu hören. Zu fragen, wie es ihm ging, was er machte.

Ein Grund mehr, einen weiten, einen sehr, sehr weiten Bogen um ihn zu machen.

Dennoch träumte ich von ihm. Von seiner Stimme. Von den Dingen, die er mit seinen Fingern und seinem Mund anstellen könnte, wenn ich mich auf das Abenteuer mit ihm einlassen würde. Aber wir unterhielten uns auch. Verbrachten einfach Zeit miteinander – und das bereitete mir fast noch größeres Kopfzerbrechen.

Jeden Morgen wachte ich zerschlagen und sexuell noch frustrierter auf, und ich verfluchte die erotischen Träume, die mein Unterbewusstsein heraufbeschwor, Träume, für die *nonna* sich einmal mehr im Grab umdrehen würde.

Dafür stürzte ich mich weiter in mein Studium und die Arbeit – zwei kleinere Catering-Einsätze, unspektakulär und ermüdend. Ich war zwar allein, aber das machte mir ausnahmsweise nichts aus. Schließlich bekam ich ein gutes Gehalt und jeder einzelne Cent war ein gewaltiger Schritt in die richtige Richtung. Finanzielle Unabhängigkeit und Papas Unterstützung.

Anabelle hatte den ersten Schwung der Abrechnung für den letzten Monat überwiesen und ich legte so gut wie alles auf die Seite, da der Druck in mir stetig anwuchs, je mehr

Zeit verstrich. Denn das Datum, an dem die Werkstatt verkauft werden sollte, rückte unaufhaltsam näher.

Knapp eine Woche nach unserem Date, am Mittwochmorgen, erschien dann doch noch ein Lebenszeichen von Henning auf meinem Display. Ich hatte gerade frisch geduscht und mir die Haare geföhnt, als die Vibrationsfunktion die Nachricht ankündigte.

Hast du heute etwas vor?

Unikram. Sonst nichts. Du?

Es klingelte an der Tür.

»Ich geh schon«, rief Brie, die ebenfalls zu Hause war, und ich starrte auf den Bildschirm, wo Henning immer noch als *online* angezeigt wurde.

Keine paar Sekunden später stand Brie in meinem Zimmer und sah aus, als würde sie jeden Augenblick vor Aufregung platzen.

»Ah!«, rief sie aufgeregt und klatschte begeistert in die Hände. »Ich lerne ihn kennen! Du hättest mich ruhig vorwarnen können! Vor allem hätte ich ihm vielleicht etwas zu essen übrig gelassen, ich habe doch gestern Abend noch die Lasagne gemacht.«

Verständnislos starrte ich meine Mitbewohnerin an, die etwas von *erstem Eindruck* faselte und an ihrem überdimensionalen grauen Hoodie zupfte, den sie Toni gestohlen haben musste. Denn trotz ihrer Größe versank sie förmlich darin.

»Wovon sprichst du?« Ich stand total auf der Leitung.

»Na, von deinem Freund! Er kommt jetzt hoch.«

»Er kommt *was*?«

Wie auf Kommando verdoppelte sich der Rhythmus meines Herzschlags und ich sprang von meinem Schreibtischstuhl auf. Automatisch warf ich einen prüfenden Blick in den Spiegel. Ich sah aus wie ein zerrupftes Huhn. Dazu der weiße Oversize-Pullover und die Oma-Dutt-Frisur. Sexy ging anders. Aber vielleicht war es genau richtig, schließlich wollte ich nach unserem letzten Treffen alles andere, als ihn verführen.

Zumindest redete ich mir das weiterhin ein.

Ich machte mir gar nicht erst die Mühe, mich in Schale zu werfen, kämmte mir lediglich die Haare und nickte zufrieden.

Fertig.

Brie starrte mich an, als hätte ich völlig den Verstand verloren.

»Äh.«

»Hallo?«, tönte es in diesem Augenblick tief und einnehmend aus dem Flur.

Gegen meinen Willen flatterte mein Herz so heftig, dass ich für einen Moment in Schockstarre verfiel. Dann setzte ich mein unerschütterliches Karla-Lächeln auf und ging zur Wohnungstür, von der aus Henning mir bereits mit funkelnden Augen entgegenblickte.

Anscheinend hatte er das *Wir-sehen-heute-nicht-vorzeigbar-aus*-Memo nicht erhalten, denn er trug eine helle Jeans und einen dunkelblauen Pullover, der sich um seine definierte Brust spannte. Die Haare waren ordentlich frisiert, seine Miene strotzte vor Zufriedenheit.

»Hey, Schatz«, sagte er lächelnd und in einem lockeren Tonfall, für den ich ihm am liebsten die Augen ausgekratzt hätte.

Was fiel ihm ein, ohne Vorwarnung in meiner WG aufzukreuzen und das Schauspiel einfach auf eine neue Stufe zu heben? Ich musste später unbedingt noch einmal den Vertrag prüfen, um sicherzugehen, ob er das überhaupt durfte. Und ob mir dafür nicht vielleicht sogar ein Bonus zustand.

Schadensersatz und so.

»Hallo«, erwiderte ich zwischen zusammengepressten Kiefern und ging auf ihn zu, um ihn zu begrüßen. Doch der Mistkerl dachte gar nicht daran, mich einfach so zu umarmen, stattdessen legte er seine Hände an meine Hüfte, zog mich ruckartig an sich und drückte mir einen Kuss auf den Mund. Ich stieß einen überraschten Laut aus, was dazu führte, dass der Kuss wesentlich länger dauerte als beabsichtigt.

Seine Lippen waren weich und fest und sofort schaltete mein Hirn auf Notaggregat. Ihm entwich ein leises Stöhnen, das sanfte Wellen durch meinen gesamten Körper sandte und wie eine Sommerbrise über meine Bauchdecke wehte, bis hinab in meinen Unterleib. Versprechen und Verheißung zugleich.

»Noch mal hallo«, hauchte er, keine zwei Zentimeter von meinem Gesicht entfernt, aber ich brauchte einen Wimpernschlag, um mich zu sammeln.

Mit einem Blick über die Schulter stellte ich fest, dass Brie uns mit entzückter Miene beobachtet hatte, und ich seufzte innerlich, weil sie die falschen Schlussfolgerungen ziehen würde.

»Brie, das ist … Henning«, stellte ich ihn nach kurzem Zögern endlich vor und machte einen Schritt von ihm weg, was er mit verengten Augen registrierte.

Strahlend trat Brie auf ihn zu, wobei mir auffiel, dass sie gleich groß waren.

»Henning, das ist meine Freundin Brie.«

»Freut mich, dich kennenzulernen«, sagte er so charmant, dass ich am liebsten die Bratpfanne ausgepackt und ihm eins übergezogen hätte. Wenn er jetzt noch meine Freundinnen um den Finger wickelte, wäre ich völlig am Arsch.

»Gleichfalls«, erwiderte sie und schüttelte seine ausgestreckte Hand.

Henning wandte sich an mich und legte den Kopf schief. »Bekomme ich heute die Führung durch die WG?«

»Was machst du hier?«, wollte ich wissen, ohne auf seine Frage einzugehen, und kreuzte die Arme vor der Brust.

»Ich habe eine Überraschung für dich. Unten. Wenn du heute nichts vorhast, würde ich dich gern entführen.«

»Aha. Und wohin?«

»Wenn ich das verrate, wäre es keine Überraschung mehr«, antwortete er augenzwinkernd.

Als ich zu Brie schielte, nickte sie begeistert. Ich schaute wieder zurück zu Henning, der keine Miene verzog. Lediglich das spöttische Funkeln in seinen nussbraunen Augen verriet, dass er gerade einen Heidenspaß hatte.

Seufzend deutete ich an mir herab. »Ich denke nicht, dass ich ausgehtauglich bin.«

Wie selbstverständlich schlang er seinen Arm um meine Schultern, was ein wohliges Kribbeln auslöste. Seltsam. Ich fühlte mich geborgen. Und sicher. Als wäre es völlig natürlich, von ihm gehalten zu werden.

»Ich habe doch gesagt, dass du in allem großartig aussiehst. Darum geht es auch gar nicht.« Er tippte mir mit einem Finger gegen das Brustbein. »Ich mag das da drin.«

Uff.

Es war ein bisschen unfair, dass er unser Arrangement aus den Angeln hob, aber so war Henning nun einmal. Und seine Worte, so kitschig sie auch waren, trafen einen wunden Punkt in mir.

Brie seufzte verzückt auf und das schwärmerische Lächeln auf ihren Lippen war mein Todesstoß.

Ergeben hob ich die Hände. »Okay, von mir aus. Wir können los.«

Kapitel 22

Verblüfft starrte ich den Abschleppwagen an, den Henning mit Warnblinker vor unserem grünen Haus geparkt hatte, während die Aprilstrahlen der Sonne alles in ein goldenes Licht tauchten. *Kiefer-Notfallservice* stand in dicken schwarzen Lettern an der Seite. Darunter eine Telefonnummer und eine Adresse in der Nähe von Nürnberg. Ungläubig betrachtete ich das Monstrum, dann schielte ich zu Henning und schaute erneut das Ungetüm an. Versuchte zu verarbeiten, welches Bild sich mir da bot.

Mit einiger Verzögerung wandte ich mich Henning zu, während mein Herz in die Kniekehlen rutschte. »Das ist ein Abschleppwagen.«

»Jupp.«

»Du hast einen Abschleppwagen?«

»Ja.«

Immer noch sprachlos schüttelte ich den Kopf. »Du hast einen Abschleppwagen.«

Ohne mich aus den Augen zu lassen, lächelte er sein Grübchenlächeln und wirkte dabei so zufrieden, als hätte er gerade Bries *pão de queijo* verdrückt. »Das ist keine große Sache.«

»Also, ich kenne mindestens zweihundert Leute persönlich und bis auf den Freund meines Papas hat niemand von ihnen einen Abschleppwagen. Wo hast du den aufgegabelt? Und sag mir nicht, aus deinem Keller, weil ich weiß, dass es in deiner Wohngegend keine großen Keller gibt.« Ich riss die Augen auf. »Oder hast du eine Garage angemietet? Und wenn ja, was versteckst du noch darin?«

Henning lachte laut auf und ich merkte, wie sehr ich mich nach diesem Geräusch gesehnt hatte. Ich mochte es, wenn er lachte. Ehrlich, herzlich und warm. Ich mochte es, wenn er den Kopf zurückwarf, ohne auch nur einen Gedanken daran zu verschwenden, wie das auf andere wirken könnte.

»Das Ding gehört meinen Großeltern. Und zu ihnen fahren wir jetzt auch.«

»Warum?«, platzte es aus mir heraus, obwohl ich die Antwort bereits ahnte und mein Herz sich krampfartig zusammenzog.

»Weil du einen neuen Reifen brauchst«, sagte er, als wäre es das Simpelste auf der Welt.

»Das kann ich nicht machen«, protestierte ich vehement und verschränkte die Arme vor der Brust, das Kinn herausfordernd gereckt.

Henning grinste noch eine Spur breiter. »Du tust fast so, als wäre ich hier, um dich zu einem Duell herauszufordern, und nicht, um dir einen Gefallen zu tun.«

»Das ist in etwa dasselbe.«

»Du bist nicht weniger stark oder unabhängig, wenn du auch mal Hilfe annimmst, Meg«, erwiderte er einfühlsam und schrammte damit viel zu nah an der Wahrheit entlang. Erschrocken wich ich ein Stück zurück, weil er es so mühelos schaffte, mich zu durchleuchten. Als wäre es die einfachste Sache in diesem Universum, dabei verstand ich mich oft selbst nicht.

»Ich brauche von niemandem Hilfe«, fauchte ich kratzbürstiger als beabsichtigt, was mich einerseits ärgerte, andererseits auch stolz machte.

»Das weiß ich.« Jetzt sah Henning mich ernst, aber voller Verständnis an. Als würde er wahrhaftig begreifen, was in mir vorging. Mir wurde entsetzlich warm. Ich fühlte mich auf eine Weise entblößt, die nichts mit fallenden Kleidungsstücken zu tun hatte.

Ich war nackt.

Henning sah mich.

Und er sah nicht weg.

»*Wuff*«, machte es plötzlich hinter mir, was mich augenblicklich in die Realität zurückkatapultierte. Ich richtete den Blick an Henning vorbei und entdeckte Arielle, die ihre Hundeschnauze an der Scheibe des Beifahrerfensters platt drückte und dabei hässliche Schlieren hinterließ. Mir wurde sofort etwas leichter ums Herz und ich spürte, wie sich mein zusammengepresster Mund zu einem herzlichen Lächeln verzog.

»Du hättest auch gleich sagen können, dass Ari mitkommt. Wenn das so ist, können wir natürlich fahren.« Das Fellknäuel zwischen ihm und mir auf dem Sitz würde genügend Abstand bringen.

Henning schnaubte ungläubig. »Und hätte ich gewusst, dass du so auf Hunde stehst, hätte ich als *Scooby-Doo* verkleidet bei dir geklingelt.«

»Ich nehme dich gern an die Leine, Wunderknabe.« Grinsend tätschelte ich seine Wange, die leichten Stoppeln darauf kratzten über meine Haut. Es war das erste Mal, dass ich ihn auf diese Weise freiwillig berührte, und sein Blick verdunkelte sich schlagartig vor Verlangen.

Sofort ließ ich meine Hand wieder sinken.

»Das möchte ich sehen.« Auch seine Stimme war einige Nuancen tiefer geworden und löste eine Reihe widersprüchlicher Gefühle in mir aus.

»In deinen Träumen vielleicht«, erwiderte ich frech, um die Spannung aus dem Moment zu nehmen, doch anscheinend waren es genau die falschen Worte.

Henning stieß ein brummendes Geräusch aus, lenkte den Blick zum frühlingshaften Himmel hinauf und vergrub die Hände in den Tiefen seiner Hosentaschen, wobei ich mir ziemlich sicher war, dass er irgendetwas von mir in seinen Träumen murmelte.

»Okay. Ernsthaft. Du brauchst ein neues Rad. Und ich habe eins organisiert. Wir fahren zu meinen Großeltern.«

Ich stand zwar nicht gerade auf diesen Befehlston, aber irgendwie war es auch erleichternd, nicht immer alles allein entscheiden zu müssen. Also nickte ich brav. Zu seiner – und vermutlich auch meiner – größten Überraschung war ich damit einverstanden.

Knapp eine halbe Stunde später war mein VW Golf auf der Ladefläche des Abschleppwagens festgemacht. Ich hatte meinen Hintern im weichen Sitz der Fahrerkabine geparkt, eine Hand in Arielles weichem Fell vergraben. Ein leicht ranziger Atem wehte mir aus ihrer offen stehenden Schnauze entgegen, während Henning uns in Richtung Autobahn bugsierte. Wir unterhielten uns über Belangloses, was etwas herrlich Erfrischendes hatte. Nichts Schweres. Nichts Kompliziertes.

»Wie bist du eigentlich zum Rennfahren gekommen?«,

fragte ich ihn, als wir München verlassen hatten und in Richtung Franken rollten.

Entspannt zurückgelehnt, eine Hand auf dem Lenkrad, warf er mir einen flüchtigen Blick aus dem Augenwinkel zu. Hätte er sich nicht auf den dichten Verkehr konzentrieren müssen, wäre ihm bestimmt aufgefallen, dass ich ihn von der Seite anstarrte und sein unverschämt attraktives Profil betrachtete. Dabei war er nicht im klassischen Sinn schön. Nein, was ihn so anziehend machte, waren die Zwischentöne, sein Charakter, die Art, wie locker er mit mir und dem Leben umging und trotzdem tagtäglich für das kämpfte, was er so liebte.

Als hätte man ein Blatt voller Noten vor sich, die erst ihre Schönheit entfalteten, wenn man sie in der richtigen Reihenfolge spielte.

»Es ist schwierig zu erklären, aber die Leidenschaft zum Fahren war schon immer da«, sagte er, nachdem er eine Weile überlegt hatte. »Ich kann mich an keine Zeit in meinem Leben erinnern, in der ich nicht unbedingt irgendetwas fahren wollte. Ein Freund meines Vaters arbeitet auf einer Kartbahn und ich war noch keine vier, als ich dort zum ersten Mal am Lenkrad saß.«

»Hast du denn mal eine Meisterschaft gewonnen?«

»Ja, die Formel 4 in meiner zweiten Saison. Auch in der Formel 3 bin ich ein paarmal aufs Treppchen gefahren, dann hatte ich Glück mit einem freien Sitz in der Formel 2, nur die Sponsorengelder waren nicht ganz sicher. Das war letzte Saison schon eine enge Geschichte.« Er machte ein Gesicht, als hätte er in eine Zitrone gebissen.

»Im Moment sieht es mit dem Geld nicht so gut aus, oder?«, fragte ich zaghaft, weil ich spürte, dass es ihn belastete.

»Allein den Sprung in die Formel 2 zu schaffen, hat ungefähr zwei Millionen Euro gekostet. Es sind einfach astronomische Summen. Ich komme aus stinknormalen Verhältnissen, es ist sowieso ein Wunder, dass ich es bis hierhin geschafft habe. Talent allein reicht eben nicht immer.« Ein bitterer Zug legte sich um seinen Mund.

Ich richtete mich etwas im Sitz auf, um nichts zu verpassen, dabei wusste ich, wie es beim Thema Geld im Rennsport lief. »Inwiefern macht die Finanzierung denn einen Unterschied?«

»Wenn du das nötige Kleingeld mitbringst – und damit meine ich, dass du sehr wohlhabende Eltern hast, die dir auch einiges extra zahlen können –, hast du die Möglichkeit, abseits der üblichen Zeiten noch mal gesondert auf die Strecke zu gehen. Du kannst in ganz anderen Teams landen. Das wiederum ermöglicht dir einen Vorteil gegenüber den anderen Fahrern«, erklärte er, und obwohl ihm das Thema schwer zusetzte, leuchteten seine Augen dabei. Trotz der Schwierigkeiten war das Rennfahren seine Leidenschaft, das, wofür er so brannte. Ich kannte das Gefühl, wenn ich in einer Vorlesung steckte. Ich liebte mein Studium, ich liebte es, mich neuen Herausforderungen zu stellen und das Beste aus mir herauszuholen.

»Stell dir mal vor, du könntest jeden Tag eine bestimmte Skipiste hinunterfahren. So oft du willst. Und du hast auch gleich die richtige Skiausrüstung parat. Dagegen fahren alle anderen diese Strecke am Renntag zum ersten Mal, auf Skiern, die sie noch nicht getestet haben.«

»Das klingt ehrlich gesagt ziemlich unfair.«

Geistesabwesend fuhr sich Henning mit dem Daumen über die Lippen, eine Geste, die unweigerlich meinen Blick auf sich zog. Mir wurde heiß, weil in mir der Wunsch aufkeimte, es selbst zu tun. Zum Glück saß Ari zwischen uns.

»Ich weiß nicht, ob unfair das richtige Wort dafür ist. Ich bin froh, dass wir diesen Sport überhaupt machen können. Aber es gibt viele Leute, die Talent mitbringen. Deshalb ist das Aussieben umso schwieriger.«

»Weißt du schon, was du machen möchtest, falls es mit der Formel 1 nicht klappt?« Es war ein vorsichtiger Vorstoß, aber ich bemerkte dennoch die Veränderung in seiner Haltung. Wie er sich versteifte. Wie sich seine Finger verkrampft um das Lenkrad schlossen. Auch seine Miene verdüsterte sich augenblicklich.

»Das ist für mich keine Option.« In seiner Stimme schwang eine Härte mit, die keinen Zweifel daran ließ, wie ernst es ihm mit dieser Aussage war.

»Das verstehe ich, aber hast du dir gar keine Gedanken gemacht, falls es nicht klappen sollte?«

»Doch. Natürlich. Alles andere wäre ja auch töricht. Aber ich will mich erst damit auseinandersetzen, wenn es so weit ist. Der Druck ist auch so schon groß genug.«

»Ich glaube an dich.«

Das meinte ich auch so. In den letzten Wochen hatte ich einen ehrgeizigen jungen Mann kennengelernt, der alles dafür tat, seinen Traum zu verwirklichen. Wenn es dann nicht klappen sollte, würde es ihm zwar das Herz brechen, aber ich wusste ganz tief in meinem Inneren, dass er einen anderen Weg einschlagen und das Beste daraus machen würde.

»Was ist mit dir? Warum wolltest du unbedingt Jura studieren?«

Ich überlegte einen Moment und erzählte ihm dann von

meinem Wunsch, ein selbstbestimmtes Leben zu führen, mit einem Job, der mir Spaß machte. Ich mochte die Vorstellung, für andere einzustehen. Mich um ihre Probleme zu kümmern, sie mithilfe des Gesetzes zu unterstützen.

»Das klingt sehr schön«, sagte er. »Und passt zu dir. Ich kann mir gut vorstellen, wie du jemanden heißblütig verteidigst.« Ein Schmunzeln erschien auf seinem Gesicht.

»Ja, ich hätte nicht damit gerechnet, dass es mir so gut gefällt.«

»Machst du es auch wegen des Geldes?«

Erschrocken zuckte ich zusammen. »Wie kommst du darauf?«, fragte ich schärfer als beabsichtigt.

»Na ja, wenn du von einem selbstbestimmten Leben sprichst … es klang einfach so, als wäre es dir sehr wichtig, unabhängig zu sein.« Er klang beschwichtigend, als er das sagte. Als wollte er mich nicht verschrecken.

Meine Gedanken überschlugen sich und ich nestelte am Saum meiner Jeanstasche herum. Wie schaffte es Henning nur, so aufmerksam zu sein? Er fragte nach, als würden ihn die Antworten ernsthaft interessieren. Was in mir den Fluchtreflex verstärkte, denn ich bewegte mich inzwischen auf sehr dünnem Eis.

»Ja, ich studiere auch wegen des Geldes. Aber nicht ausschließlich. Jura ist nicht gerade ein Studium, das man auswählt, weil es so viel Spaß macht. Im Gegenteil. Der Druck ist enorm. Aber ich liebe Herausforderungen.«

»Das ist mir nicht entgangen«, warf er grinsend ein und lockerte die gedrückte Stimmung auf, die sich wie eine Wolke über uns geschoben hatte. Die Ernsthaftigkeit in seinem Blick blieb jedoch.

»Ich liebe meine Eltern. Aber ich habe gesehen, wie das

Leben als Hausfrau meine Mama geprägt hat. In Italien musste sie ihre Karriere als Designerin aufgeben, und obwohl sie es uns meistens nicht gezeigt hat, war es furchtbar für sie.« Ich dachte an die Traurigkeit in ihrer Miene, wenn sie sich unbeobachtet gefühlt hatte. Ähnlich wie Papa.

»Meine Oma hat immer gesagt: Wenn man in einer Beziehung ist, geht man drei Wege«, erwiderte Henning leise. »Jeder seinen Weg für sich und einen gemeinsamen. Wenn man eine der Komponenten vernachlässigt, sich selbst oder die Beziehung, dann bricht alles auseinander.« Wieder sah er mich an, lange und eindringlich, und ich war erstaunt über die Weisheit in seiner Aussage. So hatte ich es noch nie gesehen. Für mich hatte sich eine Beziehung bisher immer wie das Anlegen von Ketten angefühlt. Aber vermutlich war es davon abhängig, was man daraus machte. Jeder hatte sein Glück selbst in der Hand.

Dann verfielen wir in ein einvernehmliches Schweigen, das nicht unangenehm war, sondern entspannt. Obwohl ich sonst nie den Mund zubekam, genoss ich die Stille neben Henning im Auto und dachte eine Weile über seine Worte nach.

Ich steckte in ernsteren Schwierigkeiten, als zuvor angenommen. Und dabei hatten wir noch nicht einmal miteinander geschlafen.

* * *

Die Werkstatt entpuppte sich als ein gealtertes Gebäude hinter einer langen Zufahrt, was mich nur allzu sehr an die Werkstatt zu Hause erinnerte. Die Aufteilung war ähnlich wie bei uns und trotzdem ganz anders. Ich fühlte mich sofort wohl, spürte, wie die Anspannung in meinen Schultern nachließ und sich ein wohliges Gefühl von den Zehenspitzen bis in den Scheitel ausbreitete.

Tief atmete ich die von Motoröl getränkte Luft ein, in die sich auch ein bisschen der Geschmack nach Gummi und Benzin mischte.

Als ich mich mit leuchtenden Augen zu Henning umdrehte, bemerkte ich seinen zufriedenen Gesichtsausdruck und noch etwas anderes, das ich nicht so richtig deuten konnte. Das wohlige Gefühl in mir verstärkte sich.

»Wie …?« Bevor ich meine Frage zu Ende stellen konnte, tauchte in meinem Blickfeld eine Frau mit rotem Haarschopf auf. Die Lachfältchen um ihre Augen verschoben sich freudestrahlend, als sie auf uns zugelaufen kam und die Arme weit ausbreitete.

»Na, das ist ja eine Überraschung! Warum hast du dich denn nicht vorher angekündigt? Du bist doch gestern Nachmittag erst wieder los.«

Verlegenheit zuckte über Hennings Gesicht, ehe er sie in eine herzliche Umarmung schloss. »Ehrlich gesagt habe ich mit Opa gesprochen, aber wahrscheinlich hat er es dir nicht ausgerichtet.«

»Du kennst doch deinen Großvater, selbst wenn du ihm sagst, dass es dringend ist, fällt es ihm erst ein paar Tage später wieder ein«, erwiderte die Frau mit so viel Zuneigung in der Stimme, dass kein Zweifel daran bestand, wie viel Liebe sie für ihren Mann empfand. Es dauerte eine weitere Sekunde, bevor mir dämmerte, was der Inhalt dieser kurzen Konversation noch verriet. *Das* war seine Oma? Fragend drehte ich mich zu Henning um, der meinen Blick bemerkte und mir ein schiefes Grübchenlächeln schenkte.

»Brauchst du einen neuen Reifen oder nicht?«

»Das schon, aber –«

»Dann wirst du hier auf jeden Fall einen bekommen. Mach dir keine Sorgen. Wir kriegen das alles hin.«

Auch ohne es auszusprechen, wusste ich, dass er von der Rechnung redete. Sofort durchflutete mich Ablehnung. Unter gar keinen Umständen würde ich mir von Hennings Großeltern einen Reifen montieren lassen, ohne entsprechend dafür zu bezahlen! Egal, wie nett diese Geste gemeint war, eher würde ich mit Brie und Jojo einen kitschigen Liebesfilmmarathon auf dem Sofa verbringen.

Empört stieß ich die Luft aus. »Das ist wirklich sehr nett von dir, Henning, aber ich werde auf jeden Fall für die Kosten aufkommen«, sagte ich so würdevoll wie möglich und wandte mich anschließend seiner Oma zu.

Ich reichte ihr die Hand, die sie sogleich ergriff. »Hallo, ich bin Karla.«

»Aha.« Ein neugieriges Funkeln trat in ihre haselnussbraunen Augen, während sie sich eine ihrer Haarsträhnen aus dem Gesicht wischte. »Hennings Freundin also. Ich habe schon viel von dir gehört.«

Eine Faust ballte sich um mein Herz. Anscheinend hatte es sich herumgesprochen. Was ich alles andere als gut fand, schließlich ging es hier um seine Familie. Um Menschen, die ihm nahestanden. Und wir waren im Begriff, sie anzulügen. Inzwischen hatten wir einen Punkt erreicht, der weit über die vertraglichen Gegebenheiten hinausging, weil es so persönlich, so intim wurde.

Es war eine Sache, mögliche Sponsoren an der Nase herumzuführen, aber etwas völlig anderes, es mit Herzensmenschen zu tun. Erst Brie, jetzt das. Wir verstrickten uns immer weiter wie zwei Fliegen, die sich in einem Spinnennetz verfangen hatten, und ich wusste nicht, wie ich das finden sollte.

Ich schluckte den Kloß in meinem Hals herunter. »Äh … ja, freut mich, Sie kennenzulernen.«

»Ach, papperlapapp, bitte sag doch Barbara zu mir.« Sie hakte sich bei mir unter und ging um das Abstellfahrzeug herum, um meinen Wagen in Augenschein zu nehmen. »Also, da ist das gute Stück, ja? Dafür finden wir bestimmt den passenden Reifen.«

Barbara war alles, nur nicht die Oma, die ich mir vorgestellt hatte. Sie war lustig, schlagfertig und auf Zack. Und augenscheinlich keinen Tag älter als sechzig, und genau das merkte man ihr auch an.

Im Kopf überschlug ich ihr mögliches Alter, schließlich war Henning zweiundzwanzig, aber vermutlich hatten sowohl seine Großeltern als auch seine Eltern sehr früh Kinder in die Welt gesetzt.

»Möchtest du mit ins Haus kommen, während sich Henning um dein Auto kümmert?«, fragte sie mich netterweise.

»Ehrlich gesagt würde ich selbst gern Hand anlegen«, erwiderte ich und sah, wie Überraschung über ihre und ebenso Hennings Züge hüpfte. Zum ersten Mal fiel mir die Ähnlichkeit zwischen ihnen auf. Die gleichen Augen, die volle Unterlippe, das markante Kinn.

»Wie meinst du das?«, fragte Henning, nachdem er sich wieder gefangen hatte.

»Na ja, wenn du mir den Reifen gibst, wir das Auto auf den Wagenheber kriegen und du Unterstellbock, Radkreuz und die passenden Schlüssel für das Felgenkreuz hast, sollte das in einer halben Stunde erledigt sein.«

»Gut.« Barbara lächelte freundlich. »Dann mache ich uns etwas zu essen. Wenn ihr fertig seid, habt ihr bestimmt Hunger. Ari, auf«, flötete sie und verschwand gleich darauf in dem hübschen Herrenhaus direkt neben der großen Werkstatt. Ari folgte ihr schwanzwedelnd, ohne zurückzublicken.

In der nächsten Stunde arbeiteten Henning und ich an meinem VW, wobei wir nicht allzu viele Worte wechselten. Das schien auch nicht nötig zu sein. Jeder Handgriff lief in stillem Einklang ab, auch wenn ich seine überraschten Seitenblicke immer wieder auf mir spürte, sobald er glaubte, dass ich es nicht mitbekam. Als wollte er sich vergewissern, dass ich auch wirklich noch da war und nicht heimlich den Rückzug angetreten hatte.

»Hast du das von deinem Papa gelernt?«

»Ja. Im Gegensatz zu Kilian, meinem Bruder, konnte ich mir nichts Schöneres vorstellen, als Zeit in der Werkstatt zu verbringen. Papa hat sich nach Beenden seiner Formel-1-Karriere im Norden niedergelassen und dort die Werkstatt eröffnet«, erklärte ich. Das Bedauern in meiner Stimme war unüberhörbar. Also wechselte ich schnell das Thema. »Du stellst mir das heute bitte auch in Rechnung, ja?«

»Das ist keine große Sache, wir hatten es sowieso hier«, protestierte er.

»Trotzdem.« Hartnäckig hob ich das Kinn und wischte mir den Schweiß von der Stirn. Obwohl es draußen nicht allzu heiß war, machte sich die körperliche Arbeit in der Enge der Werkstatt direkt bemerkbar.

»Du bist verdammt starrsinnig, Meg.« Er schüttelte den Kopf, trotzdem bemerkte ich, wie seine Mundwinkel zuckten.

»Das ist mein zweiter Vorname«, erwiderte ich, jedoch nicht ohne ein Lächeln. Dagegen war ich einfach machtlos.

Als wir schließlich fertig waren und Henning noch kurz den Zustand des Motorraums geprüft hatte, startete ich den Wagen und ließ ihn aus der Werkstatt auf den Vorhof rollen. Das Geräusch des surrenden Motors erfüllte mich mit einer solchen Freude, dass ich gar nicht anders konnte, als zu strahlen.

»Ahhh, das habe ich so vermisst!« Zufrieden stellte ich den Motor wieder ab und stieg aus, mir sehr wohl bewusst, dass Henning jede meiner Bewegungen verfolgte. »Ich habe wirklich was gut bei dir.«

»Du hast mich mit deiner Tiefkühlgemüseeinlage vor einem halben Nervenzusammenbruch gerettet. Das heute ist das Mindeste«, erwiderte er lapidar. »Hunger?«

Wie aufs Stichwort meldete sich mein Magen zu Wort und ich presste entschuldigend meine Handfläche auf mein viel zu lautes Organ. »Sorry. Ich habe nichts gefrühstückt.« Mein Blick schweifte zum Haus.

»Ehrlich gesagt …«, setzte ich an, doch Henning schüttelte bestimmt den Kopf.

»Du bleibst und isst noch mit uns.«

»Kannst du nicht mit deinem Auto später fahren?«

»Nein, mich hat ein Freund hier abgesetzt, der auf dem Weg nach Berlin war. Also bleib. Bitte.«

Eigentlich ließ sein Tonfall keinen Raum für Diskussionen, aber er hatte es mit mir zu tun.

»Ich glaube nicht, dass das eine gute Idee ist«, erwiderte ich trotzig.

Er seufzte leise. »Du hast Hunger. Babs hat gekocht. Das ist keine große Sache.«

»Es ist deine Familie, Henning«, widersprach ich hitzig und riss eine Hand hoch. »Wir führen keine echte Beziehung, sie existiert nur auf dem Papier. Bist du sicher, dass du sie da weiter als nötig mit hineinziehen möchtest?«

»Lass das mal meine Sorge sein. Außerdem sind wir Freunde. Und Freunde können auch zusammen essen.«

Ich wollte zu einer Erwiderung ansetzen, als er den Abstand zwischen uns verringerte, seine Hand um meinen Nacken schloss und mich einfach an sich zog. Unsere Oberkörper prallten aufeinander und sengende Hitze breitete sich wie ein Lauffeuer in mir aus. Ich spürte seinen Atem auf der Haut, hauchzart strichen seine Lippen über meine und weckten eine schlummernde Sehnsucht in mir.

Oh, dieser Mistkerl!

Ich verzog spöttisch den Mund, schützte mich dadurch vor den Empfindungen, die er in mir auslöste. »Nur Freunde, hm?«

»Komm mit rein. Die Welt wird sich weiterdrehen, mach dir keinen Kopf.«

Benommen starrte ich Henning an, der sich von mir löste und eine Leere hinterließ, die mir ganz und gar nicht gefiel. Nur mit Verzögerung beruhigte sich mein heftiger Pulsschlag.

»Okay«, ergab ich mich ebenso leise.

Er lächelte und ich tat es auch.

In dem hübschen Haus mit den vielen Giebeln und großen Fenstern herrschte eine Gemütlichkeit, die mich an Weihnachtsabende vor dem Fernseher erinnerte. Dabei war es Frühling und über zwanzig Grad warm.

Es war die durcheinandergewürfelte Dekoration, die eine so heimelige Gemütlichkeit vermittelte, dass ich mich direkt wie zu Hause fühlte. Am besten gefielen mir jedoch die Schwarz-Weiß-Zeichnungen an den Wänden, auf denen Gesichter, Körper und Hände dargestellt waren. Dann fiel mir ein, wo ich Bilder wie diese schon einmal gesehen hatte, und ich blieb neugierig davor stehen.

»Meine Tochter ist Künstlerin«, erklang Barbaras Stimme und ich erschrak, weil sie sich lautlos wie eine Katze genähert hatte. »Hennings Mama. Ich habe ihre Bilder gern im Haus.«

»Sie hängen auch in seiner Wohnung, wenn mich nicht alles täuscht.«

»Gutes Auge«, sagte sie anerkennend. »Hast du sie schon kennengelernt?«

Sofort machte sich Unbehagen in mir breit. »Noch nicht«, antwortete ich ausweichend.

»Möchtest du etwas trinken? Kaffee oder Tee? Oder ein Wasser?«

»Kaffee.«

»Komm bloß nicht mit deinem Filterkaffee um die Ecke«, murmelte Henning mit todernster Miene, nur sein rechter Mundwinkel bewegte sich dabei verdächtig. Er trat von der Gästetoilette in den schmal geschnittenen Flur und kam mit weit ausholenden Schritten näher. Flüchtig bewunderte ich seine athletische Art, sich zu bewegen. Es sah einfach schön aus. Wie ein Tänzer während einer Aufführung. Selbstbewusst und voller Tatendrang, ein bisschen federnd.

Ich spürte ein Pochen zwischen meinen Beinen und ärgerte mich über meinen dummen Körper, der so heftig auf Henning reagierte.

»Für besondere Gäste habe ich immer noch meine Kaffeemühle.«

Ertappt wandte ich den Blick ab, denn ich merkte sehr wohl, dass Barbara mich beobachtete. Meine Wangen brannten.

Dafür erinnerte mich ihre Aussage an meinen Opa. An Sonntagnachmittage, wenn er Kilian und mir eine Bananenmilch gemacht und sich selbst einen frischen Kaffee aufgebrüht hatte. Manchmal durfte sogar mein Bruder oder ich diese ehrenvolle Aufgabe übernehmen.

Es gab diese kleinen Dinge, die in Erinnerungen größer wurden. Meistens dann, wenn jemand nicht mehr da war. Unscheinbare Gesten verwandelten sich in Herzensmomente, die man nicht mehr hergeben wollte. Für kein Geld der Welt.

»Wo ist eigentlich Opa?«

»Wo wohl?« Barbara zeigte die Zähne.

»Angeln«, sagten Henning und sie gleichzeitig. Dann lachten sie und wirkten dabei so innig und vertraut, dass es mir die Kehle zuschnürte, weil mir dabei schmerzlich bewusst wurde, wie weit ich von meiner eigenen Familie entfernt war. Also Kilian einmal ausgenommen, aber das war nicht dasselbe wie Papas Heimatumarmungen und Mamas begnadete Kochkünste und ihre Finger in meinem Haar, wenn sie mich geistesabwesend streichelte.

Die nächsten Stunden verbrachten wir am Eichenholzesstisch, auf sehr bequemen schwarzen Stühlen. So surreal diese Situation auch war, mit jeder Minute taute ich etwas mehr auf, vergaß sogar für einen Moment, dass das alles nicht echt war, sondern nur eine Illusion.

Es fühlte sich irgendwie vertraut an. Nicht falsch, sondern genau richtig. Als hätte ich gerade eine neue Lieblingseissorte gefunden.

Sosehr ich mich dagegen sträubte, am Ende ließ ich mich doch einfach fallen. In die Unterhaltungen, das Mittagessen, das von Gelächter und guter Laune begleitet wurde, von Unbeschwertheit.

Immer wieder begegneten sich Hennings und meine Blicke. Sie waren wie eine intime Berührung, und je mehr Zeit verging, desto mehr lud sich die Stimmung zwischen uns auf.

Manchmal, ganz selten, streiften seine Fingerspitzen wie zufällig meine Knöchel oder mein Handgelenk, was jedes verdammte Mal ein Feuerwerk in meinem Innern entfachte. Eine Gefahr. Henning Kiefer war definitiv ein wandelndes Warndreieck für meine neu entfachten Gefühle.

Seit heute sogar noch ein bisschen mehr.

»Oh, dich mag ich«, sagte Barbara, nachdem wir die Teller abgeräumt hatten. Sie sah mich mit einer Wärme an, die augenblicklich einen Kloß in meinem Hals entstehen ließ, der auch nicht verschwand, als ich schnell einige Schlucke von meinem frisch gebrühten Kaffee trank.

»Babs«, setzte Henning an, doch seine Großmutter unterbrach ihn einfach mit einer ungeduldigen Geste.

»Nichts da. Ich kann doch sehen, dass ihr euch etwas bedeutet. Und ein Mädchen wie sie hast du noch nie mitgebracht.«

Bei ihren Worten schnürte sich meine Kehle noch ein Stückchen mehr zu, sodass ich kaum noch Luft bekam. Gleichzeitig wurde mein Herz schwer, als hätte jemand tausend Gewichte drangehängt, um es auf dem Meeresgrund zu versenken. Diese unglaublich nette und großzügige Frau wurde gerade von vorne bis hinten verarscht. Von mir.

»Nicht so wie das blonde Modepüppchen, dss du letztes

Mal angeschleppt hast«, fuhr sie nun unbeirrt fort und schien nichts von der veränderten Stimmung wahrzunehmen. Oder sie wollte es nicht bemerken. »Die beiden haben sich vielleicht gegenseitig die Hörner abgestoßen, aber für die Zukunft war das nichts«, sagte sie zu mir.

Gequält ließ ich die Worte über mich ergehen, denn mir fehlte ausnahmsweise die Kraft, das Ganze richtigzustellen. Ich schielte auf die Uhr. »Ich glaube, ich muss wieder zurück nach München.«

Rasch erhob ich mich. Leider ein bisschen zu hektisch, denn ich riss die Kaffeetasse mit, sodass sich der letzte Rest des Inhalts über die weiße Tischdecke ergoss. Von dem plötzlichen Krach erschreckt, sprang Arielle auf, die zwischen unseren Füßen geschlafen hatte, und bellte nervös.

»Oh, nein, das tut mir leid.« Ich war einfach ein Tollpatsch!

»Das macht gar nichts. Das kriegen wir schon wieder raus.«

In einer Seelenruhe nahm Barbara die Tischdecke ab und begleitete uns anschließend zur Tür. Draußen empfing uns viel kühlere Luft als zuvor, denn die Sonne sank dem Horizont entgegen. Keine Ahnung, wie lange wir zusammengesessen und uns unterhalten hatten.

»Kann ich Ari denn im Kofferraum mitnehmen?«, fragte ich Henning, vermied es aber, ihn anzusehen, aus Angst, dass das ganze Schauspiel dadurch auffliegen könnte.

»Kein Problem.«

»Besuch uns bald wieder.« Barbaras Umarmung war herzlich und ehrlich. Trotz der Beklemmung in meiner Brust und der Gewissheit, die größte Hochstaplerin der Welt zu sein, schaffte ich es, ein tapferes Lächeln aufzusetzen.

»Vielleicht irgendwann.« Insgeheim wünschte ich mir das sogar.

Als wir uns schweigend in mein Auto setzten und ich mühsam gegen dieses bedrückende Gefühl in mir ankämpfte, wünschte ich, ich hätte mich nie auf den heutigen Tag eingelassen.

Kapitel 23

Auf der ganzen Fahrt zu Hennings Wohnung verloren wir kaum ein Wort. Als wären wir uns beide der Bedeutung des Augenblicks bewusst, der sich schwer und vielversprechend über uns legte.

Auf einmal war die Luft getränkt von etwas, für das ich keine Worte fand. Aber es war da. Und ich konnte es nicht einfach ignorieren und so tun, als existierte es nicht. Genauso gut hätte ich behaupten können, dass die Sonne am nächsten Morgen nicht aufgehen würde.

Diese atemberaubende Energie zwischen uns war nicht von der Hand zu weisen, und je näher wir München kamen, desto unruhiger wurde ich. Als hätte ich einen Bienenschwarm unter meinem Hintern.

»Da wären wir«, sagte ich, sobald ich das Auto auf einem Parkplatz gegenüber seiner Eingangstür abgestellt hatte. »Danke noch mal.«

»Komm doch mit hoch.« In seiner Stimme schwang eine Sanftheit mit, die mich berührte. Als ginge ihm das alles auch unter die Haut, was meinen inneren Widerstand bröckeln ließ. Verheißungsvoll schwebte die Aufforderung zwischen uns.

»Es würde alles nur komplizierter machen.« Selbst in meinen Ohren klang der Protest sehr schwach.

Auch Henning schien das zu spüren, denn er setzte sich ruckartig auf und lehnte sich in meine Richtung, als wollte er sichergehen, dass ich ihm dieses Mal nicht entkam. »Es ist auch so schon kompliziert genug. Aber es spricht doch nichts dagegen, dass wir das Beste daraus machen.«

»Das Beste?«

»Karla …« Er lächelte zuversichtlich, als würde er ein Geheimnis kennen, in das er mich nun einweihen wollte. »Du und ich, das könnte absolut fantastisch werden.«

Bisher hatte ich mich geweigert, ihn anzusehen, weil ich wusste, dass ich damit meinen Selbstschutz komplett über Bord werfen würde, aber als ich das Kinn leicht in seine Richtung wandte und unsere Blicke sich trafen, war es wie ein Gewitter, das sich mit voller Kraft entlud. In seinem Gesicht las ich eine Ansammlung von Emotionen, die meine widerspiegelten: Verlangen, Erregung, Vorfreude. Und noch etwas anderes: Entschlossenheit.

Dieser Kerl hatte etwas geschafft, das bisher noch niemandem gelungen war. Trotz all meiner Versuche, ihn von mir zu weisen. Mit einer kontinuierlichen Beharrlichkeit hatte er sich an sämtlichen Barrieren vorbeigeschlichen und nun saßen wir hier.

Normalerweise passierte bei mir alles in einer anderen Reihenfolge. Kennenlernen, eine gemeinsame Nacht verbringen, manchmal etwas mehr. Aber es blieben lose Beziehungen, ohne Ansprüche oder Forderungen, zeitlich begrenzt auf Herzschlagmomente und gestohlene Küsse.

Mit Henning war es anders. Mir gefielen sein Humor, seine blühende Intelligenz und die Art, wie er die Dinge anpackte. Das erschwerte die Sache. Aber ich wollte ihn trotzdem.

Ich hatte ihn immer gewollt.

Meine Fingerspitzen zuckten, als würden sie ein Eigenleben entwickeln und Henning berühren wollen, also ballte ich die Hände zu Fäusten und presste sie in den Schoß.

»Es wäre nur Sex.«

Weil sein Gesicht im Schatten lag, konnte ich den Ausdruck in seinen Augen nicht richtig deuten. Dennoch sah ich, dass sie wie zwei Kohlestücke aufglühten. Ein Grinsen teilte seine vollen Lippen, sodass seine Zähne im Mondlicht weiß leuchteten.

»Nur Sex«, wiederholte er nickend.

»Ein Mal.«

Er grinste etwas breiter, weil er spürte, dass ich nachgab. »In einer Nacht? Das kann ich nicht garantieren.«

»Das möchte ich sehen, Wunderknabe«, neckte ich ihn und wunderte mich darüber, wie verführerisch sich meine Stimme anhörte.

»Wir können es ja darauf ankommen lassen.« Warm und sicher schloss sich seine Hand um meine, hüllte mich in einen Kokon und sandte einen Schauer über meinen Rücken. »Keine Panik, Karla. Wir schauen einfach, wohin es führt.«

Mit jedem Wort hatte er sich ein kleines bisschen mehr in meine Richtung gebeugt und ich spürte seinen Atem auf meinem Hals, seine Lippen, die über meine Haut tasteten. Er küsste meinen Pulsschlag, der sich unter der Berührung verdreifachte. Wie auf Knopfdruck schalteten sich meine Gedanken aus und ich überließ den feinen Empfindungen die Führung, gab mich ganz meinen Sinnen hin.

Irgendwie fanden wir den Weg in seine Wohnung. Ari verschwand in der Küche, als hätte sie ein Kommando gehört.

Auch jetzt sprachen wir nicht viel, aber das war auch gar nicht nötig. Es gab auch nicht viel zu sagen. Während der letzten Wochen hatte sich eine sexuelle Spannung zwischen uns aufgebaut, die sich jetzt einen Weg bahnte, sich ein dringend benötigtes Ventil suchte.

Das hier war etwas, was ich kannte und gut konnte. Heißer Atem, ineinander verhakte Finger, geflüsterte Versprechungen, die in sanfte Liebkosungen übergingen, Kleidungsstücke, die fielen.

Ich wollte es. Alles. Unbedingt.

Die kleinen Augenblicke des Vorspiels, den großen Knall. Ungeschönt, echt, wild.

Ich fühlte mich wie berauscht, genoss Hennings Anblick – wie sich seine Bauchmuskeln anspannten, seine Atmung schwerer wurde, seine Lider sich lustvoll senkten. Sein Blick wurde glühender und seine Küsse einnehmender, fast drängend.

Wir stolperten in sein Schlafzimmer, die Deckenlampe blieb aus und schimmerndes Mondlicht verwandelte unsere Konturen in schattenhafte Silhouetten. Mit einem ausgestoßenen Laut landete Henning rücklings auf dem Bett.

Er stöhnte an meinem Mund, als ich auf seinen Schoß glitt, meine Hände in seinen Locken vergrub und sein Gesicht noch näher an meines heranzog, während ich mich an ihm rieb.

Mit einer fließenden Bewegung zog ich meinen Pullover über den Kopf, sodass ich nur noch in BH und Jeans rittlings auf ihm saß. Begierig glitt sein Blick über mich hinweg, als wolle er sich jeden Zentimeter meiner Haut einprägen, und ich spürte ein taumelndes Glücksgefühl, weil ich mich in seiner Gegenwart einfach schön und sicher fühlte. Ohne zu zögern, ließ ich die Körbchen meines BHs herabgleiten. Für einen Sekundenbruchteil stockte Henning der Atem, als er meine Brüste betrachtete, dann kehrte sein hungriger Blick wieder zu meinem Gesicht zurück, dieses Mal ungeduldig, fast zügellos.

»Perfekt«, wisperte er nahezu geräuschlos an meinen Lippen, die sich geschwollen, schon beinahe wund anfühlten. »Einfach perfekt.«

Ein bittersüßer Schauer durchrieselte mich wie eine angenehme Sommerbrise, ein Gefühl, das meine Wirbelsäule hinabwanderte. Atemlos presste ich mich noch näher an ihn, rutschte ungeduldig vor und zurück, kostete die pulsierende Härte in meinem Schoß vollends aus.

»Du stehst wirklich im Pakt mit dem Teufel, was, Meg?«

Ich lachte leise und unser Atem vermischte sich, wurde zu einem. Gleichzeitig verspürte ich den dringenden Wunsch nach weniger Kleidung. Suchend glitten meine Fingerspitzen tiefer, strichen über seinen Bauch. Ich spürte, wie er heftig einatmete und die Luft anhielt, während ich weitermachte, den Hosenbund entlang, bis ich schließlich auf die harte Beule ein wenig tiefer stieß. Ich legte meine Hand darauf und vertiefte den Kuss, glitt mit meiner Zungenspitze in seinen Mund und spürte, wie sich meine inneren Muskeln vor Verlangen zusammenzogen, als er den Kuss mit derselben Intensität erwiderte.

Henning stöhnte auf, löste sich von mir und sah mich an. »Du machst mich fertig.«

»Immer wieder gern, Wunderknabe.«

Ich nutzte den kurzen Moment, um ihn ausgiebig in Augenschein zu nehmen. Die definierte Brustmuskulatur, die breiten Schultern, das kleine Kreuz-Tattoo auf seinem Oberarm, das mir zuvor nicht aufgefallen war. Unbewusst leckte ich mir über die Lippen.

Henning bemerkte meinen hungrigen Blick. »Ich habe noch ein zweites«, murmelte er rau.

»Wo?«

»Find's heraus.«

Dieser heisere Klang in seiner Stimme, das Krächzen darin, ließ mich noch ungeduldiger werden. Dabei fühlte ich mich in seiner Gegenwart sonst ruhiger, ausgeglichener. Allerdings war jetzt alles anders.

Heilige Scheiße, ich wollte ihn. So *fucking* sehr, dass ich mich beherrschen musste, mich nicht einfach auf ihn zu stürzen.

Er schien meine Veränderung zu spüren, denn er verlagerte das Gewicht, strich mit den Fingerspitzen über den Ansatz meiner Brüste, gemächlich und vorsichtig, als wolle er keine Sekunde davon verpassen, keinen Zentimeter auslassen. Kühle Luft umfing mich, während Hennings eindringlicher Blick auf mir lag. Es gefiel mir zu sehen, wie sehr er mit sich rang, es gefiel mir, diese Macht über ihn zu haben.

Ich wollte ihn berühren, ihn schmecken, ihm näher sein.

Also glitt ich von ihm herunter und zog mich bis auf den Slip aus. Auch er erhob sich fließend wie Wasser, sah mich die ganze Zeit über an, während er sich die Hose aufknöpfte und über die Hüfte zog. Die Socken folgten.

Ich nahm alles in mich auf – seinen sportlichen Körper, die feinen Härchen, die sich auf dem Weg zu den eng anliegenden Boxershorts verdichteten. Mit der Zungenspitze befeuchtete ich meine Lippen, spürte Hennings sengenden Blick auf mir und ließ meine Hand mutig in seiner Unterhose verschwinden.

Zischend sog er die Luft zwischen den Zähnen ein und warf mit geschlossenen Augen den Kopf in den Nacken. Meine Finger ertasteten samtige Haut. Vor Aufregung schlug mir das Herz bis zum Hals.

Ohne die Augen von seinem Gesicht zu nehmen, setzte ich mich auf meine Fersen zurück und schob seine Boxershorts herunter. Kurz stockte mir der Atem, ein Tosen brandetet in meinen Ohren auf. In seiner linken Leistengegend entdeckte ich einen winzigen Stern und musste lächeln.

Zaghaft berührte ich ihn, schloss meine Hand um ihn, ließ ihn keine Sekunde aus den Augen, denn ich wollte jede noch so kleine Reaktion einfangen. Der Moment sollte mir gehören, und als er einen kehligen Laut ausstieß, eine Mischung aus Stöhnen und Fluchen, pulsierte mein Unterleib.

Ich schob mich zurück und ertastete ihn mit dem Mund. Henning stieß mit malmenden Kiefern einen zweiten lautlosen Fluch aus, die Augen geschlossen.

»Fuck.«

Mit einem unterdrückten Lächeln schickte ich meine Hände auf Wanderschaft, strich über die glatte Haut an seinem Bauch. Es gab nur uns und ich gab alles, alles, was ich wollte. Die Stille im Raum wurde von seinem Keuchen durchbrochen, was meine eigene Lust nur weiter verstärkte.

»Okay …« Es war kaum mehr als ein verzögerter Lufthauch.

»Okay?« Fragend hob ich den Blick und sah wilde Entschlossenheit in seinen Augen tanzen.

»Ich bin dran.«

Henning hob mich ohne Vorwarnung hoch und warf mich in die Kissen. Rücklings landete ich auf dem Bett und lachte. Er folgte mir, mein Slip verschwand und die Kühle mischte sich mit der Hitze zwischen meinen Schenkeln.

»Wunderschön«, hörte ich ihn murmeln und errötete, denn er sagte es mit einer Ernsthaftigkeit, die mir den Atem raubte. Mein Herz machte einen Hüpfer, dann schlug es schnell und stetig weiter.

Bevor er sich revanchieren konnte, schlang ich meine Arme um seinen Hals und zog ihn zu mir herunter, bedeckte seine Lippen mit meinen und erkundete ausgiebig seinen Mund.

Gemächlich. Langsam. Als hätten wir alle Zeit der Welt.

Seine Hand wanderte nach unten, meine Oberschenkel entlang, und ich drängte mich ihr entgegen, hörte sein überraschtes Aufkeuchen und zuckte selbst zusammen, als er mich berührte. Ein sanftes Spiel seiner Finger und ich antwortete mit einem hungrigen Kuss. Ich spreizte die Beine, gab mich dem herrlichen Gefühl hin, das Henning in mir auslöste.

Sekunden zerrannen, immer weiter, bis ich endlich keuchend nach Atem rang.

»Hast du …?«, wisperte ich und er nickte, ohne den Kuss zu unterbrechen.

»Moment.« Es raschelte, als er von irgendwoher ein Kondom hervorzauberte und es sich überstreifte. Keinen Wimpernschlag später war er wieder über mir, aber ich rollte mich auf die Seite, was er mit einem verdutzten Ausdruck registrierte. Doch als ich ihn über die Schulter hinweg küsste und ihn mit der Hand zwischen meine Beine führte, wurde seine Miene weich vor Lust. Wir verschmolzen miteinander, der Geruch von Schweiß und Sex erfüllte die Luft. Ich bog den Rücken zurück, biss mir auf die Unterlippe, um nicht laut aufzustöhnen, als Henning die Hüfte bewegte und tief in mich hineinglitt.

Ich schloss die Augen, damit ich mehr fühlte, ihm aber gleichzeitig nicht zu nah kam, obwohl ich es doch war. Mit dem Daumen rieb er über meine empfindsamste Stelle, das Kissen verschluckte mein Keuchen.

»Sieh mich an«, bat er flüsternd, aber ich konnte nicht. Nicht jetzt.

Vielleicht irgendwann …

Es wäre zu viel, zu intim, ein Blick direkt in meine Seele. Und ich wollte nicht, dass er mich sah und dann losließ. Ich wollte den Moment noch ein kleines bisschen hinauszögern, ihn spüren. Also küsste ich ihn wieder, mit geschlossenen Lidern, während er sich vor und zurück bewegte.

Immer und immer wieder stieß Henning in mich, sengende Hitze, die sich von meiner Körpermitte in jeden Winkel ausbreitete, ein Echo des Augenblicks. Wir erreichten fast gleichzeitig den Höhepunkt, mein Herzschlag beruhigte sich nur langsam und die wohlige Wärme schwand nur mit Verzögerung. Aber sie verschwand.

Mit dem Abklingen des Rausches kehrte auch die Realität zurück. Ernüchterung folgte, gedämpft und schonungslos.

Also tat ich das, worin ich gut war: impulsiv handeln, obwohl ich mir eigentlich sehnlichst wünschte, einfach liegen zu bleiben und mich an ihn zu kuscheln. Aber konnte ich das denn?

Ich war noch nie eine so emotional tiefe Beziehung eingegangen und Henning ging mir unter die Haut. Alles an ihm. Seine komplette Art tat mir so unwahrscheinlich gut, dass ich einfach Angst vor meinen eigenen Gefühlen bekam. Vor dem, was wir werden könnten.

Rasch stand ich auf und ging ins Bad, um mich frisch zu machen. Als ich fünf Minuten später wieder zurückkehrte, sammelte ich wortlos meine Sachen vom Boden zusammen.

»Was tust du da?«, murmelte er träge und blinzelte mich vom zerwühlten Bett aus mit gerunzelter Stirn an. Ein Gefühl wie ein dicker Zuckerwattebausch kribbelte bei diesem Anblick in mir, was mich innerlich noch mehr in Panik versetzte. Äußerlich bewahrte ich eine kühle Miene.

»Wonach sieht es denn aus?«, fragte ich und zog mir den BH über, wobei ich ihm den Rücken zuwandte, um wieder Abstand zwischen uns zu bringen. Ich wusste, es war verkorkst, aber so tickte ich nun einmal.

»Bleib hier. Schlaf bei mir. Ruh dich aus.«

Sein Angebot war verlockend, weil sich sämtliche Muskeln nicht nur beim Reifenwechsel, sondern auch jetzt völlig verausgabt hatten und ich mir Schöneres vorstellen konnte, als jetzt im Auto nach Hause zu gurken. Aber es ging nicht. Kuscheln und schlafen würden zwangsläufig zu mehr Intimität führen.

Mehr Intimität als das, was ihr gerade getrieben habt?, meldete sich meine innere Stimme, die ich schnellstmöglich abstellte.

»Ich denke, es ist besser, wenn ich gehe.«

Als ihm klar wurde, dass ich es ernst meinte, richtete er sich schlagartig auf. Sein Haar war sexy zerzaust, was im starken Kontrast zu der Ernsthaftigkeit in seiner Miene stand.

»Ich mach dir nicht gleich einen Heiratsantrag, wenn du hier übernachtest.«

»Das habe ich auch nicht erwartet«, erwiderte ich und schaffte es irgendwie, ein Lächeln auf meine Lippen zu zaubern. Eines, das so echt war wie eine gefälschte Handtasche.

»Möchtest du das Bett? Ich kann aufs Sofa umziehen, wenn dir das lieber ist.«

Der Vorschlag rührte mich, brach etwas in mir so heftig auf, das ich ruckartig stillstand.

Warum hielt ich ihn auf Abstand? Weil ich tief sitzende Ängste hatte, die mich zwangen, mich nicht näher an jemanden zu binden? Es war ja nicht so, als hätte ich ein schweres Trauma erlitten. Ich wollte einfach nicht verletzt werden. Davor rannte ich weg. Vor möglichen Schmerzen.

Aber bisher hatte mir Henning keinen Grund geliefert, an ihm zu zweifeln.

»Hast du ein Shirt für mich?«, fragte ich deswegen leise und ließ es zu.

Henning lächelte.

Und ich fühlte mich angekommen.

Kapitel 24

Etwas hatte sich verschoben. Ich konnte den Finger nicht genau darauflegen, aber irgendetwas war anders. Mein inneres Gleichgewicht war aus den Angeln gehoben worden.

Also mied ich Henning, so gut es ging, weil ich es nicht näher ergründen wollte. Weder jetzt noch später. Dafür blieb mir keine Zeit. Ich hatte eine Mission zu erledigen, ich hatte mein Studium, ich hatte mich selbst.

Aber ich brauchte ihn. Ihn und sein dämliches Marketinggeld, das er für mich ausgab. Allein diese Tatsache anzuerkennen, nagte an mir, als wäre ich ein überdimensionaler Käse, den man vor einem Mauseloch abgesetzt hatte.

Nach der gemeinsamen Nacht waren es noch zwei weitere Veranstaltungen innerhalb einer Woche, bei denen ich an seiner Seite glänzen sollte. Es fiel mir nicht schwer, in die Rolle seiner Freundin zu schlüpfen, weil Henning mir nie den Eindruck vermittelte, nur ein Vertragsgegenstand zu sein. Mit ihm fühlte sich alles natürlich an. Selbst endlose Gespräche über Reifendruck und Leistungsperformance auf der Strecke.

Trotzdem gelang es mir mühelos, ihm im Anschluss aus dem Weg zu gehen, denn durch die langen Pausen zwischen den einzelnen Rennen und ohne weitere Termine, bei denen ich als feste Konstante in seinem Leben herhalten sollte, bestand kein Grund, ihn zu sehen.

Ich tat es trotzdem manchmal. Heimlich. Wenn er einen Abend auf *Twitch* verbrachte, ließ ich seinen Stream neben dem Unikram laufen und lauschte seiner Stimme, die jedes Mal seltsame Gefühle in meinem Bauch auslöste. Aber ich war eine Meisterin darin, den Dingen ihren Lauf zu lassen und mir nicht ständig über alles den Kopf zu zerbrechen, weswegen ich meisterinnenhaft mit der Situation umgehen konnte.

Mit Semesterbeginn wurde alles etwas trubeliger. Es roch überall nach Frühling und München erblühte wie eine riesige Knospe, die den langen Winter endlich hinter sich gelassen hatte. Die Kleiderschichten wurden weniger wie bei einer geschälten Zwiebel, als hätten alle nur darauf gewartet, und zu meinem Glück war die ganze Woche mit Seminaren und Vorlesungen vollgepackt, sodass ich von einem Hörsaal oder Seminarraum zum nächsten hetzte. Aber ich liebte es, durch die geschichtsträchtigen Hallen der LMU zu laufen, immer vorbei am Marmorsitzbildnis von König Ludwig I. im Lichthof.

Manchmal kam es mir fast einschüchternd vor, wenn ich daran dachte, was sich hier schon alles abgespielt hatte, welche Persönlichkeiten dieselben Wege entlanggelaufen waren. Aber nach vier Semestern gewöhnte ich mich langsam daran.

Zwischendurch traf ich mich mit ein paar Leuten aus den Kursen zum Essen in der Mensa oder ich gönnte mir eine Portion scharfen Tintenfisch in einem kleinen Restaurant namens *Zum Koreaner.* Ab und zu gesellten sich auch Brie und Jojo dazu, ausnahmsweise ohne ihre besseren Hälften im Schlepptau, und genau das tat mir gut.

Ihre Fragen nach Henning – *Wann lernen wir ihn richtig kennen? Wollen wir nicht mal gemeinsam etwas unternehmen?* – häuften sich und wurden von Mal zu Mal drängender. Aber ich wollte nicht, dass sie auch noch eine Bindung zu Henning aufbauten, es war schon schlimm genug, dass ich seinem Charme auf den Leim gegangen war.

Außerdem war es seltsam, meine ganzen Kommilitonen wiederzusehen, weil sich alles so anders anfühlte, seit ich für die Werkstatt und gegen meine Geldprobleme kämpfte.

Mein Magen verkrampfte sich bei dem Gedanken, dass wir schon Anfang Mai hatten und mir die Zeit durch die Finger rann. Es dauerte nicht mehr lange, dann würde Papa verkaufen und damit wäre die ganze Mühe dahin. Aber ich wollte es wenigstens versuchen, für mich – aber nach wie vor auch, um es Kilian zu beweisen, denn seine harschen Worte hatten mich so tief getroffen, dass ich sie einfach nicht vergessen konnte. Sie hatten meinen Ehrgeiz nur weiter angestachelt.

Am Samstagnachmittag, als ich gerade meine Lernutensilien wie einen Fächer auf meinem Schreibtisch ausgebreitet und mir einen frischen Mocha zubereitet hatte, der meinem Geruchssinn ein wahres Freudenfeuerwerk verpasste, klingelte mein Handy.

Es war die Titelmelodie von *Stranger Things*, die ich bereits vor ein paar Wochen eingespeichert hatte. Henning. Augenblicklich schlug mein Herz schneller. Für einen Sekundenbruchteil zögerte ich, war nicht sicher, ob ich abnehmen sollte, aber schließlich gab ich mir doch einen Ruck. Was sollte schon passieren?

»Gehst du mir aus dem Weg?«, dröhnte Hennings Stimme in meinem Ohr und all meine Sinne sogen das tiefe Timbre auf, um es für einen späteren Zeitpunkt abzuspeichern.

»Rufst du immer einfach Leute an, denen du eigentlich auch eine Nachricht schreiben könntest?«, fragte ich anstelle einer direkten Antwort.

Er schmunzelte. »Ehrlicherweise nur, wenn ich denke, dass sie die Nachricht ignorieren würden.«

Volltreffer. »Steht eine neue Veranstaltung für uns an?«, wich ich seiner Anspielung aus.

Ich konnte hören, wie er scharf einatmete. »Nein. Ich habe in den nächsten zwei Wochen sehr viel zu tun und wollte mich nur bei dir melden, damit wir uns vor dem nächsten Rennen noch einmal sehen.«

In deiner Gegenwart kann ich nicht mehr richtig funktionieren, dachte ich, sagte jedoch: »Ich glaube, das ist keine gute Idee.«

»Ich könnte heute.«

»Das ist schön für dich.«

»Ich vermisse dich.« Sein ehrliches Eingeständnis kam so unvermittelt, dass ich erschrak. »Dich, deinen teuflischen Mund und das Gefühl, in dir zu sein. Ich habe es geliebt, in dir zu sein.«

Augenblicklich flammte mein inneres Feuer auf, als wäre es während der ganzen letzten Tage niemals erloschen, sondern lediglich versteckt gewesen. Unruhig rutschte ich auf dem Schreibtischstuhl hin und her, weil sich eine plötzliche Spannung in mir ausbreitete. Als würde ich unter Strom stehen.

»Mistkerl.«

Henning lachte, tief und kehlig. »Ich wusste es. Du stehst auf Dirty Talk, Meg. Leugnen ist zwecklos. Du hältst jedes

Mal für fünf Sekunden den Rand. Ich weiß schon, was ich mache, wenn wir das nächste Mal im Bett landen.«

»Ich geb dir gleich Dirty Talk«, knurrte ich, auch wenn meine Wangen immer noch glühten und mein Herz viel zu heftig stolperte.

»Du schuldest mir übrigens noch deinen Kaffee.« Er schlug einen lockeren Tonfall an, als hätte er nicht gerade eine versaute Passage in unsere Unterhaltung eingefügt.

»Meinen Kaffee?«

»Du hast mir mal versprochen, dafür zu sorgen, dass ich einen guten Kaffee bekomme. Und den könnte ich jetzt wirklich gebrauchen.«

Wie konnte er nur so verdammt hartnäckig sein, ohne dabei seinen Reiz zu verlieren? Eigentlich mochte ich es nicht, wenn sich jemand zu sehr bemühte. Vielleicht lag es daran, dass er niemals sich selbst aus den Augen verlor, sondern einfach sein Ding durchzog. Wie es ihm Barbara empfohlen hatte.

Dann stutzte ich. Der letzte Satz hatte sich angehört, als würde ihn etwas bedrücken, dabei war er einfach dahingesagt, ganz beiläufig.

»Ist alles in Ordnung?«

Henning zögerte. »Die Sache mit dem Skandal, der noch nicht an die Öffentlichkeit gelangt ist. Ich hoffe einfach, dass wir damit nicht auf die Schnauze fliegen.«

»Und ich kann dir dabei helfen?« Meine Worte tropften förmlich vor Zweifeln.

Wieder folgte eine kurze Pause. Dann veränderte sich der Tonfall in seiner Stimme, bekam einen intimen, fast schon vertraulichen Klang. Als würde er etwas sagen, das nur uns gehörte. »Du hast diese Wirkung auf mich. Keine Ahnung, wie ich das beschreiben soll. Mit dir fühlt sich einfach alles normal und echt an. Leichter. Ich könnte gerade deine Karla-Mühelosigkeit vertragen.«

In meinem dunklen Herzen regte sich etwas bedrohlich, aber ich zwang mich, sowohl das Bauchkribbeln als auch die plötzliche Hitze in meinen Wangen zu ignorieren.

Einerseits war es gut, dass er mir gerade nicht gegenüberstand, andererseits sehnte ich mich auf einmal danach. Ihn betrachten zu können, meine Hände in seinen dichten Locken zu vergraben, den Geschmack seiner Lippen auf meinen, den perfekten festen Druck zu spüren – nicht einfach bloß seiner Wahnsinnsstimme zu lauschen.

Was zum Teufel war bloß los mit mir?

»Willst du mir verraten, was hinter diesem ominösen Skandal steckt, vor dem du wegrennst?«

»Wie du weißt, geht es nicht nur um mich. Ich muss das vorher noch mit einem Freund besprechen. Er wäre … der Hauptleidtragende, wenn man davon erfährt.«

»Du willst sein Vertrauen nicht missbrauchen.«

»Er hat sowieso schon ein riesiges Problem damit, jemandem zu vertrauen, und ich will ihn da ungern hintergehen.«

»Das ist sehr nobel von dir«, erwiderte ich und fragte mich, ob man sich so einen Typen wie Henning irgendwo backen konnte. Nicht für mich. Aber für sämtliche Frauen dieser Welt, die auch einen anständigen Kerl suchten. Einen, der für Prinzipien einstand, der wusste, was er wollte.

»Vielleicht klappt es ja trotzdem mit einem Kaffee«, sagte er nun auf eine so charmante Weise, dass ich die Augen verdrehte und ergeben seufzte. Henning war wie ein Hundewelpe, der schwanzwedelnd vor einem saß. Man konnte ihm unmöglich etwas ausschlagen.

»Ich sitze noch an ein paar Übungsfällen für Strafrecht, aber du kannst gern vorbeikommen, wenn du magst.«

Hallo? Wer war diese Karla und wann hatte sie die Herrschaft über meinen Körper übernommen?

»Gerne.«

Eine halbe Stunde später klingelte es an der Wohnungstür. Henning stand davor. In einer dunklen Jeans und einem moosgrünen Hoodie, passend zu seinen Sneakers.

Verwundert sah ich ihn an. Er hatte kürzere Haare, der dunkle Bartschatten ließ seine markante Kieferpartie noch deutlicher hervorstechen, und mit einer Selbstverständlichkeit, die mir den Atem raubte, griff er mir sanft unters Kinn und küsste mich.

Es sollte wohl ein schneller, unschuldiger Kuss werden, der sich jedoch rasch in mehr verwandelte. Meine Lippen vibrierten unter der Berührung, als wäre ich in Eiswasser gesprungen, zwischen winzig kleine Luftbläschen, die sich sprudelnd ihren Weg an die Oberfläche bahnten.

»Du sagtest, wir sehen uns bis zum nächsten Rennen in zwei Wochen nicht?«

Henning nickte, seine Stirn gegen meine gedrückt, und ich spürte, wie schnell sein Puls unter meinen Fingerspitzen flatterte.

Als wäre er nervös. Als würde ich ihn aus dem Konzept bringen.

Seltsamerweise löste das ein gewaltiges Hochgefühl in mir aus, das ich jedoch nicht näher ergründen konnte, weil Henning seine Arme um meine Taille schlang und mich noch näher an sich zog. Sein holziger Duft stieg mir in die Nase und ließ mich meine Gedanken vergessen.

»Dann sollten wir wohl das Beste daraus machen«, hörte

ich mich leise sagen. Ich wehrte mich nicht mehr gegen uns, gegen diese unbeschreibliche Anziehungskraft.

»Darauf habe ich gehofft, Meg«, murmelte er rau und küsste mich erneut.

Länger. Einnehmender. Als würde die Welt uns gehören und wir ihr. Als hätte nichts eine wirkliche Bedeutung, nur dieser eine Moment.

Und dieses Mal vergaß ich wirklich alles.

Kapitel 25

Zu meinem großen Glück sah ich Henning während der nächsten anderthalb Wochen tatsächlich nicht, was meiner frisch erwachten Libido eine Verschnaufpause gönnte. Es war, als hätte sich mein ganzer Körper in eine Henning-Zeitschaltuhr verwandelt, denn immer wenn ich todmüde ins Bett fiel und keinen Schlaf fand, machte sich ein sehnsuchtsvoller Schmerz in mir bemerkbar, als wäre ich auf körperlichem Entzug.

Was sich wiederum auf meine Laune auswirkte. Und zwar so sehr, dass sowohl Jojo als auch Brie einen Bogen um mich machten wie um eine tickende Bombe, die jederzeit hochgehen könnte. Henning hatte mich verhext und für andere Männer verdorben, denn selbst wenn ich mich probehalber auf meinem Tinder-Profil anmeldete, verspürte ich nur eine unbändige Leere, sobald ich die Fotos möglicher Dates anklickte.

Mein Lichtblick war das Rennen in Monaco, das vermutlich bekannteste und glamouröseste Rennen. Es war mit so viel Prestige verbunden, dass es selbst im Marvel-Universum verewigt worden war. Wenn auch anders, als von mir erhofft.

»Wir fliegen alle mit!«, jubelte Brie begeistert, als ich von einem langen Unitag nach Hause kam. Die ganze Wohnung duftete nach zerlaufenem Käse und Knoblauch. Pizza. Das war ziemlich verdächtig.

Als ich um die Ecke bog, standen da auch mein Bruder und Jojo, beide mit einem Weinglas vor sich auf dem Küchentresen. Draußen auf unserem Balkon leuchtete die Lichterkette und im Hintergrund schimmerten die Fenster der einzelnen Wohnblocks wie kleine Fernsehbilder mit ihren ganz eigenen Geschichten. Jemand hatte die großen Kerzen auf dem Beistelltisch angezündet und der Esstisch war für fünf Personen gedeckt.

Mit einem Stirnrunzeln zog ich mir den Schal von den Schultern und betrachtete die Szenerie vor mir. Meine Nackenmuskulatur schmerzte und ich verfluchte die Stühle im Historicum, die nicht nur meinen Hintern, sondern auch meinen Rücken in den Wahnsinn trieben.

»Wohin fliegt ihr alle mit?«, fragte ich schließlich, weil sie mich ohne Ausnahme erwartungsvoll ansahen.

»Na, nach Monaco.«

»Deswegen die selbst gemachte Pizza.« Ich deutete mit dem Zeigefinger auf den brummenden Ofen, der sein Bestes gab, uns ein gelungenes Abendessen zu zaubern. »Das hier soll mich besänftigen. Lasst mich raten: Anabelle hat uns ein gemeinsames Apartment organisiert?«

»Ich hab gleich gesagt, sie durchschaut das sofort.« Kilian fasste sich theatralisch an die Brust. »Du bist einfach zu intelligent für uns, Schwesterherz.«

»An irgendwen aus der Familie musste der Grips ja vererbt werden«, konterte ich, als sich die Tür zu Bries Zimmer öffnete und Toni heraustrat. Seine hünenhafte Erscheinung nahm sofort den kompletten Raum ein und er begrüßte mich mit der Andeutung eines Lächelns.

»War nicht meine Idee«, brummte er. »Ich fand, es wäre dir gegenüber etwas unfair, wenn wir dich damit überfallen.«

»Womit genau?«

Jetzt sah er zerknirscht aus und Brie zog eine Schnute. »Als Einstimmung auf das verlängerte Monaco-Wochenende dachten wir, es wäre doch schön, einen gemeinsamen Abend zu verbringen und ein bisschen zu feiern. Du wirst sehen, es wird großartig.«

Sicher war ich mir da nicht, denn die Endorphine und Glückshormone, die in der Luft herumschwirrten, waren selbst für meinen aus dem Konzept geratenen Gefühlshaushalt zu viel. Dennoch war das Abendessen erfüllt von guter Laune und Sorglosigkeit und es tat gut, einfach ein wenig Zeit mit meinen Freunden zu verbringen. Endlich dachte ich nicht ständig an Henning und daran, was wir alles anstellen könnten, wenn ich jetzt bei ihm wäre.

Das änderte sich jedoch schlagartig, als wir es uns knapp anderthalb Stunden später mit Wein, frischem Karamell-Popcorn und Wolldecken auf unserer Couch gemütlich gemacht hatten. Denn als ich von der Toilette zurückkehrte, bot sich mir ein Bild, bei dem ich am liebsten die Beine in die Hand genommen hätte und geflüchtet wäre. Auf einen anderen Kontinent.

»Ich muss geistig nicht zurechnungsfähig gewesen sein, als ich Anabelles Angebot angenommen habe.«

Verdrießlich starrte ich zwischen meinen Freunden hin und her. Brie und Toni hatten auf der einen Seite des Sofas ihre Gliedmaßen so ineinander verschlungen, dass ich unmöglich sagen konnte, wo welches Körperteil anfing oder ein anderes endete.

Auf der anderen Seite hatten sich mein Bruder und Jojo zusammengekuschelt, zwar nicht verknotet wie zwei Brezen, aber dafür nicht weniger innig.

In der Mitte war eine Lücke, gerade so groß, dass ich meinen Hintern hineinquetschen konnte.

»Was ist?«, fragte Jojo verwundert.

Verständnislos schauten sie mich an.

»Das.« Ich wedelte mit der Hand und deutete von links nach rechts. Auf diese beiden Haufen kitschiger Liebe, Zeichentrickversionen mit extra schwebenden Herzchen. »Das ist los.«

Ich erntete immer noch verdutzte Blicke, alle hatten ein fettes Fragezeichen auf der Stirn, was meine Frustration nur noch mehr hochkurbelte.

»Zu viel … davon.«

»Sie ist bestimmt traurig, weil Henning nicht hier sein kann«, flüsterte Brie in die Runde und meine Augenbrauen wölbten sich wütend.

»Mit Henning hat das nichts zu tun«, murrte ich.

Insgeheim ahnte ich, dass ich mich selbst belog. Es hatte sehr wohl etwas mit Henning zu tun. Alles hatte mit Henning zu tun. In den letzten Wochen hatte er mein Leben gehörig auf den Kopf gestellt und dabei eigentlich gar nicht so viel gemacht.

Stillschweigend versenkte ich meine Hand in der Popcornschüssel und stopfte mir eine ordentliche Portion in den Mund. Vielleicht kaute ich etwas zu aggressiv darauf herum. Aber das lag auch nur daran, dass Brie einen wahren Kern getroffen hatte.

Seltsamerweise wünschte ich mir tatsächlich, dass Henning ebenfalls hier wäre. Und das konnte und wollte ich mir unter keinen Umständen eingestehen.

Nicht, wenn mein Herz dabei auf dem Spiel stand.

⋆ ⋆ ⋆

Der Große Preis von Monaco war etwas ganz Besonderes, das wusste jeder, selbst diejenigen, die nichts mit dem Rennsport am Hut hatten, denn es lag der Zauber ganzer Generationen auf dieser Strecke. Es war eine der drei Kronen, der Grand Slam unter den Strecken des Automobilsports.

Gemeinsam mit den anderen am Mittwochmittag in der prallen Sonne Nizzas zu landen und die salzige Meeresluft der Côte d'Azur auf der Haut zu spüren, war einzigartig und ich wurde von einer unbändigen Vorfreude erfüllt. Hier zu stehen, über diesen Boden zu gehen, das war ein Kindheitstraum, den ich mir bisher noch nicht erfüllt hatte. Jetzt, da ich die sonst so teure Unterkunft sowie den Flug bezahlt bekam, war es eine Chance, die ich mir nicht hätte entgehen lassen. Selbst wenn ich dafür ein paar Vorlesungen verpasste.

Ich knipste für Papa ein Foto von einem Straßenschild, das die Kilometerzahl von Nizza nach Monaco anzeigte, bevor wir alle ein winziges Airbnb-Apartment in Menton bezogen, das etwa fünfzehn Fahrtminuten nordöstlich von Monaco lag.

Der Wind war sommerlich warm, es roch nach Wildblumen, Kräutern und Meer, und die Temperaturen kletterten wie für Ende Mai typisch in die Höhe.

Obwohl wir uns in einem kleinen Supermarkt sündhaft teuren Wein kauften, gingen wir früh schlafen, da uns bewusst war, dass es insgesamt sehr lange Arbeitstage werden würden. Gerd, Till, Anabelle sowie Pete und Ulla waren ebenfalls angereist. Sie bewohnten drei andere Apartments ganz in der Nähe, gemeinsam mit ein paar Logistikern, die bereits am Montag mit den voll beladenen Sprintern hergefahren waren, um alles rechtzeitig aufzubauen. Sie tourten durch ganz Europa zu den Messen, ähnlich wie die unzähligen Trucks der Teams, in denen sämtliche Autos, Ersatzteile, Garageninhalte, Bürogegenstände und Sonstiges von Ort zu Ort gebracht wurden. Manchmal gab es auch Transporte per Flugzeug, aber meistens wurde die Ladung über die langen Verbindungsstraßen durch die verschiedenen Länder gekarrt.

Dieses Mal war es anders in der Nähe der Rennstrecke und auf dem Paddock. Es war, als hätte jemand einen Schleier über den monegassischen Stadtstaat gelegt, der in seiner gesamten Pracht erstrahlte. Monaco war brechend voll, platzte förmlich aus allen Nähten. Apartments an der Strecke wurden für viel Geld vermietet, genau wie die Zimmer in den begehrten Hotels in Bestlage.

Der Hafen und der Ozean hatten sich in ein blaues Bett verwandelt, das von weißen Flecken übersät war. Überall ankerten Jachten und teure Luxusschiffe, um dem Spektakel des Jahres beizuwohnen. Wer Geld hatte oder gern welches besitzen würde, tummelte sich hier.

Für einige Sekunden stand alles still, dann veränderten sich die Fernsehbilder. Quietschende Reifen waren zu hören, ein Raunen ging durch das Publikum. Mein Blick schweifte zu einem der großen schwarzen Monitore, die wie üblich überall im Hospitality-Bereich angebracht waren, sodass wir das Geschehen auf der Rennstrecke zu jeder Zeit verfolgen konnten.

Die Luft war wie magisch aufgeladen, der Asphalt bewegte sich unter den wuchtigen Rädern der Formel-Autos wie ein Presslufthammer. Ich konnte mich kaum auf meine Arbeit konzentrieren, denn ich liebte das Geräusch der knallenden Motoren. Immer wieder sah ich zu den Monitoren, war ganz versunken in meine Welt.

Am Donnerstagvormittag sah ich Henning genau zweimal, aber das eher zufällig als geplant. Es wunderte mich, dass ich ihn überhaupt zu Gesicht bekam, schließlich war das Gelände riesig.

Einmal war ich auf dem Weg zu den Toiletten und entdeckte ihn, als er mit seinem Trainer am Formel-1-Paddock herumtigerte. Die Garagen der anderen Formel-Klassen befanden sich in einer umfunktionierten Tiefgarage in der Nähe des Tunneleingangs der Rennstrecke, denn die Hauptgaragen der Formel 1 unter den VIP-Logen und Hospitality-Bereichen blieben dort auch – das komplette Wochenende über. Lediglich für die Trainingssessions und Rennen wurden die vorderen Bereiche der Garagen genutzt.

Das zweite Mal begegnete er mir, als er zu uns in den Loungebereich kam. Sein Anblick machte mich hibbelig, was Jojo nicht verborgen blieb, die gerade einen leeren Tisch abräumte und mich dabei mit einem vielsagenden Blick beobachtete, sobald ich an meinen Arbeitsplatz zurückkehrte. Inzwischen hatte sich der Raum etwas gefüllt und mir fiel die schablonenartige Miene auf, die Henning erneut aufgesetzt hatte, als wäre dieser Gesichtsausdruck aufgeklebt und würde gar nicht wirklich zu ihm gehören. Seine Bewegungen wirkten roboterhaft, seine Mimik verkrampft. Dabei war ich mir nicht sicher, ob nur ich es bemerkte, weil ich ihn inzwischen etwas besser kannte, oder ob es etwas war, das ihm jeder an der Nasenspitze ablesen konnte.

Am Freitagmittag erschien er erneut im Hospitality-Bereich. Dank der Screens kannte ich das Ergebnis des ersten Qualifyings vom Tag zuvor und wusste, dass es nicht besonders rosig um seine Zeiten stand.

Draußen röhrten die Motoren des ersten freien Trainings der Formel 1 und die meisten Zuschauer verfolgten die Runden von den Balkonen aus oder ließen sich ihren Kaffee in einer der versteckten Lounges servieren, die dank der meterhohen Begrünung Schutz vor neugierigen Blicken und damit genügend Privatsphäre boten. Auf der anderen Seite verlief ein schmaler Gang entlang der Glasfronten, mit ein paar Stehtischen, die ebenfalls einen tollen Ausblick auf die Strecke freigaben.

Henning hatte eine kriegerische Haltung angenommen, er wirkte ernst und entschlossen. Der Anblick erfüllte mich mit einem übersprudelnden Stolz, etwas, das für mich völlig neu war. Höhlenmensch-Ansprüche. Doch bevor ich das Gefühl näher ergründen konnte, ging er in Richtung der privaten Waschräume davon. Sobald er sich unbeobachtet fühlte, veränderte sich seine Miene, die Fassade fiel wie ein Kartenhaus in sich zusammen. Das war alles nur Show gewesen.

Mitgefühl durchzuckte mich.

»Dein Wunderknabe hat anscheinend ganz schön an etwas zu knabbern.«

Ich fuhr zu Kilian herum, der gerade eine Bestellung für Jojo fertig machte, die am Eichenholztresen lehnte. Frisch gemahlenes Espressoaroma mit einer feinen Vanillenote strömte in meine Nase, während ich wutschnaubend die Brauen hob und ihn über die Theke hinweg anfunkelte. Das dunkle Hemd von *Leckerste* spannte sich um seine Brust, er hatte ein Tausend-Watt-Lächeln auf den Lippen und selbst Jojo unterdrückte nur schwer ein Lächeln.

»Woher weißt du das mit *Wunderknabe*?«, knurrte ich und verengte die Augen zu zwei schmalen Schlitzen.

»Du hättest dein Handy nicht offen herumliegen lassen sollen«, erwiderte er achselzuckend und sah dabei so unschuldig aus, als hätte er nicht gerade einen Vertrauensbruch begangen.

»Zu Kilians Verteidigung, das Handy lag wirklich gut einsehbar auf dem Couchtisch«, sagte Jojo.

Ich schnaubte. »Ihr seid unmöglich.«

»Erst dachte ich, das sei so eine seltsame Geschichte von dir. Aber anscheinend stehst du wirklich auf ihn.«

Ich schluckte den bissigen Kommentar herunter, den ich bereits auf der Zunge hatte, schließlich war es Teil des Vertrags, mich glaubwürdig als Hennings Freundin auszugeben. Und anscheinend machte ich meine Sache etwas zu gut, wenn sogar meine beste Freundin und mein Bruder mir glaubten. Wie von selbst schaute ich wieder zu der Stelle, an der Henning verschwunden war.

»Kannst du kurz meine Tische übernehmen?«, bat ich Jojo.

»Klar«, antwortete sie sofort und strich sich eine hellblonde Haarsträhne hinters Ohr. Ihre Spitzen waren inzwischen sehr gewachsen, was man von meinen Haaren nicht sagen konnte, dafür hatte ich mir in einem Anfall von Veränderungsdrang einen Pony schneiden lassen. Ich mochte die Frisur, die etwas von Natalie Portman in *Léon – Der Profi* hatte.

Entschlossen marschierte ich zu den Waschräumen. Es hatte schon einmal geholfen, ihn ein wenig auf andere Gedanken zu bringen, vielleicht würde das wieder klappen.

Gerade als ich in den schmal geschnittenen Flur einbog, prallte ich gegen eine feste Schulter. Schmerz explodierte vor meiner Nase und ich rieb mir über die Stirn, hinter der es gewaltig pochte. Vor mir ragte Henning auf, als hätte ich ihn mit der Kraft meiner Gedanken herbeigezaubert. Er trug seinen marineblauen Rennanzug, der bis zur Hüfte heruntergelassen war. Das weiße Sportshirt mit den Namen der Sponsorenlabels schmiegte sich wie eine zweite Haut an seinen Oberkörper und ließ wenig Spielraum für Fantasie. Automatisch wurde meine Mundhöhle trocken.

Bockmist.

»Sorry«, murmelte er und wirkte dabei so zerknautscht, als hätte man ihn einmal zusammengefaltet und wieder auseinandergezogen. Dann fiel sein Blick auf mich, und als er mich erkannte, trat ein freudiger Schimmer in seine dunkelbraunen Augen, der mir einen Stromstoß durch die Adern jagte. Er freute sich, mich zu sehen.

»Du bist ernsthaft mein Lichtblick heute«, gestand er leise und sah sich verstohlen um. Niemand war zu sehen. Dann rieb er sich mit zwei Fingern über die Nasenwurzel und schloss für einen Wimpernschlag die Augen. Er ließ ganz los, als könne er sich in meiner Gegenwart einfach fallen lassen. Mein Herz donnerte in meinem Brustkorb und ich starrte ihn an. Egal, was ich vorgehabt hatte, um ihn auf andere Gedanken zu bringen, es war alles weg. Jeder Muskel spannte sich an und ich fühlte mich seltsam. Als würde sich eine Grippe ankündigen.

Henning bemerkte nichts von meinem inneren Kampf.

»Ich wollte dich schon fragen, ob du heute Abend zu mir ins Hotel kommen willst. Du hast mir in den letzten zwei Wochen gefehlt, aber es sollte nicht wie ein Booty Call klingen.« Seine Miene wurde noch eine Spur eindringlicher. »Ich hoffe, das weißt du.«

Angesichts der Ernsthaftigkeit in seiner Stimme legte ich wie von unsichtbaren Fäden gezogen eine Hand auf seinen Unterarm, ganz selbstverständlich, weil es sich richtig anfühlte. Er folgte dieser kleinen Bewegung und seine Augen nahmen die Farbe von flüssigem Obsidian an, was mich noch fahriger werden ließ.

»Wie passend. Ich habe dich gesehen und dachte, ich kann dich ein bisschen ablenken«, sagte ich schließlich, wobei es unbeabsichtigt so doppeldeutig klang, dass sich sogar Hennings gerade noch angespannte Mimik sofort verwandelte. Als hätte ich die richtige Formel gesprochen, ließ er seine fein säuberlich aufgesetzte Maske fallen, unter der ein hungriger Ausdruck zum Vorschein kam, der seltsame Dinge mit mir anstellte.

»Ja?«

Es war nur eine Silbe, doch er beugte sich zu mir, sodass mich seine Präsenz vollkommen einnahm. Mit seinem Oberkörper presste er mich an die Wand unmittelbar hinter mir, um uns herum herrschte eine atemlose Stille, die nur vom Röhren der Motoren draußen auf der Rennstrecke durchbrochen wurde. Er würde mich küssen und genau das wünschte ich mir.

Wir näherten uns immer weiter an, ich ertrank in seinem Blick, sein Gesicht verschwamm, wurde unstetig wie ein unscharfes Bild, bis sich unsere Lippen endlich trafen.

Endlich?

Mir blieb keine Zeit, meine Gefühle und Gedanken zu sortieren.

Dieser Kuss war alles. Elektrisierend und federleicht. Ungezügelt, aber gleichzeitig beherrscht. Er schmeckte nach Henning, nach all seinen Nuancen, und ich trank ihn und gab alles von mir.

Wir hielten beide nichts zurück, legten jede noch so unscheinbare Empfindung hinein, jedes Gefühl, das wir in uns trugen. Mit einer entschlossenen Sanftheit erkundete Henning meinen Mund, stieß mit der Zungenspitze gegen meine und ich stöhnte an seinen Lippen, was ihm einen heiseren Laut entlockte.

Ich spürte die Kühle der Wand in meinem Rücken, die im starken Kontrast zu der Hitze stand, die sein Körper ausstrahlte, der sich jetzt wie eine Heizdecke gegen mich presste. Meine Hände lagen flach auf seinem Brustkorb, während er sich mit einer Hand neben meinem Kopf abstützte und mit der anderen mein Gesicht umfasste, die Konturen meiner Wangenknochen nachzeichnete.

Lächelnd löste er sich von mir, immer noch an der Wand abgestützt, und er strahlte so eine zufriedene Ruhe aus, dass ich unmerklich schluckte. Verlässlichkeit, Zufriedenheit und Ruhe. Genau das bedeutete Henning für mich.

Seine Haare waren unordentlich frisiert und sein freches Grinsen löste eine Reihe widersprüchlicher Gefühle in mir aus, allen voran ein heftiges Bauchkribbeln.

Okay.

»Das habe ich jetzt gebraucht.«

Meine Augenbrauen sprangen zynisch in die Höhe, zerschlugen die Intimität des Augenblicks, was mir half, wieder etwas klarer zu denken.

»Du hast das jetzt gebraucht?«, frotzelte ich. »Ich dachte, ich lenke dich nur ab.«

»Ja, aber auf eine gute Art. Ich habe nie verstanden, weshalb viele Fahrer Freunde oder Familie mit zu den Strecken bringen, mich hat das immer abgelenkt. Vor allem, wenn meine Mutter dabei war, weil ich ständig im Hinterkopf hatte, wie viele Sorgen sie sich macht.« Er lächelte zaghaft. »Aber jetzt verstehe ich es.«

Warum sagte er das? Und warum hätte ich am liebsten bei seinen Worten von einem Ohr zum anderen gegrinst?

In diesem Augenblick hörte ich ein scharfes Klicken. Wie das Knallen von Platzpatronen. Als ich nach rechts schaute, entdeckte ich den Fotografen, den Henning mir damals in Bahrain gezeigt hatte. Mir wurde eiskalt und ich versuchte, die Panik abzuwürgen, die ohne Vorwarnung in mir aufstieg.

Ein winziger Teil von mir hatte so etwas wie Hoffnung verspürt. Darauf, dass es vielleicht mehr war als nur ein Vertrag. Doch auf einmal wurde mir die Tatsache bewusst, wie sehr ich mich darin getäuscht hatte. Henning war professionell. Dass er mit mir nichts anbrennen ließ, war eine andere Sache.

Hatte er gewusst, dass der Fotograf in der Nähe gewesen war? Ging es ihm um ein glatt poliertes Außenbild?

Ich war mir nicht sicher. Mir wurde eiskalt, Entsetzen breitete sich in mir aus.

Zittrig löste ich mich aus seinen Armen und trat den

Rückzug an. »Ich muss weiterarbeiten. Viel Glück beim ersten Rennen.«

Mit diesen Worten verschwand ich wieder um die Ecke und ließ ihn einfach stehen.

Und mit ihm mein dämliches, törichtes Herz, das sich in seiner Gegenwart viel zu oft regte.

Kapitel 26

Das Wochenende in Monaco ging so schnell zu Ende, wie es gekommen war, und ich schlug Hennings Einladung aus, weil ich mal wieder in einem Wechselbad der Gefühle steckte. Meine Freundinnen bemerkten, dass mich etwas bedrückte, aber da ich gut darin war, sie mit meiner Lockerheit auf eine falsche Fährte zu führen, hakten sie nicht allzu genau nach. Ich fragte Papa nach einem Update zum Verkauf der Werkstatt, doch es hatte sich nichts geändert. Der Termin schien wie in Stein gemeißelt zu sein.

Da in den nächsten Wochen viel für die Uni anstand, blieb mir keine andere Wahl, als mich voll und ganz in den neuen Lernstoff zu stürzen und brav zu den Vorlesungen zu fahren – bis auf zwei weitere Verabredungen, zu denen ich Henning demnächst begleiten sollte und die mir trotz all meiner widersprüchlichen Gefühle wie ein Lichtblick erschienen. Mit Henning war es schön. Und einfach. Weil er meine Launen aushielt, meine Sprunghaftigkeit, gleichzeitig schien er wirklich meine Nähe zu genießen, die Abwechslung, die ich in sein Leben brachte. Zumindest betonte er das mehrfach.

Das Studium war eine ermüdende Routine, die sich nur

langsam einpendelte. Meine Gedanken funkten mir viel zu oft dazwischen, Gedanken, die ständig um Henning kreisten. Ich schob es darauf, dass er einen wesentlichen Teil meines Lebens eingenommen hatte, auch wenn ich insgeheim ahnte, dass es nicht der eigentliche Grund war.

Nichtsdestotrotz bemühte ich mich, alles zu erledigen, sodass die Nächte kürzer und die Tage länger wurden. Kein Innehalten, keine Pause, sondern ein Hamsterrad, an dem ich eine Rakete befestigt hatte. Es drehte sich so schnell, dass ich blinzelte und schon war wieder eine Woche vergangen.

Hinzu kamen die Geldsorgen, denn jedes Mal, wenn ich mit Papa telefonierte, schwang ein kleines bisschen mehr Resignation in seiner Stimme mit. Und jedes Mal setzte sich dieses schwerfällige Gefühl in meiner Brust fest, was mich nur zusätzlich lähmte.

Als ich an einem brühend heißen Samstagnachmittag über meinen Aufgaben verzweifelte, stand ich kurzerhand auf und klopfte an Jojos Zimmertür, allerdings erhielt ich keine Antwort. Bei Brie war es dasselbe. Auf meine Nachfrage in der Gruppe, wohin sie denn ausgeflogen waren, kamen zwei unterschiedliche Antworten, und zwar prompt.

Bin mit Kilian im Superfly. Du kannst aber gern vorbeischauen, wenn du magst, schrieb Jojo, aber ich lehnte dankend ab. Brie schrieb etwas von *Date-Night* im Kino.

Also blieb mir nichts anderes übrig, als mich um mein eigenes Nachmittagsprogramm zu kümmern. Ausnahmsweise gönnte ich mir ein Bad in der Wanne und las den Fantasyroman weiter, den ich neu angefangen hatte, obwohl meine Gedanken dabei immer wieder zu Henning abschweiften. Spätestens, als der männliche Protagonist in meiner Vorstellung anstelle der eisblauen Augen plötzlich nussfarbene hatte und sein Lächeln auch Grübchen zeigte, stieg ich aus dem mittlerweile nur noch lauwarmen Wasser und entschied mich für eine Gesichtsmaske. Anschließend bereitete ich einen frischen Pizzateig zu, den ich auf dem warmen Boden des Balkons gehen ließ, während ich mich um die Soße kümmerte.

Als ich zwei Stunden später vor dem Fernseher saß, eine meiner liebsten Serien laufen ließ und nebenher durch meine *ForYouPage* scrollte, realisierte ich schmerzlich, dass ich Henning tatsächlich vermisste. Einfach das Gefühl, ihn in meiner Nähe zu haben.

Seit dem Rennwochenende in Monaco hatten wir uns nicht gesprochen oder gesehen und das war immerhin knapp zwei Wochen her. Die nächste Veranstaltung, bei der ich wieder aktiv als Freundin an seiner Seite stehen müsste, wäre erst in ein paar Tagen. Bis dahin blieb es still zwischen uns.

Vielleicht war das mit dem »Lass uns Freunde sein« doch kein schlechter Vorschlag gewesen. Ich schüttelte über mich selbst den Kopf. Da eine Beziehung für mich nicht infrage kam, könnte ich es wenigstens damit versuchen.

Kurzerhand tippte ich eine Nachricht an ihn.

Was machst du?

Wow. Offenbar war ich nach einem Abend allein in der WG schon so vereinsamt, dass ich mich dazu hinreißen ließ, ihm zu schreiben. Innerhalb kürzester Zeit tauchten die blauen Häkchen auf. Das ging schneller als erwartet.

Ich muss gleich in den Stream, aber der geht nur eine Stunde. Und du?

Ehe ich mich's versah, schoss ich ein Selfie von mir vor

dem Backofen und schickte es ihm. Als ich dazu noch eine passende Antwort schreiben wollte, bemerkte ich aus dem Augenwinkel am Bildschirmrand, dass der Träger meines Seidentops über meine Schulter gerutscht war, sodass deutlich der Ansatz meiner Brüste zu sehen war. Oder das, was ich bei mir als solche bezeichnen konnte.

Wenigstens hatte ich nicht ganz so starke *Pick-Me-Vibes* aufgesetzt und keine dämliche Grimasse geschnitten, sodass es zumindest nicht so aussah, als hätte ich vor, ihn im Pyjamalook zu verführen. Von dem Oma-Dutt, der vielmehr einem wirren Vogelnest glich, und der Brille mit dem schmalen Rand einmal abgesehen. Also wenn das nicht nach Verführung rief, wusste ich auch nicht weiter.

Pizza?, kam es von ihm.

Richtig geraten.

Was ist drauf?

Kann ich nicht schreiben, weil ich glaube, dass meine Oma meine Nachrichten liest, antwortete ich schnell.

Ich frage wohl besser nicht nach, was du damit meinst. Ich kann's mir schon denken. Sie wäre mit deiner Auswahl von … etwas, das keine italienische Oma je als Belag verwenden würde, bestimmt niemals einverstanden.

NICHT SO LAUT! SIE KANN ES LESEN!!

Deine Oma war doch Italienerin, oder?

Ja, wieso?

Konnte sie denn Deutsch?

Ich stutzte. Henning hatte recht. Das war ein riesiger Fehler in meiner Logik. Und ich hatte mir ernsthaft Gedanken darüber gemacht, dass ich sie mit meiner absolut tödlichen Wahl vergraulen würde. Aber so? Sie sah mir ohnehin beim Essen zu, da machte das auch keinen Unterschied mehr.

Komm schon, trau dich. Schreib es einfach in den Chat. Ich wette, es ist eine Befreiung.

Mittlerweile grinste ich von einem Ohr zum anderen.

Pizza mit Ananas.

War das so schwer? Fühlst du dich befreit?

Und wie! Danke, Wunderknabe.

Für dich immer, Meg.

Mein Lächeln war wie festgeklebt, bis ich den Satz las, den er noch hinterhergeschickt hatte, inklusive lachender Smileys.

Wenn sie deine Nachrichten lesen kann, hat sie bestimmt auch zugeguckt, welche Pizza du in den Ofen geschoben hast.

Ohne eine Sekunde zu zögern, drückte ich auf das Telefonzeichen – nur, dass ich dabei den Videocall erwischte. Bevor ich meinen peinlichen Irrtum bemerkte, hatte Henning bereits angenommen. In meinem Bauch stoben Schmetterlinge auf, als sein Gesicht ganz unvermittelt auf meinem Bildschirm auftauchte, das freche Grinsen tat sein Übriges. Er sah sogar noch besser aus als in meiner Fantasyroman-Vorstellung. Was ich ihm garantiert nicht auf die Nase binden würde. Sein Ego war auch so schon groß genug.

»Das war mies.«

Henning lachte dröhnend. »Du bist diejenige, die damit angefangen hat. Ich habe dich lediglich auf Lücken in deiner Logik hingewiesen.«

Obwohl ich dagegen ankämpfte, zuckte es um meine Mundwinkel. Gleich darauf wurde ich jedoch wieder ernst. Zum einen, weil mir einfiel, wie unsere letzte Begegnung geendet hatte, zum anderen, weil sich das alles in eine Richtung entwickelte, die mir fremd war und die ich nicht steuern konnte. Als hätte ich mich in ein Kanu gesetzt und auf Stromschnellen eingelassen, deren Richtung ich nicht kannte.

»Woran denkst du?«, fragte er mich unvermittelt.

Ich atmete scharf aus und drückte auf die Stopptaste in meinem Kopf.

Das hatte ich nicht gewollt. Henning war mir viel zu nah, ging mir viel zu sehr unter die Haut.

Aber ich war auf das Geld angewiesen. Ich brauchte es und fühlte mich elendig bei dem Gedanken, ihn irgendwie auszunutzen. Keine Ahnung, ob das für ihn mehr war als nur ein Vertrag. Aber für mich war es das nicht. Durfte es nicht sein.

Ja, ich fühlte mich zu ihm hingezogen.

Ja, der bisherige Sex war großartig gewesen.

Ja, ich mochte seinen Humor und die Art, wie er die Dinge anging.

Aber nein, nein, nein.

Ich würde keine Beziehung eingehen, das wäre nicht ich. Das konnte nicht funktionieren, denn früher oder später würde er etwas finden, das ihm nicht passte, und dann gehen. So war es immer. So war es bei all meinen vorherigen Beziehungen gewesen, bis ich selbst entschieden hatte, wann ich den Schlussstrich zog. Zumindest, wenn ich wirklich ehrlich zu mir war.

»Wenn du möchtest, helfe ich dir«, schlug ich ihm vor. Es war ein spontaner Einfall, der aber erst einmal von mir ablenken würde.

»Womit denn?«

»Du bist wie ausgewechselt, wenn wir auf dem Grid sind. Das ist mir an den beiden Rennwochenenden aufgefallen.

Auch bei den Veranstaltungen, auf denen wir gemeinsam waren.« Trotz der spärlichen Beleuchtung in seinem Streamingzimmer und der farbigen LED-Lichter im Hintergrund sah ich, wie sich seine Miene augenblicklich verhärtete.

»Siehst du. Genau das meine ich. Sobald ich das Thema anschneide, wechselst du deine Persönlichkeit. Jekyll und Hyde lassen grüßen.«

»Du hast keine Ahnung, wovon du sprichst.«

»Wahrscheinlich hast du damit recht.« Ich zuckte unbeteiligt mit den Schultern. »Du stehst einfach total unter Druck, sobald du auf der Rennstrecke bist. Alles verändert sich. Kein Wunder, dass du in der Presse als der Bad Boy des Motorsports verschrien bist. Im Gegensatz zu dem immer strahlenden Noah Pietschmann. Aber der läuft ja auch nicht herum, als würde er jeden Moment einen Axtmord begehen wollen.«

Der Stachel saß tief, das merkte ich ihm sofort an. Es gab nicht nur einen Artikel, in dem die beiden einzigen deutschen Fahrer der Formel 2 miteinander verglichen wurden. Henning kam dabei nie gut weg. Vor allem, wenn man bedachte, wie viel Sponsoring er benötigte.

»Das ist reiner Selbstschutz.« Henning klang müde, als er das sagte. Als hätten die Jahre im Motorsport ihm seine Lebenskraft entzogen. »Es gibt nichts, das ich mehr liebe, als Rennen zu fahren. Ich gebe einhundertzwanzig Prozent, aber es reicht einfach nicht. Das ist manchmal ziemlich zermürbend.«

»Und Noah hat vermutlich eine andere Art von Druck, er ist schließlich der Sohn von Torsten Pietschmann. Da bleiben die Vergleiche nicht aus. Es kann auch belastend sein, wenn man es niemals aus dem Schatten seines Vaters herausschafft. Du kannst deinen eigenen Schatten werfen.«

»Wahrscheinlich hast du recht.«

»Natürlich habe ich das«, antwortete ich augenzwinkernd und fügte dann in einem vorsichtigen Tonfall hinzu: »Du solltest all die Dinge, die dich daran hindern, dein ganzes Potenzial auszuschöpfen, einfach hinter dir lassen. Und selbst wenn es aus irgendwelchen Gründen nicht klappen sollte mit der Formel 1, hast du immer noch andere Optionen.«

Seltsam, dass ich Henning einen Ratschlag gab, den ich selbst kaum beherzigte, so sehr hatte ich mich darin verbissen, für Papa das Geld aufzutreiben.

»Jetzt hörst du dich an wie Marc.«

Ich zuckte mit den Schultern. »Dafür sehe ich allerdings wesentlich besser aus.«

Das schräge Grübchenlächeln ließ meinen Bauch Purzelbaum schlagen, was ich gekonnt zu ignorieren wusste.

»Also von meinem subjektiven Standpunkt aus betrachtet, kann ich dir nur absolut zustimmen«, sagte er.

Die Intensität seines Blickes durchrieselte mich und ich zwang mich weiterzureden, bevor die Unterhaltung in eine andere Richtung steuerte. »Siehst du? Du darfst ruhig lockerer werden.«

»Darf, nicht muss?«

Ich nickte. »Du darfst, Wunderknabe.«

»Was schwebt dir vor?« Seine Stimme hatte einen raueren Klang angenommen, der an das Brechen von Wellen an einer Klippe erinnerte, und mein ganzer Körper reagierte auf den Umschwung.

»Nicht das, woran du denkst.«

Mein Verstand schrie nein, nein, nein. Trotzdem konnte ich mich nicht dagegen wehren.

»Du sagtest, dein Stream dauert eine Stunde?«

Er nickte. Gemächlich, abwartend.

»Dann lass uns danach noch etwas zusammen machen.«

* * *

Ich holte Henning zu Hause ab, wartete, bis er in meine rollende Knutschkugel eingestiegen war, und ignorierte das wohlige Gefühl in meinem Bauch, das sich in seiner Gegenwart dort breitmachte.

»Wohin geht's?«, fragte er mit funkelnden Augen, sobald ich losgefahren war und mich in den Verkehr eingefädelt hatte.

»Wann bist du das letzte Mal Kart gefahren, ohne … an deine Leistung zu denken?«

Henning schaute mich irritiert von der Seite an. »Das ist Jahre her.«

»Erinnerst du dich eigentlich daran, dass wir uns schon mal getroffen haben?«, wollte ich von ihm wissen.

Henning zog die dichten Brauen zusammen, eine steile Falte bildete sich oberhalb seiner Nasenwurzel. »Wann?«

»Das war an meinem Geburtstag im November. Da warst du auch beim Go-Kart hier in München.«

Erkennen erhellte seine markanten Züge und er nickte. »Stimmt. Das hatte ich vergessen, aber ich bin da selbst nicht gefahren, sondern habe einfach nur ein paar Freunde begleitet.« Er lachte leise. »Das warst du damals? Darauf wäre ich nicht gekommen.«

»Habe ich mir fast gedacht.«

»Okay, also ist dein Vorschlag, dass ich ein paar Runden Kart fahre?« Er klang nicht sonderlich überzeugt, aber das musste er auch noch nicht sein.

»… dass du ein paar Runden *mit mir* Kart fährst«, fügte ich triumphierend hinzu, woraufhin Henning in ein tiefes Gelächter ausbrach. Gekränkt blickte ich ihn an, bis er sich beruhigt hatte. Doch als er sah, wie ernst es mir war, verstummte er schlagartig und starrte mich perplex an.

»Das war kein Witz?«

Ich knurrte eine unmissverständliche Antwort, die er durchaus als »Ich trete dir schon noch in den Arsch, Wunderknabe« auslegen konnte. Wenn er es denn gewollt hätte.

An der Kartbahn in Bergkirchen angekommen, erwartete uns nicht nur Tim, der Einweiser, mit dem ich eine Stunde zuvor telefoniert hatte, sondern auch ein paar Zehnjährige, die uns erwartungsvoll entgegenblickten. Kindergeburtstag. Und Henning war die Hauptattraktion.

»Moment … Wir fahren nicht zu zweit gegeneinander?«, raunte er mir halblaut zu, als wir uns dem Haufen Jungs und Mädchen näherten.

»Hab ich etwas anderes behauptet?«

Hennings Miene war so verdutzt, dass ich mein Grinsen keine Sekunde unterdrücken konnte.

»Das nicht, aber eine kleine Warnung wäre nicht schlecht gewesen.«

»Angst, Wunderknabe?«, fragte ich zwinkernd.

Henning schnaubte. »Wegen der paar Kids?«

»Na ja, eigentlich meinte ich wegen mir, aber gut. Lassen wir das gelten.«

Belustigt schüttelte er den Kopf. »Du bist schon sehr eigen, oder?«

»Meine Mama hat immer gesagt: Wer will schon eine Spaghetti sein, wenn man auch eine Miesmuschel sein kann. Sei eine Miesmuschel.«

»Das erklärt einiges.«

»Ach ja?«

»Nämlich, dass ich nicht den blassesten Schimmer habe, was du da gerade meinst.«

Vielleicht war es Henning gar nicht bewusst, aber er hatte eine natürliche Begabung, mit den Kindern umzugehen. Wahrscheinlich war das auch nicht sonderlich schwer, denn ihre leuchtenden Augen sprachen Bände und er schaffte es mit einer Engelsgeduld, all ihre Fragen zu beantworten. Egal, worum es sich handelte: Ob er schon mal einen berühmten Rennfahrer getroffen hatte; wie es war, in einem Formel-2-Auto zu sitzen; welches Team er am besten fand; ob er früher selbst viel Kart gefahren war oder was sein schönster Moment gewesen war.

Diese Natürlichkeit war es auch, die mein Herz mit Wärme erfüllte, bis ich das Gefühl hatte zu platzen. Also schob ich es zur Seite. Alles. Ich wollte mich nicht damit befassen, nicht hinterfragen, was das zu bedeuten hatte, für mich, für uns beide.

Denn sich darüber Gedanken zu machen, würde bedeuten, allem einen Namen zu geben, und ein Name würde die Sache noch mehr verkomplizieren. Als wäre es nicht ohnehin schon kompliziert genug.

Also schaltete ich den Kopf aus und genoss die gemeinsame Zeit mit Henning und den Kindern, die an seinen Lippen hingen, als würde er gerade die Welträtsel erklären.

»Bereit?«, fragte ich Henning, als uns Tim die Helme und Handschuhe reichte.

»Natürlich. Und du?«

»Immer.«

Die Einführungsrunde ging schnell und ich hatte das Gefühl vermisst, das Brodeln des Motors unter meinem Hintern zu spüren. Mein Griff um das Lenkrad war fest und sicher, meine Muskeln waren angespannt, das Vibrieren des Motors hallte durch meinen Körper. Mein Hintern wackelte, als säße ich auf einer Waschmaschine. Durch das Visier war mein Sichtfeld eingeschränkt, aber aufgrund der Erfahrung und all der Jahre im Kart wusste ich genau, worauf ich zu achten hatte. Mein Fuß lag sicher auf dem Gaspedal, während der andere die Bremse antippte.

Wir rasten die Strecke entlang, aber niemand hatte eine Chance gegen Henning, der eine Routine an den Tag legte, die ihresgleichen suchte. Trotzdem hielt ich mit – für genau drei Kurven.

Die Kinder tauschten sich schnatternd über die einzelnen Manöver aus und Henning zog mich lachend in den Arm, nachdem wir unsere Karts geparkt hatten.

Das Nackenhaar klebte mir nass am Hals und mein Brustkorb hob und senkte sich schnell, so außer Puste war ich. Meine Wangen waren gerötet, aber ich hatte jede einzelne Sekunde genossen.

»Danke«, sagte er voller Wärme und tausend Schmetterlinge stoben in meinem Bauch auf.

»Wofür?«

»Die Runden hier. Das war perfekt. Das habe ich gebraucht. Genau das.«

»Gern geschehen«, antwortete ich und senkte den Blick, weil ich plötzlich unter der Eindringlichkeit seines Blickes ein bisschen Panik verspürte. Panik vor meinen eigenen

Gefühlen. Und die wollte ich unter keinen Umständen näher ergründen.

»Willst du noch etwas trinken?«, wechselte ich deswegen schnellstmöglich das Thema.

»Gerne«, erwiderte er, den Arm immer noch um meine Schultern geschlungen, und ich ertappte mich dabei, wie ich das Gewicht seines Armes ein klitzekleines bisschen zu viel genoss, als es für mein Seelenheil gut gewesen wäre.

Aber Henning hatte mir bisher noch keinen Anlass gegeben, meinen Ängsten Raum zu lassen. Warum also nicht ein bisschen genießen? Was sprach schon dagegen, die Dinge einfach auf sich zukommen zu lassen und sich nicht den Kopf über mögliche Exit-Szenarios zu zerbrechen?

Kapitel 27

Die nächste Veranstaltung, zu der ich Henning offiziell als Freundin begleiten sollte, hatte irgendetwas mit einem seiner großen Sponsoren zu tun. Ich trug ein efeugrünes Kleid mit passenden Riemchensandalen, kein Designerteil, aber Vintage, mit geschlossenen Schultern und einem schönen Ausschnitt, also halbwegs vorzeigbar. Die sommerliche Brise, die sich seit einigen Tagen um München gewickelt hatte, spielte mit dem Saum des Kleides und meinen offenen Haaren, die ich nur einfach geföhnt hatte. Dafür hatte ich mir mit meinem Make-up heute mehr Mühe gegeben.

Ungeduldig wartete ich draußen vor unserer Wohnung, spürte das Rumpeln meines Herzschlags und sah mich immer wieder um.

»Entschuldige bitte die Verspätung«, begrüßte mich Henning und der wohltuende Klang seiner Stimme fuhr mir direkt in den Bauch. Voller Erstaunen beobachtete ich, wie er sich zu mir herunterbeugte, um mir einen Kuss auf die Wange zu drücken. Er war wie aus dem Nichts neben mir aufgetaucht und ich schloss die Augen, während ich in eine dezente Aftershave-Wolke gehüllt wurde, die mir inzwischen so vertraut war.

Seine Lippen waren weich und fest, strichen hauchzart über meine Haut und verweilten dort eine Sekunde zu lang. Mein Herz donnerte in meiner Brust, laut und schnell. Stocksteif verharrte ich in meiner Position, bis er sich zurücklehnte und mich aus seinem Bann entließ.

»Du siehst wunderschön aus.«

»Und du total zerknittert«, erwiderte ich und überspielte mein wild klopfendes Herz. Dabei sah er alles andere als zerknittert aus. Seine ganze Erscheinung wirkte wie aus einem Werbemagazin, als hätte er sich für ein Fotoshooting in Schale geworfen: weißes Hemd, silbergraue Leinenhose und weiße Halbschuhe.

Henning lachte warm. »Ich hab dich vermisst.«

Argh. Warum sagte er das?

»Bist du aufgeregt?«, fragte ich ihn, weil ich nicht wusste, was ich erwidern sollte.

Sofort veränderte sich seine Haltung, bekam etwas Abwartendes, als würde er sich bei drohender Gefahr sofort hinter einem Felsen verschanzen. Nur, dass dieser Felsen sein Körper war. »Ich hasse es einfach. Wenn das Fahren nicht mit so viel Politik verbunden wäre, würde es wirklich Spaß machen. Aber das ganze Drumherum mag ich einfach nicht.«

»Dann auf in den Kampf! Bringen wir es hinter uns.«

»Okay. Kurze Frage. Dürfte ich noch schnell eure Toilette benutzen? Ich war so im Stress und hatte keine Gelegenheit mehr.«

Misstrauisch kniff ich die Augen zusammen. »Das ist kein Trick, um endlich deine WG-Führung zu bekommen?«

»Die muss ich mir nicht erschleichen, Meg«, erwiderte er augenzwinkernd, neigte seinen athletischen Körper und flüsterte mir ins Ohr: »Aber ich bin definitiv dafür, dass du mir zumindest bald mal dein Zimmer zeigst.«

Noch sträubte ich mich, da wir dadurch ein weiteres Stoppschild missachten würden. Es wäre ein weiterer Schritt auf meinen Abgrund zu.

Drohend hob ich den Zeigefinger, überspielte das flüchtige Stolpern meiner Gedanken. »Toilette. Das kriegen wir hin. Und nicht linsen, die Wohnungsführung gibt es ein anderes Mal.«

Kurzerhand ließ ich ihn oben in die Wohnung und er verschwand im Badezimmer – nicht, ohne sich übertrieben die Augen zuzuhalten, was mir ein Lachen entlockte. Dann fiel mir siedend heiß ein, dass ich den Müll nicht weggebracht hatte, obwohl mich Jojo extra darum gebeten hatte. Mist. Eilig lief ich in die Küche und machte mich daran, auch noch die letzten Reste meines Frühstücks im Müllbeutel unterzukriegen, als die Titelmelodie von *Die Nanny* losdudelte.

»Ja?«, fragte ich in den Hörer, nachdem ich abgenommen hatte, balancierte den vollen Kaffeefilter in Richtung Mülleimer und versenkte ihn darin. Wenn die Mädels bald zurückkehrten, sollten sie wenigstens keine gammligen Reste finden, die sich schlimmstenfalls noch durch die WG bewegten.

»Wann wolltest du uns denn sagen, dass du jemanden kennengelernt hast?«, flötete Mama mit ihrer melodischen Stimme, was mich immer an unsere Sommerurlaube an der Adria erinnerte. Vor Schreck ließ ich beinahe mein Handy fallen. Meine Hände klammerten sich an der Ablage der Küchenzeile fest und ich schluckte.

Hundertfacher Bockmist!

Sie klang euphorisch und für einen Außenstehenden total normal, aber da ich in den letzten einundzwanzig Jahren einen Großteil meines Lebens in ihrem Beisein verbracht hatte, wusste ich, wie sehr das täuschen konnte. Unsere Bluthund-Fährtennasen hatten mein Bruder und ich nicht zufällig, und wenn jemand aus unserer Familie auf Klatsch und Tratsch stand, dann Mama. Es musste sie insgeheim wahnsinnig machen, dass sie diese Information nicht als Erste und auch nicht von mir erfahren hatte. Bloß woher zum Teufel wusste sie davon?

Mir brach der kalte Schweiß aus.

»Bei Kilian und Joana habe ich es mir bereits in den Weihnachtsferien gedacht, als die beiden sich während des Essens verliebte Blicke zugeworfen haben. Aber du, *mia cara*, schweigst dich wohl lieber aus?«, fuhr sie nun fort, während sich mir bei ihrem fröhlichen Tonfall die Zehennägel aufrollten.

»Wovon redest du?«, stellte ich mich dumm und klopfte mir für die schauspielerische Leistung innerlich auf die Schulter.

»Na, von deinem Freund. Alle Welt spricht davon. Dieser Formel-2-Fahrer. Keine Ahnung, wie er heißt. Du hast es mir ja nicht verraten.«

Nein, nein, nein, nein.

Wie eine Flutwelle breitete sich Panik in mir aus. Daran hatte ich keine Sekunde lang gedacht. Meine Mutter, die mich bis zu meinem achtzehnten Lebensjahr vor einer Teenie-Schwangerschaft gewarnt hatte, um dann am Tag meiner Volljährigkeit von einem Enkelkind zu schwärmen, hatte garantiert jetzt schon zu viel hineininterpretiert. In alles.

Oh, Gott, nicht nur die Spürnase musste ich von ihr haben, sondern auch die nervtötende Eigenschaft, sich in alles einzumischen. Aber jetzt hatte ich den Salat.

»Äh …«

»Also, wenn ich Papa Glauben schenken darf, seid ihr sogar schon länger zusammen. Wieso hast du denn nichts gesagt?«

Okay, Karla. Streng deine Gehirnzellen an.

»Vielleicht, weil ich genau diese Reaktion erwartet habe? Und ich darauf keine Lust hatte?«, konterte ich, denn in diesem Fall war Angriff die beste Verteidigung, auch wenn es mir ein bisschen das Herz brach.

Meine Mutter stieß abgehackt die Luft aus, wie ein Drache, der Rauch aus seinen Nüstern bläst. »Oh, *passero*, komm mir nicht mit so einem Quatsch. Du hast von uns gar nichts zu erwarten. Was du in deiner Freizeit anstellst, geht uns nichts an, aber wir sind immer für dich da. Wenn dein Vater allerdings von Kollegen auf eine *Fanpage* für dich und deinen Freund angesprochen wird und ihr schon gemeinsam – wohlgemerkt küssend – auf dem Paddock gesichtet wurdet, würde ich schon gern Näheres von dir erfahren und nicht von wildfremden Menschen.« Meine Mutter nahm mal wieder kein Blatt vor den Mund und mir blieb nichts anderes übrig, als ihr insgeheim zuzustimmen. Natürlich.

Frustriert starrte ich die Palme an, die Jojo bei einem unserer letzten IKEA-Ausflüge besorgt hatte, und spürte, wie mein Herz einige Stockwerke in die Tiefe sank.

»Also von mir aus können wir los, fehlt noch etwas?«, tönte es in diesem Augenblick unmittelbar hinter mir und ich fuhr auf dem Absatz herum. Panisch legte ich einen

Finger an die Lippen, doch Henning runzelte nur verwirrt die Stirn, während Mama ganz trocken sagte: »Ist er das?«

Mit einem unterdrückten Stöhnen schloss ich die Lider. *Verdammt.* Jetzt hatte ich meine Stirn mit einem dicken X markiert und zum Abschuss freigegeben.

»Ja.« Leugnen war zwecklos.

»Wann stellst du ihn uns vor?«

Hennings Stirnrunzeln vertiefte sich, anscheinend konnte er hören, was meine Mutter sagte.

»Vielleicht irgendwann«, wich ich aus. »Er hat diese Saison viel zu tun.«

»Ich hätte nie gedacht, dass es ein Fahrer wird. Oder überhaupt jemand aus dem Rennsport. Du hast ja immer etwas allergisch reagiert. Wegen Papa. Deswegen hast du ja auch dieses langweilige Studium gewählt. Du wolltest Beständigkeit und Sicherheit und nicht das Abenteuer der Rennstrecken. Vielleicht liegt es auch daran, dass dein eigener Traum vom Fahren so früh geplatzt ist.«

In ihren Worten steckte ein so hoher Wahrheitsgehalt, dass ich kurz erschrak.

Dann fiel es mir wie Schuppen von den Augen.

Sträubte ich mich deswegen gegen das, was zwischen Henning und mir wuchs, weil ich insgeheim Angst hatte, dass es so wie bei meinen Eltern werden würde? War das einer der Gründe?

Es würde einiges erklären.

Hatte ich deswegen so große Schwierigkeiten, mich komplett fallen zu lassen und jemandem zu vertrauen?

»Wie geht es Papa mit der Werkstatt?«, fragte ich und sah, wie mir Henning einen verwunderten Blick zuwarf. Stimmt. Ich hatte ihm noch nicht verraten, weshalb ich den

Vertrag für unser Arrangement unterzeichnet hatte. Das Thema war einfach nie aufgekommen, ich hatte es ihm nicht absichtlich verschwiegen.

»Er hat sich damit abgefunden zu verkaufen.«

Aber ich nicht, dachte ich und schwieg.

Irgendwie schaffte ich es, Mama mit einer fadenscheinigen Ausrede abzuwimmeln, während mich Henning aufmerksam beobachtete. Er schien die Veränderung zu spüren, denn ich war stiller als sonst. In mich gekehrter. Aber er bohrte nicht nach, sondern ließ mir meinen Freiraum. Was gut war. Genau richtig.

Er verhielt sich mir gegenüber immer genau richtig.

Mit dem Taxi fuhren wir zum Veranstaltungsort an der Münchner Freiheit, was quasi um die Ecke lag. Wir überquerten die große Hauptstraße, die bis zum Siegestor an der Universität führte, vorbei an blauen Trambahnen. Die Luft flirrte vor Frühsommerglück, alle schienen die schlechte Laune mit dem trüben Wetter abgelegt zu haben und es roch nach grünen Laubblättern und Pfingstrosen, die an einem Stand vor dem großen Einkaufszentrum verkauft wurden.

»Was ist das für eine Veranstaltung?«

»Marc hat mich gebrieft, aber ich habe ehrlich gesagt nicht richtig zugehört. Ein Hauptsponsor hat eingeladen und ich soll mein öffentliches Image etwas aufpolieren. Deswegen bist du mit dabei. Es werden nämlich auch ein paar Fotografen für lokale Zeitungen da sein und ein bisschen Publicity kann nicht schaden, bevor es nächste Woche nach Baku geht.«

Ich nickte verständnisvoll und widmete mich wieder ganz meiner Aufgabe. Wir betraten ein renoviertes Gebäude, in dessen Eingangsbereich meterhohe Pflanzen dem industriellen Stil einen urbanen Touch verliehen. Es roch herrlich nach frischen Blumen und Crêpes, doch mir blieb keine Zeit, mich meinen plötzlichen Gelüsten nach Süßem hinzugeben, denn sobald wir hineingingen, richtete sich das allgemeine Interesse vor allen Dingen auf Henning. Und somit auch zwangläufig auf mich.

Also stellte ich mich etwas aufrechter hin, sodass ich nicht wie ein kompletter Zwerg neben ihm unterging, und zwang meine Mundwinkel, in einem Lächeln zu verharren.

Es war, als würden wir mit blutigen Fersen in ein Haifischbecken abtauchen. Sie kamen alle angeschwommen. Ich spürte, wie sich die Muskeln an Hennings Arm anspannten und er die Kiefer zusammenbiss.

»Stell sie dir einfach alle nackt vor«, raunte ich halblaut, sodass es niemand hörte, und nahm einen Schluck von dem sprudelnden Sekt, den mir gerade eine junge Frau vom Cateringservice gereicht hatte.

»Puh. Schwierig.«

»Oder in Weihnachtsmannkostümen.«

Jetzt erhellte sich seine Miene und er warf mir einen dankbaren Blick zu, aber er wirkte noch nicht völlig gelöst. Als wäre er wieder dieser Henning-Klon.

»Du bist so witzig. Und schlagfertig. Und klug. Zeig doch etwas mehr von dieser Persönlichkeit. Ich verstehe gar nicht, wieso du so ein steifes Bild von dir vermittelst.«

Langsam entspannte er sich. Sein Blick glitt über mich hinweg, der sanfte Druck seiner Finger auf meiner Taille verstärkte sich. »Du hältst mich für klug und schlagfertig, Meg?«

Ich schnaubte und ignorierte die Gänsehaut auf meinen

Armen, die seine Berührung in mir auslöste. »Bild dir bloß nichts ein, Wunderknabe.«

Zu meinem eigenen Seelenheil wurden wir von einem grau melierten Herrn unterbrochen, der Henning zu seiner Platzierung gratulierte, während ich mich wieder völlig auf meine Mission konzentrierte. Lächeln, freundlich sein und wie eine hübsche Zierpflanze an Hennings Arm hängen, als wäre es das Natürlichste auf der Welt. Aber inzwischen hatte ich Übung darin, schließlich hatte ich ihn auf einige Veranstaltungen begleitet.

Dummerweise fühlte es sich an seiner Seite genau so an. Als wäre es ganz normal.

Und das jagte mir eine beschissene Angst ein.

Kapitel 28

Als wir spät am Abend in seine Wohnung stolperten, leicht angeschwipst und trunken von der Nacht, hatte sich etwas vollends verschoben. Vielleicht, weil ich dem Gefühl in meinem Herzen endlich Gehör schenkte.

Ari begrüßte uns freudig, aber stiller als sonst, als würde sie spüren, dass etwas Eigenartiges in der Luft lag.

Henning holte uns noch eine Flasche Wein aus der Küche, wir landeten auf dem Sofa, nur ein Standlicht war angeknipst. Ich hätte nach Hause fahren können, aber das wollte ich gar nicht. Es zog mich nicht in die WG, in die Einsamkeit meines Zimmers, wo ich ihn ohnehin nur wieder vermissen würde.

»Wer passt eigentlich auf Ari auf, wenn du an den Rennwochenenden nicht da bist?«, fragte ich ihn, die Füße unter meinen Po gezogen, und nippte an meinem Glas.

»Sander, den du kurz kennengelernt hast. Aber auch erst seit dieser Saison, weil ich etwas gut bei ihm habe.« Ein Schatten legte sich auf seine Züge. Ich spürte den Umschwung, als hätte sich plötzlich ein Wind gedreht.

»Willst du darüber reden?«

Mit einer Hand fuhr sich Henning in den Nacken. Ein

Bein hatte er angewinkelt, sein Oberschenkel streifte meinen. »Der Skandal. Er ist auf Sanders Mist gewachsen.«

»Hast du ihn denn gefragt, ob du darüber reden darfst?«

»Er meinte – und ich zitiere: ›Wenn du deinem Mädchen vertraust, tue ich das auch.‹«

Sein Mädchen. Bei diesen Worten spürte ich, wie alles in mir verstummte. Bisher hatte ich mir nie darüber Gedanken gemacht, ob ich zu jemandem gehören könnte, aber in den letzten Wochen lag ich viel zu oft wach und grübelte. Dabei grübelte ich sonst nie.

»Oh.«

Henning lächelte mich voller Wärme an. »Deswegen kann ich es dir auch sagen.«

»Okay. Und was genau?«

Neugierig setzte ich mich auf. Ich hatte mich die ganze Zeit schon gefragt, was das große Geheimnis war. Weshalb er sich auf die Fake-Freundin eingelassen hatte. Weshalb ihm womöglich die Sponsoren absprangen. Ich schwieg und wartete ab, bis Henning nach kurzem Zögern fortfuhr.

»Sander ist einer meiner ältesten Freunde. Wir haben uns damals beim Kart kennengelernt. Seine Eltern sind … sehr wohlhabend. Aus dem Grund ist er einfach extrem vorsichtig geworden. Damals ist er mehr aus Spaß gefahren als wirklich ernsthaft«, begann er drucksend, blieb absichtlich etwas vage, um nicht zu schnell zu viel preiszugeben. »Aber in den letzten Jahren ist er etwas …«

»Kommt er aus England?«, hakte ich ein, denn ich erinnerte mich an seinen Akzent.

»Nein, seine Familie wohnt in Oslo. Er war aber einige Jahre am King's College in Cambridge. Er ist einfach sehr viel unterwegs.«

»Und der Skandal?«

Niedergeschlagenheit zeichnete seine Züge, während er sich mit dem Daumen nachdenklich über die Lippen strich, eine Geste, die ich nun schon häufiger an ihm beobachtet hatte. »Es gibt ein Video. Wir haben gemeinsam Silvester gefeiert und sind ziemlich abgestürzt.« Henning zögerte einen Herzschlag lang, als wäre er nicht sicher, wie viel er offenbaren konnte. Also legte ich eine Hand über seine und strich mit dem Daumen über die feinen Härchen auf seinem Handrücken.

»Du musst es mir nicht erzählen, es ist ja eure Sache.«

Henning runzelte die Stirn. »Doch. Du gehörst jetzt dazu.«

Mein Mädchen, flüsterte mein viel zu weiches Herz.

»Das Video wäre sein Untergang. Er hat ein ähnliches Image wie ich. Allerdings nicht ganz so fremdverschuldet, wie es bei mir dank Pietschmann der Fall ist. Käme das Video an die Öffentlichkeit, könnte er womöglich aus dem Familienunternehmen ausgeschlossen werden.«

Ich nickte bedächtig. »Verstehe. Und deine Sponsoren haben davon Wind bekommen? Dass dieses Video existiert?«

»Es gab Gerüchte, ja. Aber nichts Handfestes. Insgesamt ist es gerade sehr schwierig, weil die deutschen Sponsoren lieber auf Pietschmann setzen. Größerer Name, bessere Rennergebnisse.«

»Was macht Sander denn Schlimmes auf dem Video?«

Peinlich berührt senkte Henning den Blick, ich fühlte die Anspannung in seinen Muskeln, das Zucken seiner Hand unter meinen Fingerspitzen. »Er fasst einem Mädchen an die Brust, hat eine Situation falsch eingeschätzt«, presste Henning tonlos hervor. »Er dachte, es sei einvernehmlich. Sollte das Video veröffentlicht werden, hätte er wirklich ein ernsthaftes Problem.«

Eine dunkle Vorahnung stieg in mir auf. »Moment, wenn man ihn sieht, wieso ist das dann für dich ein Problem? Man kann euch doch nicht verwechseln?«

»Nein.« Zu meiner Erleichterung schüttelte er den Kopf. »Das nicht, aber ich bin mit drauf. Wie du so schön sagtest, der Bad Boy des Motorsports.« Mit den Fingern malte er Gänsefüßchen in die Luft. »Obwohl ich in den letzten Jahren nichts getan habe, um diesem Ruf gerecht zu werden.« Er wirkte niedergeschlagen. »Wirklich feiern war ich seit einer Ewigkeit nicht mehr. Aber in der Formel 3 hat sich das irgendwie festgesetzt und die Presse mag nun mal Schlagwörter, die Aufmerksamkeit bringen. Im Grunde hatte ich zwei öffentliche Beziehungen – eine Influencerin und die Tochter eines berühmten Rennfahrers. Der Rest ist Geschichte.« Ein bitterer Zug spielte um seinen Mund.

»Okay. Kapiert.« Und das hatte ich. »Selbst ich kannte nur die eine Seite von dir, weil es das Bild ist, das die Medien von dir vermitteln«, gestand ich schließlich.

»Warum hast du dich eigentlich auf diese Fake-Beziehung eingelassen?«, wechselte er abrupt das Thema und senkte die Stimme. »Du bist in vielerlei Hinsicht so stark. Und stolz. So verdammt stolz. Es wundert mich, dass du überhaupt deine Unterschrift unter den Vertrag setzen konntest.« Die Art, wie er es sagte, bescherte mir wieder einmal eine Gänsehaut. Überall.

Ich versteifte mich. Meine Reaktion blieb ihm nicht verborgen, denn seine Fingerspitzen strichen über meinen Hals, malten Kreise am Schlüsselbein entlang. Eine behutsame Geste. Als wollte er ein Tier zähmen. Genau das trieb mich in den Wahnsinn. Sein Verständnis und seine Geduld, als hätte er alle Zeit der Welt, eine Schicht nach der anderen abzustreifen, um zu schauen, was sich unter meiner Rüstung verbarg.

Ich bleckte die Zähne. »Papas Werkstatt …«, fing ich an.

»Die Werkstatt, in der du immer mitgeholfen hast? Also du und nicht dein Bruder?«

Es rührte mich zutiefst, dass er sich an diesen kleinen, beiläufig eingeworfenen Schnipsel erinnerte, als wir gemeinsam den Reifen gewechselt hatten.

Ich nickte. »Ja. Und er wird sie wohl oder übel in den nächsten zwei oder drei Wochen verkaufen. Deswegen brauche ich dringend das Geld. Dafür und weil mein Bruder denkt, ich bekomme es nicht auf die Reihe. Finanziell gesehen.« Ich seufzte leise. »Obwohl er da nicht ganz unrecht hat. Ich bin eine wandelnde Katastrophe.«

»Du bist lustig und freizügig, gnadenlos direkt. Ich weiß bei dir immer, woran ich bin, und das mag ich sehr.«

Gegen meinen Willen spürte ich, wie mir Hitze in die Wangen kroch, und senkte den Blick, weil seine Worte mich plötzlich ganz verlegen machten. Komplimente machten mich verlegen.

»Die Werkstatt, von der deine Mama gesprochen hat?«

Ich nickte. »Wie Marc bereits erwähnt hat, war Papa früher Chefmechaniker für *Esparza Mobile*, zwölf Jahre lang. Als er dadurch beinahe seine Ehe aufs Spiel gesetzt hätte, hat er sich entschieden, aufzuhören und nach Hause zu kommen. Die Werkstatt …« Ich suchte nach den richtigen Worten. »Die Werkstatt bedeutet mir unwahrscheinlich viel, weil sie für mich immer ein Zufluchtsort war. Neben meinen Büchern. Und Serien. Es hat mich einfach unwahrscheinlich beruhigt und innerlich ausgefüllt, dort meine Zeit zu verbringen. Der Geruch nach Motoröl, die etwas derbere Sprache.«

»Daher dein loses Mundwerk.« Anschließend zuckte Erkennen über sein Gesicht. »Kohlhammer.« Er stutzte und musterte mich auf einmal so eindringlich, dass ich unruhig auf meinem Hintern hin und her rutschte. »Moment. Karla Kohlhammer. Wieso ist mir nicht gleich eingefallen, was Marc gesagt hat? Dass du früher auch Kart gefahren bist. Sogar recht erfolgreich.«

»Ja«, bestätigte ich. »Aber das ist lange her.«

»Deswegen verstehst du mich so gut.« Er grinste. »Deswegen warst du im Kart so schnell.«

Shit. Diese *Nähe.*

»Weil ich weiß, wie man um die Kurve fährt?« Es sollte wie ein Scherz klingen, aber es schwangen so viele andere, feine Nuancen mit, dass ich die Veränderung sofort spürte.

»Nein. Du hast kein Wort darüber verloren, als wir neulich Kart fahren waren.« Seine Stimme war leiser und dunkler geworden.

»Hätte ich das denn tun sollen?«, flüsterte ich. »Es ging doch um dich.«

»Nein.« Sacht schüttelte er den Kopf. »Du hast keine große Sache daraus gemacht, was irgendwie … süß ist.«

Jetzt kribbelte es in meinem Nacken wie winzige Sektbläschen, die an die Oberfläche stiegen. Ich liebte diesen Moment, dieses verheißungsvolle Innehalten zwischen uns. Dieses Knistern in der Luft, eine unausgesprochene Lust.

Wir setzten uns gleichzeitig in Bewegung, unsere Lippen berührten sich erst ganz sacht, dann drängender. Meine Finger gingen auf Wanderschaft, huschten in seinen Schoß.

Henning war meine Klippe und mein Anker.

Ich stürzte mich hinab und hielt mich gleichzeitig an ihm fest, klammerte mich an ihn, während seine Finger meine Haut in Brand setzten. Geduldig, aber fest strichen sie meine Halsbeuge entlang, krochen tiefer, bis sie den Ansatz meiner Brüste erreichten. Ich erschauerte, lehnte mich der intimen Geste entgegen, die mich plötzlich unheimlich anmachte. Meine Knie wurden weich. Meine *fucking* Knie wurden weich und dann war mein Kopf wie leer gefegt.

Shit.

Es gab nur noch uns, diesen Moment und ganz viel dazwischen. So viel dazwischen, dass es keine Beschreibungen für all das gab, was ich empfand, weil mein Herz strauchelte und stolperte und gleichzeitig so schnell flatterte wie tausend Kolibris innerhalb eines einzigen Augenblicks.

Dann wurde mir bewusst, warum. Ich war aufgeregt wie noch nie zuvor in meinem Leben und das löste eine tief sitzende Beklemmung aus. Im Grunde wusste ich genau, was passieren würde, wie sich Haut auf Haut anfühlt, wie sich unser Atem mischen, unsere Finger verhaken würden.

Aber das hier – genau jetzt –, diese Nervosität, die plötzlich von mir Besitz ergriffen hatte, ohne dass ich sie steuern oder beeinflussen konnte, das war völliges Neuland für mich. Und ich hatte keine Ahnung, wie ich darauf reagieren sollte.

Wir fanden den Weg ins Schlafzimmer, mein Kleid verschwand, ebenso seine Leinenhose und das weiße Hemd. Ich konnte mich gar nicht an ihm sattsehen, nahm jede Linie seines Körpers, den Verlauf seiner Muskeln und die feinen Härchen um seine Boxershorts in mich auf und leckte mir unbewusst über die geschwollenen Lippen.

»Spreiz die Beine.«

Die Aufforderung kam überraschend, aber das heftige Pochen, das bei seinen Worten einsetzte, ließ mich keine Sekunde lang zögern. Ich tat es und beobachtete, wie Henning zwischen mir abtauchte, meinen feuchten Slip herunterzog und mich mit loderndem Blick von unten betrachtete.

Das war so verdammt heiß, dass es mir kurz die Sprache verschlug. Dann setzte das Unbehagen ein. Weil er es war, der mir Freude bereiten wollte. Weil er mich so anschaute. Weil es wieder so intensiv war und ich eine Höllenangst vor den Auswirkungen bekam.

»Ehrlich gesagt …«, setzte ich an und stockte.

Eigentlich nahm ich mir, was mir gefiel. Ich wusste, was ich wollte. Aber mit Henning … Ich hatte Angst, dass es mehr wurde, er zu viel hineininterpretierte. Und ich hatte Angst vor mir selbst.

»Magst du das nicht?«

Ich schüttelte den Kopf, fühlte mich auf einmal seltsam entblößt, was aber nicht mit meiner Nacktheit zusammenhing. Henning sah zu mir hoch, ernst und gleichzeitig so verständnisvoll, dass es mir die Kehle verengte. Erkenntnis zuckte über sein attraktives Gesicht.

»Du magst es nicht mit mir«, schlussfolgerte er, als hätte er meine Gedanken gelesen, was mich noch mehr entsetzte. Denn er verstand Dinge, die ich selbst nicht richtig verstand. Als hätte er bei unserer ersten Begegnung ein Karla-Handbuch in die Hand gedrückt bekommen.

»Das ist –«

»Die letzten Male wolltest du es auch lieber von mir abgewandt tun«, unterbrach er mich so vorsichtig, als könnte ich jeden Augenblick losstürmen, meine Sachen zusammensuchen und das Weite suchen. Innerlich zuckte ich bereits, zwang mich jedoch, an Ort und Stelle zu verharren.

Die Bettlaken raschelten, als er sich neben mich legte, ein wenig Abstand wahrte, als wollte er mir die Möglichkeit geben, mich erst mal zurückzuziehen.

Er hatte es bemerkt. Als Einziger. Er hatte es als Einziger bemerkt.

»Karla, sieh mich an.«

Und das tat ich, während mein Herz so heftig gegen die Rippen hämmerte, dass ich glaubte, er müsse es hören. Das Blut fegte durch meine Adern, mir war so heiß. So unsäglich heiß.

Und es war, als würde Henning mich richtig anschauen.

Nicht Karla-Karla, die vorlaute junge Frau, sondern alles von mir, jede Facette, die meine Persönlichkeit zu bieten hatte.

Die verletzliche Karla, die leise Karla, die wilde Karla.

Ich hatte Angst. Angst, dass er ging, wenn ich einhundert Prozent von mir gab, dass es ihm nicht mehr gefiel, dass *ich* ihm nicht mehr gefiel. Es war eine irrationale Angst, dennoch erstickte ich beinahe daran – und Henning sah es. Er sah es, genauso, wie ich ihn sah. Genauso, wie ich auf ihn aufpasste, wenn er sich in einer Welt verlor, die nicht seine war.

Wir ergänzten uns auf eine Weise, die mir den Boden unter den Füßen wegriss.

»Sieh mich an, wenn ich in dir bin«, bat er leise, was so höllisch sexy und zugleich so intim war, dass ich ausnahmsweise absolut sprachlos war.

Ich nickte, als er mich dieses Mal küsste, kämpfte gegen

die erstickenden Tränen, die sich plötzlich hinter meinen Lidern anbahnten. Etwas in mir brach auf, ich spürte Hennings festen Oberkörper, wie er sich zwischen meinen Beinen positionierte, sanft meine Schenkel auseinanderdrückte und mich dabei die ganze Zeit über ansah. Er sah mich. Er sah mich und ich hätte heulen können vor Glück.

Zum ersten Mal in meinem Leben ging es nicht um Spaß, Atemlosigkeit und Neckereien. Es ging nicht darum, meine Lust zu befriedigen.

Zum ersten Mal begriff ich, was *Liebe machen* bedeutete.

Mein Herz drohte überzuquellen.

Noch ein bisschen länger, wisperte eine Stimme in mir, die nicht verstummen wollte. *Noch ein bisschen mehr.*

Als ich schließlich einschlief, spürte ich das Gewicht von Hennings Arm an meinem nackten Bauch, die trügerische Geborgenheit, vor der ich mich eigentlich so fürchtete.

Noch ein bisschen länger. Was konnte schon passieren?

⋆ ⋆ ⋆

»Schwarz?«, fragte mich Henning über die Schulter hinweg. Er trug frische Boxershorts, die seine durchtrainierten Oberschenkel zur Geltung brachten, und ein weißes T-Shirt.

In der Küche verteilte sich der Duft des frisch aufgebrühten Kaffees, während ich in einem viel zu großen Shirt von ihm am Esszimmertisch saß und heimlich seinen Geruch einatmete. »Ja, bitte.«

Das Omelett schmeckte köstlich, was unter anderem an den frischen italienischen Kräutern lag, die er hinzugefügt hatte. Dennoch stocherte ich auf meinem Teller herum, dabei hatte Henning eine Geschmacksexplosion gezaubert, die sich durchaus mit Kilians Kochkünsten messen könnte. Toni war außer Reichweite, aber das wären wir wohl alle auch, wenn wir gegen Henning Kart fahren würden.

»Kommt sofort.«

»Es schmeckt übrigens richtig lecker«, gestand ich.

Obwohl er mir das Profil zuwandte, erkannte ich den freudigen Ausdruck, der über sein Gesicht hüpfte. »Wenn man sonst nichts kochen kann, hat man eben Zeit, das eine Gericht zu perfektionieren«, erwiderte er bescheiden. »Möchtest du noch etwas anderes essen? Ich habe erst gestern ein bisschen eingekauft.« Er drehte sich zu mir um und der Ausdruck auf seinem Gesicht traf mich wie ein Schlag in die Magengrube. Das Lächeln war zärtlich. Beinahe liebevoll.

Panik wallte in mir auf. Panik vor dem, was da gerade geschah und was ich in den letzten Wochen unbewusst zugelassen hatte. Hastig würgte ich den letzten Bissen des köstlichen Omeletts herunter, krallte mir den leeren Teller, stand ruckartig auf und stellte ihn in die Spülmaschine, ehe ich sie wieder zumachte und mich dagegenlehnte.

»Was ist?« Eine steile Falte grub sich in seine Stirn, sobald er meinen Gesichtsausdruck bemerkte.

»Ich glaub, ich muss los.«

»Warum?« Dann veränderte sich der Ausdruck auf seinem Gesicht, wurde weich und einfühlsam, und die nächsten Worte klangen so verständnisvoll, dass sich alles in mir dagegen sträubte. Deswegen hatte ich mich nicht darauf einlassen wollen. Deswegen hatte ich mich geweigert, mit ihm befreundet zu sein. Deswegen hatte ich keine Nähe zulassen wollen. Weil es verdammt noch mal alles verkomplizierte.

Ich brauchte das Geld.

Ich fühlte mich elendig bei dem Gedanken, ihn auf diese Weise auszunutzen. Aber so waren nun mal die Spielregeln, ich hatte sie nicht gemacht. Es war dieser dämliche Vertrag, der uns aneinanderband, und sonst nichts. Wenn er daraus mehr machen wollte, war das sein beschissenes Problem und nicht meins.

»Ich habe dir gleich gesagt, dass es keine gute Idee ist.«

»Was genau?«

»Das hier.« Ich zeigte mit dem Finger zwischen uns hin und her. »Ich habe es ernst gemeint, als ich sagte, dass ich es locker halten will. Und schon nach der zweiten gemeinsamen Nacht kochst du für mich. Und wie du mich ansiehst!« Ich warf die Hände in die Luft, kämpfte die umherwimmelnden Gefühle in mir nieder und atmete schwer aus.

Sein durchdringender Blick bekam etwas Abwartendes, als er behutsam seine Kaffeetasse abstellte und den Abstand zwischen uns mit zwei Schritten verringerte, sodass mich innerhalb einer Sekunde sein intensiver Duft umfing und sämtliche Hindernisse zu überbrücken schien.

»Mach nicht schon wieder dicht, Karla. Du bist kompliziert und du brauchst länger, um Vertrauen zu fassen, das ist völlig in Ordnung. Aber warum lässt du niemanden an dich heran?«, fragte er mit trügerisch sanfter Stimme, in seinem Blick lag eine Wachsamkeit, die mich völlig durchdrang. Die Einfachheit der Frage täuschte, Henning grub durch sämtliche Schichten meiner Seele, als wäre es ein Kinderspiel.

»Ich wüsste nicht, was dich das angeht«, wiegelte ich ab.

»Du hast recht«, sagte er leise – und es war genau das Richtige. Schon wieder. »Es geht mich nichts an. Und vielleicht hätte ich auch gar nicht erst fragen sollen. Aber ich würde so gern wissen, wer dich so verletzt hat. Ich würde so gern verstehen, wieso du alles ablehnst, was mit einer Beziehung zu tun hat.«

Plötzlich schlug mir das Herz bis zum Hals. »Was meinst du damit?«

»Alles. Wie du dich ausklinkst, wie du mit mir umgehst, wie du mit jedem klugen Spruch und jeder scharfen Bemerkung dafür sorgst, mich auf Abstand zu halten. Als ob du alles daransetzt, dass niemand zu dir durchdringt. Das ist auch ein Schutzwall.«

»Und du verstehst so viel davon, weil …?«

»Weil ich das auch mache. Nur auf eine andere Art und Weise. Und es ist verblüffend zu sehen, wie dieses Verhalten wirken kann. Mir ist noch nie eine Frau begegnet, die das so perfektioniert hat wie du.«

Nein, das war zu viel, zu intensiv.

Zu nah an der Wahrheit?

Wie konnte jemand wie er, der mich erst ein paar Wochen kannte, so sehr hinter meine Fassade schauen und Dinge ans Tageslicht zerren, über die ich mir selbst kaum Gedanken machte, weil ich sie nur zu gern verdrängte?

»Wer oder was hat dich so verletzt?« Sein ruhiger Tonfall war so einnehmend, dass ich mich einen Moment lang täuschen ließ.

»Niemand! Ich bin einfach so.« Von Bitterkeit durchdrungen, die ohne Vorwarnung nach oben gespült wurde, lachte ich laut auf. »Ich habe einfach Angst, mich fest zu binden, weil ich glaube, dass ich irgendwann nicht mehr ausreiche. Es gab kein traumatisches Erlebnis in der Vergangenheit, das mich auf ewig geprägt hat, es ist einfach … das Leben. Die Quintessenz aus der Anzahl vieler Beobachtungen.«

»Du reichst. Vollkommen. Ich bin doch auch verkorkst.« Beiläufig zuckte er mit den Achseln. »Wir haben alle unsere Macken. Schau dir an, was ich fast täglich für eine Show abziehe, nur um meinen Traum zu leben.« Er deutete auf mich. »Und du gehst eine falsche Beziehung ein, obwohl du es so sehr hasst, nur um die Werkstatt deines Vaters zu retten. Also, Karla Kohlhammer, du kannst gern versuchen, mich zu vertreiben, aber so schnell wirst du mich nicht los.«

»Was? Aber –« Verblüfft hielt ich inne, als Henning nach meiner Hand griff. Mein Puls stieg augenblicklich in schwindelerregende Höhen.

»Ich meine es ernst.«

Mir fehlten die Worte, als hätte mir jemand meine Stimme gestohlen, um sie der Meerhexe Ursula zum Geburtstag zu schenken. Ich war absolut sprachlos. Ohne eine einzige Silbe.

Warum lief er nicht weg? Warum nahm Henning nicht die Beine in die Hand und löste unsere Fake-Beziehung auf, wie es jeder Typ mit hinreichendem Menschenverstand getan hätte? Schließlich war ich mit so vielen roten Flaggen versehen, dass es schon einen Blinden brauchen würde, um die Anzeichen zu ignorieren.

Doch vielleicht war genau das Hennings Schwachpunkt. Die roten Flaggen. Ich war eine Herausforderung, die er nicht ausschlagen konnte.

»Ich möchte einfach nicht schwach sein«, gestand ich schließlich. »Ich möchte nicht von einem Typen abhängig sein, deswegen meide ich Beziehungen. Deswegen kann ich mir nicht vorstellen, mit irgendjemandem zusammen zu sein, aus Angst, irgendwann einmal in eine Falle zu tappen«, hörte ich mich sagen und mein stetiges Herzklopfen verwandelte sich in ein unbändiges Trommeln. Diese Offenbarung kostete mich große Überwindung.

Es war, als hätte ich einen Vorhang gelüftet, als hätte ich mein Inneres nach außen gekehrt, und die Sorge vor seiner Reaktion lähmte mich.

Henning blinzelte langsam, als würden meine Worte wie in einer Sanduhr nach und nach zu ihm durchsickern. Dann nickte er. Als hätte er begriffen.

»Nur weil du eine Beziehung eingehst, heißt das nicht, dass du dich selbst darin verlieren musst, Meg.« In seinen Augen stand nun ein beinahe zärtlicher Ausdruck und seine Stimme war wärmend, wie eine Umarmung in einer kalten Nacht.

»Ich weiß, das ist mir durchaus bewusst, zumindest meiner rationalen Seite. Aber sag das meinem emotionalen Teil. Allein die Vorstellung …« Verzweifelt rang ich nach den richtigen Worten, versuchte, ihm begreiflich zu machen, wie es in mir aussah. »Keine Ahnung, es ist einfach so schwierig, Vertrauen zu fassen.«

»Hat dich denn wirklich niemand verletzt?«

Ich schüttelte den Kopf. »Nein, daran liegt es wirklich nicht. Ich war immer diejenige, die von Anfang an keine richtige Beziehung zugelassen hat. Die Kerle waren Lückenfüller, mehr nicht.«

»Würdest du denn behaupten, dass ich dir vertrauen kann?«

Empört stieß ich die Luft aus. »Natürlich.«

»Siehst du. Und ich würde dasselbe über mich sagen. Du kannst mir auch vertrauen. Wenn du es willst.« Wilde Entschlossenheit ließ Hennings Gesicht härter wirken, was ihn unwahrscheinlich attraktiv machte.

Verdammt. Warum hatte ich eine Schwäche für Männer, die wussten, was sie wollten?

»Und was heißt das jetzt?« Ich sprach mit gesenkter Stimme, weil ich mir selbst nicht über den Weg traute. Mein neu erwachtes Herz schlug kräftig und regelmäßig.

Er lächelte sein Grübchenlächeln. »Das habe ich dir schon vor Wochen gesagt. Lassen wir doch einfach alles auf uns zukommen. Wir haben schließlich jede Zeit der Welt.«

Bei seinen Worten kam mir eine Idee. »Ich habe einen Vorschlag«, sagte ich und Henning legte neugierig den Kopf schief, strich gedankenverloren über meinen Handrücken.

»Was?«

»Hast du Tonic Water da?«

»Ja, weshalb?«

Ich lächelte. »Weil jetzt die Zeit ist, meine Schulden einzulösen. Ich mache dir meinen berühmten Tonic Espresso.«

Etwas in Hennings Miene veränderte sich, wurde weicher, als hätte er etwas entdeckt, das mir noch verborgen blieb.

»Was ist?«, fragte ich deswegen verwundert.

»Nichts.« Er lächelte wieder.

Mehr nicht. Er lächelte und mein Herz war glücklich.

Kapitel 29

Der große Preis von Aserbaidschan war das dritte Rennen im Kalender der Formel 2 und ich konnte es kaum abwarten, wieder die von Motoröl getränkte Luft zu inhalieren, das summende Geräusch der Rennwagen und den Lärmpegel Tausender begeisterter Rennfans zu hören. Das war wie Musik in meinen Ohren.

Ich fühlte mich seltsam leicht und beschwipst, und als Jojo, Brie und ich – dieses Mal ohne die Männer – eine Wohnung in der Innenstadt von Baku bezogen, mit bestem Blick auf die Flame Towers, einem Wahrzeichen der Stadt, war ich ausgeglichener und ruhiger denn je.

»Entweder hast du den besten Sex deines Lebens oder ich würde ernsthaft behaupten, dass du bis über beide Ohren in Henning Kiefer verliebt bist«, kommentierte Jojo so lässig, dass sie selbst mir in meinen besten Zeiten Konkurrenz gemacht hätte.

»Ersteres«, schoss ich zurück, auch wenn meine Mundwinkel ein Eigenleben entwickelt hatten.

»Da haben wir den Beweis.« Jojo deutete auf mein verräterisches Lächeln. »Ich würde sogar einiges darauf verwetten, dass ich mit beidem ins Schwarze getroffen habe.«

Hatte sie das? Einerseits wollte ich Henning, andererseits tat ich alles, um ihn auf Abstand zu halten. Es war ein Wechselbad der Gefühle, dabei verstand ich selbst nicht genau, was ich eigentlich damit bezweckte. Ich war ein einziges Überraschungsei, bei dem man nie wusste, welches Spielzeug – oder in meinem Fall welche Reaktion – als Nächstes auf einen lauerte.

»Liegt dir etwas an ihm?«, fragte mich Jojo. Neugierig sah sie mich an, als hätte ich plötzlich eine komplett neue Haarfarbe.

»An Henning?«

»Nee, am Weihnachtsmann«, antwortete sie und verdrehte die Augen. »Natürlich Henning. Du wirkst irgendwie … anders.«

Das gab mir zu denken, denn es war nicht das erste Mal, dass ihr das auffiel. Genauso wie Kilian. Machte das Henning mit mir, veränderte mich seine Gegenwart auf eine Weise, die ich selbst nicht begriff?

»Henning behandelt mich anders als die anderen.«

»Inwiefern?«

»Er lässt sich nicht so leicht abschütteln.« Was vermutlich nicht zuletzt an unserem Vertrag lag, aber inzwischen hatte ich das Gefühl, dass wir weit darüber hinaus waren. Irgendwie zumindest.

Jojos skeptischem Blick nach zu urteilen, war sie selbst darüber verwundert. »Jemand, der noch hartnäckiger ist als du?«

Meine Schultern hoben sich automatisch. »Scheint ganz so.«

»Interessant.« Obwohl Jojo eine wahre Pokerface-Meisterin war, bemerkte ich dennoch das aufgeregte Funkeln, das ihre veilchenblauen Augen wie einen Sommerhimmel strahlen ließ. Hoffnung, ich las Hoffnung daraus.

»Ich habe nie verstanden, weshalb du Angst hast. Vor Beziehungen, meine ich. Du bist so strikt, wenn es darum geht, alles und jeden auf Abstand zu halten, weil du nicht verletzt werden möchtest.«

»Das kommt ausgerechnet von dir?«, fragte ich sie mit einem Lächeln auf den Lippen. »Unserer bisherigen Eiskönigin?«

Eine zarte Röte breitete sich auf ihren Wangen aus, ließ sie frisch und jünger erscheinen. Ich liebte den Anblick dieser glücklichen, offenen Jojo, der viel zu selten durchgeblitzt war. War das auch das Außenbild, das ich auf andere abgab, seit ich Henning kannte? Eine neue Art von Ausgeglichenheit, weil er mir die nötige Bodenhaftung verlieh?

»Ich finde euch wirklich süß zusammen«, meinte nun Brie, die gerade ihren Koffer auspackte und ihre Klamotten in dem hübschen alten Holzschrank verstaute.

»Wir sind garantiert nicht süß.«

»Dann eben respektvoll miteinander«, korrigierte sich Brie.

Eigentlich war es gar nicht meine Art, mich so bedeckt zu halten, aber ich war unsicher, was ich ihnen alles erzählen durfte. Das schlechte Gewissen meldete sich eindeutig zu häufig, da mir aufgrund der Vertragsklauseln die Hände gebunden waren und ich sie unter keinen Umständen einweihen durfte. Daran würde ich mich halten. Vorerst.

Zu gegebener Zeit war auf jeden Fall ein klärendes Gespräch nötig, denn wenn sich das mit Henning weiterentwickelte, wollte ich zumindest zu den engsten Leuten in meinem Leben ehrlich sein.

Wir fuhren gemeinsam zum Paddock, gingen mit unseren Akkreditierungsanhängern durch die Drehkreuze und scannten unsere Pässe, um von dort aus zum Hospitality-Bereich zu gelangen, den *Leckerste* während des Rennwochenendes nutzen würde. Die Luft flirrte und es roch nach Asphalt, was mir einmal mehr schmerzlich bewusst machte, dass meine Zeit bald abgelaufen war, um genügend Geld für die Werkstatt meines Papas zusammenzukratzen. Wenn es nicht ohnehin schon zu spät war.

Bisher hatte ich das Thema bei Papa noch nicht auf den Tisch gebracht, was schlicht und ergreifend daran lag, dass er niemals Geld von mir annehmen würde. Dafür kannte ich ihn zu gut, ihn und seinen Dickschädel. Wenn ich ihn jedoch überrumpelte und ihm gar keine andere Wahl blieb, vielleicht würde er sich dann darauf einlassen. Außerdem wollte ich einen Teil der Finanzen auch dafür nutzen, meinen in Schieflage geratenen Lebensunterhalt wieder geradezubiegen.

Von Henning sah ich die ersten zwei Tage kaum etwas, dafür waren seine Zeiten ordentlich. Ich bekam sogar einen kurzen Interviewausschnitt mit, bei dem er total entspannt wirkte. Das war kein geklonter Roboter-Henning mehr, sondern er selbst. Und sein verteufeltes Grübchenlächeln. Allerdings wagte ich es nicht, mein Handy außerhalb der knappen Pausen zu benutzen, die ich versteckt vor den Gästen im Schatten des Paddocks verbrachte. Denn als Gerd eine der neuen Servicekräfte mitten in der Vormittagsschicht des zweiten Tages am Handy erwischte, brannte die Bude.

Als am Samstag schließlich das Sprintrennen losging, hatte sich der Lounge-Bereich merklich gefüllt, sodass ich das

Geschehen auf dem Monitor nur nebenbei verfolgen konnte. Bakus erste Kurve war legendär und ich war froh, dass der Start bis auf eine Kollision hinter Henning relativ glimpflich verlaufen war. Nach vier Runden lag er auf Platz sechs und machte seine Sache wirklich gut. Geistesabwesend gab ich bei Pete eine größere Kaffeebestellung auf und bereitete die Untertassen auf meinem Tablett vor, die Augen weiterhin auf einen der vielen Bildschirme gerichtet.

»Du fieberst ja richtig mit.«

Ertappt zuckte ich zusammen und drehte mich zu Brie um, die mich mit leuchtenden Augen beobachtet hatte. Da sie sich vermutlich in ihrer Pause befand, hatte sie ihre Schürze abgelegt und trug ein schlichtes schwarzes Tanktop. Die Haare hatte sie sich zu einem Zopf geflochten, der ihr über die Schulter fiel, während sie eine Tasse Cappuccino in den Händen hielt. Sie bemerkte meinen Blick.

»Ich habe Pete gebeten, dein Mocha-Rezept zu verwenden. Der Kaffee neulich in der WG war ein Traum.«

Ein vorsichtiges Lächeln erschien auf meinem Gesicht. »Das freut mich.«

»Jojo hat recht, oder? Dir liegt wirklich etwas an Henning.«

»Das bildest du dir nur ein.«

Zu meiner Überraschung schüttelte Brie sacht den Kopf. »Du kannst vielleicht dir selbst etwas vormachen, aber für Außenstehende ist die Sache relativ eindeutig.«

Ich gab es auf, mich mit ihr zu streiten. »Verrat das bloß niemandem.«

Draußen erklang der Jubel von Hunderten Menschen, die sich bereits auf ihren Plätzen eingefunden hatten, um die Rennen zu beobachten, die vor der Formel 1 stattfanden.

In diesem Augenblick gab es ein schepperndes Geräusch, Motoren heulten auf, Reifen quietschten. Die dröhnende Stille nach dem Aufprall war ohrenbetäubend laut. Noch ein Wagen, der in die Sicherheitsbande gekracht war. Da es ein Stadtparcours war, gab es keine richtigen Auslaufzonen.

Mein Herz sackte mir in die Kniekehlen.

War es …?

Der Schreck saß mir in den Gliedern, meine Muskeln spannten sich an und ich riss entsetzt den Mund auf, doch kein Ton drang über meine Lippen.

Fragendes Murmeln erhob sich in der Menge, ich hörte Spekulationen, sah aber nicht, welches Auto es gewesen war. Dann – endlich – zeigten die Kamerabilder zwei Autos, aber keines davon hatte Hennings marineblaue Lackierung.

Erleichterung durchflutete mich. Gleichzeitig wurde mir auf schmerzliche Weise bewusst, dass der Tod immer mitfuhr. Es war anders als die halsbrecherischeren Aktionen meines Bruders, denn Kilian ging andere Risiken ein. Die Angst vor einem Unfall war ein treuer Begleiter im Rennsport, obwohl sich die Zahl der schwerwiegenden Unfälle in den letzten Jahren aufgrund der verbesserten Sicherheitsvorkehrungen massiv reduziert hatte.

⋆ ⋆ ⋆

Trotz des Unfalls wurde Henning Vierter. Sein bestes Ergebnis bisher in dieser Saison. Was mich unwahrscheinlich für ihn freute und mit einem unbändigen Stolz erfüllte. Vor allem als ich die Interviews auf den Bildschirmen verfolgte, bemerkte ich eine Veränderung. Seine Haltung. Wie er redete. Seine ganze Körpersprache hatte sich verändert. Er war viel mehr er selbst. Als würde er sich endlich eingestehen, dass der wahre Henning auch eine Bühne bekommen sollte. Und das machte mich noch viel glücklicher.

»Ich wollte dich unbedingt sehen«, hörte ich eine vertraute tiefe Stimme sagen.

Ich fuhr herum und sah mich Henning gegenüber, der aus seiner Sportkleidung geschlüpft war und nun wieder Alltagsklamotten trug. Lächelnd trat er auf mich zu, legte die Arme um mich und zog mich so ruckartig an sich, dass ich beinahe stolperte. Unsere Oberkörper prallten gegeneinander – vor versammelter Mannschaft.

Wenn Gerd uns jetzt sehen könnte, würde er mir garantiert den Kopf abreißen, aber zum Glück befand sich die Küche außer Sichtweite.

»Wieso das denn?«

»Mir ist heute eingefallen, dass wir kein gemeinsames Foto haben.«

»Was?«, fragte ich perplex.

»Als ich mich vorhin umgezogen habe, ist mir das klar geworden.«

»Na ja«, erwiderte ich. »Laut meiner Mutter gibt es anscheinend WAGs-Seiten, die sich mit meinen Outfits beschäftigen.« Tatsächlich hatte ich genau ein Mal nach veröffentlichten Bildern von Henning und mir geschaut, es dann aber wieder gelassen. Ich sah unförmig und seltsam neben ihm aus, und die Kommentare hatten von netten Komplimenten bis zu derben Beleidigungen alles enthalten. Also hatte ich beschlossen, lieber nicht noch einmal einen Blick zu riskieren.

»Nein, das meine ich nicht«, antwortete er. »Sondern einfach ein Bild von uns beiden.« Er zückte sein Handy, öffnete die Kameraeinstellung und hielt es in einem erhobenen Winkel von uns weg.

Ich lächelte, weil das gleichzeitig süß und typisch Henning war.

»Also wolltest du das ändern. Auf der Stelle.«

»Deswegen bin ich hier«, antwortete er, schoss das Foto und betrachtete es zufrieden. »Perfekt.«

Die Art, wie er uns sah, machte mich verlegen, also wechselte ich rasch das Thema. »Glückwunsch übrigens zu deiner Platzierung. Wie geht es eigentlich den beiden Fahrern, die den Unfall hatten?«

Flüchtig huschte ein Schatten über sein Gesicht. »Kei wird im Krankenhaus durchgecheckt, Paolo geht es so weit gut.« Seine Miene wurde grimmig, dann legte er mir wie selbstverständlich seinen Arm um die Schultern. Das Gewicht ruhte mittlerweile auf eine so vertraute Art auf mir, dass ich ein angenehmes Kribbeln verspürte. Er machte noch ein Foto, drückte mir einen Kuss auf die Lippen und verschwand kurz darauf wieder.

Jojo und Brie grinsten mich von der anderen Seite des Tresens an.

Oje. War es wirklich so offensichtlich?

Der restliche Tag flog förmlich an mir vorbei, sodass es bald vier Uhr morgens war. Ich lag eingekuschelt bei mir im Bett und ertappte mich dabei, wie ich lächelnd auf eins der dämlichen Selfies starrte, die Henning von uns geschossen hatte – ich mit krausgezogener Nase und leuchtenden Augen, er, wie er eine alberne Grimasse schnitt und dabei so unverschämt gut aussah, dass ich mich fühlte wie in einer Achterbahn.

Und genau darin lag das Problem.

Es war kein Lächeln für einen netten Moment.

Es war ein Lächeln, das mir Bauchschmerzen bereitete, weil es so echt war, dass es schon beinahe wehtat. Eigentlich hatte ich das immer verhindern wollen. Jojos Worte kamen mir in den Sinn, mein Herzschlag verlangsamte sich, um dann plötzlich an Geschwindigkeit zuzulegen, während mir der kalte Schweiß ausbrach.

War es das? War es so weit gekommen?

Ich wollte mich nicht verlieben, weil es mich von all dem ablenkte, was ich mir vorgenommen hatte, weil es meinen Kopf in einen einzigen riesigen Wattebausch verwandelte. Und ich spürte, wie mein innerer Widerstand mit jedem Tag ein kleines bisschen mehr schmolz.

Kapitel 30

»Karla?« Gerds durchdringende Stimme zerschnitt die Unterhaltungen der anderen Servicekräfte und ich eilte zum Chefkoch, der mir einige hergerichtete Teller präsentierte, auf denen so viele Leckereien lagen, dass mir unbewusst das Wasser im Mund zusammenlief.

»Ja?«, fragte ich, als ich ihn endlich erreichte.

»Bringst du die Bestellung bitte in den VIP-Bereich.«

»Mache ich.«

Vor allem die vegetarischen Minisalate in den flötenartigen Gläschen lachten mich an und rochen dazu noch fantastisch. Eine feine Kokosnote wehte zu mir herüber, wobei das in den letzten Tagen eher die Ausnahme war. Die meisten Gäste bevorzugten die Exklusivität der deutschen Küche, die sie auf diesem Niveau noch nie gegessen hatten. Also gab es vermehrt Mini-Brezen mit hausgemachtem Obazda und verschiedene raffinierte Cremes, unter anderem aus Süßkartoffeln oder Datteln. Mir hatte es besonders die Dattelcreme angetan, auf die ich allerdings bis zum letzten Tag verzichten wollte, um nicht sämtliche Gäste mit meinen Ausdünstungen in die Flucht zu schlagen.

Leichtfüßig balancierte ich das voll beladene Tablett in

Richtung des hübsch dekorierten VIP-Bereichs. Mir begegneten nicht viele Menschen, denn das Formel-1-Rennen würde jeden Augenblick starten.

»Du glaubst doch nicht ernsthaft, dass ich wirklich mit irgendjemandem zusammen bin? Du weißt, wie scheißwichtig das alles hier für mich ist. Ich musste es einfach glaubhaft verkaufen. Mehr nicht.«

Ruckartig blieb ich stehen, während sich meine Nackenhaare aufstellten. Die Stimme klang stählern wie eine frisch geschliffene Klinge, leise und durchdringend.

Ich hätte sie trotzdem unter Tausenden wiedererkannt.

Doch es waren die Worte, die mich völlig durchlöcherten.

»Ihr habt aber einen sehr … harmonischen Eindruck gemacht.«

Henning lachte hohl, als wäre die Erwiderung nichts weiter als ein guter Witz – und etwas in mir zerriss mit einer solchen Wucht, dass es mir die Luft aus der Lunge presste. Das Tablett in meiner Hand begann zu zittern.

»Ja, weil sie großartig im Bett ist.«

Zur Hölle, tat das weh. Wie zahllose kleine Eispickel, die mit Widerhaken versetzt waren und nun unter meine Haut drangen. Warum sagte er so etwas? Ich wollte einen Schritt um die Ecke machen, sein Gesicht sehen.

Kein Gefühl drang mehr in meine Fingerspitzen und ich spürte, wie meine Knie ganz plötzlich butterweich wurden.

Nein.

Nein, das konnte nicht sein. Ich schüttelte flüchtig den Kopf, als könnte ich dadurch das Gehörte aus meinem Gedächtnis verbannen, aber das geschah nicht.

Das konnte nicht Henning sein, mein Henning, zu dem er in den letzten Wochen geworden war.

Ich hatte mich noch nie geöffnet, noch nie das Gefühl gehabt, als Ganzes gesehen und akzeptiert zu werden. Da war immer diese irrationale Angst gewesen, irgendwann nicht mehr auszureichen, sobald ein Makel gefunden war, der den Partner in die Flucht schlug. Mit Henning hatte sich das zum ersten Mal anders angefühlt.

Als ob er sich die Mühe gemacht hatte, mich wirklich zu durchschauen. Wirklich alles zu sehen. Mit einer Beharrlichkeit hatte er sämtliche Mauern und Zweifel aus dem Weg geräumt, bis ich selbst, leise und insgeheim, zu hoffen angefangen hatte. Darauf, dass eine Liebe vielleicht doch möglich war.

Doch das war nur ein Hirngespinst gewesen, etwas, das sich mein Herz zusammengereimt hatte, weil es plötzlich randvoll mit Glück gefüllt gewesen war. Konnte das sein? Konnte ich mich wirklich so sehr in einem Menschen getäuscht haben, hatte mich meine Menschenkenntnis so sehr betrogen?

Dabei war ich mir sicher gewesen, seine Ernsthaftigkeit wäre echt. Real.

Kein Trugbild.

Und jetzt … *das*?

Mein Herz brach und ich schnappte erschrocken nach Luft, wollte fliehen, bewegte mich jedoch keinen Zentimeter.

Scheiße, tat das weh. So weh.

Heiße Tränen brannten in meinen Augen, aber ich zwang mich, nicht zu weinen. Nicht hier, was vermutlich die halbe Catering-Firma und vielleicht sogar die Presse mitbekommen würde. Ich hatte keine Lust, zum Gespött der Leute zu werden.

War ich vielleicht die ganze Zeit über die Einzige gewesen, die nicht erkannt hatte, dass Henning ein falsches Spiel mit mir trieb?

Mir wurde eiskalt, als in meinem Geist all die Splittermomente auftauchten. Jede Geste, jeder Kuss, jede flüchtige Berührung und jeder noch so kleine Kommentar. All die Komplimente, all die lockeren Sprüche – eine Täuschung, ein perfektes Schauspiel, um sich seinen Platz als Fahrer zu sichern.

Ich war nur Mittel zum Zweck.

Und mein dummes, dummes Herz war darauf hereingefallen. Wahrscheinlich zum ersten Mal in meinem Leben.

Ich machte kehrt und nahm einen anderen Weg zum VIP-Bereich, wobei sich jeder Schritt anfühlte, als würde ich durch eine Sturmflut waten. Meine Atmung hatte sich beschleunigt und mein Puls kochte. Wie sollte ich das weiter durchziehen? Ich dachte an Papas Werkstatt und das Geld, das mir durch die Lappen gehen würde, wenn ich den Vertrag mit Henning auflöste. Aber mir blieb keine andere Wahl.

Dabei wollte ich nur weg. Weg. Weg.

Einfach verschwinden.

Aber das ging nicht, schließlich hatte ich einen Job zu erledigen. Wie betäubt nahm ich meine Arbeit wieder auf, lächelte so unerschütterlich, dass ich selbst an mir zweifelte. Erst brachte ich die Bestellung in den VIP-Bereich, dann kehrte ich an den Tresen zurück. Innerlich war ich gebrochen, aber äußerlich war ich immer noch Karla. Ich drückte den Rücken durch, lieferte mir einen Schlagabtausch mit Pete und tat alles, damit ich den Boden unter den Füßen nicht verlor.

Routine. Ich hangelte mich von einer Bestellung zur nächsten, lächelte, so gut es ging, und gab alles, nur damit ich mich nicht mit meinem gebrochenen Herzen beschäftigen musste.

Ich sollte den Vertrag auflösen.

Keine Sekunde würde ich länger mit Henning zusammenarbeiten können.

Je mehr Zeit verstrich, desto entschlossener wurde ich, desto mehr reifte in mir der Entschluss, mich komplett von dem Arrangement zurückzuziehen. Egal, welche Konsequenzen es haben würde, ich musste mich schützen. Und ich würde es – so würdevoll es ging – Henning persönlich sagen. Sobald ich mit Marc gesprochen hatte.

Anders würde es nicht funktionieren.

Einen Teil des Geldes hatte ich bereits erhalten, vielleicht würde es ausreichen, um Papa für ein paar Monate über die Runden zu helfen. Zeit zu gewinnen. Irgendetwas würde mir schon einfallen. Das tat es immer.

Insgeheim betete ich, Henning nicht mehr zu begegnen. Aber dieser Wunsch blieb mir selbstverständlich verwehrt.

Zwei Stunden nachdem ich seine Unterhaltung belauscht hatte, tauchte er am Ende des Lounge-Bereichs auf und sah sich suchend um.

Dabei sah er stinkwütend aus. Sobald er mich erblickte, verengten sich seine Augen und er kam schnurstracks auf mich zugelaufen.

Alles in mir zog sich schmerzhaft zusammen, meine Kopfhaut prickelte und ich kämpfte gegen den Fluchtreflex an, als er sich vor mir aufbaute. Seine Nasenflügel blähten sich auf und sein Blick wirkte wirr und unstetig. Er trug eine Jeans und ein Kragenshirt des Rennstalls, für den er fuhr, seine dunklen Locken klebten ihm etwas platt am Kopf, entweder vom Schweiß oder weil er geduscht hatte.

Nach außen hin versuchte ich, lässig zu erscheinen, dabei war ich ein Nervenbündel. Gemächlich hörte ich auf, die warmen Gläser wieder ins Geschirrfach einzusortieren, und schaute zu ihm hoch. Sein Anblick tat weh. Seine Gegenwart tat weh.

Lüge.

Alles war eine Lüge gewesen.

Mein Herz klopfte wie wild, aber ich zwang mich, keine Reaktion zu zeigen, denn er wusste nicht, dass ich ihn gehört hatte. Dass seine Worte innerhalb eines Augenblicks alles zum Einsturz gebracht hatten. Mir fehlte die Kraft, um mich zu wehren, weil er sie mir mit einem Schlag genommen hatte.

Also blieb ich stumm.

»Ist das dein *fucking* Ernst?«, knurrte er beißend, sobald er meine volle Aufmerksamkeit hatte. Seine Augen blitzten dabei vor schwer beherrschter Wut.

Irgendwie schaffte ich es, ihm in die Augen zu sehen, diese warmen, verständnisvollen Augen, die mich jetzt kalt und gefühllos anblickten.

»Was meinst du?«, kam es schwach über meine Lippen und ich erschrak über die Leere in meiner Stimme.

Wo war meine Kämpfernatur? Wo war die schlagfertige, toughe Karla? Wo war ich?

»Ich erzähle dir von dem Video und kurz darauf stehen Artikel darüber in der Zeitung? All die Monate ist nichts durchgesickert und ausgerechnet jetzt geht das Ding viral?« Nicht ein winziger Funke Zuneigung schwang in seiner Stimme mit, es war, als hätte er jede Emotion abgekapselt.

Bis auf diesen Zorn. Ungezügelten, lodernden Zorn, der sich nur auf mich richtete.

Seine Anschuldigung traf mich völlig unvorbereitet. Wovon zum Teufel sprach er da?

»Ich habe keine Ahnung, wovon du sprichst.«

»Ach nein?«, höhnte er abfällig und mit jeder Silbe schnitt seine Ablehnung tiefer in mein Herz. »Bist du dir sicher? Ich könnte mir vorstellen, dass sie ein ordentliches Sümmchen dafür gezahlt haben. Oder wurde dir noch mehr in Aussicht gestellt, wenn du das Video nachlieferst?«

Das Blut rauschte in meinen Ohren. »Ernsthaft?«

Flammende Wut erwachte in mir zum Leben, flutete meinen gesamten Körper und weckte eine neue Kraft in mir. Ich sah rot. Eine Kurzschlussreaktion.

Das dachte er von mir? Er ging ernsthaft davon aus, dass ich zu so etwas in der Lage war?

Wow.

Das war wirklich unter der Gürtellinie. Er nahm an, dass ich fähig wäre, für etwas Geld irgendwelche Informationen zu verkaufen.

Keine Ahnung, weshalb, aber das traf mich sogar fast noch härter als das Gespräch, das er vorhin geführt hatte.

Was glaubte er eigentlich, wer er war?

»Ich habe deine kleine Unterhaltung gehört!«, zischte ich, zu wütend, um einen klaren Gedanken zu fassen.

»Welche …?« Er hielt inne. Seine Gesichtsfarbe wechselte von einer gesunden Bräune zu einem gräulichen Farbton, doch bevor er etwas sagen konnte, stach ich mit dem Zeigefinger in seine harte Brust. Erkenntnis zuckte über seine Züge. Verstehen und bodenloser Schmerz.

Sollte er doch glauben, was er wollte, die falschen Schlussfolgerungen ziehen. Wenn er so wenig von mir hielt, dann geschah ihm das recht.

Ich hatte mich schließlich auch in ihm getäuscht.

»Du hast …«

»Spar dir den Atem!«, unterbrach ich ihn heftig und ignorierte den stechenden Schmerz in meiner Brust. »Ich werde Marc sagen, dass die Sache zwischen uns gelaufen ist. Zufälligerweise gibt es eine Ausstiegsklausel, von der ich Gebrauch machen kann, und genau das werde ich tun.« Mein Herz blutete und ich hatte plötzlich das Gefühl, keine Luft mehr zu bekommen. Alles in mir war zum Zerreißen gespannt und da war dieser Stein auf meinem Brustkorb, der mir jeden Atemzug erschwerte.

»Karla …«

»Weißt du was, Henning? Weißt du, was das Schlimmste ist? Ich hab dich gemocht, wirklich gemocht.« Als meine Stimme brach, ging auch etwas in mir kaputt.

Er schwieg betroffen, starrte mich einige Sekunden lang an, als könne er selbst kaum glauben, dass alles so schnell diese Wendung genommen hatte. Und das machte mich noch zorniger, schließlich war er derjenige, der nur mit mir gespielt hatte.

»Ich denke, wir sind fertig. Auf euer Geld kann ich auch verzichten. Und wenn du mich jetzt bitte entschuldigen würdest. Um die Werkstatt meines Vaters zu retten, muss ich hier noch meine Schicht beenden.«

Ich hatte das Gefühl, dass meine Beine im nächsten Moment unter mir wegsacken würden. Trotzdem hörte ich mich stark an, stark und wild und entschlossen und einfach nach Karla.

Also ließ ich ihn hocherhobenen Hauptes stehen, obwohl

alles in mir sich wund und blutig anfühlte. Als hätte ich mich in einen Haufen Glasscherben gelegt.

Ich würde mit Henning Kiefer abschließen. So schnell, wie er damals in mein Leben getreten war, würde er daraus wieder verschwinden. Und ich würde mein gebrochenes Herz nach und nach wieder zusammenfügen müssen.

Koste es, was es wolle.

Kapitel 31

Meine nach Lavendel duftende Decke über den Kopf gezogen, weinte ich bitterlich in mein Kissen und war froh, die Rückreise einigermaßen überstanden zu haben.

Mit einer Kraftanstrengung, die ich mir nicht zugetraut hatte, war der letzte Arbeitstag über die Bühne gegangen. Ohne Tränen. Ohne weiteres Drama.

Jetzt, in der Dunkelheit meines WG-Zimmers, brachen sämtliche Dämme, als hätten sich die Emotionen während der letzten Stunden nur weiter angestaut. Als wäre es jetzt genug.

Meine Schultern bebten, mehrere Schluchzer lösten sich aus meinem Mund und ich fühlte mich klein und unbedeutend. Als würde ich gar nicht wirklich existieren. Als hätte Henning mich gesehen und sein Verlust würde mich wieder unsichtbar machen.

Jojo fand mich am nächsten Morgen zusammengekauert auf meinem Bett, die Arme angewinkelt um die Knie geschlungen, das Kinn darauf ruhend und an die Wand starrend.

Nicht einmal die beste Schauspielerin der Welt könnte diese Art von Schmerz überspielen, der mich immer wieder erfasste. Nur die Intervalle wurden länger. Minuten verwandelten sich in Stunden, aber jedes Mal, wenn mich eine neue Schmerzwoge erfasste, fühlte es sich genauso beschissen an.

Irgendwann … vielleicht würde ich irgendwann über das Hochgefühl, das ich mit Henning erlebt hatte, und den tiefen Fall danach hinwegkommen. Was wir hätten sein, was wir hätten werden können.

Ich verzog meine Lippen zu einem schmalen Lächeln.

Das war es also. Liebeskummer.

Zerbrochene Herzstücke, überall verteilt. Keine Ahnung, wie lange es dauern würde, sie alle wieder einzusammeln und zusammenzukleben, bis ich wieder ein schlagendes, vernünftig funktionierendes Herz besaß.

Oh, Gott, was war nur los mit mir?

So kannte ich mich gar nicht! Wo war die tatkräftige junge Frau, die sich sonst nicht unterkriegen ließ und sich jeder Herausforderung stellte?

»Oh, nein …«

Es war das Mitgefühl in Jojos Stimme, das mich völlig aus der Bahn warf. Am liebsten hätte ich die Decke wieder über meinen Kopf gezogen und mich einfach in Luft aufgelöst.

Aber dadurch wurde der Schmerz auch nicht kleiner.

»Ich habe mich schon gewundert, weshalb du gestern auf dem Rückflug so schweigsam warst und kaum ein Wort mit uns gewechselt hast.«

»Henning ist ein Arsch.«

»Ein Arsch?«

»Ein Arsch-Arsch«, bestätigte ich und brach dann wieder in Tränen aus.

Es war, als hätte ich jetzt nicht nur meine Fake-Beziehung

verloren, sondern auch einen guten Freund. Denn genau das war Henning in den letzten Wochen und Monaten für mich geworden.

Jemand, der mich auf eine besondere Art verstand, wie ich es bisher nur bei Jojo erlebt hatte.

Wir waren uns auf Augenhöhe begegnet, er war mein Sparringpartner gewesen, hatte mich zum Lachen gebracht und auf eine Weise herausgefordert, wie ich es bisher bei keinem Typen erlebt hatte.

Und genau das würde ich vermissen. Alles daran.

Aber insbesondere ihn.

Tröstend umfingen mich Jojos Arme, nachdem sie zu mir auf die Matratze gekrochen war. Sie sagte so viele heilsame Dinge, die wie Wundbalsam um meine Seele strichen, hielt mich dabei ganz fest und war einfach für mich da.

Wie durch einen Nebel nahm ich wahr, dass sich Brie irgendwann dazugesellte. Sie hatte einen Teller mit frisch aufgebackenen *pão de queijo* in der Hand, vermutlich eingefrorene Überbleibsel vom letzten Mal. Der herrliche Geruch nach geschmolzenem Käse füllte mein kleines Zimmer und ließ meinen Magen vor Protest aufheulen.

Wann hatte ich das letzte Mal etwas gegessen? Ehrlicherweise konnte ich mich nicht daran erinnern.

Meine Blase drückte, meine Augen waren geschwollen und gerötet und jeder Muskel fühlte sich an, als hätte ich mich mit einem Hammer bearbeitet.

»Was ist denn passiert?«, wollte Jojo schließlich sanft von mir wissen.

Ich zögerte, aber nur kurz. Ehrlicherweise war es mir in diesem Moment egal, ob ich eine Strafe kassieren oder womöglich einen Teil des Geldes verlieren würde, wenn Marc und Henning herausfanden, dass ich es meinen Freundinnen erzählt hatte.

Ich hatte ohnehin nichts mehr zu verlieren, jetzt, wo quasi feststand, dass mein Vater die Werkstatt so oder so verkaufen würde. Es sei denn, ich konnte noch etwas dagegen bewirken. Aber das würde sich ohnehin in den nächsten Tagen zeigen.

Also brach es einfach aus mir heraus, und je mehr ich preisgab, desto schneller redete ich. All die Details und Einzelheiten, die ich wegen des Vertrags vor ihnen geheim gehalten hatte, bahnten sich nun ihren Weg, als hätten sie nur auf diesen Augenblick gewartet.

»Und jetzt ist alles umsonst. Und Papa wird die Werkstatt verkaufen.«

»Es ist okay, dass du enttäuscht bist, aber das ist kein Grund, alles anzuzweifeln. Die Erinnerung an die Werkstatt wird bleiben. Solange du lebst, wirst du dich daran erinnern, selbst wenn du nicht mehr dort sein kannst.« Jojos mitfühlender Tonfall riss die Wunde weiter auf, aber es war das erste Mal seit langer Zeit, dass es mich nicht in Alarmbereitschaft versetzte, Schwäche zu zeigen.

Was mich wunderte. Wann hatte ich je so offen zugegeben, am Abgrund zu stehen?

Es war befreiend. Das traf es am besten. Als hätte ich endlich die Ketten abgeworfen, die mich gefangen gehalten hatten.

Es machte mir nichts aus, Schwäche zuzugeben. Mitgefühl zu erhalten. Das zeigte schließlich nur, wie wichtig ich anderen Personen war. Auch etwas, das ich in den letzten Wochen gelernt hatte. Mehr Gefühle zuzulassen. In mich zu gehen und zu hören, was ich eigentlich wollte.

Für einen winzigen Augenblick verspürte ich Henning gegenüber eine tief empfundene Dankbarkeit. Er hatte es mir gezeigt. Die Veränderung herbeigeführt, ohne dass es mir wirklich bewusst gewesen war.

»Ich weiß … ich habe nur …« Schluchzend presste ich den Handrücken an den Mund. »Ich habe nur alles dafür getan. Und dann habe ich ihm mein Herz auf dem Silbertablett serviert und …«

Vor meinem geistigen Auge blitzte die Erinnerung an die unnachgiebige Härte in seinem Blick auf, den schmal verzogenen Mund und die Art, wie er mich von oben bis unten betrachtet hatte. Als wäre ich ein Insekt, das er im nächsten Moment zerquetschen wollte.

»Ich kann nicht glauben, dass das nur gespielt war«, murmelte Brie kopfschüttelnd. »Es hat … er hat dich auf so eine spezielle Weise angesehen, wenn niemand es bemerken sollte. Das war …«

»Er ist ein Arsch«, unterbrach ich sie rasch, weil sich etwas in meinem Bauch krampfartig zusammenzog.

»Er ist ein Arsch«, wiederholten die beiden unisono und ich war einfach nur froh, sie an meiner Seite zu haben.

In dieser Nacht schlief ich wieder besser, aber ich spürte, dass es noch eine Weile dauern würde, über Henning hinwegzukommen. Vielleicht irgendwann … vielleicht.

★ ★ ★

»Jogginghose oder Ausgehkleid?«

Lächelnd lehnte Brie in der Tür, auf dem Teller, den sie auf Brusthöhe hielt, lagen dieses Mal frisch aufgebackene Waffeln. Mit Puderzucker bestäubt.

»Essen ist Trost«, kommentierte sie lächelnd, sobald sie meinen verwunderten Blick bemerkte. Neben ihr tauchte Jojo auf, das blonde Haar zu niedlichen Locken gestylt, die ihr inzwischen bis auf die Schultern reichten. Ähnlich wie Brie trug sie eine Jogginghose und einen schlichten Sweater. Meine Augen fühlten sich an, als hätte ich einen nächtlichen Lesemarathon hinter mir, klein und geschwollen. Vermutlich gab ich insgesamt kein besseres Bild ab.

Ich schaute an mir herab. »Also … ich rieche wie ein Stinktier. Und ihr seht aus, als hättet ihr euch schon entschieden.« Dann ging mir auf, was sie da taten, und mein Herz zog sich vor Zuneigung zusammen, drohte überzulaufen vor Liebe für die zwei. Genau dasselbe hatten wir damals für Jojo getan, als es ihr nicht gut gegangen war, und dann hatten wir die *Alte Utting* unsicher gemacht.

Vor Rührung schnürte es mir die Kehle zu. »*Oh.* Oh, Gott. Ihr seid süß.«

»Weißt du was?«, fragte Jojo und sah Brie von der Seite an.

»Was denn?«

»Ich finde, das schreit nach einer Gruppenumarmung.«

Brie lächelte breit. »Da hast du recht.«

Beide schauten wieder zu mir. Ich saß da, zusammengesunken auf meinem Schreibtischstuhl, die ganzen Lernkärtchen vor mir ausgebreitet, die Ordner mit den Unterlagen aufgeschlagen, und hatte keine Ahnung, womit ich meine Freundinnen verdient hatte. Schmerzlich wurde mir bewusst, wie wenig Zeit ich aufgrund der Arbeit und des Studiums mit ihnen verbracht hatte. Wie hart ich tagtäglich dafür arbeitete, es irgendwann einmal besser zu haben.

Prompt begann meine Nase verdächtig zu jucken und ich verteufelte Henning einmal mehr. Ihn und die Tatsache, wie sehr mich die Zeit mit ihm verändert hatte. Früher hätte ich angesichts so einer Situation niemals geheult, jetzt fühlte ich mich, als hätte man mich in eine Waschmaschine voller Emotionen gesteckt und sich für den Hygienegang bei neunzig Grad entschieden.

Keinen Augenblick später fand ich mich in einer Umarmung wieder, die sich nach zu Hause anfühlte. Das war das Wundervolle an unserer Freundschaft, wir waren immer füreinander da.

»Also?«, fragte Brie, nachdem wir uns wieder voneinander gelöst hatten. »Was willst du machen?«

»Ausgehen.«

Jojo lächelte warmherzig, was ihr Gesicht zum Leuchten brachte. »Deal.«

Rasch sprang ich unter die Dusche, wusch mir die Haare, föhnte sie trocken und schminkte mich. Nach knapp einer Woche seit der Auflösung unserer Fake-Beziehung fühlte ich mich wieder halbwegs wie ein Mensch.

Als ich gerade den Lidstrich gezogen hatte, erklang die Titelmelodie der *Simpsons* und ich schloss kurz die Augen, um mich für das Gespräch mit Papa zu wappnen. Eigentlich hatte ich das Wochenende vorgesehen, um mit ihm zu sprechen, ihm alles zu erzählen. Aber wenn er sich jetzt bei mir meldete, konnte ich die Unterhaltung auch vorziehen.

Zwar hatte ich noch nicht so viel Geld zusammen wie erhofft, schließlich hatte ich mich auch auf mein Studium konzentrieren müssen, aber dennoch hatte ich deutlich mehr in der Tasche, als zu Beginn gedacht.

»Papa?«

»Wie geht's dir? Ich habe gehört, du gehst jetzt doch unter die Rennfahrer?«

Die Aussage war wie ein Messerstich. Ich straffte die Schultern und warf einen kurzen Blick in den Spiegel. Meine grünen Augen blickten mir matt entgegen.

»Ehrlich gesagt … ich wollte mich sowieso spätestens am Samstag bei dir melden. Wie ist denn der Stand mit der Werkstatt?«

»Ich werde sie in jedem Fall verkaufen, Kürbis.« Er zögerte, als wüsste er, wie schmerzvoll diese Nachricht für mich war. »Nächste Woche.«

»Deswegen wollte ich mit dir reden. Ich habe ein bisschen Geld zusammengekratzt und –«

»Oh, Kürbis, das ist doch nicht nötig«, fiel er mir ins Wort. »Und das kommt nicht infrage. Ich habe mich ohnehin schon entschieden, weil ich mich in den letzten Jahren auch ein wenig entfremdet hatte. Nicht nur die Arbeit ist ausgeblieben. Ich brauche eine neue Herausforderung.«

Bittere Enttäuschung machte sich in mir breit, flutete jeden Winkel meines Körpers. Dunkel und schwer. Gleichzeitig fuhren meine Gedanken im Kreis, drehten sich immer schneller.

Alles umsonst. Umsonst gekämpft. Umsonst den Hintern aufgerissen. Umsonst geschuftet. Umsonst verliebt.

Die Erkenntnis schnürte mir die Kehle zu und hinter meinen Lidern begannen Tränen zu brennen.

Oh, nein.

Ich hatte mich in diesen herrlich sturen, rücksichtsvollen und ehrgeizigen Kerl verliebt, der sich um mich bemüht hatte, weil er mehr in mir gesehen hatte als ich selbst. Der mich nicht hatte ändern wollen. Der mich einfach nur auf meinem Weg begleitet hatte.

Zu spät. Ich hatte zu spät erkannt, dass es nicht darauf

ankam, welches Bild man von Beziehungen hatte, sondern dass nur wichtig war, was man selbst daraus machte. Genau wie alles im Leben. Ich hatte es in der Hand. Wie oft ich ihn sah, wie oft wir miteinander schliefen, wie oft ich in seinen dunkelbraunen Augen versank, wie ich erschauerte, wenn er meinen Namen wisperte.

Und das alles war nicht einmal echt gewesen, sondern eine Illusion, von ihm geschaffen, um seinen eigenen Traum leben zu können. Eigentlich hatte ich geglaubt, dass meine Menschenkenntnis gut funktionierte, aber anscheinend hatte ich mich gewaltig getäuscht.

»Karla, es ist kein Weltuntergang«, sagte Papa in meine Gedanken hinein. »Deswegen rufe ich ja an, ich wollte mich sowieso bei deinem Freund bedanken. Ich vermute, dass es auf deinen Henning zurückzuführen ist, denn das Angebot von Wieland kam ziemlich überraschend. Das ist doch sein Renningenieur, oder?«

Ich verstand nur Bahnhof. »Wie meinst du das?«

»Sie suchen wohl noch jemanden mit meiner Expertise, der ihnen beratend zur Seite steht. Es sind nur ein paar Wochenenden im Jahr vor Ort, ansonsten wäre vieles von zu Hause aus machbar.«

Papa klang unwahrscheinlich stolz und das rührte mich sehr. Die Rädchen in meinem Kopf drehten sich allerdings viel zu langsam, denn ich konnte mir keinen Reim darauf machen, weshalb Henning sich für ihn einsetzen sollte. Vor allem nicht, wenn alles ohnehin nur gespielt gewesen war. Welchen Sinn hätte das gehabt?

Vielleicht hatte er das Ganze vor unserer Trennung veranlasst. Aber selbst das war nicht besonders logisch, denn was hätte ihm das gebracht? Warum hätte er mir helfen sollen, wenn ich für ihn nur Mittel zum Zweck gewesen war?

»Das freut mich sehr«, sagte ich schließlich und meinte es auch so. Es kam von ganzem Herzen, auch wenn die Vorstellung, die Werkstatt zu verlieren, immer noch wehtat. Aber nicht mehr so sehr wie vor zwei Wochen.

»Kürbis, nimm das Geld für dich. Ich fühle mich geehrt, dass du die Werkstatt retten wolltest. Aber seit der Verkauf feststeht, fühlt es sich wie eine Erleichterung an. Ich werde neue Wege gehen. Und ich weiß, wie viel dir die Werkstatt bedeutet hat.« Zuneigung schwang in seinen Worten mit. »Wir haben viele tolle Erinnerungen daran, aber sie werden nicht einfach verschwinden, nur weil wir das Gebäude verkaufen.«

Etwas Ähnliches hatte Jojo auch gesagt und sie hatten recht. Beide. Aber das hatte ich in den letzten Wochen erst lernen müssen.

Zehn Minuten später fuhren die Mädels und ich mit der S-Bahn Richtung Donnersbergerbrücke. Wir hatten uns für das *Neuraum* entschieden und schon beim Betreten flirrte die Luft. Die Energie war atemberaubend, während der Geruch von Bier und verschwitzten Körpern den vibrierenden Vorraum erfüllte. Auf der Tanzfläche wollte ich meine Gedanken und meinen Verstand vollkommen abschalten – was eher semioptimal klappte.

»Wir hätten nicht losziehen müssen.« Ich hörte mich seltsam an, als würde ich gerade das Sprechen neu lernen.

»Doch«, protestierte Jojo vehement, was Brie mit einem heftigen Kopfschütteln unterstrich, sodass sich ein paar Locken aus der Spange lösten, die einige Strähnen zusammenhielt. Die beiden tauschten einen Blick aus, eine stumme

Kommunikation, und für einen Sekundenbruchteil verspürte ich wahre Freude darüber, dass die beiden so gut befreundet waren. »Das war längst überfällig. In unserer Liebesblase haben wir einfach übersehen, dass es auch wichtig ist, weiterhin unsere Freundschaft zu pflegen. Ohne die Männer etwas zu machen. Uns selbst nicht zu verlieren.«

Das zu hören, tat gut.

»Wir sollten wieder öfter etwas zu dritt unternehmen«, fügte Brie hinzu und ich sah, wie Tränen in ihren Augen schimmerten. »Du bist uns so wichtig und wir haben das Gefühl, einfach so viel in deinem Leben verpasst zu haben.«

Ich holte tief Luft. »Das klingt großartig. Aber jetzt will ich vor allem eins …«

»Was?«, fragten meine Freundinnen gleichzeitig.

»Henning Kiefer vergessen.«

Doch der Versuch, mein Herz – oder was davon noch übrig war – zum Schweigen zu bringen, misslang völlig. Egal, wie sehr ich mich verausgabte, wie sehr ich mich im Beat verlor, ob mich jemand antanzte oder nicht, während die Lichter ihre Farben wechselten, alles in unterschiedliche Nuancen tauchten, ich hatte immer Henning im Kopf. Henning, Henning, Henning.

Mir rann der Schweiß den Nacken hinab, meine Haare klebten mir an den Schläfen und ich war trotzdem einfach froh, hier zu sein. Vermutlich hätte ich bis ans Ende der Welt laufen können und wäre dennoch vor dem bodenlosen Chaos in meinem Inneren nicht sicher gewesen.

Als ich nach dem Abend mit den Mädels wieder in mein Zimmer kam und zum ersten Mal seit einer gefühlten Ewigkeit wieder auf mein Handy schaute, erschrak ich.

Henning hatte mir geschrieben.

Können wir reden?

Ein bitterer Schmerz durchfuhr mich bei seinen Worten, Hitzewogen in meinem Magen erschwerten mir das Atmen.

Es war eine simple Frage und trotzdem fühlte es sich so an, als würde plötzlich wieder die ganze Welt auf meinen Schultern lasten. Ich war zwar unwahrscheinlich dankbar, was er für Papa getan hatte, aber ich war noch nicht bereit, mich einer Unterhaltung mit ihm zu stellen.

Also blieb ich ihm eine Antwort schuldig. Denn ich schaffte das einfach noch nicht.

Kapitel 32

Die nächste Woche war eine einzige Katastrophe. Erst nach ein paar Tagen schaute ich das besagte Video von Henning an und entdeckte Sander, der wohl der reiche Sprössling eines Millionen-Modeunternehmens war und mit genau sechsundvierzig Sekunden ein wahres Desaster ausgelöst hatte. Aber das war eine andere Geschichte, die vermutlich in einem ganzen Buch Platz finden könnte. Für Henning hatte das Video keine nennenswerten Konsequenzen, was mich einerseits freute, andererseits wirklich deprimierte. Denn es bedeutete, dass alles quasi umsonst gewesen war.

Also verkroch ich mich in meinem Zimmer, brütete über dem Lernstoff und las meine Fantasyromane, was mir richtig schwerfiel, weil meine Gedanken ständig abdrifteten.

Um mich abzulenken, öffnete ich in meinem Bett Disney+, während warme Sommerluft durch das gekippte Fenster ins Innere meines abgedunkelten Zimmers strömte. Als die ersten Klänge zum Titellied von *Hercules* ertönten und die Musen ihren Text sprachen, war da dieses aushöhlende Gefühl in mir. Als hätte jemand die Marmeladenfüllung eines Krapfens vergessen. Mit jeder gesungenen Strophe wickelte sich bleierne Schwere um meinen

Brustkorb, als ob mich jemand in eine Zwangsjacke gesteckt hätte.

Na toll.

Am nächsten Morgen kroch ich besonders früh aus den Federn und machte mich auf den Weg zur Universität. Ein Ort, den ich nicht mit Henning verband, was mir unbeschreiblich dabei half, ihn weiter aus meinen Gedanken zu verbannen.

»Ich glaube, da versucht jemand, dich zu erreichen.«

Das schwarzhaarige Mädchen war wie aus dem Nichts neben mir aufgetaucht, hübscher Froschmund, riesige Knopfaugen und eine kecke Stupsnase. Verwundert hob ich den Kopf, schob meine Brille auf der Nase nach oben und versuchte zu ergründen, wovon sie sprach.

»Draußen. Der Typ. Der steht seit zehn Minuten da unten und winkt und deutet auf dich.«

Als ich von meinem Fensterplatz im Historicum nach draußen schaute, entdeckte ich Henning. Wie ein Blitzschlag durchdrang mich sein Anblick.

Er stand unten auf dem gepflasterten Weg und hob sichtbar sein Handy, die Augen unentwegt auf mich gerichtet. Mein Herz hämmerte wild gegen meinen Brustkorb und meine Hände wurden schweißnass. Keine Fata Morgana.

Es fehlten quasi nur noch die Papptafel und der Ghettoblaster, dann wäre es die perfekte Abschlussszene eines kitschigen Neunzigerjahre-Films. Aber das war es nicht. Das hier war immer noch die Realität und ich war niemand, der übertrieben romantische Gesten besonders schätzte. Zumindest nicht in Bezug auf mich, andernfalls hätte ich Toni bestimmt nicht Bries Sitzplatznummer auf dem Rückflug nach Brasilien verraten.

Der Schmerz war noch immer zu frisch. Es waren gerade einmal zwei Wochen vergangen und mit jedem Tag schaffte ich es ein kleines bisschen mehr, mich wieder aufzurichten.

»Danke«, sagte ich zu dem Mädchen.

»Ich wünschte, das würde ein Kerl mal für mich machen.« Sie seufzte im Weggehen und verschwand zwischen den Regalreihen. Es roch nach Leder und altem Papier, nach Druckertinte aus den Räumen im hinteren Bereich und stehender Lernluft.

»Das wünschst du dir nicht wirklich«, flüsterte ich vor mich hin.

Meine Worte klangen seltsam hohl, als würde mir die Kraft für eine richtige Antwort fehlen, und ich merkte, dass die Trennung von Henning mir nicht nur meine Energie, sondern auch meine Freude geraubt hatte. Meine Leichtigkeit. Meinen Witz. Es würde noch eine Weile dauern, das alles wiederzuerlangen.

Aber es würde passieren. Früher oder später.

Zurückgeblieben war eine Person, die zwar wie ich aussah, wie ich sprach und handelte, aber einfach nicht dieselbe war. Und das stimmte mich unendlich traurig.

Ich hatte mein Glück niemals von einem Typen abhängig machen wollen, aber genau das war geschehen. Allen inneren Warnungen zum Trotz hatte ich mich in ihn verliebt und er hatte mich einfach verraten.

Aber mit Henning hatte ich zum ersten Mal nicht das Gefühl gehabt, mich ändern zu müssen oder anders zu sein. Es war diese schwerelose Unbeschwertheit, die unsere Beziehung ausgemacht hatte, es war ein Ankommen, ohne Rast zu machen. Ein Rennen, ohne zu stolpern.

Und ich vermisste das. Mit jeder Faser meines Körpers vermisste ich seine Gegenwart, sein Lachen, sein Grübchenlächeln und die Art, wie er nur mich angesehen hatte, selbst wenn Hunderte Leute im Raum gewesen waren.

Dennoch zögerte ich.

Mit seinen Worten hatte er so viel zerstört, so viel kaputt gemacht, dass ich mir nicht sicher sein konnte, ob ich jemals wieder bereit wäre, ihm zu vertrauen.

Die Angst lähmte mich.

Machte mich bewegungsunfähig.

Schmerz breitete sich auf seinen schönen Zügen aus, ich sah es trotz der Entfernung. Seine Mundwinkel bogen sich nach unten und die Traurigkeit in seinen Augen glich meinen eigenen Empfindungen. Und mit einem Mal verspürte ich das Bedürfnis, nach seiner Hand zu greifen.

Jeder Mensch hatte eine zweite Chance verdient, eine Aussprache. Es wäre falsch, komplett dichtzumachen und ihn zu ignorieren, weil das ein kindisches Verhalten war. Die Vogel-Strauß-Taktik. Nur weil man vor einer Konfrontation oder seinen Ängsten davonlief, verschwanden sie nicht einfach.

Also packte ich meine kompletten Lernunterlagen zusammen, über denen ich die letzten zwei Stunden gebrütet hatte, und lief die Treppen ins Erdgeschoss hinab. Ich gab meine Nummernkarte an der Theke ab, holte meinen Rucksack aus dem Spind und trat durch die schwere Glastür nach draußen.

»Woher …?«

»Brie hat es mir verraten.«

Natürlich hatte sie das. Wieso trug sie eigentlich kein Amor-Kostüm? Aber vermutlich war es die Retourkutsche dafür, dass ich Toni damals geholfen hatte, in der Hoffnung, dass er und Brie wieder zusammenfanden.

»Ich habe versucht, dich anzurufen, aber dich nicht erreicht.«

»Mein Handy lag im Spind, damit ich mich konzentrieren kann und mich nicht ständig ablenke.« Seltsam, wie hart und abweisend ich mich anhörte, als hätte ich meine Stimme geschärft. Am Abgrund in meinem Innern lagen noch immer die Scherben meines Herzens, das Henning zerbrochen hatte. Aber da war noch etwas anderes. Der flüsternde Wunsch, mich einfach in seine Arme zu stürzen.

»Was willst du?«

»Mich entschuldigen. Mit dir reden. Dir einiges erklären.«

Meine Gesichtszüge waren spiegelglatt, ich verschränkte abwehrend die Arme vor der Brust. »Also weißt du inzwischen, dass ich die Info über das Video nicht herausgegeben habe?« Bitterkeit tränkte jede einzelne Silbe, die nur schwerfällig von meinen Lippen rollten.

Er sah mich zerknirscht an, wirkte so gequält, dass ich unwillkürlich einen Hauch Mitleid verspürte. Dann fiel mir wieder ein, was er über mich gesagt hatte. Über unsere Beziehung. Augenblicklich wurden sämtliche Gefühle unter einer Decke aus Emotionslosigkeit erstickt. Henning ließ die Schultern hängen, wirkte geknickt wie eine Blume, die jemand vergessen hatte zu gießen.

»Kannst du mir verzeihen?«, bat er leise.

»Was genau? Dass wir gut im Bett sind und nicht mehr? Oder dass du mir unterstellt hast, ich hätte deine Geheimnisse für Geld verraten?«, schleuderte ich ihm entgegen.

Er zuckte zusammen, als hätte ich ihn geschlagen. »*Fuck*, nein«, stieß er aus und die nächsten Worte sprudelten immer schneller aus ihm hervor: »Es war nie geplant, dass du das hörst. Aber ich wollte das, was wir haben, nicht an das größte Klatschmaul verfüttern, das ich kenne. Ich wollte unsere Beziehung – die echte Beziehung – nicht angreifbar machen.« Rasselnd schöpfte er nach Atem. »Dieser Arsch hat schon einmal versucht, meine Beziehung in den Dreck zu ziehen. Deswegen habe ich ihm nichts gegeben, was uns hätte gefährden können.«

Ich schluckte und meine Gedanken fuhren Karussell. Moment, das war der Grund dafür gewesen, weshalb er sich so geäußert hatte?

Plötzlich schöpfte mein Herz wieder Hoffnung.

»Was?«

Er nickte ernsthaft, fuhr sich mit einer Hand in den Nacken. »Hätte ich gewusst, dass du es hörst …« Ein Muskel an seinem Kiefer zuckte vor unterdrückter Spannung. »Aber als du dann meine Vorwürfe nicht abgestritten hast, habe ich auch keinen Sinn darin gesehen, dich über das Gespräch aufzuklären. Im Gegenteil. Ich dachte, du hast das alles nur gemacht, weil du plötzlich dieses falsche Bild von mir hattest. Als Rache.«

»Da lagen doch nur ein paar Stunden dazwischen!« Alles in mir zog sich schmerzhaft zusammen. Meine Haut spannte und kribbelte, als wäre sie viel zu eng. »Henning, ich habe dir gesagt, dass ich eine Höllenangst vor Vertrauen und Nähe habe. Und du kommst bei der erstbesten Gelegenheit an und wirfst mir diese Dinge vor!« Wutschnaubend funkelte ich ihn an. »Wie soll ich mich da je wieder auf dich einlassen? Wie soll ich dir vertrauen und denken, dass es nicht wieder vorkommt? Du hast mir das verdammte Herz gleich doppelt gebrochen!«

Die bloße Erinnerung brachte meine Brust zum Beben und ließ meine kämpferische Haltung bröckeln. Also straffte ich die Schultern, reckte das Kinn und starrte ihn weiter herausfordernd an.

»Das kann ich dir nicht sagen und ich kann dir auch nicht versprechen, dass ich nie wieder so einen großen Fehler machen werde. Aber ich kann es versuchen. Ich will es versuchen.«

In seinen Augen tanzte das Sonnenlicht, und die Zuneigung in seinem Blick machte es mir unmöglich, etwas zu erwidern. Als würde er dadurch meinen Mund versiegeln.

»Das, was wir hatten, war etwas Besonderes«, fuhr er fort. »Ich weiß, dass du es auch so empfunden hast. Ich wäre nicht so hartnäckig gewesen, wenn da nicht diese unglaubliche Chemie zwischen uns gewesen wäre, Meg. Von Anfang an.«

Der Kosename riss die notdürftig verheilte Wunde wieder auf und ich schnappte nach Luft.

»Du hast so viel zerstört, Wunderknabe.«

Reue und Schmerz kämpften in seinem Blick um die Oberhand. »Ich weiß«, krächzte er.

»Ich hätte mich auf dich eingelassen.«

Er nickte abgehackt, sein muskulöser Brustkorb hob und senkte sich in einem tiefen Atemzug und seine Nähe wirkte wie Balsam auf meine aufgewühlte Seele. Ich hatte ihn wirklich sehr vermisst. Sein komplettes Wesen, seine Art, die Dinge zu sehen, seine Gegenwart.

»Ich weiß nicht … ich weiß nicht, ob etwas irreparabel kaputtgegangen ist, als du mir das vorgeworfen hast«, flüsterte ich mit belegter Stimme und senkte den Blick. Das war zu viel, dabei wollte ich ihn so sehr.

Plötzlich spürte ich eine unendlich sanfte Berührung an meiner Wange, eine Liebkosung, die mir den Atem raubte, weil sie so behutsam war. Als müsste Henning aufpassen, mich nicht zu zerbrechen. Niemand hatte mich jemals so angefasst.

Sachte legte er die zweite Hand auf die andere Wange, bedeckte mit den Fingern mein Gesicht, das jetzt glühte, und hob es an, um mir in die Augen schauen zu können.

»Ich sehe dich, Karla Kohlhammer.« Seine Stimme klang rau, als hätte er eine durchzechte Nacht hinter sich. »Es tut mir sehr leid, was passiert ist. Und es tut mir leid, wie alles gelaufen ist. Das war so nicht der Plan.«

Ich schloss die Augen und gab mich der Berührung hin, spürte, wie sein Daumen die Linie meines Kiefers nachfuhr, zu meinen Lippen wanderte. »Es tut mir leid, dass ich dich so verletzt habe. Ich vermisse deine spitzen Kommentare und unsere Unterhaltungen, deine Nähe, wie du riechst, wie du die Nase rümpfst, wenn du dich über etwas ärgerst, wie du im Schlaf schnarchst …«

»Ich schnarche nicht!«, protestierte ich empört, bevor ich das spöttische Funkeln in seinen dunklen Augen bemerkte, die jetzt liebevoll auf mein Gesicht gerichtet waren.

»Oh, doch, das tust du. Ganz ehrlich? Wenn ich sage, ich habe mich in all deine Seiten verliebt, meine ich das auch genau so.«

Mein Herz setzte einen Schlag aus, nur um dann sein Tempo zu verdreifachen. Fassungslos starrte ich zu ihm hoch, konnte nicht glauben, was ich gerade gehört hatte.

»Was?«

»Eigentlich war mir schon von Anfang an klar, dass es so kommen würde. Als ich dich im Dunkeln fluchen gehört habe.« Er lächelte, aber sein Blick blieb eindringlich ernst. »Wenn ich weiß, was ich will, bin ich selten davon abzubringen.«

»Ich auch.« Schockiert riss ich die Augen auf, aber es war schon gesagt. Und ich meinte es so, spürte, wie etwas in mir vor Erleichterung und wohliger Zuneigung aufseufzte.

»Du auch was?«

»Ich habe mich auch in dich verliebt, Wunderknabe«, gestand ich leise, aus Angst, dieses Eingeständnis könnte wieder zerbrechen. Ich schluckte schwer. »Und es tut mir leid, dass ich dich ein Arschloch genannt habe. Aber du warst eins. Und eigentlich mag ich es nicht, wenn man sich im Streit beschimpft.«

»Nach dem, was du gehört hast, hätte ich wahrscheinlich dasselbe gedacht, also mach dir keine Gedanken. Aber gib uns eine Chance. Lass uns schauen, wohin die Reise führt. Ohne Vertrag. Ich weiß auch noch nicht, wie es mit meiner Karriere weitergeht, aber ich würde es gern mit dir an meiner Seite herausfinden.« Zuversicht schwang in seinen Worten mit und mein törichtes gebrochenes Herz reagierte darauf. Es machte einen freudigen Hüpfer.

Vielleicht reichte seine Zuversicht für den Anfang für uns beide aus, vielleicht war es in Ordnung, wenn wir gemeinsam wuchsen, herausfanden, ob wir zusammen funktionierten und uns mitsamt unseren Schwächen und Fehlern tolerierten.

Ich dachte eine Weile über das Gesagte nach, während Henning sichtlich unruhiger wurde, weil ich ihn so lange auf die Folter spannte.

»Okay«, sagte ich schließlich.

Hoffnung erhellte seine Züge, zögerlich teilten sich seine

vollen Lippen zu einem Grübchenlächeln, das seine Augen wie Sterne funkeln ließ.

Ich hob einen Finger. »Unter einer Bedingung.«

»Welche?«

»Du verkleidest dich an Halloween als Fledermaus.«

»Wie Batman?«

Das Grinsen auf meinem Gesicht fühlte sich noch etwas brüchig an, als müsste ich mich erst langsam wieder herantasten, und ich schüttelte den Kopf. »Nein. Nicht wie Batman.«

Verwundert runzelte er die Stirn, doch dann schien er zu begreifen, wovon ich sprach, denn nun verzog er den Mund zu einem sündhaften Lächeln, das all die begrabenen Empfindungen weckte, die ich wohlweislich weggesperrt hatte.

»Ich glaube, ich weiß, was dir vorschwebt«, flüsterte er, lehnte seine Stirn gegen meine und umfasste mein Kinn, um es anzuheben. Unser Atem vermischte sich, als er sich näherte, bis sich unsere Lippen beinahe berührten. Unter meinen flach auf seinen Brustkorb gelegten Handflächen spürte ich sein rasendes Herz.

Er hatte Herzrasen. Wegen mir.

»Ach ja?«, fragte ich spielerisch. »Und was soll das sein?«

Er beugte sich vor und seine Lippen strichen hauchzart über mein Ohr, ehe er mir den versautesten Satz zuflüsterte, den ich seit Langem gehört hatte. Aber dieser Satz gehörte nur mir, genauso wie Henning zu mir gehörte.

»Kommt da noch was oder muss ich es mir selbst abholen?«, flüsterte ich an seinem Mund und sein leises Lachen sandte ein vertrautes Prickeln über meinen Rücken bis in die Zehenspitzen.

Sein Kuss war schwindelerregend schön, als hätte ich die

ganze Zeit nur darauf gewartet, und ich genoss den Druck seiner Finger, die sanfte Berührung.

Keine Ahnung, was die Zukunft für uns bereithielt, aber ich wollte dafür kämpfen.

So, wie ich bisher für alles in meinem Leben gekämpft hatte. Denn das waren wir beide es wert.

Kapitel 33

Wo bist du?

Brie hatte die Frage im Gruppenchat gestellt und mich markiert, was meine Mundwinkel in die Höhe katapultierte. Wenn sie wüsste, was ihr bevorstand.

Zum Glück fand ich relativ schnell einen Parkplatz um die Ecke, nicht weit vom historischen Museum entfernt, sodass ich nur knapp zehn Minuten zur Location auf der Praterinsel brauchen würde.

Bevor ich ausstieg, checkte ich noch schnell Hennings Interview mit einem deutschen TV-Sender. Seine Augen leuchteten, er stand locker da, seine komplette Haltung hatte sich verändert. Genau wie seine Art zu sprechen, der Inhalt seiner Aussagen. In sich ruhend, ausgeglichen. Ein gewisser Stolz erfüllte mich, weil er es geschafft hatte, einfach er selbst zu sein, auch in der Öffentlichkeit, ohne zu viel von sich – oder uns – preiszugeben.

Die Stadt war voll, was angesichts des bevorstehenden Fußballspiels kein Wunder war, und zu den unzähligen Fahrradfahrern, Gassigehern und Surfbrettträgern gesellten sich auch Menschen in Fanmontur.

Es war heiß, die Sonne knallte im sommerlichen Julimodus auf uns herab und ich beeilte mich, denn die Zeit drängte.

Das alte Industriegebäude war wie immer absolut großartig hergerichtet worden, überall waren mit blauem Stoff umwickelte Laternen angebracht, die wie Weihnachtskugeln an quer über den Hof gespannten Seilen hingen. Eine Handvoll Strandkörbe verteilten sich über dem aufgeschütteten Sand, es gab verschiedene Nischen und Sitzmöglichkeiten. Bries Vater hatte eigens für das *Leckerste*-Sommerfest einen bekannten Münchner DJ organisiert, dessen Beats bereits durch die komplette Location hallten und in meiner Bauchmitte vibrierten. Nostalgie schwemmte wie eine Welle über mich hinweg, weil ich plötzlich daran denken musste, wie ich Brie zu ihrem ersten Einsatz für *Leckerste* gebracht hatte und welche Kette an Ereignissen ihr Auftauchen in unserer WG ausgelöst hatte.

In diesem einen Jahr war so viel geschehen, dass ich wie ein Honigkuchenpferd grinsen musste, sobald ich meine Herzensmenschen entdeckte. Meine beste Freundin stand neben Kilian, einen Cocktail mit hübschem Schirmchen in der Hand, der verdächtig nach Coconut Kiss aussah. Sie trug ein türkisfarbenes Sommerkleid mit Spaghettiträgern, die Haare fielen ihr fransig in die Stirn, was ihr einen frechen und zugleich auch irgendwie süßen Ausdruck verlieh.

Mein Bruder hatte sich ausnahmsweise auch in Schale geworfen und war in eine rege Unterhaltung mit Toni vertieft, wobei ich hoffte, dass es keine Diskussion über Filme war. Erst jetzt registrierte ich, dass Henning unmittelbar neben ihnen stand. Ein federleichtes Gefühl stieg in meiner Brust auf und breitete sich in allen Teilen meines Körpers aus.

Er sah unverschämt gut aus mit seinem weißen Hemd, der gebräunten Haut und dem Grinsen auf den Lippen, das er mir jetzt schenkte. Der Blick war eindeutig anzüglich, als er den Kopf senkte und an seinem eigenen Cocktail nippte, ohne mich dabei aus den Augen zu lassen. Sofort kamen mir Bilder von letzter Nacht in den Sinn, was mich zu meinem Ärger erröten ließ, und ich funkelte ihn an, doch das nahm er nur lachend zur Kenntnis.

Brie sah flüchtig über die Schulter und entdeckte mich. »Du bist schon wieder zu spät«, stieß sie vorwurfsvoll aus, was so ganz gegen ihre fröhliche Natur sprach, aber schlicht und ergreifend daran lag, dass sie heute noch nicht so viel gegessen hatte, weil wir uns darauf geeinigt hatten, gemeinsam das Büfett zu stürmen. Sonst erlebte ich sie nie schlecht gelaunt, aber wenn es ums Essen ging, verwandelte sie sich in eine hungrige Bärin, die gerade nach einer winterlichen Zwangspause aus ihrem Schlaf erwachte.

Schwungvoll wandte sie sich mir zu und klappte ihren hübschen Mund auf, um noch etwas hinzuzufügen. Dann erstarrte sie buchstäblich zu einer Salzsäule und riss die bernsteinfarbenen Augen weit auf. Sie schnappte nach Luft und stieß sie geräuschvoll wieder aus.

Ich hatte sie noch nie fluchen gehört – was sicherlich auch an dem mangelnden Vokabular lag, obwohl sie *Weihnachtsmann* inzwischen daraus gestrichen hatte –, aber jetzt verließen einige brasilianische Wörter ihren Mund, die selbst meine Ohren schlackern ließen, auch wenn ich keine einzige Silbe verstand. Aber das musste ich auch gar nicht. Denn jeder mit hinreichendem Menschenverstand konnte sehen, wie schockiert sie war.

»Du … sie …«

»Überraschung!«, flöteten Jojo und ich gleichzeitig und auch Toni gesellte sich mit einem breiten Grinsen hinzu, was seinen sonst so verschlossenen und mürrischen Zügen eine Herzlichkeit verlieh, die ihm gut stand.

»Vovó! Mamãe!« Schluchzend stürzte sie sich in die Arme ihrer Mutter und Großmutter, die nun hinter meinem Rücken hervortraten, und ich spürte einen dicken Kloß im Hals.

Familiäre Liebesbekundungen wurden ausgetauscht. Es folgten Küsse und Wünsche, und vor Rührung zog sich mein Herz zusammen. Es war so schön zu sehen, wie sehr sie sich alle freuten. Brie und ihre brasilianische Familie hatten sich jetzt seit über zehn Monaten nicht mehr gesehen, genau genommen seit letztem September, kurz bevor sie wieder nach Deutschland zurückgekehrt war. Wir hatten ihre Anreise gemeinsam organisiert und ich hatte sie vom Flughafen abgeholt. Dank Mary Poppins, meiner geliebten Dachbox, hatte ich auch ihr Gepäck vollends verstauen können.

»Du siehst ziemlich glücklich aus«, erklang Hennings tiefe Stimme direkt an meinem Ohr und wie jedes Mal, wenn er das tat, kroch ein wohliger Schauer meine Wirbelsäule hinab.

»Ehrlich gesagt *bin* ich ziemlich glücklich.«

»So?« Ein spitzbübischer Ausdruck stahl sich auf seine viel zu attraktiven Züge, wobei er mich keine Sekunde aus den Augen ließ, als wäre außer uns niemand auf dem Sommerfest.

Und genau das liebte ich an ihm. Dass er mir das Gefühl gab, alles zu sein – für ihn. Als wäre der Rest der Welt völlig nebensächlich. Gleichzeitig schätzte ich es sehr, dass er mich einfach Karla sein ließ. Die vorlaute, tollpatschige, ungezwungene Karla.

Ich war einfach ich selbst.

Kurzerhand beugte ich mich nach vorn, packte ihn mit beiden Händen am Shirt und zog ihn zu mir herunter, um ihm einen Kuss auf die Lippen zu drücken. Sie waren warm und weich und voll.

Verblüfft schaute Henning mich an, sobald ich mich von ihm löste. Ein bisschen atemlos, beschwipst vor Glück. Wahrscheinlich würde ich mich niemals daran gewöhnen.

In den vergangenen Wochen hatten wir uns vorsichtig angenähert, uns Zeit gelassen. Erst in den letzten Tagen hatten wir wieder zu unserer alten Form zurückgefunden.

»Wofür war der denn?«, fragte er heiser.

»Weil du einfach du bist. Und mich so nimmst, wie ich bin. Mit meinen Makeln und Fehlern.«

Er lachte leise. »Das tust du doch auch. Du urteilst nicht über mich, du akzeptierst alle meine Seiten und damit meine ich nicht nur die schokoladigen. Keine Sorge, wir werden uns schon oft genug in die Haare kriegen.« Sein schlanker Körper lehnte sich mir entgegen und ich ertappte mich dabei, wie ich heimlich an ihm schnupperte. »Aber selbst darauf freue ich mich.«

»Du freust dich auf unsere Streitereien?«, wollte ich wissen und ein skeptischer Unterton schwang in meiner Frage mit.

»Eher auf den Part danach«, meinte er mit einem schelmischen Funkeln in seinen dunkelbraunen Augen, die mich an einen warmen Herbsttag erinnerten.

Henning war mein warmer Herbsttag. Und mein verregneter Frühling. Mein stürmischer Winter. Und mein perfekter Sommer.

Oh, Gott.

Ich stöhnte leise, kniff die Augen zusammen, weil die Erkenntnis mich plötzlich überrollte.

»Was ist los?«, fragte er besorgt und runzelte die Stirn.

»Du hast mich kaputt gemacht.«

»Kaputt gemacht?«, wiederholte er verständnislos.

»Ich kann's nicht glauben!«, stieß ich empört aus. »Du hast mich romantisiert!«

Einige Sekunden lang starrte mich Henning sprachlos an, dann brach er in schallendes Gelächter aus und dieser brummende Klang brandete in meinem Innern auf, setzte sich dort fest und hinterließ ein kribbelndes Gefühl voller Leichtigkeit.

»Das ist nicht lustig«, murrte ich, spürte jedoch, wie meine Lippen gegen das Lächeln ankämpften, das sich auf mein Gesicht stehlen wollte.

»Oh, doch. Das ist es. Ich glaube, es wird Zeit, dass wir dir einen neuen Spitznamen verpassen. *Meg* hat ja allem Anschein nach ausgedient. Wie wäre es mit *Dornröschen*?«

Störrisch reckte ich das Kinn nach vorn. »Wie hast du mich gerade genannt?«

»Dornröschen?«, wiederholte er unschuldig.

»Kommt nicht infrage. Übrigens, muss ich jetzt eigentlich auf den restlichen Veranstaltungen deine Freundin spielen?«, fragte ich ihn mit hochgezogenen Augenbrauen.

Mit dem Zeigefinger stupste Henning gegen meine Nasenspitze. »Du bist meine Freundin. Wir müssen niemandem mehr etwas vormachen.«

Ich lächelte. »Damit kann ich leben.«

Mein Blick wanderte von Grüppchen zu Grüppchen und blieb kurz an Oxanas schon leicht kugeligem Babybauch hängen, während Elyas einen Arm um ihre Schultern gelegt hatte. Wer hätte das vor einigen Monaten gedacht? Gerd und Till unterhielten sich, während Anabelle mit Pete und Ulla in ein reges Gespräch verwickelt war.

Das hier war meine Arbeitsfamilie und ich liebte sie seit zwei Jahren heiß und innig.

Dann schaute ich zu meinen Freundinnen. Zu Jojo, die Kilian – ihren Kilian – gerade mit einem Stück Donauwelle fütterte und dabei von einem Ohr zum anderen strahlte. Zu Brie, die mit ihrer Oma sprach und dabei so verzückt wirkte wie ein Kind an Weihnachten, und Toni, der neben ihnen stand und total stolz wirkte. Ihre Mutter war in eine Unterhaltung mit Bries Vater vertieft, der seine neue Frau und seine kleine Tochter an der Seite hatte. Ich war erstaunt darüber, was die Irrungen des Lebens manchmal für Abzweigungen bereithielten, und dass auch aus Dingen, die vermeintlich schiefgingen, etwas Wunderbares entstehen konnte.

Ich schmiegte mich an Henning und inhalierte tief seinen holzigen Eigengeruch und den Duft seines so vertrauten Aftershaves. »Danke, dass du so hartnäckig warst.«

Er schielte auf mich herunter und sein schiefes Grübchenlächeln ließ meinen Bauch Purzelbäume schlagen. »Ehrlicherweise war das ziemlich eigennützig von mir. Aber gern geschehen, Meg.«

Ich wollte schon wieder protestieren, weil es mir einfach schwerfiel, nicht das letzte Wort zu haben, doch dann versiegelten seine Lippen meinen Mund mit einem Kuss und augenblicklich dachte ich nicht mehr viel.

Nur, wie schön manchmal alles sein konnte.

Danksagung

Ehrlich gesagt weiß ich dieses Mal nicht, wo ich anfangen soll. Die *Vielleicht*-Reihe ist meine erste zusammenhängende Buchreihe und ich habe alle drei Pärchen dermaßen und auf ihre ganz eigene Weise so fest ins Herz geschlossen, dass mir der Abschied enorm schwerfällt. Vielleicht, ganz vielleicht, habe ich deswegen eine Figur eingeführt, die ihre Geschichte in ferner Zukunft erzählen will und das ganz eventuell auch darf …

Vielleicht irgendwann war für mich neben dem ersten Band der schwerste Teil, ein enormer Kraftakt, der mich physisch und psychisch an meine Grenzen gebracht hat. Es lag an so vielen Dingen, aber gerade deswegen bin ich unwahrscheinlich dankbar für die liebe Unterstützung, die ich in all den Monaten erfahren habe.

Eigentlich wollte ich wesentlich mehr auf die Formel 1 und 2 eingehen, weil ich den Rennsport einfach so liebe, aber manchmal gehen Sachen auch ein wenig schief, deswegen habe ich mich dazu entschlossen, den Fokus etwas zu verschieben (und diejenigen nicht zu überfordern, die das eigentlich nicht soooo sehr interessiert …).

Ein großer Dank geht an alle Leser*innen der drei Bücher. Dafür, dass ihr mir schreibt, Rezensionen verfasst, Bilder schießt, die Bände eurer besten Freundin schenkt oder einfach weiterempfehlt. Die Lebensdauer eines Buches erhöht sich mit jeder Empfehlung und es ist das allerschönste Gefühl, eure Liebe zur München-WG zu sehen!

Vielen Dank dir, liebe Christiane, dass du die besten Ratschläge gibst, den Rücken freihältst und genau die richtigen Worte in den passenden Momenten findest. Ich bin sehr froh, dich als meine Agentin zu haben!

Danke an den Loewe Verlag und an Loewe Intense, an Sara, Elena, Jeannette (auch dir noch mal, Sarah) für den Glauben an diese Reihe; Nikolai, Carina (dir besonders bei diesem Teil, weil es nichts Schöneres gibt, als an Rennwochenenden ein »OMG, hast du das gesehen?« von dir zu lesen), Jessica, Caro, Sina für euren Marketingeinsatz und das Herzblut hinter dem Imprint. Jasmin stellvertretend für den Vertrieb, ohne euch würde die Reihe vermutlich niemals ausliegen, also danke für all die Mühe!

Ich danke meinen beiden Intense-Autorinnen Kyra und Michelle für die tollen Podcast-Aufnahmen und das Gequatsche und die offenen Ohren dazwischen. Jess fürs Rocken des Intense-Accounts, es ist so schön, dich mit im Boot zu haben.

Liebe Franziska, ohne dich gäbe es dieses Buch nicht. Ungelogen. Du hast so so viel Verständnis für alles aufgebracht und mir so geholfen, vielen, vielen Dank für alles. Wahnsinn, wie du das mit mir geschafft hast!

Vielen Dank an Lübbe Audio, dafür, dass ihr die Reihe eingekauft und mit Yeşim Meisheit die beste Hörbuchsprecherin an Bord geholt habt, die ich mir für die Reihe wünschen konnte. Ich bin so gespannt, wie du Karlas Geschichte einfängst, und weiß, dass es absolut großartig wird.

An Jana Runneck für die absolut zauberhaften Illustrationen, mit der Kuss-Szene von Karla und Henning hast du dich selbst übertroffen! Ich liebe wirklich alles an diesem Bild!

Danke an meine wunderbaren Testleserinnen: dreimal Lisa, Janika, Myriam, Jessi für eure Kommentare, die Sprachnachrichten, die Begeisterung, das Brainstorming … Dafür, dass ihr den Finger in die Wunde legt und kritische Nachfragen stellt, aber auch meine Selbstzweifel mit einem »Ich liebe es!« wegpustet.

Danke an die lieben Autorinnen, die mich in meinem Alltag begleiten: Anya, Anabelle, Fabiola, Nina, Mona (Ganz ehrlich? Eigentlich solltest du in jeder Danksagung stehen …), Lexie, Kathinka, Nikola, Nena, Julia, Tami, Ava (dir besonders für den Einsatz mit *zlien*, ich schätze, ohne dich gäbe es die Reihe irgendwie auch nicht), aber insbesondere dieses Mal: Laura für den wundervollen Blurb und Bianca, weil deine Begeisterung für die Reihe so ansteckend ist! Seit fast zehn Jahren kennen wir uns und das macht mich so glücklich.

Und wie immer zum Schluss: Danke an meine Familie und Freunde! Ohne euch könnte ich das nicht machen und das ist keine Floskel, sondern die Wahrheit. Ihr habt dafür gesorgt, dass es mir überhaupt möglich war zu schreiben. Mama, Heidi, Khalid, Laura, Julian … ohne euch gäbe es diese Reihe nicht und dafür bin ich unwahrscheinlich dankbar. Karim, das gilt besonders für dich. Das war kräftezehrend und nervenaufreibend und wir haben das gemeinsam geschafft. Danke für dein Verständnis und das Mutmachen, die langen Nächte und dafür, dass wir eine Familie sind.